KARIN SEEMAYER

Das Gutshaus in der Toskana

atb aufbau taschenbuch

KARIN SEEMAYER, geboren 1959, machte eine Ausbildung zur Reiseverkehrskauffrau und war beruflich und privat viel unterwegs. Die meisten ihrer Romanideen sind auf diesen Reisen entstanden. Allerdings musste die Umsetzung der Ideen warten, bis ihre drei Kinder erwachsen waren. Heute lebt Karin Seemayer im Taunus.
Im Aufbau Taschenbuch sind ihre Romane *Die Tochter der Toskana, Sterne über der Toskana, Die Sehnsucht der Albatrosse* und *Das Geheimnis des Nordsterns* lieferbar.

Italien 1833: Marco und Antonella mussten Genua verlassen, weil Marco als Mitglied von Mazzinis Widerstandsbewegung Giovine Italia wegen Landesverrats gesucht wird. Sie finden Unterschlupf auf einem kleinen Hof mitten in den Hügeln der Toskana. Hier scheint alles so, wie sie es sich erträumt haben. Marco, der auf einem renommierten Weingut aufgewachsen ist, aber von seinem Vater wegen seiner politischen Ambitionen verstoßen wurde, kann nun endlich wieder seiner Leidenschaft als Winzer nachgehen. Antonella findet rasch eine Anstellung in der benachbarten Osteria, wo sie als Köchin und Bäckerin arbeitet. Außerdem erwarten die beiden ihr erstes Kind. Doch dann tauchen mit einem Mal dunkle Schatten aus der Vergangenheit auf …

Karin Seemayer

DAS GUTSHAUS IN DER TOSKANA

Historischer Roman

aufbau taschenbuch

MIX
Papier aus verantwortungsvollen Quellen
FSC® C083411

ISBN 978-3-7466-3476-0

Aufbau Taschenbuch ist eine Marke
der Aufbau Verlag GmbH & Co. KG

2. Auflage 2020

Umschlaggestaltung www.buerosued.de, München
unter Verwendung eines Motivs von Arcangel/Rekha Garton
Satz Greiner & Reichel, Köln
Druck und Binden CPI books GmbH, Leck, Germany
Printed in Germany

www.aufbau-verlag.de

1. KAPITEL

»Wir brauchen Rosen«, sagte Marco.

»Rosen?«, wiederholte Antonella und warf dem Mann an ihrer Seite einen ungläubigen Blick zu. Sie standen vor den wenigen Weinstöcken, die zu dem Pachtland gehörten, auf dem sie sich vor den Carabinieri versteckten. Wie kam er auf Rosen? Was sie brauchten, war Gemüse. Bohnen, Zucchini, Kartoffeln oder Getreide, um über den Winter zu kommen. Antonella nutzte jedes freie Fleckchen Erde, um Gemüse anzupflanzen, auch wenn es im September für vieles schon zu spät war. Für Blumen hatte sie keinen Platz, immerhin musste das Land drei Leute ernähren: Alessandro, den alten Pächter, der ihnen Unterschlupf gewährte, und sie beide.

»Wo willst du denn Rosen pflanzen?«

»Vor den Wein. Drei oder vier Stöcke sollten genügen.« Marco deutete auf die Stecklinge, die Antonella und er vor zwei Wochen gepflanzt hatten. Es waren nur zwei Reihen, doch dahinter wuchsen alte Weinstöcke. Sie waren verwildert, trotzdem trugen sie noch, wenn auch sehr kleine Trauben. Es seien gute Stöcke, hatte Marco erklärt. Im Winter würde er sie beschneiden und danach würden sie auch wieder schöne große Trauben tragen. Sie selbst wären zwar dann schon in Amerika, doch Marco war in seinem Herzen viel zu sehr Winzer, um gute Reben verkommen zu lassen.

Vielleicht konnte Alessandro oder einer der Nachbarn die Trauben ernten und Wein daraus machen.

»Warum willst du Rosen vor den Wein pflanzen?«

»Weil Rosen anfälliger für Krankheiten oder Schädlinge sind als Wein. Sie bekommen zum Beispiel Blattläuse etwa zehn Tage früher. Das heißt, wenn ich an einem Rosenstrauch Blattläuse oder Pilz entdecke, kann ich noch etwas dagegen tun, bevor der Wein befallen wird.« Er lächelte. »Es ist eines von Marios Geheimnissen.«

»Wer ist Mario?«

»Der Cantiniere auf dem Gut meines Vaters.«

Sie erinnerte sich. Am ersten Abend ihrer Flucht aus Antonellas Heimat vor über einem Jahr hatte er von dem Kellermeister gesprochen, der ihn alles über Wein gelehrt hatte. Damals hatte Marco sich als einfacher Landarbeiter ausgegeben. Sie hatte keine Ahnung gehabt, dass ihr ritterlicher Begleiter, der sie vor ihrem gewalttätigen Verlobten gerettet hatte, der Sohn eines Adligen und zugleich ein wegen Hochverrats gesuchtes Mitglied von *Giovine Italia* war.

Marco legte den Arm um ihre Schulter. »Am Donnerstag gehen wir auf den Markt nach Donoratico und kaufen Rosen.«

Am Donnerstagmorgen spannten sie Marcos Pferd Rinaldo vor Alessandros klapprigen Karren und fuhren nach Donoratico. Marco und Antonella saßen auf dem Kutschbock, Alessandro auf der Ladefläche. Er wollte in der Ferramenta des Ortes eine neue Säge und Nägel kaufen. Antonella hatte vorgeschlagen, Hühner zu halten, und Alessandro wollte den Stall bauen. Es war das erste Mal, dass sie gemeinsam zum Markt fuhren. Bisher hatte Alessandro alle Einkäufe für sie erledigt, während sie sich auf seinem Land versteckten, denn Marco war in Genua nur knapp der Verhaftung durch König Carlo Albertos Soldaten entgangen.

Es war nach ihrer heimlichen Hochzeit gewesen. Sie hatten mit Marcos Bruder Enrico und seinem besten Freund Fabrizzio im Hinterzimmer einer Genueser Taverne gefeiert, als die Soldaten die Taverne gestürmt hatten, um Marco Michele di Raimandi, der wegen seiner Mitgliedschaft zur verbotenen Organisation *Giovine Italia* als Landesverräter gesucht wurde, zu verhaften. Marco und sie hatten es der Geistesgegenwart des Wirts, der sie in einem geheimen Keller versteckt hatte, und Marcos Bruder, der den Soldaten weißgemacht hatte, ihr Informant hätte wohl ihn mit Marco verwechselt, zu verdanken, dass sie fliehen konnten.

Doch inzwischen waren mehrere Wochen vergangen und es schien, als hätten ihre Verfolger ihre Spur verloren oder die Suche nach ihnen aufgegeben.

Von Leopold II., Großherzog der Toskana, hatten sie nichts zu befürchten, erklärte Marco ihr auf der Fahrt. Er war um einiges liberaler eingestellt als die Herrscher der anderen italienischen Herzogtümer. Seine habsburgischen Verwandten beschwerten sich sogar darüber, dass in der Toskana die Zensur zu milde war und dass er Flüchtlingen aus dem Piemont und anderen Staaten eine Zuflucht bot. Stolz und Begeisterung schwangen in Marcos Stimme, als er über ihn sprach. »Er geht verantwortungsvoll mit dem Land und seinen Menschen um. Es sollte mehr wie ihn geben.«

Das Großherzogtum Toskana war schon im 18. Jahrhundert ein toleranter Staat gewesen, in dem man die Juden den Jesuiten vorgezogen hatte, erzählte er weiter. Der damalige Herrscher, Großherzog Peter Leopold, hatte die Steuern gesenkt, Straßen und Brücken gebaut. Die Toskana war der erste Staat auf der Welt, in dem die Todesstrafe abgeschafft wurde. Als Zeichen, wie ernst es ihm damit war, hatte Peter Leopold die Galgen verbrennen lassen, sehr zur Empörung der anderen italienischen Herrscher.

Antonella saß neben Marco auf dem Kutschbock, hörte ihm zu und freute sich auf den Markt. Auf die Rufe der Händler, die ihre Waren anpriesen, auf den Duft von Porchetta und frischem Gebäck. Die letzten Wochen hatten sie zurückgezogen auf Alessandros Land gelebt und jetzt erst wurde ihr bewusst, wie einsam es dort war. Vom ersten Augenblick an hatte sie sich in das Stück Land unterhalb von Castagneto della Gherardesca nahe Pisa verliebt. Es lag am Hang, an einer der ersten Steigungen nach der Ebene von Donoratico. Wenn sie durch den Olivenhain zum Wald ging, der die oberste Grenze von Alessandros Grund bildete, sah sie das Meer. Bei klarem Wetter konnte sie sogar die Inseln Elba und Capraia sehen, und wenn sie dann nach rechts blickte, erkannte sie die scharfe Zackenlinie der Apuanischen Alpen, ihrer Heimat. Doch jetzt im Herbst war die Sicht selten so klar, meistens lag Dunst über den Ebenen, der für das typische weiche Licht dieser Landschaft sorgte. Nur wenn der Tramontana tagelang kalte Luft aus Norden brachte, klarte es auf. Dann war der Himmel wie blank geputzt und die Inseln wirkten so nah, als könnte man hinüberschwimmen.

Nach etwas über einer halben Stunde erreichten sie die ersten Stände des Marktes. Marco übergab die Zügel an Alessandro. »Wir treffen uns, wenn die Glocke zwölf schlägt«, sagte er und deutete auf den Turm der kleinen Kapelle. Anschließend half er Antonella vom Wagen. Neugierig blickte sie sich um. Der Markt unterschied sich kaum von denen, die sie mit ihren Eltern in Castelnovo nel Monti oder auf ihrer Reise nach Genua mit Marco besucht hatte. Direkt vor sich entdeckte sie einen Wagen, dessen Besitzer

Haushaltsgegenstände feilbot. Töpfe, Pfannen, Messer. Das Gefährt ähnelte dem des fahrenden Händlers, mit dem sie auf ihrer Flucht aus Cerreto ein Stück gefahren waren. Antonella suchte nach dem Verkäufer. Vielleicht war es ja tatsächlich Peppone Monti. Sie würde sich freuen, ihn wiederzusehen. Aber, nein, dieser Mann war viel dünner und auch jünger als Peppone, stellte sie enttäuscht fest.

Neben dem Wagen des Krämers hatte ein Tuchhändler seine Ware auf einen Tisch ausgebreitet. Große Rollen fester Baumwollstoff, schweres Leinen, aber auch schimmernde Seide in leuchtenden Farben.

»Bella Signora!«, rief er, als er ihren Blick bemerkte. »Sehen Sie her. Ein wunderschöner leichter Stoff für die heißen Tage.« Er hielt einen terracottafarbenen Stoff mit dunkelroten Streifen hoch. »Sie können sich einen Rock daraus nähen.«

Antonella schüttelte lächelnd den Kopf. »Nein danke.«

»Dann vielleicht ein neues Tuch?« Schwungvoll breitete er einige schön gemusterte Tücher aus. Etwas verlegen zupfte Antonella an dem Schal über ihren Schultern. Es war ihr alter, den sie aus Cerreto mitgenommen hatte. Mittlerweile war der Stoff ausgebleicht und an den Rändern ausgefranst.

Marco beugte sich zu ihr. »Wir kaufen die Rosen und was wir sonst noch brauchen, und dann schauen wir, ob noch Geld für ein neues Tuch übrig ist, ja?«

»Ich weiß nicht …«

Im Gegensatz zu ihr war Marco niemals arm gewesen. Seinem Vater gehörte eines der größten Weingüter in der Toskana. Als Marco aus der Kavallerieschule in Venaria Reale desertiert war, um sich der Widerstandsbewegung Giovine Italia anzuschließen, hatte sein Vater ihn verstoßen und enterbt. Daraufhin hatte Mazzinis Giovine Italia ihn mit Geldmitteln ausgestattet, damit er reisen und die Stimmung in den ländlichen Gegenden auskundschaften konnte. Doch seit sie im August aus Genua geflohen waren, waren sie mittellos.

»Vielleicht sollten wir besser Saatgut kaufen«, setzte sie ihren Satz fort.

Marco lächelte sie an. »Um das Saatgut kümmert sich Alessandro, er weiß besser, was man hier anbauen kann. Die Kosten teilen wir uns. Mach dir keine Sorgen. Enrico hat mir ein wenig Geld aufgenötigt. Er meinte, ich hätte ein Anrecht darauf.«

Sie schlenderten weiter und kamen zu den Ständen, an denen Essen angeboten wurde. Gleich drei Fischhändler versuchten, sich gegenseitig beim Anpreisen ihrer Ware zu übertönen. Einer verkaufte kleine Sardinen, mittelgroße Doraden und sogar Kraken. Auf einem Tisch daneben stand ein Fass mit Ölsardinen, davor hingen Stockfische, von denen übler Geruch ausging. Anscheinend waren sie nicht richtig getrocknet oder wieder feucht geworden, denn in Genua hatten die Stockfische nie derart gestunken. Ein paar Schritte weiter wurde der Fischgeruch von dem Duft nach gegrilltem Schweinefleisch verdrängt. Auf einem langen Tisch lag ein Spanferkel, von dem der Händler dünne Scheiben Fleisch heruntersäbelte.

»Bomboloni!« Eine Frau mit einem Korb kam ihnen entgegen. »Gute, heiße Bomboloni!«

Marco zwinkerte Antonella zu. »Möchtest du?«

Auch wenn sie bereits gefrühstückt hatte, dem Duft, der ihr aus dem Korb in die Nase stieg, konnte sie nicht widerstehen. »Sehr gerne.«

»Zwei bitte«, wandte Marco sich an die Frau. Sie fischte zwei der in Schmalz gebackenen und mit Zucker bestreuten

Kringel aus dem Korb und reichte sie Antonella, während Marco zahlte.

Antonella biss in ihren Kringel und beobachtete weiterhin das Treiben um sich herum. Vom hinteren Teil des Marktes, wo Pflanzen, aber auch lebendes Geflügel angeboten wurde, drang das durchdringende Kreischen von Faraonas. Wehmut überkam sie. Ihre Eltern hatten Faraonas gehalten, weil die Reichen in Nismozza und Umgebung den leichten Wildgeschmack der Perlhühner schätzten. Der Lärm, den sie veranstalteten, war allerdings nervtötend. Wenn einer der Vögel zu kreischen anfing, stimmte sofort der ganze Schwarm mit ein. Es klang wie Dutzende rostige Türangeln. So oft hatte sie sich morgens über das Kreischen geärgert. Wie es ihren Eltern wohl ging? Hatte Tommaso, der Verlobte ihrer Schwester, ihre Grüße zu Hause ausgerichtet und ihrer Familie gesagt, dass es ihr gut ging? Inzwischen waren Tommaso und Teresa wohl verheiratet und lebten in Modena. Vielleicht erwartete ihre Schwester sogar schon ein Kind. Sie würde es nie erfahren. Die Sehnsucht nach ihrer Familie und ihrer Heimat überfiel sie mit solcher Wucht, dass ihr die Tränen in die Augen stiegen. Wie gerne würde sie noch einmal in dem Kämmerchen unter dem Dach, das sie mit ihren Schwestern geteilt hatte, schlafen und morgens von dem Gekreische der Faraonas geweckt werden. Die Stimme ihrer älteren Schwester hören, den beißenden Spott darin, wenn sie über Paolo, Antonellas ehemaligen Verlobten, gesprochen hatte. In Giovannas liebliches Gesicht sehen, wenn sie erwachte. In die Küche gehen, wo ihre Mutter Teig knetete.

»Mama?!« Ein verzweifelter Ruf riss sie aus ihren Gedanken. Schluchzend stolperte ein kleiner Junge, vielleicht drei oder vier Jahre alt, zwischen den Leuten hindurch. Die Augen aufgerissen, rief er immer wieder nach seiner Mama. Als er fast bei ihnen war, kamen ihm seine eigenen Füße ins Gehege und er fiel hin. Aus dem Schluchzen wurde ein lautes Weinen.

Marco beugte sich zu ihm runter und half ihm beim Aufstehen. »Hast du deine Mama verloren?«

Der Junge nickte und wischte sich mit dem Ärmel über die Nase. Die Tränen hinterließen helle Spuren in seinem von Staub bedeckten Gesicht. »Ich ... ich wollte nur dem Mann mit den bunten Bällen zugucken. Er war gar nicht weit weg, nur ein paar Schritte. Wirklich.« Geräuschvoll zog er Rotz die Nase hoch. »Und dann war Mama auf einmal fort.«

»Wir finden sie schon«, sagte Marco und riss ein Stück von seinem Kringel ab. »Magst du?«

Die Tränen versiegten. Ein schüchternes Lächeln zeigte sich auf dem kleinen Gesicht, als er nach dem zuckrigen Gebäck griff und es sich in den Mund stopfte.

»Ich hebe dich jetzt hoch und du schaust, ob du deine Mama siehst«, erklärte Marco.

Staunend beobachtete Antonella, mit welcher Selbstverständlichkeit Marco den Jungen auf den Arm nahm. Dass er so gut mit Kindern umgehen konnte, hatte sie nicht geahnt. Sie kannte noch längst nicht alle seine Seiten. Diese hier gefiel ihr ungemein gut. Der Anblick des Jungen, der sich vertrauensvoll in Marcos Arme schmiegte, und das verhaltene Lächeln auf Marcos Gesicht, berührten sie zutiefst. Er sollte eigene Kinder haben, fand sie. Er wäre sicher ein wunderbarer Vater. Unwillkürlich lächelte sie ebenfalls. Immer noch dachte sie von Marco nicht als ihren Ehemann. Manchmal wachte sie nachts auf und glaubte, alles nur geträumt zu haben. Dann rief sie sich ins Gedächtnis, dass sie tatsächlich mit dem Sohn des Marchese di Raimandi verheiratet war.

»Carlo! Carlo, wo bist du?« Eine Frau hetzte die Straße entlang, im Schlepptau hatte sie einen Jungen, den Antonella auf sechs Jahre schätzte.

Der Junge in Marcos Armen begann zu zappeln. »Mama!«

»Carlo!« Mit ausgestreckten Armen stürmte sie auf Marco zu. »Gott sei Dank. Wo haben Sie ihn gefunden, Signore?«

»Er lief die Straße entlang und suchte seine Mama.«

»Habe ich dir nicht gesagt, du sollst bei mir bleiben?«, schalt sie, während sie das Kind aus Marcos Armen nahm und das mit Schmutz und Zucker verschmierte Gesicht küsste.

»Ich wollte doch nur dem Mann mit den Bällen zugucken, aber dann ist er weitergegangen und plötzlich warst du weg.«

»Du bist fortgelaufen«, sagte sie und stellte das Kind auf den Boden. »Ich danke Ihnen vielmals, Signore. Ich bin Tiziana Ferrante, mir gehört die Osteria *Il Postiglione* an der Via Aurelia.«

»Marco Rossi, und das ist meine Frau Antonella.«

Die Frau lächelte. »Schön, Sie kennenzulernen. Leben Sie hier oder sind Sie auf der Durchreise? Auf dem Markt habe ich Sie bisher nicht gesehen.«

»Wir leben seit Kurzem hier und es ist unser erster Besuch auf dem Markt«, antwortete Marco.

»Ah ja. Nun, vielen Dank, dass Sie sich so gut um Carlo gekümmert haben. Wenn Sie mögen, kommen Sie doch einmal in der Osteria vorbei, ich lade Sie auf einen Becher Wein ein. Sie liegt an der Via Aurelia in Richtung Cecina. Jetzt muss ich mich aber wirklich sputen, ich brauche noch Käse und Fisch und dann muss ich auch schon in die Küche. Ciao.«

Mit dem Kind auf dem Arm ging sie zu einem Stand, an dem Käse und Wurst verkauft wurde. Der ältere Junge warf noch einen scheuen Blick auf Marco, bevor er seiner Mutter folgte.

Marco blickte ihnen lächelnd nach, dann wandte er sich an Antonella. »Lass uns dorthin gehen und schauen, ob wir Rosen bekommen.« Er deutete in die Richtung, aus der das Kreischen der Faraonas ertönte.

Mit vier Rosenstöcken im Gepäck machten sie sich ein wenig später auf den Weg zurück, um Alessandro zu treffen. Vor dem Stand des Tuchhändlers hielt Marco inne. »Wir sollten das Tuch kaufen, die Farben passen wirklich sehr gut zu dir.«

»Können wir uns das denn leisten?«

Marco nickte. »Die Rosen waren nicht so teuer.«

Nachdenklich beobachtete Antonella, wie er mit dem Händler um den Preis feilschte. Hatten sie wirklich genug Geld oder war Marco einfach zu sorglos? Sie mussten über den Winter kommen und im nächsten Frühjahr die Passage nach Amerika bezahlen.

Lächelnd legte Marco ihr das neue Tuch um die Schultern. »Brauchst du noch etwas oder können wir gehen?«

»Ich würde gerne noch etwas Käse mitnehmen. Dort vorne verkaufen sie Pecorino.«

Am Käsestand erblickte Antonella die Mutter der beiden Jungen, Tiziana. Vor ihr stand ein Mann, der auf sie einredete. Sie konnte nicht verstehen, was er sagte, doch seine angespannte, leicht vorgebeugte Haltung und seine geballten Hände ließen vermuten, dass er der Frau nicht freundlich gesinnt war. Tiziana hielt ihren kleinen Sohn an der Hand, in der anderen trug sie einen Korb. Der ältere Junge stand halb hinter ihr. Sie schüttelte heftig den Kopf. Inzwischen waren Marco und Antonella nahe genug, um zu verstehen, was sie sagte: »Spar dir deine Worte. Ich werde die Osteria weiterführen.«

»Das schaffst du niemals. Nicht alleine. Und aus dem Ort will doch keiner bei dir arbeiten. Nicht nach …«

Erzürnt fiel sie ihm ins Wort. »Nicht alle glauben das Geschwätz, das du verbreitest. Irgendwann werde ich schon jemanden finden, der für mich arbeitet.«

Der Mann lachte höhnisch. »Ach ja? Du bietest schon mehr Lohn als andere und hast immer noch niemanden. Sei vernünftig, verkauf mir das Postiglione und such dir wieder einen Mann.« Seine Stimme wurde schmeichelnd. »Du bist doch eine hübsche Frau und jung genug, um noch Kinder zu bekommen. Silvio hat dir Geld hinterlassen. Du hast es nicht nötig, dich für eine heruntergekommene Osteria abzurackern.«

Tiziana warf den Kopf in den Nacken. »Das Postiglione ist nicht heruntergekommen. Und bevor ich es dir verkaufe, brenne ich es nieder.« Sie wandte sich zu dem Käseverkäufer um. »Was kostet der Pecorino Sardo?«

Grob packte der Mann sie am Arm. »Du wirst schon sehen, was du davon hast.«

Der kleine Junge Carlo riss erschrocken die Augen auf und fing an zu weinen. Tiziana versuchte sich loszureißen, doch der Mann hielt sie fest. Mehrere Leute wurden auf sie aufmerksam, aber niemand griff ein.

Marco trat an sie heran und räusperte sich. »Belästigt dieser Mann Sie, Signora Ferrante?«, fragte er laut. Unwillig ließ der Fremde Tiziana los und musterte Marco und Antonella. »Wer sind die? Gäste von dir?« Er grinste hämisch. »Passt auf, dass ihr euch an ihrem Essen nicht den Magen verderbt. Sie ist nicht gerade für ihre gute Küche bekannt.«

Röte stieg in Tizianas Wangen. Sie setzte zu einer Antwort an, doch dann warf sie den Kopf zurück, drehte dem Mann den Rücken zu und sprach mit dem Verkäufer.

Marco fixierte den Mann, bis dieser den Blick senkte und sich davonmachte.

»Danke!« Tiziana hatte Carlo losgelassen, um zu bezahlen. Das Kind klammerte sich an ihren Rock und schniefte, während der ältere Sohn mit dem Fuß einen Stein wegkickte und finster die Stirn runzelte.

»Was wollte er von Ihnen?«, fragte Antonella.

Tiziana seufzte. »Er ist ein Cousin meines verstorbenen Mannes. Seit Silvios Tod versucht er mir die Osteria abzukaufen. Jetzt muss ich Ihnen schon das zweite Mal für Ihre Hilfe danken. Ich würde mich freuen, wenn Sie meine Einladung annehmen.«

Marco warf Antonella einen fragenden Blick zu. Als sie lächelte, nickte er. »Wir kommen gerne einmal vorbei.«

2. KAPITEL

Sie verabschiedeten sich von der Signora und gingen zurück zur Straße, die nach Castagneto führte. Auf einer niedrigen Mauer, die einen Garten neben der Ferramenta begrenzte, saß Alessandro neben drei Männern in seinem Alter. Einer sprach, die anderen nickten. Alessandro rauchte eine seiner selbstgedrehten Zigaretten. Der Wind wehte den beißenden Geruch bis zu Antonella. Die Szene glich denen, die sie in Cerreto oft beobachtet hatte –, und nicht nur dort. Unwillkürlich kicherte sie.

Marco wandte den Kopf. »Was ist?«

»Ich glaube, man kann in jedes Dorf in Italien gehen und wird überall die alten Männer finden, die auf den Mauern oder Bänken sitzen, rauchen und tratschen. Dabei heißt es doch immer, Frauen würden das tun. Aber wir Frauen sind meist viel zu beschäftigt. Wir reden beim Waschen oder beim Wasserholen am Brunnen.«

Marco lachte. »Du hast recht. Selbst in Pisa habe ich sie so hocken sehen.«

»Mir würde es gefallen, wenn du irgendwann mit deinen Freunden dort säßest«, entfuhr es ihr.

Nachdenklich sah er sie an. »Du würdest gerne bleiben, nicht wahr?«

»Du nicht auch?«

»Ich weiß nicht. Hier sind wir einigermaßen sicher, solange mich niemand erkennt und denunziert. Aber mitansehen, wie dieses Land weiterhin unter der Fremdherrschaft leidet, und nichts tun zu können ...«

Nein, das konnte er nicht, das wusste sie nur zu gut. Er hatte sein bisheriges Leben und seine Familie aufgegeben, um sich den Rebellen von Giovine Italia anzuschließen. Er war bereit gewesen, sein Leben für Mazzinis Ideen zu opfern. Es entsprach nicht seiner Natur, sich aufs Land zurückzuziehen, während seine Freunde weiter kämpften und starben. Und sie würde vor Angst zugrunde gehen, wenn er sich wieder im Widerstand engagierte.

»Wo du hingehst, da will auch ich hingehen«, zitierte sie ihren Trauspruch und drückte seinen Arm. »Wir gehen nach Amerika.«

Auf der Heimfahrt kam ihnen ein Mann entgegen. Er war ungewöhnlich groß und massig. Sein Gang wirkte irgendwie ungelenk, als hätte er Probleme, die Schritte richtig zu setzen, doch es sah nicht so aus wie bei einem Betrunkenen.

»Ciao Alessandro«, rief er, als er näher kam, und deutete auf Rinaldo. »Da hast du aber ein schönes Pferd.«

Er sah seltsam aus. Augen, Mund und Nase waren merkwürdig gedrängt in seinem flachen Gesicht. Als hätte sein Schöpfer nicht das richtige Maß benutzt, sondern die Züge eines kleineren, zarteren Mannes in das Gesicht eines großen gesetzt. Als sein Blick auf Antonella fiel, verzog er den Mund zu einem breiten Lächeln. »Oh, so eine hübsche Signorina! Dich habe ich noch nie gesehen, aber ich hab dich jetzt schon lieb.«

»Die Signorina ist eine Signora, Ugo«, sagte Alessandro. »Sie ist mit diesem jungen Mann hier verheiratet.« Er deutete auf Marco. »Und ihm gehört auch das Pferd.«

Der Mann strahlte Marco an. »Du Glückspiltz! Aber du siehst auch nett aus. Ich muss weiter. Ciao ihr Lieben.«

»Ciao Ugo«, rief Alessandro.

»Wer war das?«, fragte Antonella.

»Ugo Ferrante.« Alessandro zögerte, bevor er weitersprach. »Die Leute reden über ihn, weil er nicht ganz richtig im Kopf ist, aber ihr braucht keine Angst vor ihm zu haben, er tut keiner Fliege etwas zuleide.«

»Ferrante? Ist er mit Tiziana Ferrante verwandt?«, fragte Marco.

»Er ist der jüngere Bruder ihres verstorbenen Mannes. Woher kennt ihr Tiziana?«

»Wir haben sie eben auf dem Markt getroffen. Sie erzählte uns, dass sie eine Osteria hier in der Nähe besitzt.«

»Ach ja, das *Il Postiglione*. Früher eine der besten Herbergen in dieser Gegend.«

»Früher?«

Alessandro schnalzte. »Ich kannte noch den alten Ferrante. Ein Kerl wie ein Baum. Bei ihm ging es immer anständig zu, da hat sich keiner getraut, das Schankmädchen anzugrapschen. Und wenn doch, gab es eins auf die Rübe. Und kochen konnte der! Göttlich. Vor acht Jahren ist er gestorben und sein Sohn Silvio hat das Postiglione übernommen. Das Kochen hat er von seinem Vater gelernt. Er hat die Osteria mit seiner Mutter und seiner Frau weiterbetrieben.«

»Mit Tiziana?«, warf Antonella ein.

»Nein. Mit seiner ersten Frau, Maria. Sie war ein Biest mit Haaren auf den Zähnen. Sie starb im Wochenbett, und ihr Kind mit ihr. Danach hat Silvio Tiziana geheiratet. Sie kommt nicht von hier, er hat sie in Pisa kennengelernt.«

»Oh«, sagte Antonella. »Dann hatte sie es sicher nicht leicht hier.« Sie dachte an die junge Frau, die Anselmo vorletzten Mai aus der Toskana in ihr Dorf in den Bergen mitgebracht hatte. Die Leute von Cerreto hatten sie nicht besonders freundlich empfangen und Anselmos Mutter hatte keinen Hehl daraus gemacht, wie sehr sie die fremde Schwiegertochter missbilligte.

Alessandro hob die Schultern. »Leicht hatte sie es nicht. Die Leute hier sagen ›lieber einen Toten im Haus als einen Pisaner vor der Tür‹.«

»Ja, das sagen sie bei uns auch«, stimmte Antonella zu. »Aber hauptsächlich deshalb, weil in Pisa jedes Mal Schafe aus den Herden gestohlen werden, wenn die Hirten durchziehen.«

»Die Pisaner sind ein hinterhältiges Pack«, sagte Alessandro und spuckte in hohem Bogen auf die Straße. »Aber Tiziana ist schon in Ordnung. Wenn sie nur nicht so unvernünftig wäre.«

»Wieso ist sie unvernünftig?«

»Eine Osteria zu führen, als Frau!« Seine Stimme war vor Empörung ein paar Töne höher.

Aus den Augenwinkeln sah Antonella Marcos Mundwinkel zucken.

»Aber was ist denn daran falsch?«, wandte sie ein.

Alessandro runzelte die Stirn. »Es schickt sich nicht.« Damit schien für ihn das Thema erledigt. Er wandte den Kopf ab und ließ seinen Blick über die Landschaft schweifen.

Antonella tat es ihm gleich. Links der Straße erstreckte sich ein Feld von Sonnenblumen. Die meisten waren bereits verblüht, die Blütenköpfe waren schwer von den Kernen. Bald würden sie geerntet werden, hatte Marco ihr erzählt, und aus den Kernen würde Öl gemacht. Rechts hoben sich die ersten Hügel der sanften Berge des Hinterlandes von Castagneto. Olivenbäume wuchsen dort, deren silbrige Blätter in der Sonne schimmerten. Heiß war es und überall zirpten die allgegenwärtigen Zikaden. An einer Weggabelung stand ein Kreuz, darunter lagen Blumen. Einige waren schon vertrocknet. Hier bog Marco links ab in den schmalen Weg, der zu Alessandros Land führte. Rechts und links des Weges waren Gräben gezogen. Es gäbe hier heftige Gewitter mit gewaltigen Regenfällen, erklärte Alessandro. Ohne die Gräben würden die Wege überflutet. Jetzt allerdings war das Gras an der Böschung gelb und staubig. Es hatte seit Wochen nicht geregnet.

Marco lenkte Rinaldo in einen schmalen Pfad, der bergauf zu Alessandros Pachtland führte. An Ende des Pfades ragten zwei Zypressen in den Himmel. Antonella lächelte. Jedes Mal, wenn sie die Zypressen passierten, hatte sie das Gefühl, nach Hause zu kommen, dabei lebten sie erst seit acht Wochen hier. Doch die dichten Wälder auf den Hügeln hinter Castagneto erinnerten sie an die Wälder ihrer Heimat. Vor dem kleinen Haus, das sie bewohnten, zügelte Marco Rinaldo.

Das Pferd hob den Kopf und wieherte. Von einer kleinen Weide hinter dem Haus kam Antwort. Ombra, der Graue, den Marco auf ihrer Reise nach Genua gekauft hatte, trabte zum Zaun und begrüßte seinen Pferdefreund.

Während Marco Rinaldo abschirrte und auf die Weide brachte, trug Antonella die Einkäufe ins Haus. Im Parterre lagen die Küche und eine Wohnstube, in der Alessandro schlief. Der erste Stock war wie bei fast allen Häusern hier über eine Außentreppe zu erreichen. Dort hatten Marco und sie zwei kleine Zimmer. Alessandro hatte sie ihnen bereitwillig überlassen. Seine Frau war ein Jahr zuvor gestorben und er hatte die Mitte fünzig überschritten. Auch wenn er sich oft brummig gab, war er dankbar für Marcos Hilfe bei der Bewirtschaftung des Landes und schätzte Antonellas Kochkünste.

Beim Abendessen fiel das Thema noch einmal auf Tiziana und die Osteria.

Alessandro schüttelte bedauernd den Kopf. »Es ist ein Jammer. Seit Silvio vorletzten Sommer gestorben ist, ist das *Il Postiglione* nicht mehr das, was es war. Früher war es bekannt für seine gute Küche, doch Tiziana kann nicht kochen und inzwischen ist es völlig heruntergewirtschaftet. Sie arbeitet wie ein Maultier, aber sie schafft es nicht allein. Und dieser Schwachkopf kann ihr nicht viel helfen.«

»Was ist mit ihrer Schwiegermutter?«, fragte Antonella. »Du hast doch gesagt, ihr Mann hätte die Osteria mit seiner Frau und seiner Mutter geführt.«

»Irma ist vor vier Jahren am Wechselfieber gestorben.«

»Warum stellt sie keinen Koch ein?«

Verständnislos blickte Alessandro sie an. »Welcher Mann arbeitet freiwillig unter dem Kommando einer Frau?«

Antonella bemühte sich, nicht ungeduldig zu klingen. »Dann halt eine Köchin.«

Alessandros Gesichtsausdruck wechselte von verständnislos zu empört. »Wie stellst du dir das vor? Für Fremde zu kochen, ist doch keine Arbeit für eine Ehefrau. Und welcher Vater erlaubt es seiner Tochter, sich in einer heruntergewirtschafteten Schenke herumzutreiben? Tiziana hat alles versucht, sogar mehr Lohn geboten als üblich. Nein, das Klügste wäre, sie würde das *Il Postiglione* verkaufen und wieder heiraten. Sie ist tüchtig, Silvio hat ihr eine hübsche Summe Geld hinterlassen, sie würde schnell einen Mann finden.«

»Als wir sie auf dem Markt trafen, wurde sie von einem Mann bedrängt, der wollte, dass sie ihm die Osteria verkauft. Er war sehr aufdringlich«, sagte Antonella.

»Ach, das war sicher Pelagatti, Silvios Vetter.« Alessandro winkte ab. »Ein Idiot. Der furzt höher, als sein Arsch hängt.«

»Was?« Antonella prustete.

»Der ist ein Großmaul. Wenn ihm jemand entgegentritt, zieht er den Schwanz ein.«

»Den Eindruck hatte ich auch«, sagte Marco.

3. KAPITEL

In der Nacht erwachte Antonella. Sie öffnete die Augen und lauschte. Neben sich hörte sie Marcos regelmäßigen Atem. Er war es nicht, der sie geweckt hatte. Der Druck in ihrer Blase war es, stellte sie gleich darauf fest. Vorsichtig schlug sie die Decke zurück, tappte zur Tür und schlich hinaus. Der Mond schob sich gerade über die Zinnen des Castello de Segalari auf dem Hügel hinter ihrem Land. Er war beinahe voll und schien so hell, dass sie leicht den Weg zur Toilette fand. Seit einigen Tagen musste sie öfter Wasser lassen als sonst. Nicht nur nachts, auch tagsüber. Dabei trank sie gar nicht mehr oder anders als früher.

Sie ging nicht direkt zurück ins Haus, sondern lehnte sich an den Stamm des riesigen Persimonenbaumes, der davor stand und beobachtete den Mond, wie er langsam höher stieg. Um sie herum zirpten die Grillen. Elfchen nannte Marco sie, ihres zarten, melodischen Gesangs wegen. In der Ferne quakten Frösche und aus den Wäldern, die das Castello umgaben, drang der Ruf eines Käuzchens. Sie dachte an ihren Besuch auf dem Markt, daran, wie selbstverständlich Marco den kleinen Carlo getröstet hatte. Er sollte wirklich eigene Kinder haben.

Und plötzlich schienen die Geräusche der Nacht zu verstummen, stattdessen hörte sie ihr Herz schlagen und das Blut in ihren Ohren rauschen. Was hatte sie eben gedacht? Marco sollte Kinder haben? Hastig rechnete sie nach. Es war bereits zehn Wochen her, dass sie zum letzten Mal geblutet hatte. Das erste Mal war ihre Blutung Ende Juli ausgeblieben, als sie sich in San Martino versteckt hatten. Damals war es ihr vor lauter Sorge um Marco nicht aufgefallen. Das zweite Mal im August, als sie hier angekommen waren. Das hatte sie auf ihre überstürzte Flucht aus Genua und die neue Umgebung geschoben. Doch jetzt wusste sie, woran es lag. Sie erwartete ein Kind. Deshalb der vermehrte Harndrang, deshalb hatte sie seit einigen Tagen das Gefühl, ihre Brüste wären größer geworden. Sie legte die Hand auf ihren Bauch.

Wann bist du entstanden? In der Nacht, als das Gewitter in den Bergen tobte und wir uns das erste Mal nach seiner Flucht wieder geliebt haben? Oder auf dem Fußboden der Wohnstube, nachdem Tommaso uns gefunden hat?

Wie würde Marco reagieren?

Leise öffnete sie die Tür und schlich zum Bett. Als sie unter die Decke kroch, legte Marco den Arm um sie. »Du warst lange draußen. Hattest du ein Stelldichein mit einem Faun, mein Kastanienmädchen?«

»Nein, nur mit dem Mond. Er ist fast voll und wunderbar hell.«

Selbst hier im Zimmer war sein Schein so hell, dass sie Marcos Lächeln und seine Augen sehen konnte.

»Marco …« Sie stockte. Sollte sie es ihm wirklich jetzt schon sagen oder war es besser zu warten, bis ihre nächste Blutung ausblieb, um ganz sicher zu sein?

»Diesen Ton kenne ich«, sagte er. »Den hast du immer, wenn du über etwas grübelst. Was gibt es?«

Ein wenig bang suchte sie seinen Blick. »Ich erwarte ein Kind«, sagte sie sehr leise.

Ein Leuchten glitt über sein Gesicht. Es begann in seinen Augen und zog seine Mundwinkel nach oben zu dem schönsten Lächeln, das sie je bei ihm gesehen hatte. Diesen Augenblick wollte sie festhalten, für immer in ihrem Herzen verschließen, denn wenn er feststellte, welche Folgen ihre Offenbarung hatte, würde er vielleicht nicht mehr so glücklich aussehen.

»Antonella!« Ungestüm zog er sie in seine Arme, drückte sie an sich. Dann ließ er sie los und musterte sie prüfend. »Du siehst nicht glücklich aus. Freust du dich nicht?«

Freute sie sich? »Ich bin überrascht. Es ist mir eben erst klar geworden, dabei hätte ich es schon früher merken können.« Immer noch lag dieses Lächeln auf seinem Gesicht.

Doch sie freute sich. Ein Kind von Marco. Vielleicht erbte es seine Augen. Vielleicht war es das Beste, wenn sie jetzt gar nichts weiter sagte, sondern einfach nur glücklich mit ihm war. Doch er kannte sie zu gut.

»Irgendetwas macht dir Sorgen. Was ist es?«

»Wenn ich richtig rechne, kommt das Kind Mitte März. Wir wollten doch nächstes Frühjahr das Schiff nach Amerika nehmen. Aber hochschwanger kann ich nicht reisen, und mit einem Neugeborenen auch nicht.« Nun war es raus.

Marco legte sich auf den Rücken und starrte an die Decke. Minuten vergingen. Antonella schwieg und lauschte auf das Schlagen ihres Herzens. Schließlich drehte er sich wieder zu ihr. »Nenn mich sentimental, mein Kastanienmädchen, aber ich möchte, dass unser Kind hier geboren wird, als Italiener, nicht als Amerikaner. Vielleicht ist es ein Wink des Schicksals, oder meinetwegen auch Gottes Wille, dass du jetzt schon schwanger bist. Vielleicht sollen wir erst einmal hierbleiben. Amerika läuft uns nicht weg, und so wird unser Kind seine Wurzeln hier haben.«

Jetzt erst bemerkte sie, dass sie den Atem angehalten hatte, während er gesprochen hatte. »Denkst du das wirklich?«

Er nickte. »Das tue ich.«

Sie spürte, wie ihre Mundwinkel sich hoben. Ein glucksendes Lachen stieg in ihre Kehle und gleichzeitig füllten sich ihre Augen mit Tränen. Weinen vor Glück. Teresa hatte ihr erzählt, dass sie bei Tommasos Heiratsantrag vor Glück geweint hatte. Jetzt wusste Antonella, wie es sich anfühlte.

»Wenn wir hierbleiben, muss ich eine Arbeit finden«, sagte Marco. »Auf die Dauer kann uns Alessandros Land nicht alle ernähren.« Er drehte sich wieder auf den Rücken und starrte an die Decke.

»Vielleicht kannst du auf einem Weingut arbeiten. Als …« Wie hieß das Wort? »Cantiniere.«

Er runzelte die Stirn. »Das würde ich sehr gerne, aber ich habe keine Referenzen, oder vielmehr, ich kann die, die ich habe, nicht angeben. Aber eine Stelle als Arbeiter sollte ich auch ohne Referenzen bekommen können.«

»Gibt es denn Weingüter in der Nähe?« Ihr graute vor dem Gedanken, das liebliche Vallone di Segalari zu verlassen. Doch die Vorstellung, dass Marco irgendwo weit entfernt arbeiten würde und vielleicht nur alle paar Wochen nach Hause käme, war noch schlimmer. Plötzlich kamen ihr die Worte einer der Frauen von Cerreto in den Sinn: »Wartet erst einmal ab, bis ihr verheiratet seid und euren Liebsten in den langen Winternächten nicht bei euch habt«, hatte Onelia gesagt. Wie gut sie die junge Frau nun verstehen konnte. Und auch ihre Mutter, die in den Tagen vor der Heimkehr der Männer wie ein aufgescheuchtes Huhn herumgehetzt war.

»Bei Bolgheri gibt es ein kleines Gut, die Fattoria Moretti, dort könnte ich versuchen als Landarbeiter unterzukommen.«

Etwas ungläubig blickte Antonella ihn an. Natürlich kannte er sich mit den Arbeiten auf einem Weingut aus, schließlich war sein Vater der Besitzer eines der größten Anwesen in der Toskana. Aber es bestand doch ein gewaltiger Unterschied zwischen dem Wissen, was zu tun war, und darin, jeden Tag selbst in den Weinbergen zu schuften.

»Warum schaust du mich so an? Traust du mir das nicht zu?«

Im Mondlicht konnte sie seine Augen funkeln sehen. Er wartete nicht auf ihre Antwort. »Als mein Vater mich vor drei Jahren aus Pisa zurückgeholt hat, hat er mich dazu verdonnert, zwei Monate lang wie ein Tagelöhner zwölf Stunden in den Weingärten zu arbeiten. Ich sollte damit meine Spielschulden abarbeiten. Es ist hart, aber ich kann das. Und es hat mir besser gefallen, als in muffigen Hörsälen zu sitzen und alten Männern beim Dozieren zuzuhören.«

»Dozieren?« Diesen Ausdruck kannte sie nicht.

»Schulmeistern, predigen.«

Sie nickte, doch mit ihren Gedanken war sie woanders. »Erinnerst du dich, was Alessandro heute erzählt hat? Dass Tiziana dringend eine Köchin sucht, aber keine findet, obwohl sie mehr bezahlen würde als üblich?«

»Ja«, sagte Marco gedehnt. »Denkst du etwa daran, dort als Köchin zu arbeiten?«

Warum klang er so skeptisch? Hielt er es etwa für unschicklich wie Alessandro? Er hatte sich doch bisher nicht um die Meinung anderer Leute geschert.

»Warum nicht? Hast Angst um meinen Ruf?«

»Nein, aber in deinem Zustand? Du musst dich doch schonen.«

Sie lachte. »Das Kind kommt erst im März. Soll ich bis dahin hier herumsitzen und die Hände in den Schoß legen?«

Er hob die Schultern. »So kenne ich das.«

»Du meinst, wenn deine Mutter schwanger war, hat sie nichts mehr gearbeitet?« Insgeheim fragte sie sich, was seine Mutter überhaupt getan hatte, das körperlicher Arbeit gleichkam.

»Sie hat natürlich den Haushalt weitergeführt, und gestickt und genäht und so ...« Seine Stimme verklang, er schüttelte den Kopf. »Mein Gott, das hört sich an, als wäre sie eine verwöhnte Göre, aber das ist sie nicht.«

»Ich weiß«, sagte sie. »Du hast mir erzählt, dass sie es nicht einfach hatte. Aber die Frauen bei uns arbeiten ganz normal weiter. Wie soll es auch anders gehen? Die Männer sind im Winter nicht da und irgendjemand muss die Arbeit tun.«

Immer noch lagen Zweifel in seinem Blick. »Wenn du meinst …«

»Ich brauche eine Hebamme. Tiziana weiß sicher, wo ich eine finde. Lass uns doch ihre Einladung annehmen und sie fragen. Dabei können wir uns die Osteria ansehen.«

Marco nickte, sein Lächeln kehrte zurück. »Das ist eine gute Idee.«

Vorsichtig legte er die Hand auf ihren Bauch. »Wir werden ein Kind haben. Ich bin gespannt, ob es ein Junge oder ein Mädchen wird.«

Wahrscheinlich wünschte er sich einen Sohn, wie die meisten Männer.

»Ein Junge mit deinen Augen wäre schön«, sagte sie. Seit sie Marco kannte, waren schwarzes Haar und blaue Augen für sie das Schönste.

Er lachte leise. »Mir wäre ein Mädchen fast lieber. Emilia hat meinen Eltern nicht halb so viele Sorgen bereitet wie ich. Selbst Enrico war nicht immer nur der brave Sohn.«

»Emilia. Das ist ein schöner Name. So weich und melodisch. Besonders wenn du ihn aussprichst. Wenn es ein Mädchen wird, würde ich sie gerne Emilia nennen und mit zweitem Namen Francesca. Wäre dir das recht?«

»Aber ja. Und wenn es ein Junge wird, würde ich ihn gerne Fabrizzio nennen, oder Enrico. Und du musst mir etwas versprechen.«

»Was?«

»Sollte ich jemals versuchen, unsere Kinder zu zwingen, ihr Leben nach meinen Vorstellungen zu leben, ihnen ihren Beruf oder ihre Ehegatten auszusuchen, trittst du mir in den Hintern, ja? Wir wissen beide, wie schrecklich das ist.«

Stürmisch umarmte sie ihn. »Das mache ich.«

Er drückte sie an sich, küsste sie, streichelte ihr Haar, dann ihren Rücken. »Bist du müde?«, murmelte er.

Sie erwiderte seinen Kuss, spürte seine Wärme durch ihr Hemd, und noch etwas anderes.

»Dürfen wir das noch?«, fragte er, als sie sich an ihn drängte.

»Gestern hat es jedenfalls nicht geschadet«, gab sie glucksend zurück. »Dann wird es heute auch nicht schaden.«

4. KAPITEL

Am folgenden Sonntag spannte Marco Rinaldo vor den Karren und kutschierte mit Alessandro und Antonella zu der kleinen Kapelle von Donoratico. Zu Antonellas Überraschung schien Marco dieses Mal nicht nur aus Pflichtgefühl zum Gottesdienst zu gehen. Selten hatte sie ihn so inbrünstig beten sehen wie heute. Als der Gottesdienst zu Ende war, ging er nach vorne zu dem kleinen Altar mit dem Marienabbild und zündete eine Kerze an.

»Für unser Kind«, erklärte er auf ihren fragenden Blick hin.

Gegend Abend ritten Antonella und Marco zum *Il Postiglione*. Es war Marcos Idee, die Osteria abends wie normale Gäste zu besuchen. Er wollte nicht nur das Haus sehen, sondern auch wissen, welche Art von Gästen dort verkehrte.

Der Weg war kürzer als erwartet, sie würde zu Fuß nur eine halbe Stunde bis dorthin brauchen, schätzte Antonella.

Das Gebäude war zwei Stockwerke hoch und aus Naturstein erbaut. Der Eingang zum Schankraum war ebenerdig, links davon führte eine Treppe nach oben zu einer weiteren Tür im ersten Stock. Vermutlich befanden sich dort die Zimmer für die Gäste und Tizianas Räume. Blumenkübel standen vor dem Eingang zum Schankraum und auch auf der Balustrade im ersten Stock. Aus ihnen leuchteten Wunderblumen in Weiß und Rosa. An der Ecke des Hauses rankte eine prächtige rosa Bougainvillea empor. Eine Hecke aus Oleanderbüschen erstreckte sich die Straße entlang; vermutlich lag der Garten dahinter. Das Schild über dem Eingang zeigte eine vierspännige Postkutsche, wo auf dem vordersten Pferd ein Mann saß: der Postillion.

Von der Straße aus machte die Osteria einen gefälligen und einladenden Eindruck.

Sie banden die Pferde an und betraten den Schankraum. Auf den ersten Blick wirkte das Postiglione um einiges gepflegter als so manche Herberge, in der sie auf ihrer Reise durch die Berge Halt gemacht hatten. Entlang der Wände standen Bänke und lange Tische, in der Mitte des Raumes ein paar kleinere Tische mit Stühlen. An der Stirnseite erblickte Antonella einen großen Kamin, vor dem ein weißbraun gefleckter Hund lag und schlief. Links neben dem Kamin befand sich ein Durchgang. Dahinter musste die Küche sein. Außer drei älteren Männern, die an einem der Tische saßen und würfelten, waren keine Gäste im Raum. Einer der Männer hob den Kopf und musterte sie.

»Eh, Tiziana, du hast Gäste«, rief er in Richtung des Durchgangs.

Der Hund hob den Kopf und bellte einmal kurz. Er schien schon sehr alt zu sein, seine Schnauze und sein Gesicht waren ergraut.

Tiziana kam in den Schankraum gehastet, wobei sie sich die Hände an ihrer Schürze abwischte. Ihr Haar war unter einer Haube verborgen. Als sie Antonella und Marco erblickte, lächelte sie. »Sie sind das! Schön, dass Sie vorbeikommen. Setzen Sie sich doch.« Sie wartete nicht auf eine Antwort, sondern lief zurück in die Küche.

Antonella zupfte Marco am Ärmel und ging zu der Bank an der rechten Wand. Von dort konnte sie in die Küche sehen. Marco folgte ihr.

Kurze Zeit später kam Tiziana zurück und stellte einen Krug und zwei Becher auf den Tisch. »Als Dank für Ihre Hilfe auf dem Markt.« Sie zögerte. »Möchten Sie auch etwas essen?«

»Ja, gerne«, antwortete Marco. »Was gibt es denn?«

»Rinderbraten mit Gemüse.«

Während Tiziana in der Küche hantierte, blickte Antonella sich um. Der Fußboden bestand aus den für diesen Landstrich typischen Terrakottafliesen. An einigen Stellen war er fleckig von verschüttetem Wein und in den Ecken sammelte sich der Staub. Die Abendsonne schien durch die Fenster und enthüllte, dass sie schon länger nicht geputzt worden waren. Wie vereinbarte sich das mit den gepflegten Blumenkübeln und Rabatten vor der Tür? Außen hui und innen pfui?

Marco schenkte den Wein ein und prostete ihr zu. »Salute.«

Lächelnd hob Antonella den Becher. Der Wein war so dunkel, dass er fast schwarz wirkte, doch er roch nur ein wenig säuerlich. Sie beobachtete Marco, der ebenfalls an seinem Becher roch und die Stirn runzelte. Er schwenkte den Becher, roch erneut daran und trank einen Schluck.

»Du lieber Himmel!«, entfuhr es ihm »Was ist das? Essig?«

Vorsichtig nippte Antonella an ihrem Becher. Der Wein war so sauer, dass sie das Gefühl hatte, ihre Wangen würden nach innen gezogen. Auch der Wein, den der Vater ihrer Freundin in Cerreto gekeltert hat, war herb gewesen, doch einen derartig sauren Wein hatte sie noch nicht getrunken.

Tiziana brachte Besteck und kurz darauf zwei Teller, auf denen jeweils zwei Scheiben Fleisch in Soße und Gemüse lagen. »Bitte schön!«

»Bring uns noch einen Krug Wein, Tiziana«, rief ihr einer der Würfelspieler vom Nachbartisch zu.

»Sofort!« Sie huschte wieder in die Küche.

Antonella beäugte ihren Teller. Das Fleisch roch gut, doch das Gemüse, Zucchini, wirkte völlig zerkocht. Wahrscheinlich hatte Tiziana es schon vor Stunden zubereitet. Die erste Gabel bestätigte ihren Verdacht. Die Zucchini schmeckten nach gar nichts. Offenbar wusste Tiziana nicht mit Gewürzen umzugehen. Sie beobachtete Marco, der an dem Fleisch herumsäbelte. Entweder war das Messer stumpf oder das Fleisch zäh. Marco schob sich das Fleisch in den Mund und kaute und kaute. Schließlich griff er nach dem Becher und spülte den Bissen mit einem großen Schluck Wein herunter. Dann beugte er sich vor. »Mit einem hat ihr Verwandter recht«, sagte er leise. »Mit ihren Kochkünsten ist es nicht weit her.«

Antonella kostete die Soße. Sie schmeckte recht annehmbar, doch auch ihr fehlte das Aroma, das man nur mit Gewürzen hinbekam. Das Fleisch allerdings war ungenießbar. Es glich in seiner Konsistenz altem Leder und hatte keinerlei Geschmack.

Antonella hob den Kopf und entdeckte Tiziana, die am Durchgang zur Küche stand und sie beobachtete. Ihr Gesicht wirkte abgespannt und besorgt. Als sie Antonellas Blick bemerkte, kam sie an den Tisch. »Es schmeckt Ihnen nicht.« Es war eine Feststellung, keine Frage.

Antonella beschloss, ehrlich zu sein. »Nein, leider nicht. Das Gemüse ist zu lang gekocht und das Fleisch ist zäh.«

Seufzend hob Tiziana die Hände. »Seit mein Mann tot ist, muss ich kochen und die Gäste bedienen. Deshalb muss ich bereits Stunden vorher alles vorbereiten und warm halten. Da wird jedes Fleisch zäh.«

Antonella schüttelte den Kopf. »Nicht, wenn man das Fleisch einlegt und es dann auf ganz kleiner Flamme gart. Es darf nicht kochen.«

»Sie kennen sich aus, Signora! Darf ich fragen ...?« Hufschläge und das Geratter von Rädern unterbrachen Tiziana. »Das klingt nach einer Postkutsche.« Sie eilte zur Tür und riss sie auf. Tatsächlich hielt eine Kutsche auf der Straße. Vier Pferde waren davorgespannt, auf dem ersten saß ein Mann. Tiziana wechselte ein paar Worte mit ihm, dann hörte Antonella sie rufen. »Ugo! Komm und hilf unseren Gästen mit dem Gepäck!«

Ein zweiter Postillion stieg vom Kutschbock und öffnete schwungvoll die Tür. Vier Männer kletterten steifbeinig aus der Kutsche. Sie reckten sich, streckten die Arme nach oben und kreisten die Schultern wie Leute, die stundenlang gesessen hatten.

Der große Mann, den Antonella und Marco auf dem Rückweg vom Markt getroffen hatten, eilte herbei und half dem Postillion, das Gepäck vom Dach der Kutsche abzuladen. Derweil bat Tiziana die Gruppe in den Schankraum. Drei der Männer folgten ihr, einer blieb draußen und beobachtete Ugo, der sich mit den Koffern abmühte, ohne selbst einen Finger zu rühren.

»Nehmen Sie doch schon mal Platz«, sagte Tiziana und wies auf die Bank gegenüber von Antonella und Marco. »Ich komme sofort.«

Sie lief wieder hinaus und half Ugo, während der andere Mann sie weiterhin tatenlos beobachtete. Unwillig schüttelte Marco den Kopf, dann stand er auf, ging nach draußen und packte mit an.

Währenddessen betrachtete Antonella die Neuankömmlinge. Einer war sehr groß und dick, sein Haar und sein gewaltiger gezwirbelter Schnurrbart hatten die Farbe von Sand. Sein Gesicht leuchtete rot, er holte ein Tuch aus seiner Tasche und tupfte sich die Schweißperlen von der Stirn. Dabei blickte er sich missmutig um, bevor er sich auf die Bank sinken ließ. Auch die anderen beiden waren groß, ihre Haut war hell, sie sahen nicht aus wie Italiener. Nachdem sie sich gesetzt hatten, unterhielten sie sich sehr laut in einer seltsam abgehackten Sprache, die Antonella noch nie gehört hatte. Es klang, als stritten sie miteinander, doch in ihren Mienen stand kein Zorn.

Tiziana kam herein, gefolgt von Ugo und Marco. Als Ugo Antonella entdeckte, kam er lächelnd auf sie zu. »Die hübsche Signora! Und der Glückspilz! Ich freu mich so, euch zu sehen. Wartet.«

Er drehte um, lief hinaus und kam gleich darauf mit einem Oleanderzweig mit weißen Blüten zurück. »Ich habe ein Geschenk für dich.« Breit lächelnd legte er den Zweig auf den Tisch. Ein wenig unsicher blickte Antonella ihn an. Was dachte er sich nur dabei? Dann fiel ihr ein, was Alessandro gesagt hatte. Er sei nicht ganz richtig im Kopf, aber harmlos. Sie lächelte zurück. »Danke schön!«

Sein Lächeln verwandelte sich in ein Strahlen. »Du bist so nett!«

Tiziana eilte zu ihrem Tisch. »Ugo, bitte hol Wein und Wasser für unsere neuen Gäste.« Sie wartete, bis er fort war, dann sagte sie: »Ugo ist der jüngere Bruder meines Mannes. Er macht gerne Geschenke.« Lächelnd deutete sie auf den Oleanderzweig.

»Wir haben schon von ihm gehört«, sagte Marco.

Sofort verschwand Tizianas Lächeln. »Ja?« Ihre Stimme klang nervös. »Es wird über ihn geredet, weil er anders ist. Er ist nicht besonders klug, aber sehr hilfsbereit und freundlich. Sie brauchen keine Angst vor ihm zu haben.«

Erstaunt blickte Antonella sie an. »Wir haben keine Angst vor ihm. Wir sind ihm letzte Woche auf dem Heimweg begegnet. Alessandro hat uns gesagt, wer er ist und dass er niemandem etwas tut.«

»Alessandro!« Erleichterung klang in ihrer Stimme. »Er kennt Ugo. Er weiß, wie er ist. Aber auf Fremde wirkt er oft unheimlich. Sie verstehen ...«

Antonella verstand gut. In den Bergen gab es in vielen Dörfern einen Menschen wie Ugo. Jemand, der geistig zurückgeblieben war. Aminta hatte behauptet, es käme daher, dass immer nur die Einwohner eines Dorfes untereinander heirateten. Deshalb hatte sie es immer begrüßt, wenn einer der Schäfer eine Frau aus der Toskana mitgebracht hatte. In manchen Dörfern wurden solche besonderen Menschen gut und freundlich behandelt, aber öfter wurden sie verspottet oder gefürchtet, weil sie anders waren.

Vom Tisch der Fremden kam ein missbilligendes Räuspern, der Dicke verzog angewidert das Gesicht und sagte etwas zu seinen Begleitern.

»Was sind das für Leute?«, wandte sich Antonella an Marco. »So eine Sprache habe ich noch nie gehört.«

»Es sind Deutsche«, antwortete er. »Sie machen eine Italienrundreise. Das scheint in Deutschland gerade sehr modern zu sein. Doch ihnen gefällt es überhaupt nicht. Der eine Postillion hat mir gesagt, dass sie immer nur schimpfen.«

In der Tat, die Fremden wirkten sehr mürrisch und ungehalten. Als Tiziana an den Tisch kam, sagte einer in holprigem Italienisch: »Wir wollen Suppe!«

»Es tut mir sehr leid. Ich habe heute keine Suppe. Nur Rinderbraten.«

Der Mann wandte sich an seine Begleiter und sagte etwas in dieser böse klingenden Sprache. Nach einem kurzen Wortwechsel zuckte er mit den Schultern. »Dann eben Braten, in Gottes Namen, aber bloß nicht in Baumöl gesotten. Und Brot! Richtiges Brot, nicht diese sauren Semmeln, die es überall in diesem furchtbaren Land gibt.«

Tiziana wich das Lächeln aus dem Gesicht. »Aber sicher«, antwortete sie und wandte sich ab. »Komm, Ugo, belästige meine Gäste nicht.«

»Ich belästige sie nicht«, sagte Ugo. »Die Signora mag mich und der Glückspilz auch.« Aber er folgte Tiziana gehorsam in die Küche.

Antonella beugte sich zu Marco. »Was für schreckliche Menschen. Was meinen sie denn mit Baumöl?«

»Wahrscheinlich Olivenöl. Lass uns aufessen, bezahlen und gehen.«

»Ich hoffe, Sie kommen bald wieder«, sagte Tiziana, als sie die Rechnung beglichen. »Ich würde mich gerne mit Ihnen übers Kochen unterhalten. Vielleicht können Sie mir ein paar Ratschläge geben.«

Marco lächelte sie an. »Wir kommen gerne wieder. Sagen Sie, Signora, woher bekommen Sie ihren Wein?«

»Von der Fattoria Moretti in der Nähe von Bolgheri.«

»Wirklich?« Überrascht hob Marco die Augenbrauen. »Ich hab von ihr gehört, es heißt, ihr Wein sei gut. Aber, nehmen Sie es mir nicht übel, das, was Sie hier ausschenken, ist Essig. Das kann man nicht trinken.«

»Aber wir beziehen schon lange unseren Wein von dort«, wandte Tiziana ein. »Silvio hat gesagt, er sei gut. Deshalb habe ich mich darauf verlassen. Ich selbst kenne mich mit Wein überhaupt nicht aus.«

»Dann hat man Sie betrogen.«

»Weil sie eine Frau ist!«, sagte Antonella erbost. »Deshalb verkaufen sie ihr den Abfall, den sonst keiner haben will.«

Hilflos hob Tiziana die Hände. »Wahrscheinlich steckt Danilo dahinter. Er ist mit dem Besitzer gut befreundet.«

»Danilo?«, fragte Antonella.

»Danilo Pelagatti. Der Vetter meines Mannes.«

Ungeduldig klopfte einer der Deutschen auf den Tisch. »Camiera! Wo bleibt die Bedienung?«

Tiziana verdrehte die Augen. »Entschuldigung!« Hastig lief sie rüber. »Sie wünschen?«

»Sie braucht wirklich Hilfe«, sagte Marco auf dem Heimweg. »Selbst wenn sie kochen könnte, ist das für sie alleine nicht zu schaffen. Die Osteria war fast leer, die Leute von hier gehen lieber zu da Peppino hat mir Alessandro erzählt. Und wenn es sich weiter herumspricht, wie schlecht ihr Essen und ihr Wein sind, werden auch die Postkutschen nicht mehr dort halten.«

»Sie scheint nett zu sein und die Osteria ist nicht weit weg. Wenn sie wirklich gut bezahlt, könnte ich vormittags hinreiten, oder wenn du Rinaldo brauchst, auch laufen, für sie kochen und am Abend wieder heimkommen. Was meinst du?«

Marco rieb sich mit den Fingern über die Nasenwurzel. »Wenn du es wirklich willst …«

»Aber ja. Du weißt, es ist das, was ich schon immer machen wollte.«

»Ich denke, deine Kochkünste würden der Osteria wirklich guttun. Was ist, wenn das Kind kommt?«

»Dann muss sie eine Zeit lang ohne mich zurechtkommen. Aber die Frauen bei uns in den Bergen arbeiten alle schon kurz nach der Niederkunft wieder. Ich kann das Kind mitnehmen und dort stillen.«

Jetzt lächelte er. »Wir reiten die nächsten Tage wieder hin und reden mit ihr.«

5. KAPITEL

Innerhalb von zwei Tagen hatten Alessandro und Marco nach Antonellas Anweisungen einen Stall gebaut, in dem die Hühner nachts Unterschlupf finden und ihre Eier legen konnten. Tagsüber konnten sie im Freien herumlaufen.

»Jetzt brauchen wir nur noch Hühner«, sagte Marco und musterte sichtlich stolz ihr Werk. »Wir müssen auf den Markt.«

»Wollt ihr normale Hühner oder Faraonas«, fragte Alessandro. »Die Bertinis halten Faraonas und verkaufen sie zum Schlachten. Natürlich braucht man viele Tiere und muss die Küken aufziehen, bis sie groß genug sind. Aber es bringt Geld.«

»Bloß nicht!« Antonella schüttelte heftig den Kopf.

Erstaunt blickte Marco sie an. »Warum nicht? Wir könnten uns etwas dazuverdienen. Um Eier zu bekommen, können wir zusätzlich normale Hühner halten.«

»Meine Mutter hat Faraonas gehalten. Du hast keine Ahnung, was für einen Lärm so eine Schar Perlhühner macht. Sie fangen bei Sonnenaufgang an zu kreischen und immer wenn man denkt, sie sind jetzt still, fängt eines wieder an und der ganze Schwarm fällt ein. Dagegen klingt das Krähen eines Hahns und das Gackern von Hühnern wie Musik.«

Marco lachte. »Also keine Faraonas. Wir fahren am Donnerstag zum Markt und kaufen Hühner. Und auf dem Heimweg halten wir bei Signora Ferrante.«

»Was wollt ihr denn bei Tiziana?«, fragte Alessandro.

»Antonella will ihr helfen und als Köchin dort arbeiten. Und ich werde ihrem Weinlieferanten auf die Füße treten. Er betrügt sie.«

Wie Antonella erwartet hatte, war Alessandro nicht begeistert von der Idee. »Du willst deine Frau in dieser heruntergekommenen Spelunke arbeiten lassen? Soll sie etwa jeden Abend alleine nach Hause gehen?«

»Nein, ich werde sie abholen«, erwiderte Marco.

Brummend wandte Alessandro sich ab. Während er mit einem Eimer in der Hand zu den Pferden stapfte, hörte Antonella, wie er etwas von jungen Leuten und losen Sitten in seinen grauen Bart grummelte.

Tiziana begrüßte sie begeistert, als sie nach ihrem Besuch auf dem Markt mit dem Wagen vor der Osteria hielten. Auf der Ladefläche stand ein Käfig mit vier Hühnern und einem Hahn.

»Sie wollen Hühner halten?«, fragte Tiziana. »Warum haben Sie nicht mich gefragt? Ich hätte Ihnen ein paar Küken zum Großziehen abgeben können. Wenn Sie noch mehr Hühner brauchen, sagen Sie Bescheid.«

An einem der Pflanzkübel stand Ugo und zupfte die verblühten Blüten einer Wunderblume ab. Er war so vertieft, dass er ihre Ankunft gar nicht bemerkt hatte. Tiziana bemerkte Antonellas Blick und lächelte. »Ugo ist der geborene Gärtner, er liebt die Blumen und kümmert sich darum.«

Also deshalb waren die Pflanzen hier draußen so gepflegt.

»Möchten Sie etwas essen?«, fragte Tiziana.

Antonella schüttelte den Kopf. »Nein, aber können wir hineingehen? Ich brauche Ihre Hilfe.«

Überrascht nickte Tiziana. »Gerne.« Sie warf einen Blick auf Marco.

Der lächelte. »Geht ruhig. Ich sehe mich so lange hier um, wenn es recht ist.«

»Aber sicher«, antwortete Tiziana, doch sie wirkte verwirrt. »Hinter dem Haus ist unser Gemüsegarten. Ugo kann Sie herumführen.«

»Möchten Sie einen Wein?«, fragte sie Antonella, als sie ins Haus gingen. Die Schankstube war leer.

»Nein danke, aber ein Becher Wasser wäre schön. Und wollen wir nicht du sagen? Ich bin Antonella und mein Mann heißt Marco.«

Tiziana lächelte. »Ich heiße Tiziana, und Ugo kennst du ja schon. Er sagt zu allen du.

Antonella wartete, bis Tiziana mit zwei Bechern aus der Küche zurückkehrte, dann kam sie ohne Umschweife zur Sache. »Ich habe letzte Woche gemerkt, dass ich ein Kind erwarte. In meiner Heimat hatten wir eine Heilerin, die auch Hebamme war. Ich wollte fragen, ob du mir eine gute Hebamme empfehlen kannst.«

Prüfend glitt Tizianas Blick über ihr Gesicht. »Freust du dich?«

»Schon. Aber es ist mein erstes Kind und ich weiß nicht recht, was mich erwartet. Zu Hause könnte meine Mama mir helfen, aber hier ...« Auf einmal war da ein Kloß ihn ihrem Hals. Mama hatte sie gesagt, wie ein kleines Kind. Und wie ein kleines Kind sehnte sie sich plötzlich nach ihrer Mutter. Danach, sich in ihre Arme zu kuscheln und zu hören, dass alles gut werden würde. Sie wünschte, Aminta mit ihrer resoluten Art könnte ihr bei der Geburt beistehen.

»Du bist nicht von hier. Kommst du von weit her?«

»Aus den Bergen.«

»Ach ja«, seufzte Tiziana. »Ich kenne das. Wenn man ein Kind erwartet, braucht man plötzlich die Mutter wieder. Mir ging es genauso.« Sie griff nach Antonellas Hand und drückte sie. »Mach dir keine Sorgen. Du bist jung und gesund, du wirst es nicht schwer haben. Es gibt eine Hebamme an der Via Aurelia in Richtung San Vincenzo. Maia Lenzi ist ihr Name. Sie ist noch recht jung, doch sie hat das Handwerk von ihrer Mutter und ihrer Großmutter gelernt und schon viele Kinder auf die Welt gebracht, auch meine. Sie wird dir helfen. Sie soll dich bald einmal untersuchen, dann fühlst du dich sicherer. Und wenn dein Kind da ist, zeige ich dir alles, was du wissen musst.«

Antonella lächelte. Tizianas fürsorgliche Art tat ihr gut. Jetzt erst merkte sie, wie sehr ihr weibliche Gesellschaft gefehlt hatte. Sie liebte Marco, sie verstanden sich und der Gesprächsstoff ging ihnen niemals aus, und doch war es etwas ganz anderes, mit einer Frau zu reden. Im Grunde hatte sie immer eine Freundin gehabt. Francesca in Cerreto und Farina in Genua. Vielleicht würde sie hier in Tiziana eine Freundin finden. Dieser Gedanke brachte sie zu ihrem nächsten Anliegen.

»Alessandro hat mir erzählt, dass du einen Koch brauchst, aber Probleme hast, jemanden zu finden.«

»Ach ja. Redet er auch darüber? Ich glaube, sie warten alle nur darauf, dass ich aufgebe und die Osteria an Pelagatti verkaufe. Aber da täuschen sie sich. Ich bin noch nicht am Ende!«

»In meiner Heimat habe ich oft in der Osteria meiner Freundin ausgeholfen und in Genua habe ich als Köchin in einem reichen Haus gearbeitet. Ich kann kochen. Und bis das Kind kommt, würde ich gerne noch ein bisschen Geld verdienen.«

Ungläubig riss Tiziana die Augen auf. »Bietest du mir gerade an, hier als Köchin zu arbeiten?«

»Warum denn nicht? Alessandro sagte, du bezahlst gut.«

»Und was meint dein Mann dazu?«

»Marco ist einverstanden. Er sucht selbst noch Arbeit. Wir müssen unseren Lebensunterhalt verdienen. Von dem, was wir anbauen, können wir keine Familie ernähren. Und ich kann wirklich gut kochen.«

»Das glaube ich dir.« Tiziana rieb sich die Hände. »Dich schickt der Himmel. Du kannst jederzeit bei mir anfangen.«

»Was hast du für morgen zum Essen geplant?«

»Ribollita als Vorspeise.«

Antonella nickte. Ribollita war eine Gemüsesuppe, in der man wunderbar Reste verarbeiten konnte. Man nahm eine Schüssel mit altem Brot, gab die Suppe vom Vortag dazu und bedeckte sie mit Zwiebelringen. Anschließend wurde sie im Ofen gebacken, bis die Zwiebeln goldbraun waren.

»Dann habe ich noch ein Stück Rindfleisch zum Braten. Dazu wollte ich Parpadelle machen.«

Die Pasta würde Tiziana am Morgen frisch zubereiten, erklärte sie, und die Tomatensoße wäre fertig, eingekochte Polpa, die man nur aufwärmen müsste.

Antonella folgte ihr in den Keller der Osteria und ließ sich das Fleisch zeigen. Es war ein großes Stück Rinderschulter von minderer Qualität, durchzogen von Sehnen und Fett. »Das müsste man einige Tage einlegen, aber dazu ist es jetzt zu spät. Ich schlage vor, wir machen Gulasch daraus.«

Tiziana bejahte.

»Ich komme morgen Vormittag und koche das Gulasch«, sagte Antonella. »Wenn du nicht alles brauchst, es hält sich ein paar Tage, solange es kühl steht. Hast du Kräuter in deinem Garten?«

»Unsere Kräuterecke ist ziemlich verwildert. Was brauchst du denn?«

»Rosmarin, Thymian, Knoblauch. Viele Zwiebeln.«

»Hallo?« Marco stand in der Tür, die von der Küche zum Garten führte, und lachte. »Fangt ihr schon an?«

»Erst morgen«, antwortete Tiziana lächelnd. »Deine Frau wollte nur schon mal sehen, was ich an Vorräten habe.«

»Dein Garten ist wunderbar«, sagte Marco.

»Ja. Das ist Ugos Verdienst. Er kümmert sich darum, ebenso wie um die Blumen vor dem Haus.« Ihr Gesicht wirkte trotz ihres Lobs bekümmert. Anscheinend hatte sie es nicht ganz leicht mit ihrem Schwager.

Marco und Antonella verabschiedeten sich.

6. KAPITEL

Am nächsten Morgen machte sich Antonella nach dem Frühstück auf den Weg zur Osteria. Sie ging zu Fuß. Zwar fühlte sie sich inzwischen auf Rinaldos Rücken recht sicher, doch sie wollte das Pferd nicht den ganzen Tag in Tizianas Stall stellen, und viel langsamer kam sie so auch nicht voran.

Ugo goss die Pflanzen vor dem Haus. Bei ihrem Anblick verbeugte er sich scherzhaft. »Guten Tag, hübsche Signora, kommst du uns besuchen?«

»Guten Morgen, Ugo. Ich bin eure neue Köchin. Ist Tiziana in der Küche?«

»Unsere Köchin? Das heißt, du wohnst jetzt bei uns?«

»Nein«, antwortete sie lachend. »Ich gehe abends nach Hause zu meinem Mann. Übrigens heiße ich Antonella.«

»Ah, la bella Antonella. Ein schöner Name.« Er stellte den Wassereimer ab und winkte ihr. »Tiziana ist im Garten. Hier entlang.«

Er führte sie an der Oleanderhecke vorbei zu einem Gartentor. Tizianas Garten war riesig. Gleich hinter dem Haus befand sich der Küchengarten. Antonella entdeckte Beete mit Zucchini, Paprika und Auberginen, begrenzt von Stockrosen, eingerahmt von Kapuzinerkresse.

Auf den ersten Blick wirkte es, als hätte jemand einfach alles durcheinandergepflanzt, doch als Antonella genauer hinsah, erkannte sie eine gewisse Ordnung. Reihen von Lattich und Tomaten wechselten sich ab. Zwischen den Möhren wuchsen Zwiebeln und neben den Bohnen breiteten sich dunkelgrüne Mangoldblätter aus. Gianna hatte in Cerreto ihren Gemüsegarten ähnlich bepflanzt. Sie hatte es damit begründet, dass es Pflanzen gab, die sich gut miteinander vertrugen, wenn man sie zusammenpflanzte, während andere sich im Wachstum behinderten. Hinter dem Küchengarten begann die Frutetta, der Obstgarten. Hier wuchsen je eine lange Reihe Pfirsich- und Aprikosenbäume. Daneben erstreckte sich ein kleiner Olivenhain. Während der Küchengarten recht gepflegt wirkte, war die Frutetta verwildert. Gras und Unkraut, durch die Trockenheit braun verfärbt, wucherte zwischen den Bäumen, am Rand breiteten sich Brombeeren aus und zwischendrin wuchsen Dornwinden. Hier musste ganz dringend gemäht und gejätet werden. Auch die Olivenbäume wirkten verwahrlost. Alessandros Bäume waren sorgfältig geschnitten, an drei bis vier dicken Ästen ließ er nur ein paar neue Triebe zu. Diese hier glichen eher Büschen, so viele dünne Äste hatten sie. Links neben der Frutetta wuchsen auch ein paar Weinstöcke, sie waren ähnlich verwildert wie die alten Stöcke auf Alessandros Land.

»Antonella!« Tiziana kam mit einem kleinen Korb am Arm auf sie zu. »Schön, dass du da bist. Schau, ich habe schon mal Kräuter geholt.« Im Korb lagen mehrere Zweige Rosmarin, einige Zweiglein Thymian und ein großes Büschel Petersilie.

»Zwiebeln und Knoblauch habe ich getrocknet in der Küche.«

Antonella folgte ihr zur Hintertür, die von der Küche zum Garten führte. Im Vorbeigehen warf sie einen Blick auf die Zucchinipflanzen, an denen riesige Früchte wuchsen.

»Du solltest deine Zucchini früher ernten«, sagte sie und bückte sich nach einem besonders großen Exemplar. »So hast du zwar große Früchte, aber sie schmecken nicht so gut wie die kleinen. Diese hier kann man allerdings gut füllen. Machen wir doch heute gefüllte Zucchini als Beilage.«

Kurze Zeit später saßen die beiden Frauen am Küchentisch. Antonella schälte und schnitt Zwiebeln, Tiziana höhlte die Zucchini aus, würfelte den Inhalt und mischte ihn mit geriebenem Käse und Gewürzen.

Dabei plauderten sie. Tiziana erzählte von ihrer Familie in Pisa und wie sie ihren Mann kennengelernt hatte, Antonella berichtete vom Leben in den Bergen und ihrer Zeit in Genua.

Tizianas Söhne wuselten in der Küche und im Garten herum, vor der Küchentür lag eine getigerte Katze und sonnte sich.

Ugo kam herein und brachte zwei Eimer Wasser, die er vom Brunnen geholt hatte. Er stellte die Eimer ab und kam zu Antonella. Wortlos legte er eine Callablüte vor ihr auf den Tisch, strahlte sie an und ging wieder.

»Du musst dir nichts dabei denken«, sagte Tiziana. »Er mag dich und er liebt es, Geschenke zu machen.«

Antonella lächelte.

Schließlich stand das Gulasch in einem großen Topf auf dem Herd. Antonella hatte eine Flasche von Tizianas Wein dazugegossen. »Das kann jetzt drei bis vier Stunden schmoren, es sollte aber nicht kochen.«

Gemeinsam mit Tiziana machte sie die Pasta. Parpadelle, dünne Bandnudeln. Nicht aus Kastanienmehl, sondern aus Hartweizengries. Tiziana staunte, als Antonella erzählte, dass in den Bergen fast alles aus Kastanienmehl gemacht wurde.

Nach drei Stunden war das Essen vorbereitet, die Küche aufgeräumt und geputzt. Antonella fragte nach Eimer und Putzlappen, wischte die Schankstube durch und entfernte mit einem Besen die Spinnweben.

Danach sah der Gastraum schon besser aus.

»Hast du Tischdecken?«

Tiziana seufzte. »Ja, schon. Aber wenn ich sie benutze und die Gäste sie vollkleckern, muss ich sie waschen und dazu habe ich keine Zeit.«

Das war allerdings wahr. Antonella überlegte. Auf den Tischen standen Kerzen, doch was könnte man tun, damit es ein bisschen hübscher aussah? Ihr Blick fiel auf die Callablüte auf dem Tisch.

»Ugo soll ein paar kleine Blumensträuße zusammenstellen. Er kann das bestimmt gut. Du stellst auf jeden Tisch einen Becher mit einem Strauß, was meinst du?«

»Das ist eine wunderbare Idee.« Ungestüm umarmte Tiziana sie. »Ich bin froh, dass wir uns getroffen haben.«

»Ich auch«, sagte Antonella. »Ich komme morgen wieder.«

Sie besprachen noch kurz, was sie am nächsten Tag kochen würden. Tiziana bestand darauf, Antonella schon einen Teil des Lohnes zu zahlen, was sie nach kurzem Zögern annahm.

Anschließend machte sie sich auf den Heimweg.

Am nächsten Tag begleitete Marco sie zur Osteria. Während Antonella und Tiziana kochten, wanderte Marco mit Ugo durch den Garten, besah sich die Olivenbäume und den kleinen Weingarten. Anschließend kam er in die Küche.

»Deine Olivenbäume müssen unbedingt geschnitten werden, sonst erntest du bald nur noch winzige Oliven«, wandte er sich an Tiziana.

Sie seufzte. »Ich weiß. Silvio hat die Bäume vor vier Jahren geschnitten, zwei Jahre vor seinem Tod. Ich habe im Dorf gefragt, aber keiner will es machen.« Bedauernd blickte sie aus dem Fenster in Richtung des Olivenhains. Doch dann huschte plötzlich ein Lächeln über ihr Gesicht. »Kannst du mir nicht helfen? Ich bezahle dich auch.«

Marco runzelte die Stirn. »Ich muss gestehen, dass ich auch nicht genau weiß, wie man das macht, aber ich könnte Alessandro bitten, es mir zu zeigen, wenn es dir recht ist.«

»Oh ja, das wäre mir sehr recht.«

Marco nickte. »Dann ist jetzt die richtige Zeit. Ich frage Alessandro. Um deine Weinstöcke kann ich mich auch kümmern, allerdings kann man sie erst im Januar, Februar zurückschneiden. Es sind gute Stöcke, Sangiovese, daraus kann man etwas machen. Am Anfang nicht viel, aber in ein paar Jahren bist du vielleicht unabhängig von der Fattoria Moretti.«

»Du kennst dich mit Weinanbau aus?«, fragte Tiziana.

»Mein Vater arbeitet auf einem Weingut, ich bin dort aufgewachsen.«

Unwillkürlich lächelte Antonella. Das Gleiche hatte er ihr erzählt, als sie sich kennengelernt hatten. Es war nicht wirklich eine Lüge. Er verschwieg nur, dass sein Vater der Besitzer des Weinguts war.

»Ich kann dich auch zur Fattoria Moretti begleiten, wenn du das nächste Mal Wein kaufst«, fuhr Marco fort. »Ich wollte ohnehin fragen, ob sie dort jemanden gebrauchen können. Da wir nun bald zu dritt sind, brauche ich eine Arbeit.«

Tiziana lächelte. »Das ist sehr nett von dir, aber wenn du dort arbeiten willst, wäre es vielleicht klüger, wenn du ihn nicht vorher beschuldigst, mir sauren Wein verkauft zu haben.« Sie tippte sich an die Lippen und runzelte die Stirn. »Willst du nicht lieber dauerhaft bei mir arbeiten? Bäume schneiden, dich um den Garten kümmern und um den Wein? Du könntest mein Einkäufer sein. Ich würde dich natürlich bezahlen.«

Nachdenklich musterte Antonella ihre neue Freundin. Geld schien für Tiziana kein Problem zu sein. Alessandro hatte erzählt, dass ihr Mann ihr eine beträchtliche Summe vererbt hatte. Doch warum fand sie dann niemanden, der für sie arbeitete? Lag es wirklich nur daran, dass sie eine Frau war, wie Alessandro gesagt hatte, oder steckte noch etwas anders dahinter?

7. KAPITEL

Antonella gewöhnte sich schnell an ihre neue Arbeit. Morgens fütterte sie die Hühner und säuberte den Stall, während Marco die Pferde versorgte. Danach frühstückten sie gemeinsam mit Alessandro und machten sich anschließend auf den Weg zur Osteria. Während Marco sich um den Garten kümmerte, immer begleitet von Ugo und Tizianas Söhnen, schnippelten Tiziana und Antonella Gemüse und bereiteten die Mahlzeiten vor. Einmal erzählte Tiziana davon, wie Silvio und sie sich kennengelernt hatten. Es schien eine glückliche Ehe gewesen zu sein. Irgendwann fragte Antonella, woran ihr Mann gestorben war. Tizianas Gesicht verschloss sich. »Es war ein Unfall«, sagte sie knapp, und Antonella fragte nicht weiter.

»Du kannst deinen Gästen unmöglich weiterhin dieses Gesöff vorsetzen«, sagte Marco, als sie zwei Tage später nach der Arbeit zusammensaßen. Alessandro war auf dem Heimweg vom Markt ins Postiglione eingekehrt, um zu essen und nach den Olivenbäumen zu schauen.

»Stimmt«, pflichtete er Marco bei. »Dein Essen ist inzwischen sehr gut, aber der Wein verdient diese Bezeichnung nicht.«

Etwas verwundert blickte Antonella ihn an. Er kannte sich mit Wein aus?

»Dann werde ich wohl morgen früh das Kochen Antonella überlassen und zur Fattoria Moretti fahren und neuen kaufen müssen«, seufzte Tiziana.

Marco schüttelte den Kopf. »Ich habe eine bessere Idee. Ich fahre jetzt hin. Du wolltest mich doch als Einkäufer haben. Mal schauen, ob Moretti auch versucht mich übers Ohr zu hauen.«

»Und ich soll dich nicht begleiten?«

»Ich glaube, es macht mehr Eindruck, wenn du mich schickst. Antonella kann mich begleiten, wenn sie möchte.«

»Oh ja, sehr gerne. Dann lerne ich die Gegend ein bisschen besser kennen.«

Während Marco mit Tiziana besprach, wie viel Wein er kaufen sollte und was er an Geld ausgeben konnte, spannte Ugo Tizianas Maultier vor den Wagen.

Kurz darauf saß Antonella neben Marco auf dem Kutschbock. Sie fuhren die Via Aurelia in Richtung Norden und bogen nach einer halben Stunde in einen der vielen kleinen Wege ab, die rechts ins Landesinnere führten. Nach einer weiteren Viertelstunde erreichten sie die Fattoria. Marco lenkte das Maultier in den Hof und zügelte es.

Antonella blickte sich um. Das Hauptgebäude war ein typisches Bauernhaus. Zweitstöckig, aus Ziegeln gebaut, die Treppe in den ersten Stock war außen, wie bei so vielen Häusern hier. Links erstreckte sich der Weingarten, rechts entdeckte sie zwei niedrige Gebäude. Stallungen, wie sie kurz darauf feststellte, denn der Wind wehte den Geruch von Kühen und Schweinen herüber. Hinter den Stallungen wuchsen Olivenbäume.

Ein junger, einfach gekleideter Mann trat aus dem Haus.

»Guten Tag«, grüßte er. »Was kann ich für Sie tun?«

»Ich möchte Signor Moretti sprechen«, sagte Marco und stieg vom Kutschbock.

»Signor Moretti ist gerade im Weinhaus.«

»Das trifft sich gut, denn wir wollen Wein kaufen.« Er half Antonella vom Wagen. »Können Sie uns zu ihm bringen?«

»Ich hole ihn«, sagte der Mann. Flott ging er um das Haupthaus herum und kam kurz darauf in Begleitung eines älteren Mannes zurück. Auch er trug die Kleidung eines Bauern.

»Hallo, ich bin Guillermo Moretti«, sagte er lächelnd. »Luigi sagte mir, Sie wollen Wein kaufen? Einen Fiasco oder handelt es sich um eine größere Menge?«

»Guten Tag, Signor Moretti«, begrüßte Marco den Mann betont höflich. »Es handelt sich um eine größere Menge. Ich dachte an ein Fass von etwa achtzig Fiaschi.«

Morettis Lächeln wuchs in die Breite, seine Augen leuchteten. »Ein Fass. Sehr gerne, Signore. Darf ich fragen, ob Sie der Inhaber einer Osteria oder Trattoria sind?«

Antonella senkte den Kopf, um ihr Lachen zu verbergen. Natürlich. Den Besitzer einer Osteria als Kunden zu gewinnen, lohnte sich für ihn.

Marcos Lächeln gewann etwas Lauerndes. »Ich komme im Auftrag von Signora Ferrante, der Besitzerin des *Il Postiglione*.«

»Ah ja, Signora Ferrante. Also führt sie das *Il Postiglione* noch? Ich dachte, sie wollte es verkaufen.«

Marco zuckte mit den Schultern. »So? Davon habe ich nichts gehört. Warum sollte sie das tun?«

Moretti kniff die Augen zusammen und musterte Marco. »Sie sind nicht von hier, nicht wahr? Dann können Sie das nicht wissen. Seit dem tragischen Tod ihres Mannes läuft das Postiglione nicht mehr gut. Signora Ferrante bekommt keine Arbeitskräfte und die Gäste laufen ihr davon.« Er beugte sich vor und zwinkerte. »Unter uns: Sie kann überhaupt nicht kochen, das haben Sie sicher auch gemerkt.«

Marcos Miene blieb starr. »Ich kenne Signora Ferrantes Kochkünste nicht, aber sie hat eine ausgezeichnete Köchin und die Gäste sind sehr zufrieden. Was sie jetzt braucht, ist Wein.«

Flugs wechselte Moretti den Ton. Das Vertrauliche verschwand aus seiner Stimme, er war wieder ganz der höfliche Fremde. »Bitte fahren Sie hinter das Haus. Ich lasse ein Fass bringen.«

»Einen Moment«, sagte Marco und hob die Hand. »Ich möchte den Wein probieren, bevor ich ihn kaufe.«

Der Ausdruck von Unmut, mit dem Moretti Marco musterte, verriet deutlich, dass er ihn für einen Wichtigtuer und die Weinprobe für Zeitverschwendung hielt, doch seine Worte blieben unvermindert höflich. »Aber gerne, junger Mann. Kommen Sie bitte mit.«

Antonella und Marco folgten ihm zu einem Gebäude aus Naturstein, das hinter dem Bauernhaus lag. Moretti öffnete das Tor und winkte sie herein. Hier lagerten viele Fässer unterschiedlicher Größe. An der Stirnwand befand sich ein Regal, in dem die Fiaschi, die strohummantelten Weinflaschen, und Krüge und Becher standen. Moretti griff nach einem Becher, zapfte Wein aus einem der kleinen Fässer und reichte ihn Marco.

Amüsiert beobachtete Antonella Signor Morettis Mienenspiel, als Marco an dem Becher roch, ihn schwenkte, noch mal daran roch, schließlich einen Schluck in den Mund nahm, ihn ›durchkaute‹ und ihn anschließend zielsicher in einen der Eimer, die hier herumstanden, spuckte. Sie selbst hatte auch gestaunt, als sie das erste Mal gesehen hatte, wie Marco Wein verkostete. Morettis Gesicht verriet deutlich seine Überraschung. Er riss die Augen auf, dann fasste er sich wieder und lächelte. »Und?«

Marco blickte ihn über den Rand des Bechers an. »Das kann ich unseren Gästen nicht anbieten.«

»Aber das Postiglione kauft seit Jahren diesen Tafelwein bei mir und sie waren immer sehr zufrieden.«

»Dann war der Wein in den letzten Jahren vielleicht besser. Dieser ist schlecht. Haben Sie noch einen anderen im Angebot? Sonst müssen wir uns leider einen anderen Lieferanten suchen.«

»Ich habe noch einen sortenreinen Sangiovese.«

»Den würde ich gerne probieren. Und bitte aus einem Glas, ich will die Farbe sehen.«

Wortlos holte Moretti ein Glas aus dem Regal und befüllte es aus einem anderen Fass. Er ließ Marco beim Probieren nicht aus den Augen.

»Der ist besser«, befand Marco.

»Der kostet aber auch mehr«, antwortete Moretti schnell. Er nannte einen Preis, woraufhin Marco ihn überrascht anschaute. »Für diese Summe bekomme ich einen Sangiovese von Frescobaldi, Signor Moretti.«

Moretti atmete tief durch. »Sie kennen sich aus mit Wein, Signor … Wie war der Name?«

»Marco Rossi ist mein Name, und, ja, ich kenne mich aus.«

Während die Männer über den Preis verhandelten, ging Antonella nach draußen. Hitze umhüllte sie. In den Olivenbäumen zirpten die Zikaden, Schwalben flogen über den Hof, aus den Stallungen hörte sie das Muhen der Kühe.

Schließlich kam Marco heraus und holte den Wagen. Signor Moretti und Luigi brachten ein Fass heraus und stellten es auf die Ladefläche.

Auf der Heimfahrt summte Marco leise vor sich hin. Antonella lehnte sich an ihn. »Du wirkst sehr zufrieden.«

Er nahm die Zügel in die linke Hand und legte den Arm um ihre Schultern. »Es hat Spaß gemacht, mit ihm zu verhandeln. Und ich habe einen guten Preis bekommen.«

Zwei Wochen später ging Antonella nach ihrer Arbeit die Via Aurelia entlang zum Haus der Hebamme. Es lag auf derselben Straßenseite wie die Osteria. Ein kleines Haus mit einem kleinen Vorgarten. Dort standen zwei Frauen und unterhielten sich. Eine war groß und schlank, Antonella schätzte sie auf Mitte dreißig. Die andere war kräftiger, hatte graues Haar, das sie zu einem strengen Knoten gebunden hatte.

Antonella öffnete das Gartentor und trat ein. Die Frauen unterbrachen ihr Gespräch.

»Guten Tag, ich wollte zur Hebamme« grüßte Antonella und blickte die ältere der beiden an.

»Das bin ich« sagte die jüngere lächelnd. »Ich habe sofort Zeit für Sie. Also«, sie wandte sich an die andere Frau, »von dem Johanniskrauttee trinkst du morgens zwei Tassen und aus der Baldrianwurzel kochst du dir abends Tee und trinkst ihn vor dem Zubettgehen.«

Die ältere Frau bedankte sich.

Anschließend wandte sich die Hebamme Antonella zu. »Ich bin Maia Lenzi. Sie sind neu in Donoratico, nicht wahr?«

»Ich heiße Antonella Rossi. Ich wohne seit einiger Zeit mit meinem Mann bei Alessandro Menardi.«

»Ah«, mischte sich die ältere Frau ein. »Ihr Mann und Sie, Sie arbeiten bei der Ferrante in der Osteria, nicht wahr?«

Überrascht von dem barschen Tonfall der Frau, nickte Antonella nur.

»Na, dann passen Sie mal gut auf, dass Sie keinen ›Unfall‹ haben.« Ohne weitere Erklärung drehte sie sich um und ging.

Verblüfft sah Antonella ihr nach. Was sollte das denn?

»Kommen Sie doch herein«, sagte die Hebamme und ging voraus. Antonella folgte ihr, immer noch etwas verdattert.

Maia, wie sie genannt werden wollte, schien trotz ihrer Jugend eine erfahrene Hebamme zu sein. Als Antonella ihr erzählte, dass sie ihr erstes Kind erwartete, bat sie sie, sich hinzulegen. Sie tastete ihren Bauch ab, fragte nach, wie lange sie schon nicht mehr blutete, und erkundigte sich, wie oft ihr übel war. Als Antonella sagte, dass ihr bisher nur ein Mal übel geworden war, nickte sie zufrieden. »Das ist ein gutes Zeichen. Es zeigt, dass du glücklich und bereit für dieses Kind bist. Du wirst wahrscheinlich auch in Zukunft von Übelkeit verschont bleiben, denn du bist bald über die Zeit hinaus, in der man sich übergibt.« Sie erkundigte sich nach Marco, wie alt er wäre, was er arbeitete und wie lange sie schon verheiratet waren. Antonella hatte das Gefühl, dass ihre Fragen über ihn hauptsächlich darauf abzielten, herauszufinden, ob sie eine gute Ehe führten. Alles in allem fühlte sie sich bei Maia gut aufgehoben, obwohl sie viel jünger war als Aminta.

Bevor sie sich verabschiedete, fasste sie sich ein Herz und fragte Maia, ob sie wüsste, was die andere Frau mit ihrer Bemerkung über einen Unfall gemeint hatte.

Maia zuckte mit den Schultern. »Manche Leute haben einfach zu viel Zeit zum Tratschen«, sagte sie nur.

Nachdenklich wanderte Antonella die Via Aurelia entlang.

Tiziana hatte nicht über den Tod ihres Mannes sprechen wollen, vielleicht, weil es noch schmerzte, über ihn zu reden. Doch ganz offensichtlich wurde im Ort über den Unfall, der Silvio das Leben gekostet hatte, getratscht. Morettis Gatte hatte Silvios Tod als tragisch bezeichnet und Tiziana wollte nicht darüber sprechen. Was war passiert?

Ein paar Tage später saß Antonella am Küchentisch und hackte Basilikum für Pesto alla Genovese. Tiziana putzte die Gästezimmer im oberen Stock. Sie hatte Gäste, eine Reisegruppe, die zwei Tage bleiben wollte. Marco war mit Alessandro auf den Markt gefahren, um einen neuen Spaten zu kaufen, denn bei dem alten war der Stiel inzwischen so morsch, dass er abgebrochen war. Seit ein paar Stunden regnete es, die Tropfen trommelten ans Fenster. Auf dem Stuhl ihr gegenüber saß Ugo. Da er im Garten nichts tun konnte, half er, indem er die Pinienkerne für das Pesto im Mörser zerstieß.

Auf der Fensterbank lag Tizianas grau getigerter Kater Pippo und starrte nach draußen. Ab und zu zuckte seine Schwanzspitze.

Plötzlich wurde die Küchentür aufgestoßen, doch nicht Tiziana kam herein, sondern Gino, der alte Hund. Als er den Kater erblickte, begann er zu bellen.

Pippo sprang von der Fensterbank und landete fauchend auf dem Tisch. Antonella zuckte zusammen und schnitt sich in den Handballen unter dem Zeigefinger. »Merda!« Im ersten Augenblick tat es nicht weh, denn Tizianas Messer waren sehr scharf. Verwundert blickte sie auf das Blut, das aus dem Schnitt quoll. Es war überraschend viel.

»Ugo, kannst du mir ein Tuch geben?«

Er antwortete nicht. Stattdessen hörte sie, wie er aufsprang, wobei sein Stuhl umfiel.

»Ugo?« Sie hob den Kopf.

Ugo war bis an die Tür zum Garten zurückgewichen. Mit aufgerissenen Augen starrte er auf ihre Hand, sein Mund war vor Angst verzerrt. Ein unartikuliertes Stöhnen kam aus seiner Kehle.

»Das ist doch nichts, Ugo, ich habe mich nur geschnitten.« Suchend blickte sie sich um. Am Spülstein lag ein Handtuch.

»Blut«, stammelte Ugo. »Blut.« Dann heulte er wie ein Tier, stieß die Tür auf und rannte hinaus in den Regen.

Antonella holte das Handtuch, wickelte es um ihre Hand und starrte ihm nach. Heilige Mutter Gottes, was war los mit ihm? Warum hatte er solche Angst vor Blut? Sie ging nach oben zu Tiziana.

»Hast du Verbandszeug hier? Ich habe mich geschnitten.«

Tiziana nickte. »Unten in der Schankstube.«

Antonella folgte ihr nach unten.

»Zeig mal«, sagte Tiziana. Antonella nahm das Handtuch weg. Der Schnitt war zwar tief, aber sauber, er würde schnell heilen. Die Blutung ließ bereits nach. Hinter der Theke holte Tiziana einen Verband heraus und wickelte ihn um Antonellas Hand. »Wie ist das passiert?«

»Der Kater ist auf den Küchentisch gesprungen und ich habe mich erschreckt.«

»Du solltest Schluss machen für heute. Ich komme auch alleine zurecht.«

»Ach was«, sagte Antonella. »Es ist die linke Hand, es stört ein bisschen, aber ich kann weitermachen.«

»Na gut, wenn du meinst. Wo steckt denn Ugo?«

»Er ist zu Tode erschrocken, als er das Blut gesehen hat, und weggelaufen.«

»Ach.« Tiziana seufzte. »Ja, er hat Angst vor Blut, als wäre er ein kleines Kind. Na ja. In manchen Dingen ist er einfach wie ein kleines Kind.«

Antonella schüttelte den Kopf. »Das war mehr als normale Angst. Er war völlig von Sinnen.«

»Er …« begann Tiziana, doch sie wurde unterbrochen, als sich die Tür öffnete und drei ältere Männer eintraten.

Antonella kannte sie, sie verkauften Fisch und Käse auf dem Markt und kamen regelmäßig nach dessen Ende in die Osteria.

Tiziana begrüßte sie und fragte nach ihren Wünschen. Antonella zog sich in die Küche zurück. Ugo war nirgends zu sehen.

Im Laufe der nächsten Stunde kamen noch mehr Gäste. Anscheinend sprach es sich allmählich herum, dass es im *Il Postiglione* wieder gutes Essen und guten Wein gab. Es ergab sich keine Gelegenheit mehr, Tiziana nach dem Grund für Ugos heftige Reaktion zu fragen.

Am nächsten Tag war das Wetter wieder schön. Das wäre hier um diese Jahreszeit meistens so, erzählte Marco ihr. Wenn es regnete, dann kurz und sehr heftig. Als sie die Osteria erreichten, kam Ugo aus der Haustür. Er blieb wie angewurzelt stehen und starrte Antonella an. »Du lebst?«

»Aber natürlich« erwiderte sie. »Ich habe mich doch nur geschnitten.« Sie hob ihre verbundene Hand.

»Aber … aber du hast doch geblutet.«

Verwundert schüttelte sie den Kopf. »Nur ein kleines bisschen. Es hat gleich wieder aufgehört.«

Ugo kam auf sie zu, streckte zaghaft die Hand aus und berührte ihre Schulter. »Du bist es wirklich.« Wie ein Kind hüpfte er zurück ins Haus. »Sie lebt! Tiziana! Sie lebt.«

Lächelnd kam Tiziana ihnen entgegen. »Das habe ich dir doch gesagt! Er wollte es nicht glauben«, wandte sie sich an Antonella.

»Warum hat er eine solche Angst vor Blut?«, fragte Marco. »Antonella hat mir erzählt, wie heftig er reagiert hat.«

Tiziana antwortete nicht, sondern winkte sie herein. »Ugo, geh doch bitte in den Hühnerstall und schau, ob Eier da sind«, sagte sie.

Lachend holte Ugo einen Korb und lief nach draußen.

Tiziana schloss die Tür. »Mein Mann hat mir erzählt, dass seine Eltern einen Hund hatten. So einen braun-weißen wie unser Gino. Ugo ist praktisch mit dem Tier aufgewachsen, sie hatten ihn schon bei seiner Geburt. Er liebte ihn über alles. Der Hund begleitete ihn überall hin, die beiden waren unzertrennlich.

Nur nachts musste der Hund in den Zwinger. Als Ugo sechs Jahre alt war, brach eines Abends eine Rotte Wildschweine durch den Zaun und verwüstete den Garten. Ugos Vater holte sein Gewehr und versuchte sie zu vertreiben. Anscheinend hatte jemand die Zwingertür nicht richtig geschlossen, denn der Hund lief heraus und griff die Schweine an. Ein Keiler schlitzte ihm den Bauch bis zur großen Schlagader auf. Ugo kam dazu und sah den Hund verbluten. Er versuchte die Wunde zu verbinden, doch sein Vater sagte ihm, dass man da nichts machen könne und erschoss den Hund. Er tat das nur, um dem Tier Leid zu ersparen, aber das begriff Ugo nicht. Seitdem gerät er in Panik, wenn er

Blut sieht, weil er glaubt, dass derjenige dann immer stirbt. Ich muss ihn jedes Mal wegschicken, wenn ich ein Huhn schlachte.«

Das war also die Erklärung für Ugos seltsames Verhalten.

Als Antonella ihn das nächste Mal traf, zeigte sie ihm ihre Hand. »Schau, Ugo, der Schnitt war gar nicht groß und ist schon fast verheilt.«

Sichtlich misstrauisch starrte Ugo auf den Schorf, doch dann lächelte er. »Verheilt. Das ist gut.«

8. KAPITEL

Mitte November fielen die ersten Oliven von den Bäumen.

»Zeit für die Olivenernte«, konstatierte Alessandro an einem Morgen, an dem ein eisiger Tramontana über die Hügel fegte, an den Fensterläden rüttelte, die Zypressen bis zum Boden bog und das Meer derartig aufpeitsche, dass man die Schaumkronen der Wellen von Alessandros Hügel aus sehen konnte. »Ich bereite schon mal alles vor.«

Auf dem Weg zu Tiziana entdeckte Maro in vielen Olivenhainen Leitern an den Bäumen, auf denen Männer standen und Oliven ernteten. Er begleitete Antonella zum *Il Postiglione* und ging anschließend zu den Bertinis. Eine ihrer Kühe hatte geworfen und er wollte Milch holen. Antonella mochte Kuhmilch und Maia hatte ihr geraten, öfter mal welche zu trinken.

Inzwischen rundete sich ihr Bauch, auch wenn man es unter dem Rock kaum sah, und sie fühlte die Bewegungen des

Kindes. Die Schwangerschaft bekam ihr gut. Ihre Gesichtszüge waren weicher geworden, die Lippen wirkten noch voller und ihre Brüste waren größer. Sie blühte wie eine Rose, und dass sie fülliger war, störte Marco nicht im Geringsten.

Vor der Osteria küsste er sie. »Soll ich dich später abholen? Ich müsste schauen, wann. Alessandro will seine Oliven ernten und hat mich gebeten, ihm zu helfen.«

Lachend schüttelte sie den Kopf. »Dann wäre Ugo beleidigt. Er sieht es als seine Aufgabe, mich nach Hause zu bringen.«

Mit einer Kanne voll Milch kehrte Marco eine Stunde später zu Alessandros Haus zurück. Im Gegensatz zu Antonella empfand er das alles hier nicht als Heimat. Die Landschaft war schön, die Aussicht über die Ebene bis zum Meer grandios und die Sonnenuntergänge begeisterten auch ihn. Trotzdem fühlte er sich fremd. Immer noch gab es für ihn nur eine Heimat, und die hieß Alberi d'Argento. In Amerika würde es anders sein, dessen war er sich sicher. Dieses Land unterschied sich so grundlegend von Italien, dass er nicht mehr vergleichen würde. Und er könnte etwas Neues, etwas Eigenes aufbauen. Hier war das unmöglich. Auch wenn es so schien, als wären sie im Moment hier sicher, konnte er es nicht wagen, Land zu kaufen und als Grundbesitzer aufzutreten, ganz davon abgesehen, dass er nicht genug Geld hatte. Sobald Antonella und das Kind reisefähig waren, würden sie auswandern. Antonella hatte die Gabe, überall zurechtzukommen. Das hatte sie mehr als einmal bewiesen. Sie würde auch in Amerika eine Heimat finden.

Alessandro erwartete ihn bereits. Auf einen Karren hatte er Tücher, eine Leiter, zwei kurze Seile, mehrere Säcke, zwei Eimer und eine Baumschere gelegt.

»Hast du überhaupt schon mal Oliven geerntet?«, fragte Alessandro.

Marco schüttelte den Kopf. Auf Alberi d'Argento wurden Oliven geerntet und Öl gepresst, doch diese Arbeit erledigten die Bauern.

»Na dann«, sagte Alessandro. »Mach dich auf eine anstrengende Zeit gefasst. Die Olivenernte ist schwere Arbeit.«

Kaum schwerer als die Weinlese, dachte Marco, doch er schwieg.

Alessandro grinste, als hätte er seine Gedanken gelesen. »Bei der Weinlese scheint die Sonne, es ist warm, manchmal zu warm. Bei gutem Wetter ist auch die Olivenernte angenehm, du stehst im Baum und streifst die Oliven von den Zweigen. Doch wenn die Tramontana bläst, so wie jetzt, frierst du dir auf der Leiter den Arsch ab und hast anschließend Schnupfen.«

Das klang nun nicht gerade verlockend.

Unter dem ersten Olivenbaum legte Alessandro die Tücher aus. Dann stellte er die Leiter an den Baum und drückte Marco die beiden Seile in die Hand. »Damit sicherst du oben die Leiter.«

»Ist das nötig?«

»Allerdings. Olivenbäume sind in der Krone nicht sehr stabil, da kippt die Leiter schnell mal weg und du hast keine Hand frei, um dich festzuhalten.«

Er griff nach einem der tief hängenden Zweige, nahm ihn zwischen Daumen und Zeigefinger und streifte die Oliven ab. »So machst du das. Ähnlich wie beim Melken. Wir nennen es auch so: mungere.«

Also stieg Marco auf die Leiter, sicherte sie mit dem Seil an einem stabilen Ast und begann die Oliven abzustreifen.

Alessandro machte das Gleiche vom Boden aus. Sehr anstrengend war die Arbeit nicht, doch nach einiger Zeit wurde Marco der Arm von der immer gleichen Bewegung schwer. Als nahezu alle Oliven auf dem Tuch am Boden lagen, packten sie das Tuch an den Rändern, schütteten die Oliven zusammen und sortierten die Blätter aus. »Ein paar dürfen dabei sein«, sagte Alessandro. »Aber nicht zu viele, sonst schimpft der Ölmüller.«

Sie füllten die Oliven in den Sack. Danach ging es weiter zum nächsten Baum. Nach ein paar Stunden wurde die Haut zwischen Marcos Daumen und Zeigefinger wund. Er arbeitete mit der linken Hand weiter und nahm sich vor, Handschuhe zu besorgen.

Als Antonella am späten Nachmittag in Ugos Begleitung den Weg entlangkam, sagte Alessandro, dass es für heute reichte. Mit zittrigen Beinen stieg Marco vom Baum. Das Stehen auf der Leiter war anstrengender, als er gedacht hatte, und noch dazu war er bis auf die Knochen durchgefroren.

»Du hast ganz blaue Lippen«, sagte Antonella und rieb über seine Arme. »Ich gehe schon mal nach Hause und koche uns Tee.«

Gemeinsam mit Alessandro wuchtete er den Sack auf den Karren. Alessandro wirkte zufrieden.

»Morgen müssen wir noch mal ran und vielleicht übermorgen auch, dann sollten wir unsere Bäume abgeerntet haben. Dann bringen wir die Oliven zum Ölmüller. Wenn sie geerntet sind, sollten sie rasch gepresst werden.«

Marco griff nach der Deichsel des Karrens und zog ihn zu dem Schuppen, in dem Alessandro seine Geräte lagerte. Er hatte ihn ausgeräumt und alte Laken auf den Boden gelegt. Darauf schüttete er die Oliven und verteilte sie.

»Warum lassen wir sie nicht im Sack?«, fragte Marco.

»Weil sie darin durch ihr Gewicht platzen und anfangen zu gären.«

Zwei Tage später begleitete Marco Alessandro zu Giacomo Cavallini, dem Ölmüller. Dort wurden die Oliven mit den Kernen gemahlen. Ein Esel zog den Ölmahlstein im Kreis. Den entstandenen Brei strichen Giacomo und ein Helfer auf Bastmatten, die aufeinandergestapelt wurden. Diesen Stapel packten die beiden in die Ölpresse.

Schließlich zogen sie den Karren mit mehreren Fiaschi voll Olivenöl nach Hause. In der Stube war es wohlig warm. Antonella hatte Brot von Tiziana mitgebracht. Sie rösteten es es, rieben es mit Knoblauchzehen ein, beträufelten es mit dem eigenen Öl und streuten Salz darüber.

»Das sind die besten Bruschettas, die ich jemals gegessen habe«, sagte Marco.

Alessandro lachte. »Kein Wunder. Du hast ja auch jede Menge Arbeit in das Öl gesteckt.«

9. KAPITEL

Mit dem Korb am Arm schlenderte Antonella über den Markt. Inzwischen war es Winter, in drei Wochen würden sie Weihnachten feiern. Heute war ein schöner Tag, zwischen den Wolken schimmerte immer wieder die Sonne durch. Nach fünf Tagen, an denen die Tramontana über die Hügel gepfiffen war, wehte nun ein laues Lüftchen. Es gab viel Wind in der Toskana und alle Winde hatten Namen. Alessandro hatte sie aufgezählt: Außer der Tramontana gab es einen weiteren kalten Wind, den Grecale, der kalte Luft aus Osten brachte. Im Sommer waren sie angenehm, denn sie milderten die Hitze. Umgekehrt verhielt es sich mit dem Scirocco, der feuchte, warme Luft aus Afrika brachte. Im Winter brachte er frühlingshafte Temperaturen, im Sommer unerträglich schwüle Hitze. Die Weinbauern hassten ihn, denn der salzhaltige Wind schadete den Trauben und trug auch nicht zur Verbesserung des Geschmacks des Weins bei. Ohne die kalten Winde war der Winter hier ähnlich mild wie in Genua.

Sie lächelte, als sie an ihre Zeit im Palazzo Barrati vor einem Jahr dachte.

Als unbedarftes Mädchen aus den Bergen war sie in die riesige Stadt gekommen mit der Absicht, eine Anstellung als Köchin zu finden, denn Kochen war ihre Leidenschaft. Doch gleich im ersten Palazzo, in dem sie vorgesprochen hatte, hatte man ihr deutlich zu verstehen gegeben, dass sie ohne Referenzen in Genua keine Aussicht auf Arbeit hatte. Marco hatte daraufhin ein Empfehlungsschreiben gefälscht und ihr damit eine Anstellung als Küchenmädchen im Palazzo Barrati verschafft. Erst später hatte sie erfahren, dass Fabrizzio Barrati Marcos bester Freund war und die Fälschung in Wirklichkeit ein Brief, in dem Marco Fabrizzio gebeten hatte, ihr behilflich zu sein.

Jetzt befand sich ein Brief von Fabrizzio in ihrem Korb. Er und Marco schrieben sich regelmäßig. Seine Briefe schickte er an Tizianas Osteria, um nicht versehentlich die Carabiniere auf Marcos Spur zu führen, falls seine Korrespondenz überwacht wurde.

Sie schob sich an ein paar Frauen vorbei, die sich um den Stand mit den Haushaltswaren scharten. Das Kind in ihrem Bauch regte sich und sie lächelte. Noch verbarg ihr Umhang ihre Schwangerschaft, doch das würde sich bald ändern, hatte ihr Maia gesagt. Aber sie hatte ihr auch bestätigt, dass alles mit ihr und dem Kind in Ordnung war. Antonella fühlte sich wohl. Ab und zu ziepte es in ihren Leisten. Laut Maia waren das die Mutterbänder, die sich dehnten, und es war ein wenig lästig, dass sie so oft Wasser lassen musste. Doch abgesehen davon hatte sie keinerlei Beschwerden. Sie wäre schöner denn je, versicherte ihr Marco mindestens einmal die Woche.

Der Duft nach geröstetem Schweinefleisch stieg ihr in die Nase. Vor ihr war der Stand von Luigi Peruzzi, der Porchetta verkaufte. Ihr lief das Wasser im Mund zusammen und sie beschloss, eine große Portion zu kaufen. Marco und Ugo ernteten bei Tiziana Oliven, sie würden sich bestimmt freuen, und Tizianas Jungen ebenfalls.

Antonella überholte eine Gruppe Männer, die sich vor dem Fischstand drängten und mit dem Händler um den Preis für Stockfisch feilschten. Sie trugen dunkle Umhänge.

Als sie vorbeiging, sagte einer lautstark: »Dieser Händler ist ein Halsabschneider! Der meint, nur weil wir nicht von hier sind, kann er den doppelten Preis verlangen!«

Etwas verwundert darüber, dass er seine Meinung so unverhohlen kundtat, ging sie weiter und stutzte nach ein paar Schritten. Der Mann hatte nicht toskanisch gesprochen, sondern den Dialekt der Emilia gehabt.

Langsam drehte sie sich um. Die Männer trugen die typischen dunklen Umhänge der Schäfer aus den Bergen. Natürlich, es war Dezember. Ihr war gar nicht klar gewesen, dass sie nun in der Gegend wohnte, in der die Schäfer überwinterten. Sie mussten erst vor Kurzem angekommen sein. Ob wohl Männer aus Cerreto dabei waren? Vielleicht sogar ihr Vater? Wie würde er reagieren? Würde er sich freuen, sie zu sehen?

Sie trat an den Stand neben dem Fischhändler und tat so, als würde sie die Auslagen betrachten, doch dabei musterte sie aus den Augenwinkeln die Gesichter der Männer. Nein, es war niemand dabei, den sie kannte. Fast war sie ein wenig enttäuscht, als sie sich abwandte, um zum nächsten Stand zu gehen. Nachdem sie gedankenverloren die Ware betrachtet hatte, drehte sie sich noch einmal um. Inzwischen waren noch mehr Männer dazugekommen. Einer von ihnen kam ihr bekannt vor. Er war untersetzt und hatte lockiges, hellbraunes Haar. Sie wischte sich mit der Hand über die Augen und sah genauer hin. Tatsächlich, es war Paolo, ihr ehemaliger Verlobter. Der Mann, vor dessen Gewalttätigkeit sie aus Cerreto geflohen war.

Die Umgebung verschwamm vor ihren Augen, ihr Herz raste. Hastig wandte sie sich ab, lief an den Marktständen vorbei und bog in die nächste Seitenstraße ab. Hatte er sie gesehen? Sie glaubte, nicht. Zwar hatte er in ihre Richtung geblickt, aber eher zerstreut und ziellos. Sie drückte sich an die Hauswand und zwang sich, langsam zu atmen. Das Kind schien ihre Angst zu fühlen, denn sie spürte, wie es sich bewegte.

Durch die Lücke zwischen den Verkaufsständen konnte sie die Gruppe der Schäfer weiterschlendern sehen. Paolo war bei ihnen. Er schien völlig vertieft in ein Gespräch mit seinem Nebenmann. Weder sah er sich suchend um noch wirkte er angespannt. Er warf auch keinen Blick in die Seitenstraße, in der sie stand.

Nein, er hatte sie wohl nicht gesehen. Glück gehabt.

Nun denn, dann würde es keine Porchetta geben. In Zukunft würde sie Tiziana bitten, auf den Markt zu gehen. Eine Ausrede ließe sich finden.

Doch dann schüttelte sie den Kopf. Warum sollte sie sich

vor Paolo verstecken? Sie hatte keinen Grund mehr, ihn zu fürchten, sie war eine verheiratete Frau. Was konnte er ihr schon tun? Sicher hatte er inzwischen ebenfalls geheiratet und sie längst vergessen. Schließlich hatte er sie nie geliebt, sondern sich nur auf Drängen seines Vaters hin mit ihr verlobt.

Entschlossen straffte sie die Schultern und ging zurück zum Markt. Bevor sie die Seitenstraße verließ, blickte sie sich um. Die Gruppe der Schäfer war nirgends zu sehen. Sie ging zum Porchettastand und stellte sich hinter die beiden Frauen, die dort anstanden. Eine nickte ihr zu und Antonella erkannte die ältere Frau, die sie bei der Hebamme getroffen hatte. Lächelnd nickte sie zurück.

»Guten Tag«, sagte die Frau. »Ich bin Letizia Guerrini. Meinem Mann gehört die Ferramenta Guerrini.«

Ah, daher hatte sie also gewusst, dass Marco und sie bei Tiziana arbeiteten. Sicher hatte Alessandro es bei einem seiner Einkäufe erwähnt.

»Antonella Rossi«, erwiderte sie höflich.

»Ah, die junge Frau, die fürs *Il Postiglione* kocht«, sagte die andere Frau. »Ich bin Rosaria Giusti, ich betreibe eine Wäscherei.«

»Lohnt sich das denn?«, fragte Antonella. In Genua hatte sie Wäschereien gesehen, aber Genua war eine Großstadt. Auf dem Lande wuschen die Menschen ihre Sachen üblicherweise selbst.

Die Frau nickte. »Im Sommer weniger, aber im Winter, wenn die Schäfer hier sind, schon. Außerdem flicke ich auch. Da kommt schon ein bisschen was zusammen.«

Antonella nahm sich vor, Tiziana zu fragen, ob sie Geld genug hatte, ihre Tischtücher in die Wäscherei zu geben.

»Ich habe vorhin Ihren Mann gesehen«, sagte Signora

Guerrini. »Er schüttelt mit diesem Kretin die Oliven von den Bäumen.«

Ärgerlich zog Antonella die Brauen zusammen. Die Signora erinnerte sie in ihrer Boshaftigkeit an die alte Gemma aus Cerreto. Wahrscheinlich war sie ebenso eine Klatschkante.

»Sie meinen sicher Ugo. Ja, mein Mann hilft ihm bei der Olivenernte.«

»Dann soll er mal aufpassen, dass der Schwachsinnige ihn dabei nicht erschlägt oder vom Baum schubst.«

Antonella schüttelte den Kopf. »Ugo ist vielleicht nicht der Klügste, aber er ist ein lieber Mensch, der keinem etwas tut.«

»So, denken Sie?«, gab die Signora spitz zurück. »Na ja, Sie sind noch nicht lange genug hier. Jeder weiß, dass Ugo seinen Bruder auf dem Gewissen hat. Auch wenn die Ferrante versucht hat, es zu vertuschen. Der Kerl gehört eingesperrt.«

»Ganz so ist es nicht«, mischte sich Rosaria ein. »Es gab eine Untersuchung und man hat ihn freigesprochen.«

»Pah«, sagte Signora Guerrini. »Wahrscheinlich hat die Ferrante den Richter bestochen. Sie hat ja genug Geld geerbt. Man könnte fast denken, ihr war es ganz recht, dass Silvio diesen ›Unfall‹ hatte.«

Fassungslos starrte Antonella die beiden Frauen an. War es das, was Alessandro gemeint hatte, es gäbe Gerede über Tiziana? Die Frage des Verkäufers, was sie wünschte, ersparte ihr die Antwort. Sie bestellte sechs Portionen Porchetta. Während der Mann die Scheiben heruntersäbelte, verabschiedeten sich die beiden Frauen.

Nachdenklich machte Antonella sich auf den Weg zur Osteria. Im Olivenhain breitete Marco gerade ein Laken unter einem der Bäume aus. Ugo stand mit der langen Stange in der Hand neben ihm und wartete.

»Ciao«, rief sie den beiden Männern zu. »Macht eine Pause, ich habe Porchetta vom Markt mitgebracht.«

Während des Essens blickte sie unwillkürlich immer wieder auf Ugos Hände, die viel zu klein für seinen massigen Körper waren. Wie war Silvio gestorben? Tiziana hatte gesagt, es wäre ein Unfall gewesen. Doch Antonella hatte damals schon das Gefühl gehabt, dass mehr dahintersteckte. War etwas Wahres an Signora Guerrinis Behauptung?

Sie wartete, bis Marco und Ugo wieder in den Garten gingen, dann erzählte sie Tiziana von der Begegnung auf dem Markt und was Signora Guerrini gesagt hatte.

Tiziana presste die Lippen zusammen, doch ihr Gesicht verriet ihren Zorn. Als Antonella ausgesprochen hatte, starrte sie auf die Tischplatte und schwieg eine Zeit lang. Schließlich hob sie den Kopf und sah Antonella in die Augen. »Und, glaubst du ihr?«

»Dass Ugo deinen Mann auf dem Gewissen hat?« Antonella schüttelte heftig den Kopf. »Nein. Er ist der freundlichste und sanftmütigste Mensch, den ich kenne.«

Sichtbar erleichtert atmete Tiziana auf. »Viele haben Angst vor ihm, weil er so groß und plump ist –, und so anders.«

»Menschen, die anders sind, werden oft ausgeschlossen und man gibt ihnen gerne die Schuld an allem Unglück. Das war bei uns im Dorf genauso. Wenn man deinen Schwager kennt, weiß man, dass er weder hinterhältig noch boshaft ist. Doch die Leute tratschen.«

»Ich weiß«, sagte Tiziana. »Und ich kann nichts dagegen tun.« Sie stand auf, ging zum Fenster und blickte hinaus. »Ich bin nicht so sanftmütig wie Ugo, ich würde dieser alten Gewitterziege nur zu gerne den Hals umdrehen.« Sie kam zum

Tisch zurück und setzte sich. »Silvio war hinten bei den Gräben, Schilf schneiden. Er schnitt und Ugo räumte es weg.«

Antonella nickte. Auch Alessandros Grundstück war von Gräben umgeben, die bei den heftigen Regengüssen im Winter und im Frühjahr das Wasser ableiteten. Dort wuchs Schilfrohr, das getrocknet zum Zaunbau verwendet wurde. Alessandro benutzte ein Pennato, eine Art großes Buschmesser, um es zu schneiden.

»Silvio hatte sein Pennato frisch geschliffen. Ich weiß nicht, wie es genau passiert ist, er muss abgerutscht sein und schnitt sich in den Oberschenkel.« Tiziana schluckte. »Du weißt, wie Ugo auf Blut reagiert. Er lief weg, direkt ins Haus und schrie, Silvio würde sterben. Damals hatten wir noch einen Knecht. Sie sind sofort dorthingelaufen, doch Silvio war nicht mehr zu helfen. Später bestätigte der Doktor, dass auch Ugo ihn nicht hätte retten können. Silvio hatte sich die große Ader durchtrennt und ist verblutet. Aber manche Leute zerreißen sich immer noch das Maul darüber.«

»Du bist so still«, sagte Marco, als sie an diesem Nachmittag mit ihm nach Hause ging. »Ist etwas nicht in Ordnung?«

Antonella erzählte von der Begegnung mit den beiden Frauen und was sie über Ugo gesagt hatten.

»Ich glaube nicht, dass Ugo dazu fähig ist, jemanden zu verletzen«, sagte Marco, als sie mit ihrem Bericht fertig war. »Nicht nur weil er gutmütig ist, sondern auch, weil er so viel Angst vor Blut hat. Aber die Umstände von Silvios Tod sind sehr unglücklich. Kein Wunder, dass getratscht wird. Silvio Ferrante war reich, er hat eine Fremde geheiratet. Bestimmt gab es hier die eine oder andere, die gehofft hat, ihn für sich gewinnen zu können, als seine erste Frau gestorben ist.«

»Jetzt ist mir auch klar, warum niemand bei ihr arbeiten

wollte. Es liegt nicht nur daran, dass sie eine Frau ist, sondern an dem Gerede. Und manche haben bestimmt auch Angst vor Ugo.«

10. KAPITEL

Zu Hause angekommen, fiel ihr der Brief von Fabrizzio wieder ein. Sie hatte ihn ganz vergessen. Sie gab ihn Marco, der ihn wie immer sofort öffnete, um ihn zu überfliegen. Später, wenn sie ungestört waren, würde er ihn Antonella vorlesen. Obwohl sie inzwischen recht gut lesen konnte, mochte sie es, wenn er ihr vorlas.

Doch dieses Mal runzelte er die Stirn, entschuldigte sich und zog sich in ihren Schlafraum im Obergeschoss zurück. Antonella folgte ihm. »Ist etwas nicht in Ordnung?«

»Hm. Ich weiß nicht. Er schreibt, ein Offizier aus Venaria Reale habe ihn kontaktiert. Er sei enttäuscht von der Brutalität, mit der Carlo Alberto gegen die Patrioten von 1833 vorgegangen ist, und er schreibt, dass alle Todesurteile vollstreckt wurden, wo doch selbst der Bourbonenkönig Aufständische in Süditalien begnadigt hat. Er möchte Giovine Italia beitreten.«

»Aber das ist doch wunderbar, wenn die Bewegung Unterstützung vom Militär bekommt.«

Marco strich sich eine widerspenstige Locke aus der Stirn. Sein Haar war schon wieder viel zu lang, stellte Antonella fest, sie würde es heute Abend noch schneiden.

»Ich kenne den Mann. Rittmeister Armando Salviati. Er war mein Vorgesetzter, mein Ausbilder.«

Der Name kam Antonella bekannt vor, doch sie erinnerte sich nicht, wann sie ihn gehört hatte. Mit dem Brief in der Hand wanderte Marco im Zimmer auf und ab.

»Ist er denn zuverlässig?«, fragte sie.

Marco blieb stehen. »Unbedingt. Zuverlässig, pflichtbewusst, treu. Ein Mann, der eher stirbt, als seine Soldaten im Stich zu lassen.«

Etwas in seiner Stimme ließ Antonella aufhorchen. »Du magst ihn.«

Marco sah sie an. »Als ich in Venaria Reale ankam, hatte ich keine Ahnung, was mich erwartete. Plötzlich derjenige zu sein, den jeder herumkommandieren konnte. Ich hasste es. Das Einzige, was mir gefiel, war der Umgang mit den Pferden. Armando hat mich unter seine Fittiche genommen, hat mir über die schwierige Anfangszeit hinweggeholfen. Er schickte mich in die Ställe, ließ mich mit den Jungpferden arbeiten. Im Grunde war er dort wie ein Vater für mich.«

»Und was bereitet dir dann Sorgen?«

»Es passt nicht zu ihm, die Seiten zu wechseln. Er ist ein Mann mit eisernen Grundsätzen. Ein großartiger Freund, aber hart und unerbittlich als Feind. Bevor ich ging, habe ich ihm einen Brief geschrieben. Ich wusste, dass ich ihn enttäusche, aber ich hoffte, er würde mich und meine Gründe verstehen.«

»Vielleicht hat er das ja und will sich deshalb Giovine Italia anschließen.«

Er schüttelte den Kopf. »Er hat mich verfolgt. In Berceto hat er uns nur knapp verfehlt.«

Jetzt wusste sie, woher sie den Namen kannte. Elisa, die Inhaberin der gleichnamigen Residenza hatte bei ihrer Ankunft von den Dragonern aus Venaria Reale erzählt, die am Morgen abgereist waren. Die Männer hatten nach einem

Deserteur gesucht und der Hauptmann hatte den Eindruck gemacht, als läge ihm sehr viel daran, ihn zu erwischen und vor Gericht zu stellen.

»Er war auch derjenige, der am Abend unserer Hochzeit in Matteos Taverne kam, um uns zu verhaften.«

Deshalb also war Marco so erschrocken gewesen, als er die Stimme des Hauptmanns gehört hatte.

»Aber vielleicht hat er inzwischen seine Meinung geändert. Dann hättet ihr einen großartigen Verbündeten.«

Marco schüttelte langsam den Kopf. »Das würde ich nur zu gerne glauben, aber ich fürchte, es ist eine Falle.«

»Eine Falle? Aber warum?«

Marco setzte sich aufs Bett und deutete auf den Platz neben sich. »Setz dich zu mir.«

Er griff nach ihrer Hand. »Sie planen wieder einen Aufstand.«

»Sie?«

»Mazzini und Giovine Italia. Dieses Mal mit Unterstützung aus dem Ausland. 1200 Polen und 600 Deutsche sollen Savoyen angreifen und Carlo Albertos Herrschaft beenden. Mazzini hofft, dass der Rest von Italien folgt, wenn das Königreich Sardinien fällt.«

Empört starrte Antonella ihn an. »Hat Mazzini noch nicht genug? Reichen ihm die Toten vom letzten Jahr nicht?«

»Es geht nicht ohne Opfer.«

Diesen Satz hatte sie mehr als einmal gehört. Sie kämpfte gegen den Drang, ihn an den Schultern zu packen und zu schütteln. »Sagt er das? Mazzini? Was opfert er denn? *Sein* Leben oder das seiner Söhne? Er sitzt im sicheren Ausland und schickt junge Männer in den Tod.«

Wahrscheinlich konnte sie froh sein, dass Marco noch hier in Castagneto war, statt sich an der Revolte zu beteiligen.

Sie kannte das Feuer nur zu gut, das jetzt in seinen Augen brannte.

»Was hat das mit Fabrizzio und diesem Offizier zu tun?«, lenkte sie das Gespräch wieder auf das eigentliche Thema.

»Vielleicht will Salviati sich als Spion in die Organisation einschleusen, um Details über den Aufstand zu erfahren.«

»Aber so schnell wird ein Neuling doch bestimmt nicht in eure Geheimnisse eingeweiht.«

»Du hast recht!« Die Besorgnis in seinem Gesicht vertiefte sich. »Unter Umständen will er nur jemanden, der von dem Aufstand weiß und die Pläne kennt, in seine Gewalt bringen.«

Gänsehaut kroch über Antonellas Nacken und ihre Arme. Wenn es darum ging, Geheimnisse zu erfahren, schreckten Carlo Albertos Männer auch vor Folter nicht zurück, das hatte Marco am eigenen Leib erfahren.

»Dann musst du ihm schreiben, dass er sich auf keinen Fall mit dem Mann treffen darf.«

Marco legte den Arm um ihre Schulter und zog sie an sich.

»Ein Brief ist zu unsicher. Er kann verloren gehen, er kann abgefangen werden. Es gibt nur *einen* Weg: Ich muss nach Genua und ihn selbst warnen.« Seine Augen baten um ihr Verständnis. »Ich schulde ihm mein Leben. Ihm und dir.«

»Hat er geschrieben, wann und wo das Treffen stattfinden soll?«

Marco sah auf den Brief in seiner Hand. »Am 15. Januar im Sommerhaus der Barratis in der Nähe von Sori. Das ist in den Bergen südlich von Genua. Fabrizzio schreibt, er wolle einen Tag vorher schon dort sein.«

Nachdenklich tippte er auf das Papier. »Ich kenne das

Haus, ich habe dort Rast gemacht, wenn ich von Venaria Reale nach Hause geritten bin. Von hier aus kann ich in fünf Tagen dort sein. Wenn ich am Montag losreite, bin ich Freitagabend oder Samstagmorgen da und kann Fabrizzio warnen.«

»Und wenn es doch keine Falle ist? Wenn er es ernst meint?«

»Du meinst, wir sollten uns anhören, was er zu sagen hat?«

Antonella nickte.

»Dann bist du einverstanden, dass ich gehe?«

Lächelnd umarmte sie ihn. »Aber natürlich. Er ist dein Freund, du musst ihn warnen.«

»Ich werde in zwei Wochen zurück sein.« Er legte die Hand auf ihren Leib. »Aber vorher bringe ich dich nach Alberi d'Argento zu Enrico.«

Antonella schüttelte den Kopf. »Mach dir um mich keine Sorgen. Es sind noch mehr als zwei Monate, bis das Kind kommt, bis dahin bist du zurück. Und außerdem, in Cerreto werden die meisten Kinder im Februar und März geboren, wenn die Männer nicht da sind.« Sie lehnte sich an ihn. »Dieser Aufstand, glaubst du, Fabrizzio ist darin verwickelt?«

»Ich weiß es nicht. Er wird sich wohl nicht an den Kämpfen beteiligen, aber an der Organisation und der Finanzierung bestimmt. Und deshalb ist er ein ideales Opfer für einen Spion.«

»Finanzierung?«

»Geld für Waffen, und auch um die Polen und die Deutschen zu bezahlen.«

»Ich habe mich schon letztes Jahr gefragt, woher Giovine Italia so viel Geld hat.«

»Viele Reiche sind Patrioten und unterstützen die Organisation. Außerdem hat Mazzini 100.000 Lire gegeben und Cristina 30.000.«

Die Art, wie er diesen Namen aussprach, ließ Antonella stutzen. Sie hob den Kopf und musterte ihn. »Cristina? Wer ist das?«

»Die Principessa Trivulzio Belgiojoso. Sie ist eine Patriotin. Solange sie in Italien war, arbeitete sie im Untergrund. Sie schrieb Pamphlete, besorgte gefälschte Pässe und überbrachte geheime Nachrichten. 1831 musste sie vor Metternich fliehen. Seitdem lebt sie in Paris. In ihrem Salon treffen sich die führenden Köpfe Europas. Lafayette gehört zu ihren Verehrern, ebenso wie Baudelaire und de Musset.«

Antonella kannte keinen der Namen, die Marco nannte. Es war ihr auch gleichgültig. Vielmehr störte sie der Klang seiner Stimme, wenn er ihren Namen nannte.

»Woher kennst du sie?«

Er antwortete freimütig und ohne zu zögern. »Ich traf sie in Genua, als ich Giovine Italia beigetreten bin. Sie hat mir den Namen Marco Rossi gegeben und mir den gefälschten Pass besorgt.«

Das Lächeln, das seine Worte begleitete, beseitigte jeglichen Zweifel.

»Sie war deine Mätresse.«

Marco lachte laut. »Die Principessa ist niemandes Mätresse. Wenn es ihr beliebt, gewährt sie einem Mann ihre Gunst, aber nur solange es ihr beliebt.«

»Und es beliebte ihr bei dir.«

Seine Wangen färbten sich ein wenig dunkler. »Woher willst du das wissen?«

»Du hast eine Melodie in deiner Stimme, wenn du ihren Namen nennst.«

»Eine Melodie?« Ungläubig blickte er sie an. »Ich gebe zu, ich war einer ihrer Liebhaber für ein paar Wochen. Und du solltest froh darüber sein, mein Kastanienmädchen.«

»Ach wirklich? Und warum?« Ihre Stimme klang selbst in ihren Ohren sehr spitz.

»Weil«, er zog sie noch enger an sich und vergrub sein Gesicht in ihrem Haar, »*sie* es war, die mir beibrachte, zu küssen, und mir zeigte, was den Frauen gefällt. Ich war gerade einundzwanzig Jahre alt geworden, als ich sie traf. Sie war zwei Jahre älter als ich, doch sie hatte sehr viel mehr Erfahrung.«

»Hm.«

»Eifersüchtig?«

»Ehrlich gesagt, ja. Hat sie *dich* verlassen oder hast du sie verlassen?«

»Sie *mich*. Und bevor du fragst: Ja, ich war traurig. Aber hätte ich die Möglichkeit gehabt, sie zu heiraten, ich hätte es nicht getan. Ich war sehr in sie verliebt, aber ich wollte nicht mein Leben mit ihr verbringen.«

Sie erinnerte sich an Fabrizzios Worte letzten Sommer: Frauen waren nie mehr als ein Zeitvertreib für ihn, seine wahre Liebe galt immer dem Land. Erst Alberi d'Argento, und dann, als ihm klar wurde, dass er es nicht besitzen kann, Italien. Und er hatte ebenfalls gesagt, dass sich das geändert hatte, seit Marco sie kannte. Sie beschloss, die Angelegenheit auf sich beruhen zu lassen.

In der Nacht erwachte sie, weil er sich neben ihr herumwarf. Sein geflüstertes Nein und heftiges Atmen verrieten ihr, dass er wieder vom Turm und der Folter träumte. Sie schlang die Arme um ihn und hielt ihn so fest sie nur konnte. »Es ist nur ein Traum«, flüsterte sie ihm zu. »Du bist in Sicherheit. Weit weg von Genua.«

Ohne wirklich wach zu werden, erwiderte er ihre Umarmung und vergrub sein Gesicht in ihrem Haar. Allmählich wurde sein Atem ruhiger und regelmäßiger. Sie streichelte seinen Rücken und frage sich zum wiederholten Male, ob er wohl jemals aufhören würde, davon zu träumen.

Kurz bevor sie einschlief, fiel ihr ein, dass sie ihm nichts von den Schäfern und Paolo erzählt hatte. Erst hatte die Tratscherei der Signora Guerrini und Tizianas Erzählung vom Tod ihres Mannes sie abgelenkt, dann war es Fabrizzios Brief gewesen. Sie dachte nach. Wie würde er reagieren, wenn er von Paolos Anwesenheit hier erfuhr? Unter Umständen würde er hierbleiben, und wenn Fabrizzio tatsächlich in eine Falle lief, würde er sich das niemals verzeihen. Sie dachte an seine Verzweiflung, als er erfahren hatte, dass nicht alle der Gefangenen aus dem Torre Grimaldina entkommen waren, und er sich mit Selbstvorwürfen zerfleischt hatte, weil er frei war und seine Freunde hatte sterben müssen. Sie durfte es ihm nicht sagen. Paolo hatte sie nicht gesehen, er wusste nicht, dass sie hier war. Sie würde Tiziana ins Vertrauen ziehen und den Markt meiden, bis Marco wieder hier war.

11. KAPITEL

Tiziana hatte gefragt, ob sie am Weihnachtstag nach dem Gottesdienst gemeinsam mit Alessandro in die Osteria kommen wollten.

»An diesem Tag kommen ohnehin keine Gäste und es wäre weniger einsam. Es ist das zweite Weihnachten ohne Silvio. Natürlich nur, wenn du und Marco nicht alleine feiern wollt.«

Antonella hatte große Lust dazu. Für sie war es das zweite Weihnachten, dass sie ohne ihre Familie erlebte. Letztes Jahr war sie in Genua im Haushalt der Barratis gewesen.

Marco lächelte, als sie ihn fragte. »Das ist eine gute Idee. Ich habe nämlich auch ein bisschen Heimweh. Weihnachten auf Alberi d'Argento war immer schön. Und mein letztes Weihnachtsfest war eher … anstrengend.«

Er war nach Marseille gegangen, nachdem er Genua verlassen hatte, erinnerte sie sich, und erst im Februar zurückgekehrt.

»Du hast mir nie erzählt, was du in diesen drei Monaten gemacht hast.«

»Ich bin die Küste entlanggeritten, habe die Stimmung in den Dörfern erkundet und Mitglieder von Giovine Italia besucht.«

Die Aufgabe, die ihm von einem wichtigen Mitglied von Giovine Italia auferlegt worden war, lautete: Geh in die Dörfer, in die Osterien und Tavernen. Setz dich zu den Bauern und den Tagelöhnern, spendier ihnen Wein und, wenn sie hungrig sind, einen Teller Pasta. Höre genau zu, was sie reden. Sind sie unzufrieden? So unzufrieden, dass sie bereit sind für eine Revolution? Dann erzähle ihnen von Giovine Italia und unseren Zielen.

»Weihnachten war ich in Marseille bei Mazzini. Ich habe ihm Bericht erstattet, was in Modena passiert ist und wie die Situation in Italien ist. Anschließend kam ich wieder nach Genua. Na ja, auf Umwegen.«

Er hatte mit anderen Verschwörern den Aufstand vorbereitet, bei dem er schließlich verhaftet worden war.

Sie spannten Rinaldo vor Alessandros Wagen. Marco half Antonella und Alessandro hinauf und setzte sich dann auf den Kutschbock.

Ugo empfing sie an der Tür. Er hatte sich fein gemacht, trug eine saubere dunkle Hose, ein weißes Hemd und eine Weste. Strahlend streckte er Antonella die Hand entgegen. »Bella Antonella. Meine beste, liebste Freundin.«

Sie ließ sich von ihm vom Wagen helfen, denn inzwischen war sie durch ihren Bauch doch etwas unbeholfen.

Nach ihr kletterte Alessandro steifbeinig hinaus. »Grüß dich, Ugo. Wie geht es dir?«

»Hab dich lange nicht gesehen, Alessandro. Mir geht's gut, aber du bist alt geworden.«

Mürrisch verzog Alessandro das Gesicht. »Musst du mir das sagen? Ich fühle mich auch alt.«

Marco sprang vom Kutschbock. »Geht ihr schon mal rein, ich versorge Rinaldo.«

Carlo und Enzo kamen aus dem Haus gelaufen. »Können wir helfen?«, fragte Enzo.

»Aber ja, kommt mit.«

Während die beiden Jungen hinter Marco herwuselten, führte Ugo Antonella und Alessandro ins Haus. Er hatte den Schankraum mit Zweigen von Wacholder und Steineichen geschmückt, auf den Tischen standen Kerzen. Zu Antonellas Überraschung hatte sich doch ein Gast in die Osteria verirrt. Er saß an dem kleinen Tisch in der Ecke neben der Tür, dem dunkelsten Teil des Raumes. Vor ihm standen Krug und Becher sowie ein leerer Teller. Er hielt den Kopf gesenkt, sodass man sein Gesicht nicht erkennen konnte.

»Er sitzt schon seit zwei Stunden da«, raunte Tiziana Antonella zu. »Ohne was zu sagen. Ich dachte, er bleibt nur kurz und jetzt bringe ich es nicht übers Herz, ihm zu sagen, dass er gehen soll. Er macht so einen verlorenen Eindruck.«

Antonella gab ihr recht. Seine Kleidung wirkte abgetragen, sein Haar hing ihm zerzaust bis auf die Schultern. Er blickte kurz auf. Ein struppiger Bart bedeckte seine Kinnpartie, die Wangen waren eingefallen. Ein Heimatloser, ein Wanderer.

Tiziana hatte den großen Tisch am Kamin gedeckt. Im Kamin brannte ein Feuer; Gino lag davor und genoss sichtlich die Wärme.

Antonella ging mit Tiziana in die Küche. Als Antipasti hatte Tiziana Crostini vorbereitet. Auf dem Herd köchelte ein Topf mit Cacciucco, eine Fischsuppe livornesischer Art, die als Primi Piatti serviert werden würde. Auch der dritte Gang, Cinghiale in Salmi, stand auf dem Herd.

»Hat er irgendetwas gesagt?«, fragte Antonella. »Wo er herkommt? Ich habe ihn noch nie gesehen.«

»Ich auch nicht. Er kam rein, fragte, ob er ein Stück Brot und etwas Wein bekommen könnte, und seitdem sitzt er da und starrt auf den Tisch.«

Sie griff nach der Platte mit den Crostini und ging hinaus. Antonella folgte ihr mit der Weinflasche in der Hand. Während sie den Wein einschenkte, glitt Tizianas Blick immer wieder zu dem Mann in der Ecke.

»Eigentlich haben wir genug zu essen. Ich würde ihn gerne an unseren Tisch einladen, wenn ihr nichts dagegen habt«, flüsterte sie Antonella zu.

Bevor sie antworten konnte, trat Marco ein, Enzo und Carlo hingen wie immer an seinen Fersen.

»Buon Natale!«, rief er in den Raum und umarmte erst Tiziana und danach Ugo. »Ich wünsche euch gesegnete Weihnachten.«

Ugos Lächeln reichte von einem Ohr zum anderen. »Wünsche ich dir auch, Glückspilz«, sagte er, zog Marco in seine Arme und klopfte ihm so heftig auf den Rücken, dass Antonella fürchtete, er würde ihm die Rippen brechen.

Marco schnappte nach Luft. »Du hast Kraft für zwei, Ugo.«

Beim Klang von Marcos Stimme hatte der Mann in der Ecke den Kopf gehoben und starrte ihn nun unverhohlen an. Ein Frösteln lief über Antonellas Rücken. Könnte er ein Spitzel sein? In diesem idyllischen Tal hatte sie völlig verdrängt, dass im Königreich Sardinien ein Preis auf Marcos Kopf ausgesetzt war. Abgekämpft und hungrig wie der Fremde aussah, konnte er das Geld bestimmt gut gebrauchen.

Sie räusperte sich und zupfte Marco am Ärmel, doch er hatte den Fremden bereits entdeckt. Er blinzelte, rieb sich über die Augen und blinzelte erneut. »Das kann nicht sein.«

»Kennst du ihn?«, fragte Antonella.

Inzwischen hatte der Fremde seinen Stuhl zurückgeschoben und war aufgestanden. Immer noch starrte er Marco an. Unwillkürlich blickte Antonella auf Marcos Gürtel, an dem wie immer sein Dolch hing. Doch er griff nicht danach, stattdessen ging er auf den Mann zu. »Francesco? Francesco Vaccari?«

Der Fremde nickte stumm.

»Ich dachte, du seiest ... « Er brach, breitete die Arme aus und umarmte den Mann. »Ich kann dir gar nicht sagen, wie froh ich bin, dich zu sehen«, sagte er so leise, dass nur Antonella es hörte. Stumm schüttelte der Fremde den Kopf. Seine Augen waren feucht.

Marco drehte sich zu Tiziana um. »Kann er mit uns essen? Er ist ... ein alter Freund.«

Ein Mitglied von Giovine Italia oder ein Carbonaro, dachte Antonella, als sie sein kurzes Zögern bemerkte.

»Aber natürlich.« Tiziana lächelte den Mann an. »Ich hatte eben mit Antonella besprochen, dass wir ihn einladen. Bitte. Herzlich willkommen.«

Sie rückte einen Stuhl vom Nachbartisch heran und schob die Gedecke zusammen. Antonella ging in die Küche und holte einen Teller, Besteck und einen Becher. Als sie zurückkam, saß der Fremde bereits am Tisch, und Marco neben ihm.

Er griff nach ihrer Hand. »Francesco, das ist meine Frau Antonella.« Dann deutete er auf die anderen. »Diese schöne Frau ist Tiziana, ihr gehört das *Il Postiglione*. Die beiden Jungs sind Enzo und Carlo, ihre Söhne. Ugo, ihr Schwager, und Alessandro, bei ihm leben Antonella und ich.«

Ein Lächeln glitt über Francescos Gesicht, er deutete eine Verbeugung an. »Ich bin Francesco Vaccari.« Seine Stimme war tief und etwas heiser, als würde er nicht viel reden. »Du lebst hier?«, wandte er sich an Marco.

»Seit letzten Sommer.«

»Dann ist es hier sicher?«

Entrüstet blickte Tiziana ihn an. »Aber ja. Oder glauben Sie, dass hier an jeder Ecke Briganten lauern, wie im Süden?«

»Verzeihung, Signora. Ich habe zu lange in der Wildnis gelebt, meine Manieren haben gelitten.«

»Können wir endlich essen?« Ugo blickte sichtlich hungrig auf die Crostini.

Tiziana lachte. »Bitte greift zu. Marco, kannst du mir den Wasserkrug geben?«

Francescos Blick wanderte kurz zu Marco, dann nickte er beinahe unmerklich und formte den Namen stumm mit dem Mund, als wollte er ihn sich einprägen. Scheinbar kannte er Marco unter einem anderen Namen.

Marco reichte den Krug weiter und Tiziana schenkte ihren Söhnen Wasser ein. Dann prosteten sie einander zu.

»Wann hast du geheiratet?«, fragte Francesco und schob sich ein Crostino in den Mund.

»Letzten Sommer. Bist du über die Berge hierhergekommen?«

Kauend nickte Francesco. »War eine verflucht lange Reise.«

»Das glaube ich. Ich bin letzten Winter durch die Berge nach Norden gezogen. Dort habe ich Antonella kennengelernt. Wann bist du aufgebrochen?«

»Im Oktober. Ich habe mich verirrt und war plötzlich viel weiter südlich, als ich sein wollte.«

Wie vorsichtig sie Informationen austauschten. Alessandro hatte die Stirn in Falten gelegt und musterte Francesco. Spürte er ebenso wie Antonella, dass die beiden Männer darauf brannten, unter vier Augen miteinander zu reden? Nicht zum ersten Mal fragte sie sich, wie viel Alessandro über Marco wusste. Hatte Enrico ihn eingeweiht, als er sie im Sommer hierhergeschickt hatte?

»Ihr kennt euch schon länger?«, fragte Tiziana.

Francesco griff nach einem weiteren Crostino und überließ es Marco, zu antworten.

»Wir haben uns im Sommer 32 in Modena kennengelernt«, sagte Marco und nahm sich das letzte Crostino.

Antonella stand auf, räumte das leere Brett ab und holte den Topf mit der Cacciucco aus der Küche. Als sie den Deckel abnahm, stieg ein herrlicher Duft nach Fisch, Wein und Knoblauch auf. Francescos Augen wurden groß, er schluckte. Wie lange hatte er wohl nichts Warmes mehr gegessen? Tiziana schien das Gleiche zu denken, denn sie füllte seine Schüssel bis zum Rand.

»Danke schön«, sagte er. »Das riecht ganz wunderbar.«

Die nächsten Minuten verbrachten sie schweigend, jeder mit seiner Suppe beschäftigt.

Antonella nutzte die Gelegenheit, Francesco unauffällig

zu mustern. Seine Kleidung war verschlissen und verschmutzt und er sah so aus, als könnte er ein Bad gebrauchen, doch er war offensichtlich von guter Herkunft, denn seine Essmanieren waren ausgezeichnet. Wer war er? Vielleicht einer der Verschwörer, mit denen Marco den Aufstand in Modena organisieren sollte? Sie waren verraten worden, zwei von ihnen hatte man verhaftet, hatte man sich erzählt.

Schließlich legte Tiziana ihren Löffel weg, trank einen Schluck Wein und sah dann Marco an. »Ich wusste gar nicht, dass du aus Modena bist.«

»Bin ich nicht«, antwortete Marco. »Ich war mit Freunden zu Besuch bei Francesco.«

Also war er tatsächlich einer der Verschwörer von Modena und hatte Marco und den anderen Mitgliedern von Giovine Italia Unterschlupf geboten. Die beiden Männer wechselten einen schnellen Blick, dann sprach Francesco. »Ich komme aus Modena. Meine Familie lebt seit mehreren Generationen dort. Mein Vater ist Anwalt.«

Neugierig blickte Tiziana ihn an. »Und wie kommt es, dass Sie nun halb verhungert und erfroren hier in der Toskana sind?«

»Ich habe den Fehler begangen, die Politik unseres Herzogs, Francesco IV., zu kritisieren. Er ist nicht gerade geduldig mit politischen Gegnern, sperrte mich ein und verurteilte mich zur Kerkerhaft in Spielberg. Ich konnte entkommen und habe mich wochenlang in den Bergen versteckt.«

»Ich habe von Francesco von Österreich d'Este gehört«, sagte Tiziana. »Reisende reden gerne mal, wenn sie beim Wein sitzen. Über ihn sagen sie nicht viel Gutes. Er soll hinterhältig und despotisch sein. Angeblich hat er heimlich Revolutionäre ermuntert, sich gegen Österreich zu erheben, und sie dann verraten.«

»Ja, so war es. Er hat Ciro Menotti und vielen anderen Unterstützung versprochen. Doch als die österreichische Armee die Aufstände in Mittelitalien beendet hat, tat er so, als wäre das nie passiert, und ließ alle Liberalen, mit denen er vorher heimlich verhandelt hatte, hinrichten.«

Tiziana hob die Brauen. »Man sagt, Ciro Menotti war ein Carbonaro.«

»Und wenn es so wäre?«, gab Francesco zurück und Antonella fühlte sich plötzlich nach Berceto zurückversetzt. Genau das Gleiche hatte Marco erwidert, als sie ihn gefragt hatte, ob er ein Mitglied von Giovine Italia war.

Tiziana zuckte mit den Schultern. »Zeit für den nächsten Gang«, sagte sie, stand auf und ging in die Küche.

Marco schenkte Wein nach, Ugo ging ebenfalls in die Küche und kam gleich darauf mit dem Topf Cinghiale in Salmi zurück, gefolgt von Tiziana, die eine Schüssel Parpadelle auf den Tisch stellte. Großzügig verteilte Tiziana Nudeln und Fleisch. Marco öffnete währenddessen eine zweite Flasche Wein.

»Was hast du jetzt vor?«, wandte er sich an Francesco, als die Teller leer waren.

»Ich habe vor, mich nach Livorno durchzuschlagen, um dort ein Schiff nach Barcelona zu nehmen. Allerdings muss ich erst einmal an Geld kommen.« Ein spöttisches Grinsen zog sich über sein Gesicht. »Wie du dir vorstellen kannst, hat unser gütiger Großherzog dafür gesorgt, dass ich keinen Franc mehr habe.«

Marcos Blick wanderte von Francesco zu Tiziana. Antonella konnte beinahe hören, wie er nachdachte. Schließlich beugte er sich vor. »Liebe Tiziana, würdest du einem alten Freund von mir ein paar Nächte Unterschlupf gewähren? Ich verspreche dir, ich arbeite das ab.«

»Ich kann auch arbeiten!« Sichtlich empört richtete Francesco sich auf. »Du hast eine Familie zu versorgen und wie es aussieht, geht es dir nicht viel besser als mir.«

»Zur Zeit habe ich ohnehin keine Gäste«, warf Tiziana ein. »Ob drei Zimmer leer stehen oder vier, darauf kommt es nicht an.« Sie lächelte Francesco an. »Freunde von Marco und Antonella sind immer willkommen. Ohne diese beiden hätte ich meine Osteria nicht mehr. Sie können gerne ein paar Nächte bleiben, Signor Vaccari.«

»Das ist ein sehr großzügiges Angebot …«, begann Francesco.

Alessandro unterbrach ihn mit einem lauten Räuspern. »Marco, Signor Vaccari, das Feuer ist beinahe niedergebrannt. Wie wäre es, wenn ihr mir helft, neues Holz hereinzuholen?«

»Aber das kann doch Ugo machen«, wandte Tiziana ein.

Alessandro schüttelte den Kopf, ohne Marco aus den Augen zu lassen. Der stand auf. »Schon gut, lass Ugo sitzen bleiben. Wir machen das schon.«

Alle drei Männer gingen nach draußen.

»Was sollte das jetzt?«, fragte Tiziana. »Haben die irgendein Geheimnis?«

Nachdenklich starrte Antonella auf die Tür. Alessandro hatte einen sehr entschlossenen Eindruck gemacht. Was wollte er von den beiden Männern? Zusammen mit Tiziana räumte sie den Tisch ab. Ugo hockte sich vor den Kamin und streichelte Gino, Carl und Enzo spielten Fangen und jagten sich um die Tische.

In der Küche verpasste Tiziana Antonella einen leichten Rippenstoß und wies mit dem Kinn auf das Fenster. Vor dem Regal, in dem das Holz lagerte, standen die drei Männer und diskutierten. Marco und Alessandro gestikulierten mit den Händen. Francesco stand regungslos daneben. Irgendwann legte er Marco die Hand auf den Arm und sprach eindringlich auf ihn ein. Schließlich nickte Marco, woraufhin Alessandros Miene sich merklich entspannte. Jeder nahm ein paar Holzscheite und nacheinander traten sie in die Küche und gingen weiter zur Schankstube. Tiziana und Antonella tauschten einen Blick aus und folgten ihnen.

Alessandro kniete vor dem Kamin und schichtete Holz auf, Marco und Francesco saßen wieder am Tisch.

Antonella suchte Marcos Blick und sah ihn fragend an. Er lächelte sie an. Doch sein Lächeln wirkte schiefer als sonst, anscheinend war ihm ein wenig unbehaglich zumute.

»Enzo, Carlo, hört auf mit dem Rumgerenne«, sagte Tiziana. »Im Schrank in der Küche habe ich noch Cantuccini. Ugo weiß, wo.« Sie zwinkerte ihrem Schwager zu.

»Klar weiß ich das«, antwortete Ugo. »Kriegen wir auch Vin Santo?«

»Ein bisschen. Aber esst bitte in der Küche.«

Sie wartete, bis Ugo mit den beiden Kindern den Schankraum verlassen hatte, dann wandte sie sich an Marco. »Also, was hattet ihr da draußen zu besprechen?«

Francesco warf ihr einen anerkennenden Blick zu. Marcos Lächeln verrutschte noch ein wenig mehr. »Alessandro sagte, wenn ich dich schon bitte, jemandem Unterschlupf zu gewähren, solltest du wissen, wer es ist.«

»Ach.« Tiziana legte den Kopf schräg. »Na ja, ich weiß schon einiges. Er hat sich mit dem Herzog von Modena angelegt, er saß im Gefängnis, er ist geflohen.«

Alessandro setzte sich auf die Fersen und wandte den Kopf. Antonella sah seine Augen und bemerkte den auffordernden Blick, mit dem er Marco musterte. Er wusste, wer

Marco war. Wahrscheinlich hatte er es vom ersten Tag an gewusst. Deshalb war er so erstaunt gewesen, als Marco pflügen gelernt hatte.

»Wir sind beide flüchtige Mazzinianer«, sagte Marco. »Im Herbst 1832 waren wir in Modena, um einen Aufstand gegen Herzog Francesco IV. zu planen, doch wir wurden verraten. Ein Freund und ich konnten fliehen, Francesco wurde verhaftet.«

»Mazzinianer? Ihr meint diesen Giuseppe Mazzini, der irgendwo im Ausland sitzt und die Leute aufhetzt?«

»Genau. Diesen Mazzini, der dafür kämpft, dass Italien eine Einheit wird, unabhängig von den Habsburgern«, antwortete Marco mit einem Lächeln.

»Also, ich bin mit unserem Leopold ganz zufrieden.« Misstrauisch blickte Tiziana Marco und Francesco an. »Ihr wollt aber nicht hier einen Aufstand anzetteln?«

Marco ging rüber zu Antonella und legte ihr die Hand auf den Bauch. »Ich will in Frieden leben und meine Familie ernähren können. Und Francesco …«

»Ich muss das Land verlassen. Wenn sie mich erwischen, lande ich am Galgen oder in Spielberg.«

»Dazu müssen sie dich erst finden«, sagte Marco. »Der Arm des Herzogs von Modena reicht nicht bis in die Toskana. Und hier gibt es schon seit Langem keine Galgen mehr.«

»Aber ich habe keinen Ort, an dem ich bleiben kann, so wie ihr.«

»Apropos Ort«, sagte Marco langsam und sah Alessandro an. »Woher weißt du, wer ich bin?«

Ein breites Grinsen erhellte Alessandros Gesicht. »Ich kannte dich schon, als du ein Bub mit ständig aufgeschlagenen Knien warst. Bis vor zehn Jahren war ich Saisonarbeiter auf dem Gut deines Vaters. Irgendwann wollte dieser alte Körper nicht mehr so recht und zufällig wurde hier Pachtland frei. Don Piero war damals schon mit den Gherardescas befreundet und hat dafür gesorgt, dass ich hier unterkam. Ich dachte, ich könne mit meiner Anna den Lebensabend hier verbringen.« Er zuckte mit den Schultern. »Gott wollte es anders.«

»Auf dem *Gut* deines Vaters?« Tiziana riss die Augen auf und starrte Marco an. »Wer bei allen Heiligen bist du?«

Spöttisch deutete Marco eine Verbeugung an. »Marco Michele di Raimandi, der ungeratene Sohn von Piero Marchese di Raimandi.«

»So, so. Der Sohn eines Anwalts und der Sohn eines Adligen. Und wieso bist du hier und tust so, als wärst du ein Bauer?«

»Weil ich letzten Mai am Aufstand im Piemont teilgenommen habe und erwischt worden bin. Sie haben mich eingesperrt und zum Tode verurteilt.«

Tizianas Augen wurden noch größer. »Und du bist entkommen?«

»Das verdanke ich Antonella und einem Freund. Eine lange Geschichte, die ich dir irgendwann erzähle, falls ich hier weiterhin willkommen bin.«

»Aber natürlich bist du das. Ich gebe zu, Politik interessiert mich nicht besonders. Aber du gehörst zu den nettesten, hilfsbereitesten Menschen, die ich kenne. Und nur das zählt.« Sie drehte sich zu Francesco um. »Auch Sie können gerne ein paar Tage hierbleiben, Signor Vaccari.«

Zwei Tage später ging Antonella alleine zur Osteria; Marco und Alessandro wollten eine Steineiche fällen, die morsch geworden war. Tiziana saß schon in der Küche und rupfte ein Huhn, ein zweites lag auf dem Tisch vor ihr.

»Guten Morgen«, grüßte Antonella, legte ihren Umhang ab, zog einen Stuhl heran und griff nach dem anderen Huhn. »Wie willst du die Hühner machen?«

»Ganz einfach, mit Kartoffeln im Ofen gebacken. Ich habe schon Rosmarin und Salbei aus dem Garten geholt.«

Antonella lächelte. Inzwischen wusste Tiziana, wie man würzte.

Die Tür öffnete sich. »Soll ich den Backofen schon mal anfeuern?«

Antonella sah auf und blinzelte. Die Stimme war Francescos, doch er war nicht wiederzuerkennen. Offensichtlich hatte er gebadet. Und nicht nur das, der struppige Bart war verschwunden, sein Haar kurz geschnitten und er trug eine saubere hellbraune Hose, ein beiges Hemd und eine olivgrüne Weste. Ohne Bart sah er viel jünger aus, Antonella schätzte ihn auf Anfang dreißig. Sein Gesicht war schmal mit ausgeprägten Wangenknochen, einem kantigen Kinn und einer Nase, die ein wenig an den Schnabel eines Raubvogels erinnerte. Ein harter Zug lag um seine Lippen und auch die tief liegenden Augen gaben seinen Zügen etwas Melancholisches. Unter dem verwahrlosten Wanderer verbarg sich ein durchaus gut aussehender Mann.

Tiziana beobachte amüsiert, wie Antonella ihn anstarrte. »Ich glaube, Antonella hat dich nicht wiedererkannt.«

Lächelnd hockte er sich vor den Backofen und legte das Holz in die Luke. »So wie ich aussah, hätten mich meine eigenen Eltern nicht erkannt. Ich bin Tiziana sehr dankbar für das Bad und die Kleider.«

Eine verräterische Röte zeigte sich auf dem Gesicht ihrer Freundin, sie strich sich eine verirrte Haarsträhne aus der Stirn. »Keine Ursache. Das Bad war reiner Eigennutz und die Sachen hatte ich noch im Schrank.«

Dann trug Francesco wohl die alten Kleider von Tizianas Mann.

Er zündete das Feuer an und verließ die Küche.

»Er ist wirklich sehr nett«, flüsterte Tiziana, als Francesco die Tür hinter sich zugezogen hatte. »Nachdem ihr vorgestern gegangen seid, haben wir noch ein bisschen hier gesessen und geredet. Er ist klug, weißt du?« Ihre Wangen waren immer noch gerötet und sie lächelte versonnen.

Antonella musterte sie. Wie hübsch sie plötzlich war. Wahrscheinlich war es ihr bisher nicht aufgefallen, weil Tiziana selten lächelte. Meistens war sie ernst. Ihre Worte erinnerten sie an ihre ersten Tage mit Marco in den Bergen. Auch sie war von der Klugheit und Hilfsbereitschaft des Fremden, der ihr Hilfe angeboten hatte, beeindruckt gewesen.

»Er hat mir erzählt, wie sie ihn verhaftet haben«, fuhr Tiziana fort. »Zunächst wurde er zum Tode verurteilt, doch nach einem Jahr hat der Herzog von Modena ihn zu zwanzig Jahren Kerkerhaft in Spielberg begnadigt.«

Schaudernd zog Antonella die Schultern hoch. »Wie kann das eine Gnade sein?«

»Er konnte fliehen, weil seine Eltern die Gefängniswärter bestochen haben, damit sie nicht so genau hingucken, sobald er nach Venedig transportiert werden sollte. Er hat sich den Winter über in den Bergen versteckt. Eigentlich wollte er gar nicht in die Osteria kommen, doch er fühlte sich so einsam am Weihnachtstag.«

»Was für ein Glück, dass er dann doch hier war.«

»Ja, nicht wahr?« Tiziana hatte ihr Huhn fertig gerupft und tauchte es nun in warmes Wasser, wusch es ab und legte es dann auf die Arbeitsplatte, um es auszunehmen. Anschließend gab sie es Antonella, die es würzte, während Tiziana das zweite Huhn wusch und ausnahm.

Sie glaubte nicht, dass heute viele Gäste kommen würden, deshalb ging Antonella nach Hause, nachdem sie die Hühner in den Ofen geschoben hatten. Dieses Mal begleitete Francesco sie, denn er wollte mit Marco reden.

Ein kalter Wind wehte vom Meer her, Antonella zog ihren Umhang fester um sich.

»Ein Wunder, dass du es bei diesem Wetter geschafft hast, durch die Berge zu kommen«, sagte sie. Statt zu antworten, starrte er sie verblüfft an. Da erst wurde ihr bewusst, dass sie ihn im Dialekt der Emilia angesprochen hatte. »Ich komme aus Cerreto im Herzogtum Modena«, erklärte sie.

»Ah, dann hat Michele dich auf seiner Flucht getroffen? Ich hatte schon befürchtet, er sei tot. Die Häscher des Herzogs haben damit geprahlt, beide Flüchtigen angeschossen zu haben.« Auch er sprach jetzt mit Dialekt.

»Er hatte einen Streifschuss am Oberarm, als ich ihn traf. Ich habe ihn zu unserer Heilerin gebracht.«

Francesco lächelte. »Da hatte er Glück. Weißt du vielleicht, was aus dem anderen Mann geworden ist?«

»Er ist tot. Marco sagte, sie hätten ihn in die Lunge getroffen.«

Trauer wischte das Lächeln aus seinem Gesicht. »Verdammt. Was für ein grausiger Tod. Er war erst Anfang zwanzig.«

Schweigend setzten sie ihren Weg fort, vorbei an dem Kreuz an der Weggabelung. Sie spürte, dass er sie immer wieder von der Seite musterte. Vielleicht fragte er sich, auf welche Weise aus Marco und ihr ein Paar geworden war.

Erst als sie den Weg verließen und in den Pfad einbogen, der zu Alessandros Land führte, sprach er wieder. »Wie lange lebt ihr schon hier?«

»Seit letzten August. Eigentlich wollten wir nach Amerika

gehen, doch die Soldaten, die Marco verfolgt haben, haben uns kurz vor der Abreise in Genua gefunden. Wir mussten fliehen. Und seitdem verstecken wir uns hier. Marco hat falsche Papiere.«

Er nickte. »Ja, ich dachte es mir. Ich ebenfalls.«

Alessandro und Marco waren dabei, die Steineiche, die sie gefällt hatten, in Stücke zu sägen und an der Hauswand zum Trocknen zu stapeln.

»Ciao!«, rief Antonella ihnen zu. »Ich bringe Besuch mit.«

»Heute mal ohne deinen Schatten?«, frotzelte Alessandro, als er Francesco erblickte. Er machte sich öfter darüber lustig, dass Ugo es sich zur Aufgabe gemacht hatte, Antonella nach Hause zu begleiten.

Marco strahlte und klopfte Francesco auf die Schulter. »Gut siehst du aus.«

»Ja, Tiziana hat mir geholfen, wieder einen Menschen aus mir zu machen. Ich bin ihr sehr dankbar.«

»Wir sind hier gleich fertig, und dann können wir reden. Geh schon mal rein.«

Antonella führte Francesco ins Haus. »Kanntest du Marco schon, bevor ihr euch in Modena begegnet seid?«

»Ich habe ihn vor vier Jahren in Pisa kennengelernt. Ich habe da mein Examen gemacht und er hatte sich gerade für Rechtskunde eingeschrieben. Aber wiedergesehen habe ich ihn erst letztes Jahr in Modena.«

»Du bist Anwalt?«

»Wie mein Vater, ja.«

Auf dem Herd stand ein Topf mit Brasato al Manzo vom Vortag. Es war noch genug übrig, um auch vier Leute satt zu bekommen. Sie würde Polenta dazu machen.

»Willst du zum Essen bleiben? Marco würde sich bestimmt freuen.« Alessandro vielleicht nicht, aber da sie die

Mahlzeiten zubereitete, stand es ihr wohl frei, einzuladen, wen sie wollte.

Es wurde ein fröhlicher Abend. Während Antonella die Polenta rührte, zogen sich Francesco und Marco ins Obergeschoss zurück, um in Ruhe zu reden. Später saßen sie zu viert an dem Esstisch in der Küche. Die Männer tranken Wein, Antonella verdünnte ihren mit Wasser. Marco erzählte, wie er Antonella kennengelernt hatte, und von ihrem Weg durch Berge.

Alessandro nickte anerkennend. »Wusste gleich, dass das Mädel was taugt. Schon als ihr hier ankamt. Eine richtige Frau, die anpacken kann. Ich hatte schon befürchtet, Don Enrico schickt mir nicht nur das Herrensöhnchen, sondern auch noch eine verwöhnte Gutshaustochter.«

»Wieso hast du eigentlich nie gesagt, dass du weißt, wer ich bin?«

»Warum hätte ich das tun sollen? Du bist nicht mehr Michele di Raimandi.«

»Vielleicht hätte ich mich sicherer gefühlt, wenn ich mich nicht hätte verstellen müssen.«

»Vielleicht wärst du eher unvorsichtig geworden. Du siehst ja, wie schnell du dich verraten hast, als dein Freund bei Tiziana aufgetaucht ist. Ich habe ihn noch nie zuvor gesehen, aber sofort gewusst, dass er zu den guten Vettern gehört.«

Marcos Augen wurden groß. »Du …?«

»Was?«, fragte Alessandro mit Unschuldsmiene.

»Du gehörst auch dazu.« Eine Feststellung, keine Frage.

»Ich habe seit Jahren keinen Kontakt mehr zu den guten Vettern.«

»Aber du bist einer von uns.«

Alessandro schüttelte den Kopf. »Ich habe damit abgeschlossen.«

»Warum?«, fragte Francesco. »Was ist passiert?«

»1821, das ist passiert. Ursprünglich komme ich aus Neapel. Mein Bruder und ich gehörten zu den Mitgliedern der ersten Stunde. Himmel, wir dachten, wir könnten die Welt verändern. Wir haben Ferdinand I. gezwungen, die spanische Verfassung zu übernehmen. Wir glaubten uns am Ziel. Dann kamen die Habsburger mit ihren Truppen und sorgten dafür, dass die Verfassung außer Kraft gesetzt wurde. Es kam zu Verhaftungen und Hinrichtungen. Ich machte, dass ich samt meiner Familie aus Neapel fortkam. Dein Jugendfreund, Luciano, ist übrigens mein Neffe. Sein Vater war von eurer Freundschaft ebenso wenig begeistert wie deiner. Und dass er dich das Kämpfen mit dem Messer nach unserer Schule gelehrt hat, stieß ihm übel auf.«

Am Tag nach Silvester trug Tiziana das erste Mal, seit Antonella sie kannte, kein Schwarz, sondern einen weiten, dunkelbraunen Rock, der am Saum mit blauen Streifen abgesetzt war, dazu eine weiße Bluse, deren halblange Ärmel am Ellbogen mit Rüschen verziert waren, und ein blaues Mieder. Es stand ihr ausgezeichnet und ließ sie um Jahre jünger wirken.

»Silvio ist seit über zwei Jahren tot«, sagte sie, kaum dass Antonella die Küche betreten hatte. »Ich bin noch nicht so alt, dass ich nur noch schwarz tragen möchte.«

»Und das hat nicht zufällig etwas mit einem hilfsbereiten Anwalt aus Modena zu tun?«, neckte Antonella.

Tiziana seufzte. »Doch, hat es. Er gefällt mir ausnehmend gut. Findest du es schlimm?«

Sie schüttelte den Kopf. »Nein. Du bist doch noch so jung. Warum solltest du dir nicht wieder einen Mann nehmen?«

»Die meisten Leute werden nicht so denken wie du. Sie werden die Gerüchte über Silvios Tod wieder aufleben lassen. Aber was mache ich mir Gedanken?« Energisch hackte sie auf die Zwiebel ein, die sie geschält hatte. »Vielleicht ist er schon verheiratet. Immerhin ist er schon einunddreißig.«

»Hat er denn etwas von seiner Familie erzählt?«

»Nur von seinen Eltern. Und ich habe es nicht gewagt, ihn zu fragen. Wie kommt das denn an, wenn ich ihn frage, ob er verheiratet ist?« Sie legte das Messer weg. »Könntest du vielleicht Marco fragen? Er kennt ihn doch gut.«

»Aber natürlich. Ich frage ihn gleich heute Abend.«

Als sie nach dem Abendessen im Bett lagen, Antonella auf der Seite, Marco an ihren Rücken geschmiegt, erzählte sie ihm, dass Tiziana sich entschlossen hatte, die Trauer abzulegen, und dass sie Gefallen an Francesco gefunden hatte.

»Weißt du, ob er verheiratet ist?«

»Er war es. Er hat nach seinem Studium geheiratet, eine arrangierte Ehe. Doch seine Frau starb nach zwei Jahren an einer Entzündung des Wurmfortsatzes. Danach hat er es erfolgreich vermieden, noch mal zu heiraten.«

»Dann ist er einer, der sich nicht an eine Frau binden will? Ein Frauenheld?«

Er schmiegte sich noch enger an sie. »In Pisa war er einer, aber was hat das zu sagen? Wenn du einen meiner Kommilitonen aus Pisa fragen würdest, ob Michele di Raimandi ein Frauenheld ist, sie würden ja sagen und dir allerhand pikante Geschichten über mich erzählen. Oder denk an Fabrizzio.«

»Fabrizzio ist ein Frauenheld!«, stellte sie trocken fest.

»Vielleicht ist er auch nur ein Topf, der seinen Deckel noch nicht gefunden hat. Wenn Tiziana Sicherheit will, sollte sie sich vielleicht jemanden aus Donoratico suchen. Aber wenn sie so mutig ist wie du, könnte sie Francescos Herz gewinnen.«

12. KAPITEL

In der ersten Januarwoche brach Marco nach Sori auf. Er hatte ein ungutes Gefühl bei dem Gedanken, Antonella alleine zurückzulassen, auch wenn sie ihm wiederholt versichert hatte, es würde ihr nichts ausmachen. Dass sie auch noch weiterhin in der Osteria arbeiten wollte, verstärkte sein Unbehagen. Er kannte es nur so, dass Frauen, die ein Kind erwarteten, geschont und verwöhnt wurden. Doch Antonella hatte ihn ausgelacht. Sie würde sich zu Tode langweilen, wenn sie die nächsten drei Wochen im Haus bleiben würde. So könnte sie Zeit mit ihrer Freundin verbringen und Tiziana würde darauf achten, dass sie nicht zu viel arbeitete. Wenigstens würde Ugo sie jeden Abend nach Hause begleiten. Er betete Antonella an und würde für sie durchs Feuer gehen.

Also verabschiedete er sich von Antonella, sattelte Ombra und machte sich auf den Weg nach Norden. Wenn er am 14. Januar in Sori ankam, konnte er mit Fabrizzio besprechen, wie sie vorgehen sollten. Falls Salviati mit Soldaten käme, könnten sie fliehen, und wenn er alleine käme, würde er bei dem Gespräch zugegen sein. Die Aussicht, seinen ehemaligen Mentor wiederzusehen, weckte widerstreitende Gefühle in ihm. Er hatte Salviati immer bewundert, und der Gedanke, dass er ihn enttäuscht hatte, bedrückte ihn immer noch. Und irgendwo in seinem Hinterkopf glomm ein winziger Funke Hoffnung, dass Armando sich tatsächlich ihrem Kampf für die Freiheit und Einheit Italiens anschließen wollte.

Der Ritt in den Norden war alles andere als ein Vergnügen. Das Wetter zeigte sich von seiner schlechtesten Seite. Ausgiebige Regenfälle wechselten sich mit wilden Stürmen ab; manchmal regnete und stürmte es gleichzeitig. An der Steilküste vor Livorno peitschte der Wind die Wellen meterhoch auf.

Marco übernachtete in Pilgerherbergen, einfachen Osterien und einmal in einem verlassenen, halb verfallenen Haus. Als er nach fünf Tagen Sori erreichte, freute er sich auf eine warme Mahlzeit und ein weiches Bett. Vielleicht konnte er sogar ein Bad nehmen.

Im Schritttempo lenkte er Ombra die Straße entlang zum Sommerhaus der Barratis. Während seiner Zeit in Venaria Reale hatte er dort übernachtet, wenn er nach Hause geritten war.

Zum Haus gehörte eine Remise, in der die Barratis ihre Kutsche und die Pferde unterstellten. Er würde zuerst Ombra versorgen und dann zu Fabrizzio gehen.

Wie erwartet, war Fabrizzio schon angekommen, die Tür der Remise war nicht abgeschlossen, und als er Ombra hineinführte, wieherte ihm Fabrizzios Fuchs aus einer Box entgegen. Er führte Ombra in die Nachbarbox, nahm ihm Sattel und Zaumzeug ab und schüttete Heu in die Raufe. Dann holte er einen Eimer Wasser. Seltsamerweise schien Fabrizzio ihn nicht zu hören, denn er kam nicht, um ihn zu begrüßen. Vielleicht hielt er ein Nickerchen. Aber sonderbar war es. Ein leichtes Unbehagen erfüllte ihn, als er die Tür der Remise schloss und zur Haustür ging. Er klopfte. Niemand öffnete. Nach dem er das zweite Mal geklopft hatte, drückte er die Klinke runter doch die Haustür war verschlossen.

Vielleicht saß Fabrizzio irgendwo in einer Osteria, um etwas zu essen. Einer Eingebung folgend, ging er um das Haus herum zum Hintereingang an der Veranda. Hier fand er die Tür unverschlossen vor. Er betrat die Küche.

»Fabrizzio? Bist du da?«

Das Geräusch der zufallenden Tür ließ ihn herumfahren. Hinter ihm stand Rittmeister Salviati und schob den Riegel vor. Dann lehnte er sich gegen die Tür und musterte ihn. »Michele di Raimandi! So klug und dabei so berechenbar. Ich wusste, du würdest kommen.«

Ungläubig starrte Marco ihn an. Er trug keine Uniform, sondern war gekleidet wie ein Kaufmann. Wollte er sich tatsächlich Giovine Italia anschließen und war desertiert? Der Gedanke war ungeheuerlich. Doch wenn es so war, war es das Beste, was der Organisation und vor allem ihm selbst passieren konnte.

»Rittmeister«, unwillkürlich sprach Marco ihn mit seinem militärischen Rang an. »Sind Sie wirklich …?«

»Zum Verräter geworden?« Um Salviatis Mundwinkel zuckte ein spöttisches Lächeln, doch seine Augen verrieten seinen Zorn. »Nein! Ich jage Verräter.«

Marcos Kopfhaut kribbelte, die Haare an seinen Armen stellten sich auf. Also war seine Vermutung richtig gewesen. Es war eine Falle.

»Wo ist Fabrizzio?«

Mit dem Kinn wies Salviati auf die geöffnete Tür zur Stube. Marco blinzelte. Dort stand Fabrizzio, regungslos, die Hände waren hinter dem Rücken gefesselt. Seine Haltung war merkwürdig, irgendwie steif. Als Marco näher trat, erkannte er den Grund. Um Fabrizzios Hals lag eine Schlinge. Das Seil war straff gespannt und an einem Haken an der Decke befestigt. Jede Bewegung würde dafür sorgen, dass die Schlinge sich zuzog. Schweißperlen standen auf Fabrizzios Stirn, er hatte die Augen geschlossen. Wenn seine Kräfte versagten, seine Knie nachgaben, würde er sich erdrosseln.

»Fabrizzio, halte durch. Ich bin hier«, flüsterte Marco.

Ein leises Stöhnen war die Antwort.

Marco wollte vorwärtsstürmen, doch ein knappes »Halt!« stoppte ihn jäh. Mit geballten Händen fuhr er herum, bereit sich auf Salviati zu stürzen. »Seit wann foltert ihr Zivilisten? Nimm ihm das Seil ab!«

»Ich werde es ihm abnehmen, wenn du deine Waffen auf den Tisch legst.«

Jetzt erst entdeckte Marco die Kavalleriepistole in Salviatis Hand. Bisher hatte er sie gesenkt gehalten, doch nun hob er sie und zielte auf Marcos Brust. »Los.«

Kälteschauder liefen über seinen Rücken, ihm wurde die Brust eng. Nach seinem Entkommen aus dem Torre Grimaldina hatte er sich geschworen, eher zu sterben, als noch mal in Gefangenschaft zu geraten. Er wollte fortlaufen, doch seine Füße schienen mit dem Boden verwachsen zu sein. Kurz spielte er mit dem Gedanken, seinen Dolch zu werfen, doch wahrscheinlich würde Salviati ihn erschießen, bevor die Waffe ihn traf. Und dann würde Fabrizzio sterben.

»Was haben Sie vor?« Zumindest seine Stimme gehorchte ihm noch.

»Dich vor Gericht bringen.«

»Niemals!« Er schüttelte den Kopf. »Ich gehe nicht wieder ins Gefängnis. Eher sterbe ich.«

»Du hast die Wahl«, sagte Salviati und nickte in Richtung Stube. »Wenn du dich ergibst, nehme ich ihm das Seil ab. Du kannst natürlich versuchen zu kämpfen, ich weiß, wie gut du mit dem Messer umgehst. Aber wenn du verlierst, stirbt er.«

Alles Blut schien aus seinem Kopf nach unten zu fließen,

die Umgebung wirkte eigenartig verschwommen. Salviati irrte sich, er hatte keine Wahl. Nicht, wenn es um Fabrizzios Leben ging. Langsam zog er den Dolch und legte ihn auf den Tisch.

»Auch den anderen«, sagte Salviati. »Den du im linken Stiefel trägst. Du vergisst, dass ich dein Ausbilder war.«

Marco presste die Lippen zusammen, zog das Stilett aus seinem Stiefel und legte es neben den Dolch.

»Gut.« Salviati nickte und holte ein Seil aus seiner Tasche. »Dreh dich um. Die Hände auf den Rücken.«

Ihm blieb nichts anderes übrig, als zu gehorchen. Schweißperlen bildeten sich auf seiner Stirn, als er sich umdrehte. In seinem Kopf summte es. Gefangen! Er war wieder gefangen. Sie würden ihn foltern und töten. Die Folter fürchtete er mehr als den Tod. Immer noch gab es Nächte, in denen er aufwachte und glaubte, die Stimme der Männer zu hören, die ihn aus seiner Zelle gezerrt hatten, um ihn zum Verhör zu bringen. Dann spürte er, wie seine Haut verbrannte, wenn sie ihm den glühenden Schürhaken auf die Brust drückten, fühlte den Biss der Peitsche. Galle stieg in seine Kehle. Er schluckte krampfhaft.

Der Rittmeister legte die Pistole auf den Tisch, packte das Seil und fesselte Marcos Hände.

»Du zitterst«, stellte er fest. »Angst vor dem Tod?«

Stumm schüttelte Marco den Kopf. Immer noch kämpfte er gegen die Panik, die ihn zu ersticken drohte. »Nehmen Sie ihm endlich das Seil ab.«

Salviati ging rüber zu Fabrizzio und streifte ihm die Schlinge über den Kopf. »Du hast Glück, dass dein Freund sich entschlossen hat, nicht zu kämpfen.«

Fabrizzios Beine zitterten, er stöhnte. Marco ging zu ihm. »Es ist vorbei. Du kannst dich hinsetzen, mein Freund.«

Er setzte sich nicht, er brach zusammen, als seine Knie nachgaben.

»Er braucht Wasser«, sagte Marco.

Salviati griff nach einem Krug und füllte einen Becher. Dann half er Fabrizzio, sich aufzurichten, und hielt ihm den Becher an den Mund. Fabrizzio trank gierig.

»Setz dich an die Wand«, wies Salviati Fabrizzio an. »Und du setzt dich neben ihn.«

Als Marco gehorchte, fesselte Salviati ihm und Fabrizzio die Füße.

»Warum ausgerechnet er?«, fragte Marco. »Er ist Zivilist. Er untersteht nicht der Militärgerichtsbarkeit.«

Salviati nickte. »Richtig. Er ist völlig unwichtig. *Du* bist es, den ich haben wollte. Seit du desertiert bist, dein Land und deine Ideale verraten hast, jage ich dich. In den Bergen bist du mir knapp entkommen und der Schneesturm hat mich zwei meiner Männer gekostet. Männer, die deine Kameraden waren, mit denen du getrunken und gekämpft hast.«

Marco schloss die Augen. Er erinnerte sich. Salviatis Truppe hatte sie in Berceto nur um Stunden verpasst. Als fesche Dragoner, völlig unpassend gekleidet, hatte die Wirtin Eliza sie bezeichnet. Wer von den jungen Männern, die er kannte, hatte wohl sein Leben lassen müssen? Er wollte es nicht wissen.

»Was wissen Sie von meinen Idealen? Ich habe keinem Kameraden geschadet! *Sie* haben Ihre Leute im Winter in der Berge geführt, um mich zu jagen. Warum?«

»Du hast enttäuscht. Die Schule, deinen Vater und mich. Du bist einer der begabtesten Reiter, die ich je getroffen habe. Keiner hat so eine Hand für Pferde wie du. Du bist klug und dazu von guter Herkunft. Es ist ein Jammer, dass du all das fortgeworfen hast, um dich diesen Mördern und Verrätern anzuschließen.«

»Verräter? Was haben wir verraten? Seid nicht eher ihr die Verräter an unserem Land?«

Salviati ging nicht darauf ein. »Sag, wer hat dich verführt?«, fragte er stattdessen. »War es Mantelli, der Verbrecher?«

Unwillkürlich ballte Marco die Hände. Also war Andrea Mantelli aufgeflogen. Hatte er noch fliehen können oder saß er im Gefängnis? Er spürte Salviatis Blick auf sich. Trotzig hob er den Kopf und erwiderte ihn.

»Ich kam nicht aus freien Stücken nach Venaria Reale.«

»Das weiß ich. Du warst ein Suchender. Ich habe dich unter meine Fittiche genommen, dich protegiert. Du warst wie ein Sohn für mich.«

Es fiel Marco schwer, Salviatis Blick standzuhalten. Es stimmte. Als er 1830 in Venaria Reale angekommen war, war er todunglücklich gewesen. Sein großer Lebenstraum, als Winzer auf dem Gut seiner Familie zu arbeiten, war verbaut, stattdessen musste er zum Militär. Armando Salviati hatte hinter die Fassade des wütenden jungen Mannes, der er gewesen war, geblickt. Er hatte sich seiner angenommen.

Marco schluckte. »Es tut mir leid, dass ich Sie enttäuscht habe. Sie waren in den zwei Jahren in Venaria Reale mehr Vater für mich als mein leiblicher Vater. Aber wie Sie sagten, ich war ein Suchender, und ich habe etwas gefunden. Ein Ziel, das größer ist als ich. Ein Ziel, für das es sich zu kämpfen lohnt.« Er atmete tief ein. »Ich wünschte, Sie könnten mich verstehen, aber ich weiß, das ist unmöglich. Mein Vater würde Ihnen sagen, dass ich niemals ein guter Sohn war.«

Einen Augenblick lang hatte Marco das Gefühl, das Armando tatsächlich verstand, was er ihm hatte sagen wollen, doch dann verschloss sich das Gesicht des Rittmeisters.

Er erhob sich und holte ein Bündel unter der Küchenbank hervor. »Ich werde euch nach Bogliasco zum Dorfschulzen bringen und dort einsperren lassen«, erklärte er, während er das Bündel öffnete und seine Uniform auspackte. »Dann hole ich ein paar meiner Männer, die euch auf der Reise nach Turin bewachen werden.«

Natürlich, er konnte sie nicht Tag und Nacht bewachen, er brauchte Hilfe. Doch warum war er überhaupt alleine gekommen und nicht mit einem Trupp Soldaten? Es konnte nur einen Grund geben: Armando Salviati war nicht im Auftrag des Königs hier, sondern hatte auf eigene Faust gehandelt. Wenn es ihm nicht gelungen wäre, Fabrizzio und ihn zu überlisten, hätte niemand davon erfahren. Angestrengt dachte Marco nach. Sie mussten entkommen, solange sie mit Salviati alleine waren.

Salviati hatte seine Zivilkleidung mit der Uniform getauscht und schnallte den Degen um.

Marco räusperte sich. »Rittmeister Salviati, ich würde gerne meiner Frau schreiben. Sie erwartet in zwei Monaten unser erstes Kind.« Der Gedanke an Antonella drehte ihm den Magen um. Dieses Mal würde sie ihn nicht retten können. Und er würde sein Kind niemals kennenlernen.

»Du bist verheiratet?«

»Seit letzten Sommer.«

»Er hatte schon längst mit Giovine Italia abgeschlossen«, schaltete sich Fabrizzio ein. »Er wollte eine Familie gründen und in Frieden leben. Sie sollten ihn gehen lassen.« Seine Stimme bebte, was ihn umso überzeugender klingen ließ.

Salviati blickte von Fabrizzio zu Marco, dann schüttelte er den Kopf. »Das glaube ich niemals. Männer wie er ändern sich nicht. Sie leben nicht einfach versteckt auf dem Land. Du hast im Gefängnis Gelegenheit, deiner Frau zu schreiben.«

Er wandte sich ab, ging in die Küche und kam gleich darauf mit zwei Broten zurück, die er auf den Tisch legte. Fabrizzio schluckte hörbar.

Salviati wandte sich ihm zu. »Hunger?«

Er brach eines der Brote durch und legte Fabrizzio und Marco je eine Hälfte in den Schoß. Dann löste er ihre Handfesseln. »Esst.«

Er selbst riss ein Stück von dem zweiten Brot ab und setzte sich an den Tisch, die geladene Pistole lag vor ihm.

»Warum tun Sie das?«, fragte Fabrizzio.

»Was? Euch zu essen geben?« Ein flüchtiges Lächeln streifte seine Mundwinkel. »Ich habe nichts davon, euch halb verhungert nach Turin zu bringen.«

Das war der Mann, den Marco kannte, für den seine Soldaten durchs Feuer gehen würden. Weil er alles mit ihnen teilte, weil er auch seinen Feinden mit Respekt begegnete. Seine Grausamkeit gegenüber Fabrizzio war ein Mittel zum Zweck gewesen.

Als Marco um einen Schluck Wasser bat, reichte er erst ihm, dann Fabrizzio den Becher. Dabei beobachtete er sie scharf. Seine Aufmerksamkeit ließ keinen Augenblick nach.

Nach der Mahlzeit fesselte er ihnen die Hände wieder auf dem Rücken. Die Zeit verrann. Salviati saß am Tisch und schrieb irgendetwas. Einen Bericht über ihre Gefangennahme, vermutete Marco.

Einige Zeit später fragte Fabrizzio, ob er austreten dürfte. Marco schloss sich dem Wunsch an. Vielleicht ergab sich jetzt eine Gelegenheit zur Flucht. Salviati runzelte die Stirn und deutete auf Fabrizzio. »Du zuerst.«

Er band Fabrizzio los und folgte ihm mit der Pistole im Anschlag nach draußen. Angestrengt lauschte Marco auf die

Geräusche und blickte sich gleichzeitig um. Wenn es doch bloß irgendetwas gäbe, womit er die Fesseln aufschneiden konnte. Scherben oder eine scharfe Kante. Aber Armando hatte offenbar aufgeräumt, bevor er sich hier mit Fabrizzio verschanzt hatte.

Als Fabrizzio zurückkehrte, waren seine Hände bereits wieder hinter dem Rücken gefesselt. Nun gut, dann gab es nur einen Weg und er würde ihn gehen. Er hoffte nur, dass Antonella ihm verzeihen konnte, wenn sie davon erfuhr.

Salviati bedeutete Fabrizzio mit einer knappen Geste sich zu setzen und fesselte ihm auch die Füße. Anschließend löste er Marcos Fußfesseln. Marco stand auf und ging durch die Küchentür in den Garten. Die Sonne schien und irgendwo zwitscherte ein Vogel. Er hob das Gesicht zum Himmel, schloss die Augen und spürte die Wärme auf seiner Haut. Was für ein schöner Tag.

Ein leichter Stoß in den Rücken ließ ihn vorwärtsstolpern.

»Ich dachte, du musst mal.« Salviati löste den Knoten an seinen Handgelenken, dann trat er einen Schritt zurück. Das Schloss der Pistole knackte.

»Ich muss dir nicht sagen, dass ich schieße, solltest du versuchen zu fliehen.«

Stumm schüttelte Marco den Kopf.

»Gut«, sagte Salviati, als Marco einige Augenblicke später seine Hose wieder zuknöpfte. »Hände auf den Rücken.«

Jetzt.

Langsam drehte Marco sich um und hob gleichzeitig die Hände, um zu zeigen, dass er nicht angreifen wollte. »Nein.«

Salviati zielte auf seine Brust. »Was heißt ›nein‹?«

»Nein heißt, ich lasse mich nicht fesseln, ich gehe nicht ins Gefängnis. Nicht noch einmal. Du wirst mich erschießen müssen.«

Unglaube zeigte sich auf Salviatis Zügen. Er packte die Pistole fester. »Was soll das?«

»Du hast mich gefragt, ob ich Angst vor dem Tod habe. Das habe ich nicht. Ich wusste immer, dass mich dieser Kampf das Leben kosten könnte. Du wolltest Rache, also töte mich.«

Salviati schüttelte den Kopf. »Ich bin kein Mörder, der einen Wehrlosen erschießt. Ich will, dass du vor Gericht gestellt wirst. Ich will keine Rache, ich will Gerechtigkeit.«

»Gerechtigkeit? Weißt du, wie die Gerechtigkeit Carlo Albertos aussieht? Sieh her.« Ruckartig öffnete Marco die Knöpfe seines Hemds und zog es auseinander, sodass Salviati die Narben der Brandwunden auf seiner Brust sehen konnte. »Das war ein glühender Schürhaken.« Er drehte seinem ehemaligen Mentor den Rücken zu und zerrte das Hemd hinten herunter. »Und das war eine Peitsche. Und das ist längst nicht alles. Sie haben uns gefoltert, jeden von uns. Deshalb hat Giacomo Mazzone sich umgebracht. Weil er es nicht mehr ertragen konnte.«

Salviati starrte ihn an, eine Mischung aus Unglaube und Entsetzen zeigte sich in seiner Miene. »Ich wusste nicht, dass sie auch Angehörige des Militärs foltern.«

Der Ekel in seiner Stimme klang echt, Marco glaubte ihm.

»Warum nicht?«, gab er zurück. »Ich bin ein Verräter, kein Kriegsgefangener.«

»Ich bringe dich nach Turin, nicht nach Genua.«

»Du bringst mich nirgendwo hin, außer als Leiche. Ich stand bereits vor Gericht und das hat mich zum Tode verurteilt. Wenn du mich tötest, vollstreckst du nur das Urteil.«

Noch während er sprach, begann Marco rückwärts zu gehen. Salviati würde schießen, daran gab es keinen Zweifel.

Wenigstens beging er keinen Selbstmord, jedenfalls nicht direkt. Vielleicht war das ein kleiner Trost für Antonella.

Zu seiner Überraschung zögerte Salviati. »Ich bin kein Henker. Vielleicht begnadigt dich unser König, wenn du bereust.«

»Begnadigen? Zu lebenslanger Haft in Spielberg? Dann lieber sterben.«

»Du lässt mir keine Wahl!« Salviati drückte ab.

13. KAPITEL

Antonella sah nach draußen. Der Himmel zog sich zu, wahrscheinlich würde es heute noch regnen.

Sie legte den Deckel auf den Topf mit dem Brasato al vino rosso, dem Rinderschmorbraten, und schob ihn auf eine Stelle des Herds, an der es nicht so heiß war. Zwei Stunden konnte er dort noch schmoren.

Tiziana saß am Tisch und schälte Kartoffeln. Auch sie hatte aus dem Fenster gesehen. »Wenn du trocken nach Hause kommen willst, solltest du bald gehen«, sagte sie lächelnd und stand auf. »Ich rufe Ugo.«

Tiziana ging nach draußen zur Treppe, die ins Obergeschoss führte. »Ugo! Kommst du bitte? Antonella möchte nach Hause.«

Niemand antwortete.

Tiziana kam wieder herein und stemmte die Hände in die Hüften. »Ich möchte nur wissen, wo er schon wieder steckt.«

»Wahrscheinlich drüben bei den Giustis«, sagte Antonella. »Seit ihre Ziege geworfen hat, ist er doch ständig dort.«

Ugos Begeisterung galt nicht nur Pflanzen, sondern auch jungen Tieren.

»Du kannst auch warten, bis Francesco von der Ferramenta zurückkommt. Dann kann er dich begleiten.«

»Nicht nötig. Das Haus der Giustis liegt ja auf meinem Weg, ich gehe vorbei und hole Ugo ab.«

»Ja, tu das. Und sag ihm, er soll gleich zurückkommen, nachdem er dich nach Hause gebracht hat. Ich brauche ihn noch.«

»Mache ich. Ciao, Tiziana. Hoffentlich kommen viele Gäste!«

»Ciao, Antonella. Bis morgen.«

Antonella wickelte sich in ihren Umhang und lief die Straße entlang zum Haus der Giustis. Doch Ugo war nicht dort und auch Signora Giusti wusste nicht, wo er sich aufhalten könnte.

Einen Augenblick lang überlegte Antonella, zurückzugehen, doch dann entschloss sie sich, den Heimweg alleine anzutreten. Sie fand Tizianas Sorge ohnehin übertrieben. Noch war sie nicht sehr schwerfällig, auch wenn ihr Bauch sich inzwischen deutlich rundete, und es ging ihr gut. Die Hebamme bezeichnete sie als sehr gesund.

Beschwingt bog Antonella in den Weg ein, der von der Via Aurelia zum Vallone di Segalari führte. An dem Holzkreuz vor der nächsten Weggabelung entdeckte sie einen Mann. Es war nicht Ugo, er war kleiner. Vielleicht ein Wanderer, der ein Gebet sprach.

Als sie näher kam, wandte er sich um.

Antonella blieb abrupt stehen und rang nach Luft. Mit schmalen Augen, deren Funkeln das Lächeln sein Gesicht Lügen strafte, kam Paolo auf sie zu.

»Sieh an, Antonella Battistoni. So sieht man sich wieder.«

Hektisch blickte Antonella sich um, doch die Straße war verlassen. Bei diesem Wetter blieben die Menschen nach Möglichkeit zu Hause. Weglaufen konnte sie in ihrem Zustand nicht, also richtete sie sich auf und sah ihm ins Gesicht. »Guten Tag, Paolo. Was für eine Überraschung, dich hier zu treffen«, sagte sie höflich. Vielleicht hatte er gar keine bösen Absichten und ihre Begegnung war ein Zufall. Dann musste sie verhindern, dass er herausfand, wo sie wohnte.

»Tatsächlich?«, antwortete er und die Grübchen in seinen Wangen vertieften sich. »Dabei ist es nicht das erste Mal.« Schlagartig verschwand das Lächeln aus seinem Gesicht. »Hast du wirklich geglaubt, ich hätte dich auf dem Markt nicht gesehen?« Unwillkürlich wich Antonella einen Schritt zurück und blickte sich erneut um. Vielleicht war Ugo inzwischen bei Tiziana gewesen und kam ihr hinterher.

»Wenn du auf diesen Schwachkopf wartest, der dich sonst nach Hause bringt, der ist beschäftigt«, sagte Paolo. »Ich habe ihn zu den Bertinis geschickt, da gibt es ein niedliches Kälbchen. Aber ich begleite dich ein Stück.«

Also hatte er ihr aufgelauert. Und mehr noch er musste sie schon länger beobachtet haben, wenn er von Ugo wusste. Was wusste er noch?

»Ich warte nicht auf Ugo«, gab sie zurück. »Sondern auf meinen Mann. Er wird jeden Moment hier sein.« Es war ein erbärmlicher Versuch, ihn zu täuschen, aber vielleicht glaubte er ihr.

»Dein Mann?« Aus seiner Stimme tropfte der Hohn. »Der Kerl, der dir den Bauch gefüllt hat? Den habe ich schon seit Tagen nicht gesehen. Wahrscheinlich hat er sich verdrückt, weil er keine Lust auf das Balg hat, das er dir gemacht hat.«

Zorn siegte über ihre Angst. »Du armseliger Wicht! Wie lange spionierst du mir schon nach?«

»Seit ich dich damals auf dem Markt entdeckt habe. Da habe ich noch nichts von dem Braten in deinem Ofen gesehen. Tja, und nun stehst du genauso dumm da wie damals Anna Galassi. Schwanger von einem reichen Herrn, der die Flucht ergriffen hat.«

Entsetzt starrte Antonella ihn an. Wusste er, wer Marco war?

»Wie kommst du darauf, dass er reich ist?«

Paolo lachte. »Sag bloß, er hat dir nicht gesagt, wer er wirklich ist. Zwei Tage, nachdem du fortgegangen bist, kam ein Trupp Soldaten nach Cerreto auf der Suche nach einem Deserteur. Michele di Raimandi nannten sie ihn. Und stell dir vor, als sie ihn beschrieben haben, dachte ich mir: Paolo, den Kerl kennst du. Ich habe ihnen erzählt, dass er mit meiner Braut durchgebrannt ist.« Er beugte sich vor, seine Stimme nahm einen schmeichelnden Ton an. »Anscheinend gefällt es dir inzwischen, was Männer mit Frauen machen. Du hast für ihn die Beine gespreizt, dann kannst du es auch für mich tun. Wenn du es gut machst, geb ich dir vielleicht ein bisschen Geld.«

»Einen Teufel werde ich!«, fauchte sie ihn an.

»Ach nein?« Blitzschnell griff er nach ihrem Arm und zog sie an sich. »Du schuldest mir noch etwas. Und jetzt hole ich es mir.« Er drückte ihr die Hand auf den Mund und zerrte sie den Weg entlang. Antonella versuchte sich loszureißen, doch sie war ihm nicht gewachsen. Ohne Hilfe würde sie ihm nicht entkommen. Nach ein paar Schritten bog er rechts ab in einen schmalen Pfad. Ein bitterer Geschmack füllte ihren Mund. Sie kannte den Pfad, er führte zu einer Hütte, die schon lange nicht mehr bewohnt war. Paolo meinte es ernst. Ihre Füße verfingen sich in dem Gestrüpp, das über den Weg wucherte. Sie stolperte, doch er zog sie weiter. Die Angst gab ihr die Kraft, den Kopf freizubekommen, aber bevor sie um Hilfe rufen konnte, hatten sie schon die Hütte erreicht. Paolo riss die Tür auf und stieß sie hinein. Sie taumelte gegen einen Tisch.

Er schob den Riegel vor und drehte sich zu ihr um.

»Niemand wird dich hier hören. Da kannst du schreien, so viel du willst.«

Antonella wich zurück. Außer dem Tisch und zwei Stühlen befand sich nichts in der Hütte. In einer Ecke lag Stroh. Es sah frisch aus. Paolo hatte seine Tat gut vorbereitet.

Als er einen Schritt auf sie zutrat, griff sie nach dem Stuhl und schleuderte ihn in seine Richtung.

Langsam richtete er sich auf. An seiner Schläfe sickerte Blut aus einer Wunde. Er tastete danach, betrachtete seine blutverschmierten Finger, dann hob er den Kopf. Sein Gesicht war wutverzerrt. Mit einem Satz war er bei ihr und schlug ihr ins Gesicht. Im ersten Moment spürte sie keinen Schmerz, nur Schreck. Paolo holte aus und schlug erneut zu. Dann stieß er sie vorwärts. Antonella stürzte auf den zweiten Stuhl. Er zerbrach unter ihrem Gewicht, die Lehne bohrte sich in ihren Leib. Es fühlte sich an, als würde ihr jemand den Bauch aufschneiden. Keuchend krümmte sie sich und rang nach Luft.

Paolo packte sie, schleifte sie zum Strohlager und warf sie bäuchlings darauf. Sie wehrte sich nicht mehr. Ein Krampf zog durch ihren Leib. Panisch tastete sie nach ihrem Bauch. Er war bretthart. Ihr Kind! Was war mit ihrem Kind? Der nächste Krampf schüttelte sie. Dann spürte sie, wie Paolo ihren Rock hochschob.

»Das hättest du einfacher haben können«, sagte er und schob die Hand zwischen ihre Beine.

Sie hörte ihn keuchen. Dann war seine Stimme voller Angst.

»Verflucht, was ist das?«

Das Stroh raschelte, es folgten Schritte und das Klappern der Tür. Dann herrschte Stille.

Er war fort.

Wieder zog sich ihr Unterleib zusammen. Mühsam stemmte sie sich auf die Knie und wartete, bis der Krampf vorbei war. Schließlich schaffte sie es, aufzustehen. Schwer atmend lehnte sie sich an die Wand. Paolo war tatsächlich fort. Aber warum?

Sie strich über ihren Bauch, Panik breitete sich in ihr aus. Er war immer noch hart, sie konnte ihr Kind nicht spüren. Sie musste zu Maia, um sicher zu sein, dass nichts passiert war. Vorsichtig machte sie einen Schritt von der Wand weg. Irgendetwas lief nass an ihren Beinen herunter. Sie blickte zu Boden. Dort war Blut. Hastig hob sie ihren Rock. Ihre Beine waren blutverschmiert, es lief an ihnen herunter wie Wasser. Entsetzt presste sie beide Hände auf ihren Bauch.

Heilige Margareta, lass nicht zu, dass unserem Kind etwas geschieht, betete sie zu der Schutzheiligen der werdenden Mütter.

Steh nicht rum und bete, sondern mach, dass du hier rauskommst. War das ihr Gedanke? Sie hörte ihr Herz klopfen, spürte ihren bretthartenBauch, fühlte das Blut, das an ihren Beinen herablief. Ihre Gedanken waren überraschend klar. Wenn sie hier zusammenbrach, würde sie niemand finden. Sie musste raus, musste die Straße erreichen.

Anscheinend hatte ihr Körper ihrem Kopf gehorcht, denn plötzlich taumelte sie den Weg entlang, ohne zu wissen, wie sie aus der Hütte gekommen war. Keuchend, die Hände fest auf den Bauch gepresst, setzte sie einen Fuß vor den anderen. Sie durfte nicht stolpern. Wenn sie fiel, würde sie nicht mehr auf die Beine kommen. Von irgendwoher hörte sie ein leises Wimmern, das in ihrem Kopf zu hallen schien. Sie hatte die Straße fast erreicht, als sich ihr Bauch wieder zusammenkrampfte. Ihre Beine versagten. Sie sank auf die Knie und schrie, während der Schmerz in ihr wütete. »Marco!« Er war fort, er konnte ihr nicht helfen. Sie würde hier sterben. Langsam wurde ihr schwarz vor Augen. Der Weg und die Sträucher schienen sich aufzulösen, während ihr Kopf sich seltsam leicht anfühlte, als gehörte er nicht mehr zu ihrem Körper. »Marco!«, rief sie noch einmal und dieses Mal bekam sie Antwort.

»Antonella? Antonella, wo bist du?«

Sie hob den Kopf. Irgendwo vor ihr tanzte ein Licht. Sie öffnete den Mund, um zu rufen, doch sie bekam kein Wort heraus, nur ein jämmerliches Wimmern. Doch derjenige schien sie gehört zu haben, das Licht kam näher.

»Antonella, heilige Mutter Gottes, warum liegst du hier?«

Es war Ugo, der sich über sie beugte. Mit seinen kleinen Händen strich er ihr das Haar aus der Stirn. Doch als sie sich aufrichtete, wich er zurück.

»Blut«, stammelte er. Panik klang aus seiner Stimme. »Überall Blut.«

»Ugo«, flehte sie. Irgendwie musste sie verhindern, dass seine Angst ihn überwältigte und er davonlief. »Ugo, hilf mir.«

Wild schüttelte er den Kopf. »Blut! Wie bei Silvio.«

»Aber es ist anders als bei Silvio. Mir kannst du helfen.«

»Wirklich?« Zögernd kam er wieder näher.

»Ja, du bist doch mein Freund.«

»Bester Freund. Ja.« Er nickte heftig.

»Bring mich zu Tiziana. Sie weiß, was zu tun ist.«

»Tiziana kann helfen? Sie kann machen, dass das Blut weggeht?«

Antonella nickte.

»Gut. Zu Tiziana!« Er hob sie auf seine Arme und stürmte los. Er trug sie wie eine Puppe, ihr Kopf war an seine Brust gedrückt.

14. KAPITEL

Marco spürte einen heftigen Schlag am Oberschenkel, seine Beine sackten unter ihm weg. Er fiel gegen eine der niedrigen Trockenmauern, die den Gartenweg säumten. Der Sturz nahm ihm den Atem. Aus dem Haus hörte er Fabrizzios Aufschrei »Michele!«, gefolgt von einem Poltern und Klirren, als würde jemand mit Gegenständen um sich werfen.

Im ersten Stock des Nachbarhauses wurde ein Fenster geöffnet und eine weibliche Stimme erklang. »Was war das? Ist etwas passiert, Signor Barrati?«

»Es ist alles in Ordnung«, antwortete Salviati. »Ich habe meine Pistole gereinigt und dabei hat sich ein Schuss gelöst.«

»Ah, na gut. Seien Sie das nächste Mal vorsichtiger. Sie haben mich erschreckt.«

»Das tut mir leid, Signora.« Salviati wartete, bis das Fenster geschlossen wurde, dann senkte er die Pistole und ging auf ihn zu. Marcos Herz schlug bis zum Hals. Fliehen konnte er nicht, aber er würde sich nicht kampflos ergeben. Er versuchte sich aufzurichten. Dabei rollte einer der Steine aus der Mauer unter seiner Hand weg. Er tastete danach, und fand ihn. Fest umklammerte er den Stein und blieb liegen, bis Salviati sich über ihn beugte. Dann holte er aus. Der Stein traf Salviati an der Schläfe. Stöhnend fiel er auf die Knie. Marco schlug ein zweites Mal zu und Salviati brach neben ihm zusammen.

Marco ließ den Stein fallen. Salviati hatte ein Seil dabei, er musste es finden, um ihn zu fesseln, bevor er wieder zu sich kam. Als er versuchte auf die Knie zu kommen, fuhr ein sengender Schmerz durch sein Bein. Die Schusswunde. Bisher hatte er sie nicht gespürt. Keuchend stemmte er sich zum Sitzen hoch. Blut sickerte am rechten Oberschenkel durch seine Hose. Es tat höllisch weh. Mit zusammengebissenen Zähnen beugte er sich vor und tastete über den Boden. Er musste unbedingt dieses Seil finden.

»Michele!« Fabrizzio stürmte aus dem Haus auf ihn zu. »Ich dachte, er hätte dich erschossen.« Er ließ sich neben Marco auf die Knie fallen und umarmte ihn heftig. »Was ist passiert?«

»Er hat mich angeschossen. Durchsuch seine Taschen, wir müssen ihn fesseln.«

Fabrizzio gehorchte und zog zwei Seile aus Salviatis Jackentasche. Schnell drehte er Salviati auf den Bauch und fesselte ihm die Hände auf den Rücken. »Die Füße auch?«

»Nein, wir müssen ihn ins Haus schaffen, und ich kann dir nicht tragen helfen.« Übelkeit rollte in Wellen über ihn hinweg er schluckte. Nur nicht ohnmächtig werden.

»Keine Sorge, ich schleife ihn alleine rein.« Fabrizzio fesselte auch Salviatis Füße, dann kniete er sich neben Marco. »Wo hat er dich erwischt?«

Stumm zeigte Marco auf sein Bein.

»Merda! Du musst zu einem Arzt.«

»Nein, das geht nicht. Ärzte müssen Schusswunden melden. Hilf mir hoch.«

Mit Fabrizzios Hilfe hinkte Marco ins Haus und legte sich auf die Chaiselonge in der Stube. Sein Bein brannte und pochte. Er versuchte die Hose auszuziehen, doch inzwischen zitterten seine Hände und sein Herz raste so sehr, dass er kaum Luft bekam. Keuchend ließ er sich zurücksinken. Wenn der Schuss eine Ader getroffen hatte, würde er in einigen Minuten tot sein.

Fabrizzio zerrte ihm die Hose herunter und beugte sich über sein Bein. »So schlimm sieht es gar nicht aus. Es blutet kaum noch.«

Erleichterung ließ seine Muskeln weich wie flüssiges Wachs werden. Nur eine Fleischwunde.

»Aber wir müssen wissen, ob die Kugel noch drinsteckt«, sagte Fabrizzio. Mit einem feuchten Tuch wischte er das Blut von Marcos Bein. »Dreh dich auf die linke Seite.«

Marco biss die Zähne zusammen und gehorchte.

»Ich sehe keine Austrittswunde«, sagte Fabrizzio. »Sie steckt wohl noch.« Er holte Marcos Dolch und das Stilett vom Tisch in der Küche, schnitt ein Tuch in Streifen und verband die Wunde.

»So, und jetzt hole ich diesen Kerl.« Er lief nach draußen und schleifte kurz darauf Salviati herein. Neben der Tür ließ er ihn wie einen Sack zu Boden plumpsen. »Was machen wir mit ihm?«

Marco zuckte mit den Schultern. »Ich weiß es noch nicht. Da fällt mir ein: Wie bist du überhaupt deine Fesseln losgeworden?«

»Als ich den Schuss hörte, bin ich zum Tisch gerobbt und

habe ihn umgeworfen.« Fabrizzio wies auf die Scherben des Wasserkrugs, die auf dem Boden lagen. »Damit habe ich die Handfesseln aufgeschnitten. Ich sammle sie besser ein«, sagte er mit einem Blick auf Salviati und stand auf. Als er fertig war, setzte er sich auf den Boden und blickte Marco an. »Wir müssen ihn töten.« Er wies mit dem Kinn auf Salviati.

»Nein.« Marco schüttelte Kopf. »Nicht noch mehr Tote.«

Die Vorstellung, den Mann zu erschießen, der ihm einmal näher gestanden hatte als sein Vater, ließ ihn erschaudern.

»Michele, du hast ihn gehört. Er wird uns weiterhin jagen. Du bist verletzt. Du kannst nicht nach Hause, solange er am Leben ist.«

»Nein«, wiederholte Marco. »Ich kann das nicht, einen wehrlosen Menschen töten.«

»Er hatte solche Skrupel nicht.« Fabrizzio rieb sich den Hals. »Wenn du dich nicht ergeben hättest, wäre ich jetzt tot.«

Ein trockenes Lachen kam von der Tür. »Ich wusste genau, dass er sich ergeben würde, um dein Leben zu retten. Aber dein Freund hat recht, Michele, ich werde niemals aufhören, dich zu jagen. Du solltest mich töten.«

Marco stemmte sich zum Sitzen hoch und suchte Salviatis Blick. »Du hast mich nicht getötet, obwohl du die Gelegenheit dazu hattest.«

»Und ich bereue es bereits. Aber wie ich sagte, ich bin kein Henker.«

»Und ich bin kein Mörder.« Er hielt Salviatis Blick stand.

Widerwilliger Respekt zeigte sich in der Miene seines ehemaligen Vorgesetzten. »Schade, dass wir Feinde sind.«

»Ich war nie dein Feind.«

»Du bist der Feind meines Königs und damit auch meiner.«

Er fixierte Marco. »Ihr braucht nicht zu glauben, dass ihr entkommen könnt. Man wird euch verfolgen. Wenn nicht ich, dann andere.«

»Andere werden demnächst mit anderen Dingen beschäftigt sein«, gab Fabrizzio zurück.

Ein sarkastisches Grinsen zog sich über Salviatis Gesicht. »Solltet ihr eure Hoffnung auf diese unsinnige Invasion von Sardinien-Piemont setzen, wir wissen schon lange von diesen Plänen. Wir wissen auch, dass euer sauberer ›General‹ Ramorino die Gelder, die man ihm für den Aufstand anvertraut hat, verspielt hat. Wir sind vorbereitet. Dieses Mal werden wir diese lächerliche Geheimgesellschaft zerschlagen.«

Der Schreck lief wie Eiswasser über Marcos Rücken. Er tauschte einen Blick mit Fabrizzio aus. In dessen Miene zeigte sich erst Entsetzen, dann Zorn. Er ballte die Hände und einen Augenblick befürchtete Marco, sein Freund würde auf Salviati losgehen. Doch dann atmete er tief durch, zuckte mit den Schultern und wandte sich an Marco. »Und was machen wir jetzt?«

»Wir verschwinden und nehmen ihn mit.«

»Was?« Ungläubig starrte Fabrizzio ihn an.

»Ja, in ein paar Stunden ist es dunkel. Dann brechen wir auf. Er ist bestimmt zu Pferd hier.« Marco wandte sich an Salviati. »Wo ist eigentlich dein Pferd?«

Salviati antwortete nicht, sondern zuckte nur mit den Schultern.

»Wahrscheinlich hat er es bei der Osteria Belverdere untergestellt«, sagte Fabrizzio. »Ich könnte es holen. Sie kennen mich dort. Wenn ich sage, ich komme in seinem Auftrag, werden sie es mir geben.«

»Ja, mach das. Wir nehmen ihn mit und irgendwo im Wald lassen wir ihn frei. Sein Pferd behalten wir. Es wird ihn ein paar Stunden kosten, den nächsten Ort zu erreichen, bis dahin haben wir genügend Vorsprung.«

»Das ist eine vollkommen irrwitzige Idee. Du weißt noch nicht einmal, ob du reiten kannst. Aber selbst wenn, kannst du nicht stundenlang im Sattel sitzen.«

»Ich bin zäh, ich kann das.«

»Cazzo, Michele. Willst du dich nun selbst umbringen, nachdem er es nicht getan hat? Antonella reißt mir den Kopf ab, wenn ich dich als Leiche zu ihr bringe.« Er stand auf, wanderte durch den Raum und warf ab und zu einen bösen Blick auf Salviati. »Wir brauchen mehr Zeit«, murmelte er. »Ein paar Stunden Vorsprung reichen uns nicht.«

Salviati beobachtete ihn mit unbewegter Miene.

Schließlich wandte Fabrizzio sich an Marco. »Ich habe eine Idee!«

Zwei Stunden später beobachtete Marco von einer Seitengasse aus, wie sein Freund an der Tür der Polizeistation von Sessarego klopfte. Er trug Salviatis Uniform. Ein Carabiniere öffnete. Als sein Blick auf Fabrizzio fiel, straffte er die Schultern und salutierte. »Herr Hauptmann, Sie wünschen?«

Fabrizzio wies auf Salviati, der gefesselt und geknebelt in seiner Zivilkleidung neben ihm stand. »Dieser Kerl hat mir im Wald aufgelauert und versucht mich zu überfallen. Er scheint mir nicht ganz beieinander zu sein, vermutlich ist er schon mehrere Tage herumgeirrt.«

Der Carabiniere musterte die verschmutzte Hose und fleckige Redingote von Salviati. Es waren die Kleider, die er getragen hatte, als er Marco aufgelauert hatte, doch Fabrizzio war im Gemüsebeet des Gartens ein wenig auf ihnen hergetrampelt, bevor sie Salviati gezwungen hatten, die Uniform aus- und die zivile Kleidung anzuziehen. Fabrizzio hatte die Pistole auf ihn gerichtet und gedroht, ihn zu erschießen, sollte er nicht gehorchen. Marco hatte durchaus das Gefühl gehabt, dass es seinem Freund bitterernst damit gewesen war.

Auf Salviatis Stirn pochte eine Ader, er grunzte hinter dem Knebel.

»Hat er Papiere?«, fragte der Carabiniere.

»Nein. Vielleicht ist er selbst Opfer eines Überfalls. Das würde seine geistige Verwirrung erklären. Am besten, Sie behalten ihn hier und versuchen jemanden zu finden, der ihn kennt.«

»Warum ist er geknebelt?«

»Weil ich keine Lust mehr hatte, sein wirres Gerede anzuhören. Er behauptet, Hauptmann der Kavallerie zu sein, und flucht wie ein Droschkenkutscher.«

»Aber wenn er ein Hauptmann der Kavallerie ist, müssten Sie ihn doch kennen.«

Fabrizzio nickte. »Eben. Und ich kenne ihn nicht. Aber wenn ich nach Venaria Reale zurückkehre, werde ich mich erkundigen, ob jemand vermisst wird. Jetzt habe ich allerdings noch einen wichtigen Auftrag und dabei kann ich diesen stammelnden Idioten nicht gebrauchen.«

Der Carabiniere nickte. »Wir werden uns um ihn kümmern.«

Er packe Salviati am Arm und schubste ihn durch die Tür. »Eh, Giovanni«, rief er nach drinnen. »Bring den Kerl in die Zelle.«

»Vielen Dank für Ihre Hilfe«, sagte Fabrizzio. »Ich werde Sie lobend erwähnen, Wachtmeister …?«

»Risotti«, antwortete der Mann und salutierte erneut.

Fabrizzio nickte wohlwollend und schwang sich auf sein Pferd.

Marco wendete Ombra und ritt zum vereinbarten Treffpunkt. Sein Bein schmerzte. Fabrizzio hatte recht, allzu lange würde er nicht reiten können. Aber das war auch gar nicht nötig. Es würden Tage, wenn nicht Wochen vergehen, bevor Wachtmeister Risotti herausfand, wer sein Gefangener wirklich war.

Fabrizzio war schon dabei, die Uniform auszuziehen, als Marco zum Treffpunkt kam. Er grinste breit.

»Er hat noch nicht mal nach meinen Papieren gefragt. Wozu eine Uniform doch gut ist.«

Er schlüpfte in seine eigenen Kleider und verstaute die Uniform in den Satteltaschen. Salviatis Pferd hatten sie im Stall der Osteria Belverdere zurückgelassen. Wenn dem Besitzer auffiel, dass es nicht abgeholt wurde, würde er es den Carabinieri melden, doch bis dahin waren sie weit genug weg.

»Kannst du noch reiten? Du bist sehr blass.«

»Ja«, sagte Marco, obwohl ihm schwindlig war und die Wunde an seinem Schenkel pochte. Besorgt blickte Fabrizzio ihn an. »Wir müssen jemanden finden, der die Wunde versorgt, so schaffst du den Weg nach Hause niemals.«

Widerwillig nickte Marco. Fabrizzio hatte recht, er würde keine fünf Tage reiten können. Er brauchte einen Unterschlupf, wo ihn niemand vermutete. Dort musste er warten, bis seine Wunde so weit verheilt war, dass er sich unauffällig bewegen konnte. Nur wohin sollte er gehen? Das ideale Versteck wäre die Hütte von Nunzio und Valeria Lombardi in Ghiare. Doch in den Bergen lag jetzt Schnee. Ohne die passende Kleidung würden sie Ghiare nicht erreichen. Mit Schaudern dachte er daran, wie Antonella und er auf dem Weg nach Genua in einen Schneesturm geraten waren. Ohne Antonellas beherzte Hilfe wäre er damals erfroren.

Fabrizzio stieg auf. »Wir reiten erst einmal in die Berge nach Lumarzo, da kenne ich einen guten Vetter, der kann uns vielleicht weiterhelfen.«

Im Schritttempo verließen sie das Dorf. Dunkelheit umfing sie. Der Himmel war wolkenbedeckt, nur ab und zu schimmerte ein fahler Halbmond hindurch.

Marco ließ die Zügel lockerer und stützte sich auf Ombras Widerrist ab. Das Pferd hatte einen wunderbar weichen Gang, trotzdem schmerzte jeder Schritt, den es tat.

15. KAPITEL

Sie musste ohnmächtig geworden sein, denn das Nächste, was sie hörte, war Tizianas Aufschrei. »Ugo! Was ist passiert?«

Ugo zuckte zusammen und drückte sie noch fester an sich. »Nicht meine Schuld«, stammelte er. »Nicht meine Schuld. Ich habe nichts getan.«

»Nein, natürlich nicht«, sagte Tiziana hastig.

Antonella schlug die Augen auf. Es war hell, Ugo musste sie in den Schankraum gebracht haben.

Tiziana stand vor ihm und starrte sie aus weit aufgerissenen Augen an. »Bring sie nach oben in mein Zimmer. Schnell. Bleib bei ihr. Ich hole Maia.«

Ohne auf das Gemurmel ihrer Gäste zu achten, hastete sie hinaus. Ugo folgte ihr und trug Antonella über die Außentreppe nach oben. Mit der Schulter stieß er die Tür zu Tizianas Zimmer auf und legte sie auf das Bett. Vorsichtig deckte er sie zu. Als er ihren blutbefleckten Roch nicht mehr sah, wurde er sichtlich ruhiger. Er setzte sich auf das Bett und hielt ihre Hand. »Tiziana kommt gleich zurück und hilft, bella Antonella.«

Sie versuchte zu lächeln. Ihre Bauchdecke schien nun nicht mehr so bretthart zu sein, dafür hatte sie alle paar Minuten Krämpfe, ähnlich denen, die sie gehabt hatte, als sie mit vierzehn Jahren ihre erste Monatsblutung bekommen hatte, nur viel stärker. Was passierte mit ihr? Unter der Decke legte sie ihre Hände auf ihren Bauch. Geht es dir gut?, richtete sie die stumme Frage an ihr Kind.

Endlich hörte sie Stimmen und Schritte auf der Treppe. Die Tür wurde aufgerissen und Maia stürmte in den Raum. Sie stellte ihre Taschen ab und scheuchte Ugo aus dem Raum. Dann schlug sie die Decke zurück und tastete Antonellas Bauch ab. Anschließend holte sie ihr Hörrohr und hielt es an ihren Unterleib. »Dein Kind lebt, ich höre Herztöne. Aber du hast Wehen und offensichtlich viel Blut verloren. Was ist passiert?«

»Ich bin gestürzt.«

Ungläubig schüttelte Maia den Kopf. »Ein einfacher Sturz löst keine Frühgeburt aus. Was ist wirklich passiert?«

Stockend erzählte Antonella von Paolos Überfall.

»Diesem verdammten Bastard sollen die Eier abfaulen! Ich komme gleich wieder.«

Sie verließ den Raum und kehrte mit Tiziana zurück.

Die Krämpfe kamen jetzt in immer kürzen Abständen.

Maia hörte noch mal die Herztöne des Kindes ab, dann legte sie die Hände auf Antonellas Bauch und wartete auf die nächste Wehe. »Gut. Du musst jetzt pressen. Tiziana wird dir helfen.«

Flink kletterte Tiziana hinter ihr auf das Bett und half ihr, den Oberkörper aufzurichten. Maias Hände lagen weiterhin auf ihrem Bauch. Die nächste Wehe kam. Diesmal fühlte sie sich anders an, nicht mehr so schmerzhaft, eher als würde jemand ihren Bauch nach unten drücken.

»Los, pressen«, kommandierte Maia. »Stell dir vor, du müsstest einen Kürbis scheißen.«

Tiziana drückte ihren Oberkörper nach vorne und Antonella presste mit aller Kraft, die sie noch aufbringen konnte. Als die Wehe abklang, schnappte sie nach Luft. Tiziana ließ sie ein Stück zurücksinken.

»Tief einatmen! Und los!«, hörte sie Maias Stimme. Wieder drückte Tiziana sie nach vorne, wieder presste sie. Maia tastete mit einer Hand zwischen ihre Beine.

»Sehr gut. Ich kann den Kopf schon fühlen. Einmal noch.«

Die nächste Wehe kam und Antonella glaubte, zu zerreißen. »Ja, weiter!«, feuerte Maia sie an. »Gleich hast du es geschafft. Der Kopf ist da.«

Lebe, bitte, bitte lebe, flehte Antonella im Stillen und presste wiederum.

Plötzlich ließ der Druck nach, ihr Bauch schien langsam in sich zusammenzusinken.

»Da ist es«, sagte Maia und hielt etwas in die Höhe, das wie ein blutiges Stück Fleisch aussah.

Antonella ließ sich zurücksinken. »Ist es tot?«

Maia schüttelte den Kopf, während sie hastig den Kopf des winzigen Wesens mit einem Tuch säuberte. Danach blies sie es an. Kleine Arme zuckten nach oben und dann ertönte ein leiser Schrei.

»Du hast eine Tochter.«

Maia legte ihr das Kind auf die Brust und durchtrennte die Nabelschnur. Tränen liefen über Antonellas Wangen, als sie ihre Hände über das Kind legte. »Wie klein sie ist.« Sie war winzig, aber perfekt. Die Hände, die tastend über ihre Haut strichen, hatten fünf zarte Finger. Mit dem Mund machte sie leise Schmatzgeräusche.

Maia massierte ihren Unterleib. »Einmal musst du noch pressen, die Nachgeburt muss raus.«

Gehorsam drückte Antonella, ohne den Blick von ihrer Tochter zu nehmen. Maia nickte zufrieden und legte die Nachgeburt zur Seite. Dann wies sie Antonella an, sich auf die Seite zu drehen, legte das Kind vor ihre Brust, griff nach der Brustwarze und hielt sie an den winzigen Mund. Sofort schlossen sich die Lippen ihrer Tochter darum und sie begann zu saugen. Ein leises Glucksen entfuhr Antonella. Es fühlte sich ganz anders an als bei einem Mann. Kräftiger.

Doch als das Kind nach ein paar Schlucken sichtlich erschöpft die Brustwarze losließ, runzelte Maia die Stirn.

»Besorge eine Ziege«, sagte sie zu Tiziana. »Sie ist zu klein, um bis zum Milcheinschuss zu hungern, wir müssen sie füttern.«

Tiziana nickte und ging. Maia folgte ihr bis zur Tür und Antonella hörte, wie die Frauen miteinander flüsterten. Danach verließ Tiziana den Raum und Maia breitete die Nachgeburt auf einem Tuch aus und untersuchte sie.

Schließlich wandte sie sich um, ihr Gesicht drückte jetzt deutliche Besorgnis aus. »Die Plazenta ist nicht vollständig. Es sind noch Teile drinnen. Das passt auch dazu, dass du immer noch Blut verlierst. Nicht viel, aber es ist gefährlich.«

Antonella riss sich vom Anblick ihrer Tochter los.

»Kann man etwas tun?«

»Ja, ich muss etwas tun, sonst stirbst du, weil dich der Teil, der drinnen ist, vergiften wird. Wir warten, bis Tiziana wieder hier ist.«

Tiziana kam bald zurück, aber nicht alleine; ein Pfarrer folgte ihr. Erschrocken starrte Antonella ihn an. »Warum ist er hier?«

Maia griff nach ihrer Hand. »Ich will ehrlich sein. Es ist nicht sicher, dass deine Tochter überlebt. Sie ist zwei Monate zu früh geboren. Don Stefano soll sie taufen. Bist du einverstanden?«

Aus brennenden Augen starrte Antonella auf ihr Kind. Es lag an ihrer Brust, die Augen waren geschlossen, die kleinen Hände zu Fäusten geballt. Sachte nahm Maia es ihr aus den Armen.

»Wie soll sie heißen?«

»Emilia«, antwortete Antonella mit erstickter Stimme.

»Und der Familienname?«, fragte Don Stefano.

Sie zögerte. Wenn Marco hier wäre, hätte sie sich mit ihm beraten können, ob sie das Kind auf seinen richtigen Namen taufen sollten, aber ohne ihn wollte sie diese Entscheidung nicht treffen. Sie wusste nicht, wie weit sie dem Pfarrer trauen konnte. Der Name di Raimandi war auch in dieser Gegend ein Begriff, schon deshalb weil Enricos Frau mit den Gheradescas aus Castagneto verwandt war.

»Rossi« sagte sie schließlich. »Emilia Francesca Rossi.«

Der Pfarrer holte eine kleine Flasche aus einer Tasche seines Gewands. »Herr Jesus Christus, nimm Emilia Francesca Rossi an in deiner Barmherzigkeit.« Anschließend goss er aus der Flasche Weihwasser in seine Hand und beträufelte die Stirn des Kindes. »Emilia Rossi, ich taufe dich im Namen des Vaters, des Sohnes und des Heiligen Geistes. Amen.«

Tiziana nahm Maia das Kind aus den Armen. Erschöpft ließ Antonella sich zurücksinken, sie war so unendlich müde. Doch Maia ließ sie nicht schlafen. Sie schlug ihr sachte auf die Wange. Als Antonella die Augen öffnete, hielt sie ihr einen Becher hin. »Laudanum. Wir müssen die Reste des Mutterkuchens entfernen.«

Nachdem sie den Becher geleert hatte, schob Maia ihr ein Beißholz zwischen die Zähne. Dann goss sie eine stark nach Schnaps riechende Flüssigkeit über ihre Hände und ölte sie anschließend ein. Auf ihre Anweisungen hin zog Antonella die Beine an, während Tiziana sich neben sie setzte und beide Hände auf ihren Unterleib presste.

Maia arbeitete schnell, trotzdem glaubte Antonella der Schmerz würde niemals aufhören, als die Hebamme ihre Hand tief in sie hineinführte. Kleine Schweißperlen standen auf Maias Stirn, ihre Augen waren geschlossen und sie tastete in der Gebärmutter. Ihre Berührung löste einen Krampf in Antonellas Unterleib aus, ähnlich den Wehen, die sie bei der Geburt erlebt hatte. Maia nickte. »Gut.« Sie wartete, bis der Krampf vorbei war, dann zog sie ihre Hand vorsichtig zurück. »Ich denke, ich habe alles. Ich mache jetzt noch eine Kamillenspülung, damit sich nichts entzündet.«

Wie aus weiter Ferne hörte sie den Pfarrer das Zimmer betreten, hörte, wie er leise murmelte und ihr dann zart das Kreuz auf die Stirn, ihre geschlossenen Augen und in ihre Handflächen zeichnete. Was tat er da? War das etwa die letzte Ölung? Würde sie sterben? Trotz ihrer Erschöpfung öffnete sie die Augen. Doch der Pfarrer war fort. Hatte sie geträumt?

Maia kam und bettete ihre Tochter an ihre Seite.

»Sie schläft und du solltest auch schlafen«, sagte sie leise und strich Antonella das schweißverklebte Haar aus dem Gesicht. »Sie hat nur ein paar Schlucke von der Ziegenmilch getrunken. Sobald sie aufwacht, gib ihr die Brust und wenn sie ein bisschen gesaugt hat, soll Tiziana ihr Ziegenmilch geben.«

Stumm nickte Antonella. Sie blickte auf das winzige Wesen an ihrer Seite. Emilia sah anders aus als die Neugeborenen, die sie in den Bergen gesehen hatte. Vielleicht weil sie zu früh geboren war. Ihr Kopf war schmaler und länger, ihre Augen waren mandelförmig, ihre Nase wirkte breit. Sie atmete so flach und leicht, dass Antonella es kaum wahrnahm. Sie zog die Decke über das Kind, sodass nur noch der Kopf herausschaute. Dann schloss sie die Augen. Ihr Unterleib schmerzte und zwischen ihren Beinen fühlte es sich an, als hätte sie jemand grün und blau geprügelt.

Ein leises Wimmern wie von einer jungen Katze weckte sie. Emilia hatte die Augen geöffnet, den Mund verzogen. Rasch legte Antonella sie an die Brust. Der Mund schloss sich um die Brustwarze, doch das Kind schien nicht so stark zu saugen wie direkt nach der Geburt. Antonella konnte auch nicht erkennen, dass sie schluckte. Nach kurzer Zeit ließ sie die Brustwarze los, drehte den Kopf ein wenig und wimmerte wieder.

»Gib sie mir.« Tiziana setzte sich zu Antonella aufs Bett und nahm das Kind vorsichtig auf den Arm. Aus einer Schnabeltasse versuchte sie ihr Ziegenmilch einzuflößen, doch Antonella hatte das Gefühl, dass mehr Milch auf der Decke, in die Maia Emilia eingewickelt hatte, landete, als in ihrem Magen. Seufzend schüttelte Tiziana den Kopf, doch sie probierte es weiterhin. Schließlich legte sie das Kind zurück in Antonellas Arme. In ihren Augen stand Mitleid.

In der nächsten Stunde versuchten sie und Tiziana immer wieder, dem Kind etwas zu trinken einzuflößen, doch Emilia schluckte nicht mehr und schließlich hörte sie mit einem leisen Seufzer auf zu atmen.

Antonella legte sich auf die Seite, ihre Tochter an sich drückt, als könnte sie sie mit ihrer Wärme zurück ins Leben holen. Tränen flossen über ihre Wangen und rannen in das Kissen, bis es durchnässt war, doch sie gab keinen Laut von sich.

Tiziana schickte Ugo nach Maia und dem Pfarrer. Sie kamen gemeinsam. Als sie den Raum betraten, drückte Antonella den kleinen Körper an sich. »Nein. Ich gebe sie nicht her.«

Ihr Kind in eine dunkle Kiste zu stecken und zu vergraben, bei dieser Kälte, das würde sie nicht zulassen.

Erst nach Stunden gelang es Maia, sie zu einem letzten Blick auf Emilia zu überreden und ihr das Kind anschließend aus den Armen zu nehmen. Tiziana hielt ihr einen Becher an die Lippen. Der Inhalt war bitter und roch eigenartig. Trotzdem trank sie den Becher aus und schlief anschließend ein.

16. KAPITEL

Marco unterdrückte ein Stöhnen. Wie lange waren sie jetzt unterwegs? Er wusste es nicht, aber lange würde er nicht mehr durchhalten. Sein Bein fühlte sich an, als würde jemand mit einem Messer an seinem Knochen herumschnitzen. Schon das Sitzen war eine Qual und die Bewegungen des Pferdes verstärkten diese noch.

Als sie endlich den Ortsrand von Lumarzo erreichten, hing er mehr im Sattel als zu sitzen. Fabrizzio stieg ab und schlang die Zügel seines Pferdes um einen Ast.

»Halte noch ein paar Minuten durch«, sagte er. »Ich gehe zu Fiorini und bitte ihn um Hilfe.«

Marco nickte. Dann schloss er die Augen und konzentrierte sich darauf, nicht vom Pferd zu fallen.

Einige Zeit später hörte er Schritte und dann eine Stimme.

»Ist das der Mann?«

Mühsam öffnete er die Augen und blinzelte. Vor ihm stand ein untersetzter Mann mit grauem Haar und einem grauen Bart. Er musterte ihn misstrauisch. »Nenne mir deine heiligen Worte, guter Vetter.«

»Glaube, Hoffnung, Liebe.«

Zufrieden nickte der Fremde. »Ehre, Tugend, Redlichkeit«, antwortete er.

Marco atmete erleichtert auf. Der Mann war ein Meister der Carbonari. Er konnte sicher helfen.

»Meine Frau ist die Hebamme hier im Ort. Sie kann die Kugel aus deinem Bein holen. Aber ihr könnt nicht hierbleiben, so leid es mir tut, das ist zu gefährlich. Die Wölfe jagen wieder. Ihr müsst noch heute Nacht weiterziehen.«

Fabrizzios Gesicht zeigte deutlich, dass er sich eine andere Antwort erhofft hatte, doch er bedankte sich höflich.

Fiorini nahm Ombras Zügel und führte ihn über einen Feldweg zu einem Schuppen. Fabrizzio folgte ihnen.

»Da drinnen steht das Maultier meiner Frau«, sagte Fiorini und deutete auf die Tür. Dort könnt ihr die Pferde unterstellen. Heu und Wasser sind da.«

»Ich kümmere mich um die Pferde«, sagte Fabrizzio.

»Gut.« Fiorini half Marco beim Absteigen und stützte ihn auf dem Weg zu seinem Haus. Leise öffnete er die Tür. »Caterina?«

»Ich bin hier«, kam die Antwort. Offensichtlich wurde er bereits erwartet. Marco hörte das Rascheln von Röcken, dann strich ihm jemand über die Stirn. »Ein bisschen heiß, aber Fieber hat er nicht. Bring ihn in mein Zimmer. Ich brauche heißes Wasser. Wo ist der andere Mann?«

»Er kümmert sich um die Pferde.«

Fiorini brachte Marco in einen anderen Raum und half ihm, sich auf das Bett zu legen. Kurze Zeit später stand die Frau bei ihm.

»Ich bin Caterina Fiorini, die Hebamme und Heilerin hier im Ort. Salvatore sagte, du seiest angeschossen worden?«

Marco nickte. »Ich bin Marco R…«

Die Frau legte ihm die Finger auf die Lippen. »Ich will gar nicht wissen, wer du bist. Wann ist das passiert?«

Wie lange waren sie durch den Wald geritten? Sein Zeitgefühl war ihm verloren gegangen. »Nachmittags«, murmelte er. »Ich glaube, gestern.«

»Hm. Hast du viel Blut verloren?«

»Nein.«

Ohne Scheu zog sie ihm die Hose aus und beugte sich über die Wunde. »Die Kugel steckt noch.« Sie tastete seinen Oberschenkel ab. Es fühlte sich an, als würde sie glühende Pfeile in sein Fleisch jagen.

»Ich werde die Kugel entfernen. Aber danach wirst du eine Zeit lang nicht reiten können.« Ohne auf eine Antwort zu warten, verließ sie den Raum. Marco schloss die Augen.

Anscheinend hatte ihr Mann vor der Tür auf Caterina gewartet. Marco hörte sie reden, erst leise, doch dann wurde Caterina laut. »Du kannst ihn nicht aus dem Haus jagen, nachdem ich ihm die Kugel aus dem Bein geholt habe. Er kann danach unmöglich reiten. Und ich muss die Wunde beobachten. Wenn die Kugel den Knochen gestreift hat, wird er starke Schmerzen haben.«

»Und was machen wir, wenn es jemand herausfindet? Sie werden dich verhaften, weil du eine Schusswunde behandelt hast, ohne sie zu melden.«

»Papperlapapp. Bisher weiß niemand, dass er hier ist.«

»Aber sie werden es bemerken. Und was willst du dann sagen?«

»Dass es ein Reisender ist, der sich beim Sturz vom Pferd das Bein gebrochen hat. Das erklärt dann auch die Pferde.«

»Seines vielleicht«, gab ihr Mann zurück. »Das sieht aus wie das Pferd eines einfachen Mannes. Aber der andere reitet ein Vollblut. Da werden die Leute misstrauisch.«

Daraufhin schwieg Caterina eine Weile. Dann sagte sie: »Ich behandle ihn und dann bringen wir ihn in die alte Hütte von Alfredo. Dort kann ich alle paar Tage nach ihm sehen.«

»Und wenn jemand bemerkt, dass dort Leute sind?«

»Wie soll das jemand herausfinden? Seit Alfredos Tod meiden die Leute die Gegend. Sie glauben, es spuke dort. Ein besseres Versteck gibt es gar nicht.«

Fiorini brummte unwillig, doch er widersprach nicht mehr.

Als jemand den Raum betrat, öffnete Marco die Augen. Es war Fiorini. Marco räusperte sich. »Es tut mir leid, dass ich Ihnen Unannehmlichkeiten bereite, Signor Fiorini.«

»Mein Name ist Salvatore. Wir helfen immer gerne, aber meine Frau hatte schon Probleme im Ort, weil eine der Schwangeren, um die sie sich gekümmert hat, eine Fehlgeburt hatte. Die Leute behaupten, sie hätte ihr geholfen, das Kind loszuwerden.« Salvatore fuhr sich mit der Hand durch die Haare. »Wie auch immer, sie besteht darauf, dass du hier in der Nähe bleibst, damit sie nach dir sehen kann.

Es gibt eine verlassene Hütte hier in der Nähe. Dort könnt ihr euch verstecken, bis du wieder reiten kannst.«

»Das ist eine gute Idee. Ich danke euch.«

Salvatores Antwort bestand aus einem Nicken. Er öffnete die Tür und Caterina trat ein. In der Hand trug sie einen Kessel, aus dessen Tülle es dampfte. Sie trat an einen Tisch an der Wand und goss heißes Wasser in eine Schale. Dann trat sie an Marco heran und reichte ihm ein Stück Holz. »Beiß dadrauf. Es wird wehtun.«

Marco erkannte Bissspuren im Holz. Offensichtlich war es nicht das erste Mal, dass Caterina Wunden behandelte.

Er klemmte das Holz zwischen die Zähne und schloss die Augen.

Mit einem heißen Tuch wischte Caterina das Blut von seinem Bein. Dann erweiterte sie den Einschusskanal mit einer Sonde.

Marco biss auf das Holz, Schweiß bildete sich auf seiner Stirn und lief in sein Haar. Es würde gleich vorbei sein, sagte er sich, während Caterina mit der Sonde in seinem Bein suchte. »Ich habe sie!«

Er öffnete die Augen. Triumphierend hielt Caterina eine lange Pinzette hoch, mit der sie die Kugel aus der Wunde geholt hatte. »Sie steckte nicht tief, aber wahrscheinlich wird sich die Wunde entzünden. Du wirst Schmerzen bekommen.«

Marco nahm das Beißholz aus dem Mund. Wenn sie von ›Schmerzen bekommen‹ sprach, wollte er gar nicht wissen, was ihm noch bevorstand.

Von ihrem Tisch holte Caterina eine Flasche, aus der sie eine brennende Flüssigkeit in die Wunde goss. Anschließend half sie ihm, sich aufzurichten, und reichte ihm die Flasche.

»Grappa. Nimm einen ordentlichen Schluck. Ich werde dich jetzt verbinden, und dann kannst du schlafen.«

In seinen Träumen suchte ihn immer wieder Armando Salviati heim, der ihn gefangen nahm und in die Kerker des Torre Grimaldina brachte. In seiner Zelle brannte ein Feuer. Salviati stieß ihn hinein und verriegelte die Tür hinter ihm. Das Feuer war groß und so heiß, dass seine Haut brannte. Er warf sich gegen die Zellentür, doch auch die war heiß. Er verbrannte sich die Hände an den Eisenbeschlägen. Verzweifelt schrie er um Hilfe.

»Sch, es ist nur ein Traum.« Eine weibliche Stimme. Jemand wischte ihm die Stirn mit einem feuchten Tuch ab. Er öffnete die Augen und blickte in Caterinas Gesicht.

»Du hast Fieber«, sagte sie. »Das war zu erwarten.«

Hinter ihr erkannte Marco Salvatore. »Es dämmert bald«, sagte der. »Ihr müsst noch im Dunkeln fort.«

Marco schloss die Augen. Sein Bein fühlte sich an, als würde Caterina immer noch mit der Sonde darin herumstochern. »Ich glaube nicht, dass ich reiten kann.«

»Musst du auch nicht. Dein Freund und mein Mann werden dich tragen.«

Auf ihren Wink hin brachten Fabrizzio und Salvatore eine Trage an Marcos Lager. Sie bestand schlicht aus zwei dünnen Baumstämmen mit einem Tuch dazwischen. Mit Fabrizzios Hilfe verließ Marco das Lager und legte sich auf die Trage. Caterina breitete eine Decke über ihm aus.

Die Männer verließen das Haus durch die Hintertür, durch die Marco es auch betreten hatte. Noch war der Himmel dunkel, doch wenn er den Kopf drehte, konnte er links über den Bergen einen fahlen Schimmer erkennen. Plötzlich musste er an den Tag denken, an dem er und Antonella sich auf den Weg nach Genua gemacht hatten. Sie hatte ihm den Sonnenaufgang in den Bergen beschrieben. Er musste ihr unbedingt eine Nachricht zukommen lassen, sie würde sich sonst schreckliche Sorgen machen.

Nach etwa zwanzig Minuten Fußmarsch durch den Wald erreichten sie die Hütte.

Marco rollte sich von der Trage auf die durchgelegene Matratze, die in einer Ecke lag. Halb schlafend lauschte er den Anweisungen, die Salvatore Fabrizzio gab.

»Caterina kommt gleich mit den Pferden und etwas zu essen. Etwa eine Viertelmeile nördlich von hier gibt es eine Quelle. Feuer dürft ihr erst einmal nur machen, wenn es dunkel ist, denn tagsüber könnte jemand den Rauch sehen. Wenn ihr in der Nacht gut heizt, habt ihr es zumindest den halben Tag warm.«

Zum ersten Mal in seinem Leben war Marco dankbar, dass es im Winter nur ein paar Stunden hell war. So konnten sie länger heizen. Zwar fror er gerade gar nicht, im Gegenteil, aber Fabrizzio war sehr blass und rieb sich die Hände.

»Salvatore, Fabrizzio?«, rief Caterina von draußen. »Könnt ihr mir mit den Pferden helfen?«

Die beiden Männer verließen die Hütte. Marco schloss die Augen. Sein Bein pochte und fühlte sich an, als wäre es dreimal so dick wie normal. Die Erzählungen der alten Veteranen in Venaria Reale kamen ihm in den Sinn, Derjenigen, die Napoleons Russlandfeldzug überlebt hatten. Von verletzten Soldaten hatten sie erzählt, die irgendwann Wundbrand bekommen hatten. Die meisten waren daran gestorben, einige waren gerettet worden, indem man ihnen die verletzten Gliedmaßen abgenommen hatte. Woran merkte man, dass man Wundbrand hatte? Einer der Männer, der seinen linken Unterarm verloren, aber überlebt hatte, hatte vom Fieber erzählt. Von höllischen Schmerzen im Arm. Davon, wie die Haut sich schwarz verfärbt hatte. Doch die Männer auf dem Russlandfeldzug waren entweder von Kameraden oder gar nicht behandelt worden. Caterina schien eine erfahrene Heilerin zu sein.

Er musste trotz der Schmerzen eingeschlafen sein, denn als er die Augen wieder öffnete, war es hell. Inzwischen schmerzte nicht nur sein Bein, sondern sein ganzer Körper, und dazu fror er trotz der dicken Decke erbärmlich.

An dem kleinen Tisch saß Fabrizzio mit einer Decke um sich und schrieb.

Marco versuchte sich aufzurichten, doch er schien überhaupt keine Kraft mehr zu haben. Fabrizzio sah auf. »Oh, du bist wach. Wie geht es dir?«

»Merda. Was glaubst du?« Wieso war es so kalt? Seine Zähne klapperten beim Sprechen. Er versuchte die Decke höher zu ziehen.

Fabrizzio kam zu ihm und legte ihm die Hand auf die Stirn. »Du hast Fieber.«

»Mir ist kalt.«

»Schüttelfrost. Caterina hat gesagt, das könnte passieren. Du sollst viel trinken.«

Er half Marco, sich aufzusetzen, und reichte ihm einen Becher Wasser. »Es ist kalt hier drinnen. Aber wir müssen noch warten, bevor wir Feuer machen können. Ich hoffe, dieser verfluchte Sack friert in seinem Gefängnis genauso wie wir.«

Es dauerte einen Moment, bis Marco begriff, dass mit verfluchter Sack Salviati gemeint war.

»Ich schreibe gerade an Antonella.« Fabrizzio zeigte auf den angefangenen Brief auf dem Tisch. »Wie genau soll ich ihr schildern, was passiert ist?«

»Schreib ihr, ich sei leicht verletzt, könne aber nicht reiten. Sie soll sich keine Sorgen machen. Schreibe ihr bloß nicht, wo wir sind.« Nichts, auch nicht ihre Schwangerschaft würde Antonella davon abhalten, zu ihm zu kommen. »Schick den Brief an Tiziana, sie wird ihn ihr geben.«

Fabrizzio nickte. »Und dann muss ich an meine Eltern schreiben. Ich habe ihnen erzählt, dass ich mich mit einem Freund übers Wochenende in unserem Sommerhaus treffe.« Er verzog das Gesicht. »Welchen plausiblen Grund könnte es geben, dass ich länger fortbleibe?«

»Gar keinen. Geh nach Hause. Caterina und Salvatore kümmern sich um mich.«

Ungläubig starrte Fabrizzio ihn an. »Cazzo, Michele, du hast schon bessere Witze gemacht. Glaubst du tatsächlich, ich lasse dich allein? Du hast Salvatore gehört, er wäre uns lieber gleich losgeworden, und Caterina kommt nur alle zwei oder drei Tage vorbei.«

»Ich komme schon zurecht.«

Fabrizzio schüttelte den Kopf. »Gib dir keine Mühe. Ich bleibe, bis du reiten kannst, und dann liefere ich dich bei deiner Frau ab. Meinen Eltern schreibe ich, dass mein Freund sich beim Ausreiten das Bein gebrochen hat und ich erst mal bleibe, bis man ihn nach Hause transportieren kann. Sie werden sicher denken, dass ich mit einer Frau hier bin und der Freund nur eine Ausrede ist, und deshalb mit keinem darüber reden. Manchmal ist so ein schlechter Ruf unglaublich nützlich.«

Erschöpft ließ Marco sich zurücksinken. Er zitterte immer noch. »Danke.«

Etwas grob zog Fabrizzio Marcos Decke bis zu seinem Hals und stopfte ihm die Ecken unter die Schultern. »Du steckst meinetwegen in dieser Situation. Weil ich so naiv war, diesem Kerl zu glauben. Es hätte dich das Leben kosten oder dich wieder ins Gefängnis bringen können. Also bedank dich nicht bei mir.«

Trotz seiner Schmerzen lächelte Marco. »Ich kann mir keinen besseren Freund vorstellen als dich. Und dafür danke ich dir.«

Dann schlief er ein.

Als er das nächste Mal erwachte, war es wieder dunkel und in der Feuerstelle glühte Holz. Neben ihm lag Fabrizzio und schnarchte leise.

Er fror nicht mehr, doch er fühlte sich, als hätte ihn jemand hinter einem Pferd hergeschleift, denn es gab kaum eine Stelle an seinem Körper, die nicht fürchterlich schmerzte. Und er war sehr durstig. Suchend blickte er sich um. Wo hatte Fabrizzio bloß das Wasser hingestellt? Endlich entdeckte er den Krug und den Becher neben der Matratze. Es kostete ihn einige Kraft, sich aufzurichten. Seine Hand zitterte, als er sich einschenkte. Er trank, dann ließ er sich zurücksinken und fiel in einen unruhigen Halbschlaf. Er träumte von zu Hause. Es war ein wirrer Traum, in dem er verzweifelt versuchte, Enrico vor etwas zu warnen, und ihn nicht fand.

Ein kalter Windhauch, der über sein Gesicht strich, weckte ihn. Tageslicht fiel durch die Fenster, die Tür stand offen. Irgendetwas nagte in seinen Gedanken. Er hatte das Gefühl, etwas sehr Wichtiges vergessen zu haben.

Als Fabrizzio durch die Tür trat, fiel es ihm wieder ein.

»Du musst zurück nach Genua«, sagte er.

Fabrizzio legte ein Bündel Äste neben die Feuerstelle. »Guten Morgen, mein Freund. Du scheinst noch Fieber zu haben oder du hast schlecht geträumt. Warum muss ich nach Genua?«

»Du musst sie warnen, Mazzini und die anderen, dass das Militär ihre Pläne kennt.«

Fabrizzio schüttelte den Kopf. »Das habe ich schon. Salvatore hat die Nachricht bereits übermittelt. Mündlich kommt sie wahrscheinlich schneller ans Ziel als mein Brief.« Er wies auf den Tisch. »Ich habe an Garibaldi geschrieben. Er ist mit seinem Schiff in Genua und wird die Matrosen anführen. Es gibt schon länger Gerüchte, dass das Militär von den Plänen weiß, doch was wollen sie tun? Wir haben fast 2000 Mann an der Grenze stehen.«

Er beugte sich über ihn und legte ihm die Hand auf die Stirn. Sie war so kalt, dass Marco erschauderte.

»Du hast immer noch Fieber. Was macht dein Bein?«

»Tut weh.« Mühsam stemmte er sich zum Sitzen hoch und schlug die Decke zurück. Auf dem Verband zeigte sich ein dunkler Fleck. Die Wunde pochte und die Haut um den Verband war gerötet.

»Vielleicht sollte ich Caterina holen«, sagte Fabrizzio.

»Ich glaube, das wird Salvatore dir übel nehmen. Sie hat gesagt, sie kommt wieder.«

»Hoffentlich bald. Heute Morgen war ein junges Mädchen da, ich glaube, die Tochter von Caterina und Salvatore. Sie hat etwas zu essen gebracht.« Fabrizzio deutete auf einen Korb auf dem Tisch. »Hast du Hunger?«

»Nur Durst.«

Grummelnd reichte Fabrizzio ihm einen Becher Wasser. »Du musst auch essen. Inzwischen liegst du seit drei Tagen hier, ohne etwas gegessen zu haben.«

Drei Tage? Wie lange hatte er geschlafen?

»Mal schauen, was da drin ist.« Fabrizzio packte den Korb aus. »Eine Flasche Wein. Sehr gut. Brot, Käse, Dörrfleisch. Und was ist darin?« Misstrauisch roch er an einem

Krug. »Brühe. Leider schon kalt. Aber wir können sie heute Abend warm machen. Oder willst du jetzt schon was?«

»Ich will nur schlafen.« Müdigkeit rollte über ihn hinweg wie Wogen am Strand. Er schloss die Augen und wollte sich zurücksinken lassen, doch Fabrizzio rüttelte an seiner Schulter.

»Erst trinkst du noch mal was.«

Ein Becher berührte seine Lippen. Gehorsam schluckte er. Es war Wein, verdünnt mit Wasser.

Fabrizzio hielt ihm den Becher an den Mund, bis er ihn leer getrunken hatte. »Dann schlaf jetzt, mein Freund. Ich gehe nach den Pferden sehen.«

Er schlief unruhig, träumte schlecht und wachte immer wieder auf. Einmal blickte er in Caterinas besorgtes Gesicht, hörte, wie sie etwas von Fieber und Entzündung sagte, doch er konnte die Augen kaum offen halten.

Als er die Augen das nächste Mal aufschlug, schob ihm jemand etwas zwischen die Zähne. Noch halb im Schlaf, brummte er unwillig. Erst als dumpfer Schmerz in seinem Bein aufloderte wie ein Macchiabrand, wurde er richtig wach. Caterina hatte den Verband entfernt. Jetzt saß sie auf seinen Beinen und drückte Eiter aus der Wunde. Er wollte sie wegstoßen, doch jemand hatte seine Arme nach hinten über seinen Kopf gezogen und hielt sie mit eisernem Griff fest. Seine Zähne gruben sich in das Holz, er stöhnte.

»Tut mir leid, mein Freund, aber es muss sein«, hörte er Fabrizzios Stimme hinter sich.

Caterina griff nach einer Flasche. Mit den Zähnen zog sie den Korken heraus, während sie mit der anderen Hand die Wundränder auseinanderzog. Dann kippte sie die Flüssigkeit über sein Bein. Feuer fraß sich durch sein Fleisch bis auf den Knochen. Das Beißholz dämpfte seinen Schrei.

»Du kannst ihn loslassen. Das Schlimmste ist vorbei«, sagte Caterina. Aus einem Korb holte sie Moos.

»Ist das eine gute Idee?«, fragte Fabrizzio und beobachtete misstrauisch, wie sie die Wunde mit Moos bedeckte.

»Das Moos beugt Entzündungen vor und hilft bei der Heilung«, erwiderte Caterina. »Ich lasse dir saubere Tücher da. Du musst die Wunde jeden Tag kontrollieren. Eiter abtupfen, mit Alkohol säubern und nur locker verbinden. So wie ich es jetzt mache.«

Als sie fertig war, half Fabrizzio Marco, sich aufzusetzen. Caterina reichte ihm eine Schale, aus der es angenehm nach Brühe duftete. Mit zittrigen Hände führte er sie an den Mund und trank. Es war Hühnerbrühe, in der kleine Fleischstückchen schwammen. Erst als er trank, merkte er, wie hungrig er war. Er musste sich zwingen, kleine Schlucke zu machen.

Lächelnd nahm Caterina die leere Schale entgegen. »Sehr gut. Du musst essen, sonst hast du keine Kraft mehr, wenn dein Bein geheilt ist.«

»Habe ich ihm auch schon gesagt«, murrte Fabrizzio. »Aber auf mich hört er ja nicht.«

In den folgenden Tagen ließ das Fieber nach, doch Marco schlief immer noch viel. Fabrizzio versorgte die Wunde, wie Caterina es ihm gezeigt hatte. Alle zwei Tage kamen Caterina oder ihre Tochter und brachten Essen.

Am späten Nachmittag verließ Fabrizzio für ein bis zwei Stunden die Hütte, um die Pferde zu bewegen. Sobald er wiederkam, entzündete er das Feuer, kochte Wasser für Tee oder wärmte Brühe auf, wenn Caterina welche gebracht hatte.

Fünf Tage später erlaubte Caterina Marco endlich, sein

Bein zu belasten. Bisher war er nur einmal am Tag auf Fabrizzios Schulter gestützt auf einem Bein zur Toilette gehüpft.

»Mach langsam. Du hast zehn Tage fast nur gelegen.«

Ungeduldig nickte er. Langsam zu machen, konnte er sich nicht leisten, er musste nach Hause zu Antonella. Er setzte sich auf und Fabrizzio zog ihn auf die Beine. Den rechten Arm um Fabrizzios Schulter gelegt, setzte er den rechten Fuß auf und belastete vorsichtig das Bein. Die Wunde ziepte ein wenig, doch das war alles. Unter Caterinas kritischen Blicken gingen sie zusammen einmal quer durch den Raum bis zur Tür und zurück. Bei jedem Schritt versuchte er mehr Gewicht auf sein verwundetes Bein zu legen. Als sie wieder vor dem Bett standen, zitterten seine beiden Beine und ihm war schwindlig.

»Gut, das reicht fürs Erste«, sage Caterina. »Leg dich wieder hin.«

Unwillig schüttelte er den Kopf. »Nein, noch eine Runde.«

»Ach ja?« Caterina baute sich vor ihm auf. Jetzt erst bemerkte er, wie klein sie war. Sie musste den Kopf zurücklegen, um ihm ins Gesicht zu sehen. »Du zitterst und du schwitzt. Das Fieber hat dich geschwächt. Ich könnte dich mit einer Hand umschubsen.« Sie deutete einen Stoß gegen seine Brust an. »Leg dich freiwillig hin oder ich sorge dafür, dass du es tust.«

Sie erinnerte ihn so sehr an Antonella, wie sie so vor ihm stand und ihn anfunkelte, dass er lächelte. »Schon gut, ich lege mich hin.«

Doch er wartete nur so lange, bis sie die Hütte verlassen hatte, dann stemmte er sich wieder zum Sitzen hoch und versuchte aufzustehen. Doch er kam nicht auf die Beine. »Merda!« Hilfesuchend sah er Fabrizzio an, doch der schien sich mit Caterina verschworen zu haben.

Er verschränkte die Arme und schüttelte den Kopf. »Du hast gehört, was sie gesagt hat.«

»Ich habe es gehört. Aber ich muss auf die Beine kommen, ich muss nach Hause. Ich bin schon drei Wochen fort. Ich habe Antonella gesagt, ich wäre nach zwei Wochen zurück.«

»Wenn sie meinen Brief bekommen hat, weiß sie, dass du verletzt bist und deshalb nicht kommst.«

»Trotzdem wird sie sich Sorgen machen. Ich will so schnell wie möglich zu ihr.«

»Che cazzo dici! Was redest du für einen Mist? Es bringt dich keinen Schritt näher zu Antonella, wenn du es jetzt übertreibst.«

Er konnte nicht erklären, warum er das Gefühl hatte, so schnell wie möglich aufbrechen zu müssen. Antonella hatte ihm mehr als einmal versichert, dass es ihr gut ging. Das Kind würde erst Ende März kommen und jetzt war Ende Januar, wenn er richtig gerechnet hatte. Fünf bis sechs Tage würde er bis Castagneto brauchen. Aber etwas trieb ihn zu ihr. Ähnlich mochten Zugvögel fühlen, wenn sie sich im Herbst sammelten, um nach Süden zu fliegen, gedrängt von einem Instinkt, der stärker war als sie selbst.

Fabrizzio schien in seinem Gesicht abgelesen zu haben, was in ihm vorging. Er beugte sich vor und blickte ihn eindringlich an. »Hör zu: Du isst etwas und machst dann eine Stunde Pause. Danach üben wir wieder Gehen. Und ich hänge ein Seil über das Lager, daran kannst du dich hochziehen und deine Armmuskeln stärken.«

Er hielt sein Wort. Nach einer Stunde half er Marco auf und ging mit ihm bis zur Tür. Den Rückweg wollte Marco alleine schaffen, doch nach vier Schritten war er dankbar, sich auf Fabrizzio stützen zu können. Wieder im Bett, schmerzte sein Schenkel so stark, dass er befürchtete, die Wunde wäre wieder aufgegangen. Doch das war sie nicht.

Am nächsten Tag bat Fabrizzio Caterina um ein Seil und erklärte ihr, wozu sie es benutzen wollten. Sie hielt es für eine gute Idee und schickte noch am selben Tag ihre Tochter mit einem dicken Seil vorbei. Fabrizzio befestigte es an den Dachbalken über dem Lager, sodass Marco es im Sitzen mit ausgestreckten Armen erreichen konnte. So konnte er ohne Hilfe aufstehen, und er konnte sich im Sitzen mit den Armen hochziehen, um seine Armmuskeln zu trainieren.

Er übte verbissen jeden Tag, bis ihm der Schweiß ausbrach, doch er spürte, wie seine Kräfte langsam zurückkehrten. Das Laufen schmerzte und er hinkte noch stark, doch er traute sich zu, ein paar Stunden zu reiten. Ombra hatte einen weichen Gang, er war ein Pferd, das man aus der Balance heraus ohne Schenkeldruck lenken konnte.

Es war Anfang Februar, als sie sich von Caterina und Salvatore verabschiedeten. Fabrizzio drückte Caterina fünfzig Genueser Lire in die Hand. »Für das Essen und eure Hilfe.«

Einen Augenblick schien sie zu überlegen, das Geld abzulehnen, doch dann nickte sie und legte es in ihren Korb. Sie beugte sich vor und küsste Fabrizzio auf beide Wangen. »Passt auf euch auf.« Dann wandte sie sich zu Marco und umarmte ihn. »Sei vorsichtig. Reite lieber kurze Strecken, auch wenn du so schnell wie möglich zu deiner Frau zurückwillst.« Irgendwann hatte Marco ihr erzählt, dass Antonella ein Kind erwartete und er es deshalb so eilig hatte, wieder auf die Beine zu kommen.

Marco führte Ombra zu einem Baumstamm und kletterte von da aus auf seinen Rücken. Obwohl der Stamm hoch war, schmerzte es, das rechte Bein über den Pferderücken zu heben, doch als er saß, ging es besser als erwartet.

»Reite du voran«, sagte Fabrizzio. »Dann kannst du das Tempo bestimmen.«

Sie ritten auf direktem Weg zur Via Aurelia. Dort zügelte Marco sein Pferd und wartete, bis Fabrizzio zu ihm aufschloss.

»Brauchst du eine Pause?«

Er schüttelte den Kopf. »Nein. Aber hier trennen wir uns. Du musst nach Norden, ich nach Süden.«

»Merda, sei pazzo! Glaubst du, ich lasse dich allein?«

»Du hast dich lange genug um mich gekümmert. Du musst nach Hause. Ich schaffe das.«

»Glaubst du. Und was, wenn du einen Schwächeanfall hast und vom Pferd fällst? Dann …«

»Ich falle nicht vom Pferd«, unterbrach Marco ihn. »Geh nach Hause.«

»Einen Teufel werd ich. In deinem Zustand brauchst du mindestens eine Woche nach Castagneto. Drei Tage werde ich an deinen Fersen kleben, ob du willst oder nicht. Und dann sehen wir weiter.«

Sie kamen langsamer vorwärts als erwartet, da Marco nur im Schritttempo reiten konnte. Einmal hatte er Ombra zum Galopp getrieben und ganz schnell wieder gezügelt. Die Erschütterung der Sprünge hatte Schmerzwellen durch seinen ganzen Körper gejagt. So ritten sie jetzt in Etappen von drei Stunden, machten eine Stunde Pause und ritten dann weiter.

Drei Tage blieb Fabrizzio an seiner Seite, dann ließ er sich endlich davon überzeugen, umzukehren. Sie saßen auf ihren Pferden vor der Osteria, in der sie die letzte Nacht verbracht hatten. »Grüß Antonella von mir«, sagte Fabrizzio. »Und lass mich wissen, ob es ein Junge oder ein Mädchen ist.«

»Mach ich. Und du, such dir endlich eine Frau, die dafür

sorgt, dass du zu Hause bleibst und dich nicht mit zweifelhaften Gesellen abgibst.«

Fabrizzio lachte. »Du gehörst auch zu diesen zweifelhaften Gesellen, mein Vetter.«

»Fabrizzio …«

»Ja?«

»Wenn Salviati nach Venaria Reale zurückkommt, wird er dich vielleicht anzeigen und verhaften lassen.«

»Dazu muss er beweisen, dass ich zu Giovine Italia gehöre. Die Gespräche, die wir in Sori geführt haben, kann er kaum als Beweis anführen. Außer dir gibt es keinen Zeugen. Und ich glaube nicht, dass er sich der Lächerlichkeit preisgibt, indem er erzählt, wie wir ihn ins Gefängnis gebracht haben.«

Besorgt blickte Marco ihn an. »Sei auf der Hut. Wenn es irgendwelche Schwierigkeiten gibt, wenn du merkst, jemand zieht Erkundigungen über dich ein, dann pack deine Sachen und komm zum Gut. Enrico kann dir weiterhelfen. Versprich mir, dass du vorsichtig bist.«

»Ich verspreche es.«

Marco trieb Ombra mit einer Vorwärtsbewegung der Hüften an. Als er sich umblickte, war Fabrizzio immer noch am selben Platz und sah ihm nach. Marco winkte ihm zu. Fabrizzio hob die Hand, winkte zurück und wendete endlich sein Pferd.

Marco rutschte im Sattel herum, bis er bequem saß. Zwei oder drei Tage noch, dann wäre er zu Hause. Dann konnte er endlich seine Antonella in die Arme nehmen. Wahrscheinlich würde sie mit ihm zanken, wenn sie erfuhr, dass er seine Verletzung verharmlost hatte. Bisher hatten sie so gut wie nie gestritten, aber er erinnerte sich noch sehr gut an ihren Zorn, als sie erfahren hatte, wer er wirklich war. Er lächelte vor sich hin. Sollte sie doch mit ihm streiten. Er liebte ihr Temperament und ihre Art, unverblümt ihre Meinung zu sagen, ohne sich darum zu kümmern, ob es schicklich war oder nicht. Sie war so wunderbar anders als die Frauen seines Standes.

17. KAPITEL

Antonella!« Eine Stimme drängte sich in ihre Fieberträume. Flehend, bittend. »Antonella, hörst du mich? Mach die Augen auf!«

Jemand strich ihr über Stirn und Wangen.

»Seit wann ist sie in diesem Zustand?«

»Seit sie das Kind verloren hat.« Es war Francescos Stimme.

»Sie hat ihr Kind verloren? Wann?« Die Stimme war ihr vertraut, doch sie konnte sie nicht zuordnen.

»Vor zwei Tagen.«

»Antonella, ich bin es, Enrico. Bitte sieh mich an.«

Marcos Bruder. Wie konnte das sein? Sie nahm all ihre Kraft zusammen und öffnete die Augen. Er saß an ihrem Bett und hielt ihre Hände. Seine Augen blickten voller Sorge. »Gelobt sei Gott. Was ist passiert?«

Stumm schüttelte sie den Kopf. Die Bewegung kostete Kraft.

»Sie hat Blutungen bekommen, vor drei Tagen«, erklärte Tiziana. »Ich habe sofort die Hebamme geholt. Das Kind kam zu früh. Es war ein Mädchen.«

Ein Mädchen. Ihre Tochter. Tot. Der Schmerz war wie

ein Messer, es schnitt ihr die Seele aus dem Leib. Sie hörte, wie Enrico scharf die Luft einsog. »Wo zur Hölle steckt Mi…, Marco?«

»In Piemont.« Ihre Stimme kratzte wie ein Pflug in von Sonne verbrannter Erde.

»Im Norden? Er hat dich allein gelassen? In deinem Zustand?« Zornesröte stieg in Enricos Gesicht, er kniff die Augen zusammen.

Sie hätte ihm gerne erklärt, dass noch über zwei Monate Zeit bis zur Geburt des Kindes gewesen waren, als Marco gegangen war. Sie war jung und gesund. In den Bergen, wo sie aufgewachsen war, erlebte so gut wie kein Mann die letzten Schwangerschaftsmonate seiner Frau mit. Die meisten Kinder kamen zwischen Januar und März auf die Welt, wenn die Männer mit ihren Schafherden noch in der Maremma waren.

Doch sie war zu erschöpft und das Fieber verbrannte sie.

Enrico stand auf und schlug mit der Faust gegen die Zimmerwand. »Sag mir nicht, er beteiligt sich an diesem Aufstand dort oben!«

Sie sammelte Kraft, um ihm zu antworten, doch er sprach sofort weiter. »Dieser Narr! Riskiert sein Leben und deines noch dazu! Ich dachte, er sei endlich erwachsen geworden?«

»Nicht«, flüsterte sie. Tränen der Schwäche liefen über ihre Wangen. Nichts und niemand hatte Enrico und Marco bisher entzweien können. Sie wollte nicht der Grund dafür sein. »Nicht der Aufstand. Fabrizzio. Eine Falle. Dieser Offizier aus Venaria …« Das Sprechen strengte an, sie atmete schwer.

»Still«, sagte Enrico und streichelte ihre Wange. »Das kannst du mir später erzählen.«

Er wandte sich an Tiziana »Ich brauche einen Wagen und

ein Pferd oder Maultier. Rinaldo können wir nicht nehmen, er ist den ganzen Tag gelaufen.«

»Du kannst unseren Karren und unser Maultier haben. Ich sage Ugo, er soll anspannen.«

»Bitte mach das.«

Tiziana hastete aus der Tür und Enrico setzte sich wieder zu Antonella und nahm ihre Hand.

»Woher weißt du …?«, begann sie.

»Dieser Mann, Francesco, kam heute Vormittag auf Rinaldo angeritten und bestand darauf, mich zu sprechen. Er hat mir erzählt, dass du hier schwer krank liegst und Marco nicht da ist.«

Wieder hörte sie den Groll in seiner Stimme.

»Wohin bringst du mich?«

»Du brauchst einen Arzt und Pflege. Ich bringe dich auf unser Gut.«

Alberi d'Argento. Sie schloss die Augen.

Einige Zeit später wurde sie von ratternden Rädern und Stimmen vor dem Haus geweckt. Offensichtlich fuhr Ugo vor.

»Der Wagen steht vor der Tür«, hörte sie kurze Zeit später seine Stimme. »Wie geht es bella Antonella?«

»Nicht gut«, antwortete Enrico. »Ich bringe sie auf unser Gut.« Er wandte sich an Tiziana. »Ich zahle dir fünf Fiorini für den Wagen. Jemand wird ihn die nächsten Tage wieder zurückbringen.«

»Du brauchst nichts zu zahlen. Antonella ist meine Freundin.«

»Ich kann kutschieren«, sagte Francesco.

»Aber du hast über fünf Stunden im Sattel gesessen«, wandte Enrico ein.

»Und jetzt sitze ich eben auf dem Kutschbock. Ich wäre allerdings nur dankbar, wenn ich die Nacht bei euch verbringen dürfte. Dann kann ich den Wagen morgen zurückbringen.«

»Abgemacht!«

Jemand berührte sie an der Schulter. »Antonella?«

Sie öffnete die Augen. Enrico stand über sie gebeugt. »Ich trage dich jetzt raus.«

Behutsam schob er einen Arm unter ihre Schultern und den anderen unter ihre Knie. »Leg deinen Arm um meinen Hals und halte dich fest.«

Es kostete ihre ganze Willenskraft, zu tun, was er sagte, doch sie schaffte es.

Enrico hob sie hoch, als wäre sie leicht wie ein Kind, und trug sie hinaus. Tiziana hatte ein Strohlager bereitet und sogar ein Laken drübergelegt. Nachdem er sie vorsichtig auf das Lager gebettet hatte, holte Enrico ihren Umhang aus dem Haus und deckte sie zu.

»In vier Stunden sind wir da«, sagte er, bevor er auf sein Pferd stieg.

Francesco kletterte auf den Kutschbock und griff nach der Peitsche. »Los geht's.«

Antonella schloss die Augen und biss die Zähne zusammen, als der Karren losratterte. Jeder Stein, über den er holperte, jagte Schmerzen durch ihren Unterleib. Als sie auf die Via Aurelia in Richtung Norden einbogen, fuhr der Karren ruhiger. Irgendwann döste sie ein und erwachte erst, als der Wagen hielt.

Sie versuchte sich aufzurichten, doch ihr fehlte die Kraft. Also blieb sie liegen und lauschte Enricos Stimme, der nach einem Vittorio rief und ihn anwies, das Maultier zu versorgen und Francesco einen Schlafplatz zuzuweisen.

»Enrico«, rief eine Frauenstimme. »Was ist los? Wo warst du?«

»Ich erkläre es dir gleich, Silvana. Schicke jemanden nach Montescudaio, wir brauchen Doktor Bianchi. Es soll sofort kommen, es eilt.«

Ihr schwindelte und ihr wurde übel, als Enrico sie vom Karren hob und ins Haus trug. Sie schloss die Augen. Es half ein bisschen.

»Wohin?«, hörte sie ihn fragen. Schnelle Schritte und das Rascheln von Seide. Anscheinend lief die Frau voraus.

»Bring sie in unser Gästezimmer. Wer ist sie?« Eine Tür knarrte, dann wurde sie behutsam auf eine weiche Matratze gebettet.

»Micheles Frau.«

Antonella zwang sich, die Augen zu öffnen. Zwei Gesichter waren über sie gebeugt. Eines war Enricos, das andere war das einer Frau mit großen dunklen Augen und einem vollen Mund, die sie aufmerksam musterte. Das musste Silvana sein, Enricos Frau. Antonella versuchte ein Lächeln, doch ihre Mundwinkel wollten ihr nicht gehorchen.

»Micheles Frau?« Sanft strich Silvana ihr über die Stirn. »Was ist passiert?«

Das Mitleid in ihrer Stimme trieb Antonella die Tränen in die Augen. Enrico antwortete für sie.

»Wenn ich Tiziana richtig verstanden habe, hatte sie eine Frühgeburt und starke Blutungen. Jetzt hat sie Fieber.«

»Sie hat das Kind verloren? Die Ärmste.«

Die Stimmen wurden leiser, die Augen fielen ihr zu.

Sie erwachte, weil jemand sie sanft an der Schulter rüttelte.

»Der Arzt ist da und möchte dich untersuchen. Hier, trink etwas.« Silvana half ihr, sich aufzusetzen und hielt ihr ein Glas Wasser an die Lippen. Gierig schluckte Antonella. Ein Rinnsal lief ihr über das Kinn. »Danke.«

»Keine Ursache. Ich bin Silvana, die Frau von Enrico.«

»Ich weiß. Er hat von dir erzählt.« Ihre Stimme klang, als hätte sie Kastanienschalen im Hals. »Ich bin Antonella, die …«

»Frau von Michele. Enrico hat mir auch von dir erzählt. Wir unterhalten uns später. Das ist Dr. Bianchi, er wird nach dir sehen.«

Sie trat zurück und ein dunkel gekleideter Mann verbeugte sich vor ihr. »Guten Tag, Signora. Können Sie mir sagen, was passiert ist?«

Antonella starrte ihn an. Was sollte sie ihm erzählen? Was durfte er wissen?

»Ich weiß, es ist schwer, darüber zu sprechen«, sagte der Arzt. »Aber Signor di Raimandi sagte mir, Sie hätten Ihr Kind verloren. In welchem Monat waren Sie?«

»Im siebten.«

»Hatten Sie während der Schwangerschaft Schmerzen? Blutungen?«

»Nein. Ich bin … ich bin gestolpert und mit dem Bauch auf einen umgestürzten Baum gefallen.« Ugo hatte sie an der Weggabelung gefunden, es hätte durchaus so sein können. »Danach fing ich an zu bluten und hatte Schmerzen. Die Hebamme kam und hat das Kind geholt, aber es hat nur ein paar Stunden gelebt.«

»Sie haben Fieber, Signora. Wissen Sie, ob der Mutterkuchen sich vollständig gelöst hat?«

»Das hatte er nicht. Die Hebamme hat ihn mit der Hand entfernt.«

Der Arzt runzele die Stirn. »Das könnte das Fieber erklären. Darf ich Ihren Unterleib abtasten?«

Antonella nickte. Der Arzt schlug die Decke zurück und drückte auf ihrem Bauch herum. »Gut«, sagte er schließlich. »Die Gebärmutter bildet sich zurück, anscheinend hat Ihre Hebamme sauber gearbeitet. Ich schreibe Ihnen eine Teemischung auf, die Sie mehrmals am Tag trinken sollten.«

18. KAPITEL

Antonella trieb in einem Nebel dahin, der alle Gefühle von ihr fernhielt. Ihr Zimmer erschien ihr grau in grau, noch nicht einmal die Sonne, die am Morgen zum Fenster hereinschien, vermochte den Wänden Farbe zu verleihen. Die Geräusche im Haus, die Stimmen der Menschen, die zu ihr sprachen, klangen gedämpft, als hätte sie die Finger in die Ohren gesteckt. Silvana war reizend zu ihr. Mehrmals am Tag sah sie nach ihr, nötigte ihr außer dem Tee aus Frauenmantel und Rosmarin, den der Arzt verordnet hatte, auch einen Tee aus Salbei, Minze und Walnussblättern auf, der gegen die Schmerzen in ihren Brüsten helfen sollte. Sie ließ ihr Leckereien ans Bett bringen, die sie nie zuvor gesehen hatte. Doch Antonella konnte kaum etwas essen. Alle Speisen schmeckten gleich, es schien ihr, als kaute sie Stunden an einem Bissen herum.

Jeden Abend, bevor die Familie sich zu Tisch begab, kam Enrico an ihre Zimmertür, um sich nach ihrem Befinden zu erkundigen. Mechanisch beantwortete sie seine Fragen. Danach starrte sie an die Decke.

Eines Morgens stand ein Pfarrer an ihrem Bett und er

fragte sie, ob sie beichten wollte. Sie wollte nicht. Er sprach ein Gebet für sie, bevor er wieder ging.

Francesco kam aus Donoratico, um sich nach ihr zu erkundigen. Er brachte ihre Kleider und Grüße von Tiziana, Ugo und Alessandro.

Sie hatte keine Ahnung, wie lange sie im Gästezimmer vor sich hindämmerte. Es konnten Tage sein, aber auch Wochen. Wenn sie die Augen schloss, erschien ihr das Gesicht ihrer Tochter. Sie sah sie als kleines Mädchen ihre ersten Schritte tun, hörte, wie sie das erste Mal »Papa« und »Mama« sagte. Sie stellte sich vor, wie sie als junges Mädchen hätte aussehen können, und träumte von der jungen Frau, die Emilia niemals werden würde.

Keine ersten Schritte, kein Kichern und Tuscheln mit der besten Freundin, keine Verehrer, die sie zum Tanz baten. Kein Mann, der sie liebte. Niemals. Weil ein rachsüchtiger Widerling ihr Leben zerstört hatte, bevor es begonnen hatte. Hätte Marco ihm doch an jenem Oktobertag im Wald die Kehle durchgeschnitten.

Sie wäre auf dem Weg der Besserung, versicherte ihr der Arzt. Das Fieber wäre gesunken und auch der Blutverlust so gut wie überwunden. Noch ein bisschen Ruhe und sie wäre wieder gesund. Es berührte sie nicht. Noch nicht einmal, als er vorsichtig sagte, dass sie möglicherweise keine Kinder mehr bekommen könnte, fühlte sie mehr als die dumpfe Trauer, die sie umgab wie eine dichte dunkle Wolke.

Manchmal fragte sie sich, wo Marco steckte und was er wohl tun würde, wenn Tiziana ihm erzählte, was passiert war und wo man sie hingebracht hatte. Hierherkommen konnte er nicht, sein Vater hatte ihm angedroht, ihn den Carabinieri auszuliefern, wenn er jemals wieder das Gut beträte.

Doch selbst dieser Gedanke verflog sofort.

Es war, als lebte sie in der Welt der Feen und sähe die Menschen nur durch einen Schleier. Ihre Freuden, ihr Leid, sie erreichten Antonella nicht mehr. Sie spürte nichts mehr außer der Trauer, die sie einhüllte. So trieb sie Stunde um Stunde in einer Art Halbschlaf dahin, träumte von ihrer Tochter und grübelte darüber, was sie hätte tun können, um das Unglück zu verhindern.

Marcos Mutter besuchte sie. Sie war eine große schmale Frau mit schwarzen Locken und blauen Augen, wie auch Marco sie hatte. Sie setzte sich an ihr Bett und griff nach ihrer Hand. »Ich freue mich, dich kennenzulernen, liebe Antonella, auch wenn die Umstände sehr traurig sind.«

Antonella schluckte, um den Kloß in ihrem Hals loszuwerden. Wie sehr hatte sie sich gewünscht, einmal Marcos Familie kennenzulernen. Seine Mutter, seine Schwester. Und auch das Gut zu sehen, von dem er so oft gesprochen hatte. Doch jetzt schien das alles nicht mehr wichtig.

»Marchesa …« Ihre Stimme gehorchte ihr nicht.

»Sch, du musst nicht sprechen. Ich weiß, wie es dir geht. Man vergisst sie niemals, aber man kann lernen, mit dem Verlust zu leben.«

Antonella blickte in das schöne, traurige Gesicht der Marchesa. Drei Kinder hatte sie verloren, hatte Marco erzählt. Das letzte hatte nur drei Tage gelebt. So viel Leid.

»Kann man das wirklich lernen?«, fragte sie leise.

Die Marchesa lächelte. »Wir Frauen müssen es. Und deshalb können wir es. Du bist jung, du wirst noch Kinder bekommen.«

Antonella dachte an die Worte des Arztes und schwieg.

Marcos Mutter betrachtete sie nachdenklich, dann sprach

sie sehr leise. »Weißt du, wo mein Sohn ist? Enrico sagte, er war nicht in Castagneto.«

»Er wollte nach Norden. Fabrizzio hatte ihm geschrieben, dass er einen hochrangigen Offizier aus Venaria Reale kennengelernt hat, der Giovine Italia beitreten möchte. Marco kennt den Mann. Er hält ihn für einen Spion der Habsburger, der Fabrizzio in eine Falle locken will. Er wollte Fabrizzio warnen.«

»Fabrizzio Barrati?«

Antonella nickte, dann schlug sie die Hand vor den Mund. Soeben hatte sie Marcos Mutter verraten, dass Fabrizzio ein Mitglied von Mazzinis Organisation war. Das war etwas, was noch nicht einmal seine Eltern wussten. Doch diese Tatsache schien Marcos Mutter nicht weiter zu interessieren.

»Wann ist er aufgebrochen?«

»Anfang Januar.«

Das ohnehin blasse Gesicht der Marchesa wurde noch eine Spur bleicher. »Das ist beinahe vier Wochen her! Er müsste schon längst zurück sein.«

Verwirrt starrte Antonella sie an. Paolo hatte ihr drei Tage nach Marcos Abreise aufgelauert. Also lag sie schon seit mehr als drei Wochen hier in diesem Zimmer?

Was war mit Marco, wo steckte er? Zum ersten Mal drang ein Anflug von Sorge durch den Nebel, der sie umgab. Vielleicht beteiligte er sich doch an diesem Aufstand, von dem er erzählt hatte. Oder er war einfach nur aufgehalten worden. Oder Fabrizzio und ihm war etwas zugestoßen.

Kurz nachdem die Marchesa gegangen war, klopfte es und ein junges Mädchen huschte in den Raum. Kastanienbraune Locken umrahmten ihr Gesicht, das Antonella vage bekannt vorkam. Das Mädchen starrte sie aus großen braunen Augen an. Wortlos erwiderte Antonella ihren Blick. Eine zarte Röte färbte die Wangen des Mädchens. »Entschuldige, dass ich so hereinplatze, aber ich bin so neugierig auf Micheles Frau. Ich bin Emilia, seine Schwester.«

Deshalb war ihr das Gesicht bekannt vorgekommen. Sie ähnelte Enrico.

»Mama und Mademoiselle Duvenant wissen nicht, dass ich hier bin. Sie meinen, du möchtest deine Ruhe haben.« Am Ende des Satzes hob sie fragend die Stimme und warf Antonella einen bittenden Blick zu. »Störe ich dich?«

»Nein, ich freue mich, dich kennenzulernen. Marco hat mir von dir erzählt.«

»Marco? Du nennst ihn Marco?« Emilia zog einen Stuhl zum Bett und setzte sich. »Warum?«

»Als wir uns kennengelernt haben, hat er sich so vorgestellt. Ich wusste nicht, wer er wirklich ist.«

»Oh.« Emilia machte große Augen. »Das klingt nach einem romantischen Abenteuer. Enrico hat erzählt, dass Michele ein Mädchen aus den Bergen geheiratet hat. Und dass du ihm zur Flucht aus dem Torre Grimaldina verholfen hast. Wie habt ihr euch kennengelernt?«

Ihre Unschuld und ihre Unverblümtheit erinnerten Antonella an ihre jüngere Schwester Giovanna. Sie mochte Emilia. Und so erzählte sie davon, wie sie den jungen Wilden Marco in den Bergen getroffen hatte und dass sie mit ihm gegangen war, weil sie einen Mann heiraten sollte, den sie nicht liebte. Weder erwähnte sie Paolos Namen noch dass er sie überfallen hatte.

Emilias Blick hing an ihren Lippen, für sie war das alles ein romantisches Abenteuer. »Hast du dich gleich in ihn verliebt?«

»Nein, am Anfang hatte ich sogar ein wenig Angst vor

ihm. Ich kannte ihn doch gar nicht und es hätte ja auch sein können, dass er meine Notlage ausnutzt.«

Vehement schüttelte Emilia den Kopf. »Nein. So etwas würde mein Bruder niemals tun. Dazu ist er viel zu ritterlich.«

Sie plauderten noch eine Weile und als sich Emilia schließlich verabschiedete, ging es Antonella besser. Das sonnige, unbekümmerte Wesen von Marcos Schwester tat ihr gut.

»Darf ich dich wieder besuchen?«, fragte Emilia.

»Sehr gerne.«

19. KAPITEL

Kurz nach Mittag des nächsten Tages klopfte es wieder an der Tür.

»Ja, bitte?«, antwortete Antonella.

Doch es war nicht, wie sie erwartet hatte, Emilia oder Silvana, sondern ein Mann, den sie noch nie gesehen hatte und den sie trotzdem sofort erkannte. Marchese Piero di Raimandi, der Herr von Alberi d'Argento. Die Ähnlichkeit mit Enrico war nicht zu übersehen. Beide waren mittelgroß und kräftig, hatten welliges hellbraunes Haar und nussbraune Augen, und doch glichen sie sich nicht. Während Enrico pure Lebensfreude ausstrahlte, wirkte der Marchese, als hätte er in seinem Leben nur selten gelächelt. Würdig und unnahbar stand er in der Tür und musterte sie, ohne eine Miene zu verziehen.

»Guten Tag, Signorina«, sagte er schließlich.

Verblüfft stellte sie fest, dass er eine angenehme Stimme

hatte, die sie sofort an Marco erinnerte. Signorina, nannte er sie. Hatte ihm niemand erzählt, dass sie Marcos Frau war?

Sie räusperte sich. »Guten Tag, Marchese.«

Seine Mundwinkel zuckten kurz, anscheinend hatte sie die falsche Anrede gewählt.

»Darf ich eintreten?« Er tat es, ohne auf ihre Erlaubnis zu warten, und schloss die Tür hinter sich.

»Sie sind also die Frau, die mein Sohn geheiratet hat. Wie alt sind sie, Signorina?«

»Ich bin zwanzig.«

Er nickte bedächtig, als hätte er diese Antwort erwartet.

»Enrico hat mir erzählt, was Sie für Michele getan haben. Ich nehme an, er war Ihnen sehr dankbar.«

Verwirrt blickte Antonella ihn an. Wie meinte er das? Eindeutig wollte er auf irgendetwas hinaus, aber auf was?

Der Marchese wartete einen Moment, doch als sie schwieg, fuhr er fort. »Deshalb hat er Sie sicher auch geehelicht, als Sie in ... Schwierigkeiten waren. Das war sehr anständig von ihm. Aber nun, da sie Ihr Kind verloren haben, besteht kein Grund, dieses Arrangement aufrechtzuerhalten.«

Die Hitze stieg ihr ins Gesicht, als sie begriff, wovon er sprach. »Wie bitte?«

»Signorina, Sie wissen doch selbst, dass sie nicht die passende Frau für meinen Sohn sind. Diese Mesalliance kann auf die Dauer nicht gut gehen. Michele ist kein Bauer und irgendwann wird es ihn langweilen, wie ein Bauer zu leben. Vielleicht tut es das jetzt schon. Warum sonst hätte er Sie in Ihrem Zustand allein gelassen?«

Antonella schnappte nach Luft. »Er ist geschäftlich unterwegs.« Die Wahrheit würde sie diesem Kerl nicht erzählen.

»So, geschäftlich.« Ein mitleidiges Lächeln umspielte seine Lippen. »Ich kenne meinen Sohn besser.«

»Sie kennen ihn überhaupt nicht«, entgegnete sie. »Sie wollen ihn auch gar nicht kennen. Sie glauben, ich hätte ihn zur Ehe genötigt? Sie irren sich. Ich war nicht schwanger, als wir geheiratet haben.«

»Aber nein, ich wollte nicht sagen, dass Sie ihn genötigt haben. Michele war schon immer sehr impulsiv und er hatte schon immer eine Schwäche für schöne Frauen. Und Sie haben ihm das Leben gerettet. Natürlich war er Ihnen dankbar.«

»Marco hat mich nicht aus Dankbarkeit geheiratet, sondern weil er mich liebt. Und dieses ›Arrangement‹, wie Sie es nennen, ist eine vor Gott geschlossene Ehe.«

Don Pieros Augen wurden schmal. »Die nicht rechtsgültig ist, da Sie noch minderjährig sind und ohne das Einverständnis Ihres Vaters geheiratet haben. Es ist ein Leichtes, diese Ehe für ungültig erklären zu lassen.«

Für einen Moment verschlug es ihr die Sprache. Sagte er die Wahrheit oder wollte er sie nur einschüchtern?

»Warum wollen Sie das tun? Sie haben Marco verstoßen, ihm verboten, jemals wieder nach Hause zu kommen. Was interessiert es Sie, was aus ihm wird?«

»Ich habe einen Fehler gemacht und ich hoffe, dass er mir verzeiht. Er wollte immer Winzer werden und jetzt böte sich ihm die Gelegenheit dazu. Wahrscheinlich hat er Ihnen nicht erzählt, dass er mit der Tochter eines befreundeten Winzers verlobt war.«

»Er war nicht mit ihr verlobt!«, unterbrach sie ihn.

»So gut wie, es wäre nur eine Frage der Zeit gewesen«, fuhr der Marchese unbeeindruckt fort. »Sie hat ihn nicht vergessen. Und wenn er sie heiratet, könnte er das Gut ihres Vaters weiterführen.«

»Aber er ist mit mir verheiratet. Und außerdem ist er als

Landesverräter zum Tode verurteilt. Warum, glauben Sie, verstecken wir uns?«

»Ich werde ein Gnadengesuch bei Großherzog Leopold einreichen. Er ist ein toleranterer Herrscher als die anderen Habsburger.«

Die Gedanken wirbelten in ihrem Kopf. Ein Gnadengesuch? Und wenn es Erfolg hatte? Dann müssten sie sich nicht mehr verstecken, keine Angst mehr vor Denunzianten haben. Marco wäre frei.

Der Marchese beobachtete sie aufmerksam. »Wenn Sie ihn wirklich lieben, dann geben Sie ihm das Leben zurück, für das er geboren und erzogen wurde. Es liegt in Ihrer Hand, ihn glücklich zu machen. Denken Sie darüber nach.« Er machte eine kurze Pause. »Eine schöne Frau wie Sie findet mit Leichtigkeit einen anderen Ehemann, und wenn Sie das nicht wollen, es gibt Klöster, in die Sie sich zurückziehen können. Ich würde Sie mit einer entsprechenden Mitgift ausstatten.«

Antonella straffte die Schultern. »Sie wissen wirklich nicht viel über ihn, wenn Sie glauben, er wäre damit zufrieden, in Zukunft nur noch Wein anzubauen und sich nicht mehr um die Politik dieses Landes zu kümmern. Er hat für seine Ideale gekämpft. Er war bereit, dafür zu sterben. Sie haben keine Vorstellung davon, was er durchgemacht hat.«

Nun war es der Marchese, der stumm blieb. Sie bohrte ihren Blick in seinen. »Weil ich ihn liebe, verspreche ich Ihnen eines: Sollte Marco mich jemals darum bitten, unsere Ehe für ungültig erklären zu lassen, werde ich es tun. Aber nur dann.«

Das Gesicht des Marchese wirkte, als wäre es aus Marmor gehauen. »Sie sind sehr von sich überzeugt. Wir werden sehen, was die Zukunft bringt.« Er deutete eine Verbeugung an und verließ den Raum.

Antonella lehnte sich zurück. Ihr Herz schlug wie wild, Hitzewellen fluteten über sie hinweg, ihr Gesicht glühte vor Zorn. Der Nebel um sie herum war verschwunden, die Wirklichkeit bestürmte in grellen Farben ihre ungeschützte Seele. Das Zimmer war nicht mehr grau. Die zartgelbe Tapete mit den grünen Weinranken leuchtete trotz der zugezogenen Vorhänge unerträglich hell. Von draußen drangen Stimmen, Schritte und das Klappern von Geschirr beinahe schmerzhaft in ihre Ohren. Sie hatte das Feenreich verlassen, und wie in den Märchen, schienen in der Wirklichkeit Jahre vergangen zu sein. Sie legte sich hin und zog sich die Decke über den Kopf.

Aus purer Dankbarkeit hätte Marco sie geheiratet, aber inzwischen langweilte er sich mit ihr, dem ungebildeten Bauernmädchen, und sehnte sich nach einer Frau, die seinesgleichen war, behauptete sein Vater. Unter der Decke zog sie die Knie an die Brust und umschlang sie mit den Armen. Könnte es die Wahrheit sein? Als Marco ihr einen Antrag gemacht hatte, war er gerade eben einer erneuten Verhaftung entgangen. Er hatte für sich keine Zukunft in Italien mehr gesehen und sich entschlossen, dieses Land zu verlassen und in Amerika neu anzufangen. Dort, wo es keine Standesunterschiede gab.

Doch sie waren geblieben. In Castagneto hatte Marco wie ein Bauer gelebt, nicht wie der Sohn eines Adligen, und auch nicht wie der Rebell, der er gewesen war. Vielleicht war er gar nicht so zufrieden gewesen, sondern hatte sein altes Leben vermisst und es ihr nur nie gestanden? War es in Castagneto zu eng geworden, langweilte sie ihn und blieb er deshalb so lange fort?

Was würde er tun, wenn er zurückkam und von dem Angebot seines Vaters erfuhr? Denn jetzt hatte er die Wahl.

Wenn Großfürst Leopold ihn begnadigte und er diese Donata zur Frau nähme, dann hätte er nicht nur eine Zukunft, er könnte sich auch seinen Lebenstraum erfüllen: Ein Weingut zu führen und Wein zu machen. Sie biss die Zähne zusammen. Würde er sie verlassen, um die Erbin eines Weinguts zu heiraten?

Wenn er das wirklich wollte, würde sie ihm nicht im Weg stehen. Wenn sie etwas im letzten Jahr gelernt hatte, dann, dass sie auch ohne Mann zurechtkommen konnte. Sie konnte selbst für ihren Lebensunterhalt sorgen, einen Mann brauchte sie dazu nicht.

Irgendwann glitt sie wieder in den Dämmerzustand, in dem ihre Welt erträglich war. Im Halbschlaf hörte sie jemanden ins Zimmer kommen. Silvana murmelte etwas Unverständliches und öffnete das Fenster. Es musste später Nachmittag sein. Antonella hielt die Augen geschlossen, sie mochte jetzt nicht mit Silvana reden.

Kurze Zeit später wurde sie durch das Klappern von Hufen auf dem Hof geweckt. Anscheinend preschte der Reiter in vollem Galopp bis unmittelbar vor die Haustür. Sie hörte den empörten Ausruf des Pferdeknechts, schnelle Schritte, das Schlagen einer Tür. Und dann hallte eine Stimme durchs Haus, die sie niemals hier erwartet hätte. »Wo ist meine Frau?«

Ruckartig setzte sie sich auf und starrte zur Tür.

Irgendjemand antwortete und einen Augenblick später flog die Tür auf und Marco stürmte ins Zimmer. Seine Kleider waren staubbedeckt, sein Haar fiel ihm in wirren Locken auf die Stirn und ein struppiger Bart bedeckte Wangen und Kinn.

»Du lebst!« Im Nu saß er auf der Bettkante, riss sie in seine Arme und verbarg das Gesicht in ihrem Haar. »Dem

Himmel sei Dank, du lebst«, wiederholte er und drückte sie so fest an sich, dass ihr die Luft wegblieb. Dann ließ er sie los, legte die Hände an ihre Wangen und bedeckte ihr Gesicht mit Küssen. Sein Gesicht war ebenso staubig wie seine Kleider, der Schweiß hatte helle Spuren darin gemalt, seine Augen glänzten verdächtig.

»Ich bin vor knapp zwei Stunden in Castagneto angekommen. Alessandro hat mir erzählt, dass du das Kind verloren hast und Enrico dich abgeholt hat. Er sagte, du warst schwer krank.«

Zwei Stunden? Er musste sein Pferd erbarmungslos gehetzt haben.

»Michele!« Silvana stand in der Tür und blickte mit einer Mischung aus Bestürzung und Belustigung auf die Spur schmutziger Stiefelabdrücke, die sich von der Tür bis zum Bett zogen. »Ich freue mich sehr, dich zu sehen.«

Marco drückte Antonella noch einmal an sich, dann erhob er sich, trat auf Silvana zu, nahm sie an den Schultern und küsste sie auf beide Wangen. »Liebe Silvana, entschuldige, dass ich hier so hereinplatze.«

Mit den Fingerspitzen schob Silvana ihn von sich weg. »Jetzt, wo du weißt, dass Antonella noch lebt«, sagte sie lächelnd, »möchte ich dich bitten, die Stiefel auszuziehen. Und vielleicht könntest du dir auch den Staub abwaschen? Du kannst unser Badezimmer benutzen. Du weißt ja, wo es ist.«

Etwas betreten blickte er auf ihre Schultern, wo sich deutlich die Abdrücke seiner Hände auf dem hellen Stoff ihres Seidenkleids abzeichneten. »Ich … Ja, natürlich.« Er drehte sich zu Antonella um. »Ich bin gleich wieder da.«

Silvana schloss die Tür hinter ihm, setzte sich zu Antonella aufs Bett und blickte ihr prüfend ins Gesicht. »Geht es dir gut?«

Da sie ihrer Stimme nicht traute, nickte sie nur.

»Ist es dir recht, wenn er hier ist? Wenn du noch nicht mit ihm reden willst, dann sag es offen. Manche Frauen brauchen etwas Zeit nach einer Fehlgeburt.«

»Nein, es ist gut so. Ich bin froh, dass er da ist.«

Silvana drückte ihre Hand. »Dann lasse ich euch etwas zu essen und zu trinken bringen und sorge dafür, dass ihr nicht gestört werdet. Willst du dich auch ein wenig frisch machen? Ich hole dir ein neues Nachtgewand.«

Wie feinfühlig sie war. Kein Wunder, dass Enrico sie so sehr liebte.

»Danke.«

Kurze Zeit später kam Silvana wieder. Antonella hatte sich in der Zwischenzeit gewaschen und die Baumwolleinlagen für den Wochenfluss gewechselt. Silvana half ihr, das frische Nachthemd überzustreifen. Es musste eines ihrer besten Stücke sein und war aus cremefarbenem Seidenbatist mit Stickereien am Ausschnitt.

»Sehr schön«, sagte Silvana. »Setz dich, dann flechte ich dir noch schnell die Haare.«

Flink löste sie Antonellas zerzausten Zopf, kämmte ihn vorsichtig aus und flocht ihn neu.

»So, fertig. Michele kommt sicher gleich.« Sie wandte sich zum Gehen.

Kurze Zeit später öffnete sich die Tür und Marco betrat den Raum. Sein Haar glänzte noch feucht, er hatte sich rasiert und umgezogen. Ihm folgte ein junges Mädchen, das ein Tablett auf den Tisch abstellte. Darauf standen ein Krug, zwei Gläser, ein Brett mit Schinken und Käse und Brot. Sie knickste und verließ das Zimmer.

Als er zum Bett kam, sah Antonella, dass er hinkte. Doch

bevor sie nach dem Grund fragen konnte, setzte er sich zu ihr und griff nach ihrer Hand. »Was ist passiert? Silvana hat mir erzählt, du wärst gestürzt und das Kind wäre viel zu früh gekommen.«

Das war die Geschichte, die sie dem Arzt erzählt hatte. Nur Tiziana und sie wussten, was wirklich geschehen war. Sie schluckte. Er war gerade erst angekommen, er war verletzt und sah aus, als hätte er eine kräftezehrende Reise hinter sich. Wenn sie ihm jetzt erzählte, was vorgefallen war, wer die Schuld am Tod ihres Kindes trug, würde er sofort wieder gehen. Sie kannte ihn gut genug. Er würde Paolo suchen, um ihn zu töten. Und so sehr sie Paolo den Tod wünschte, wollte sie doch nicht, dass Marco sich schon wieder in Gefahr begab und vielleicht für diese Tat verhaftet wurde. Sie konnte noch nicht darüber sprechen. Nicht jetzt. Später. Im Sommer, wenn Paolo in den Bergen war und keine Gefahr bestand, dass die beiden sich in Donoratico begegneten.

Also nickte sie nur und fragte stattdessen: »Was ist mit Fabrizzio?«

»Es geht ihm gut. Er ist wieder in Genua.«

Antonella atmete auf. Der heiligen Mutter Gottes sei Dank. Fabrizzio war nicht nur Marcos bester Freund, sondern auch für sie einer der liebsten Menschen.

Sichtbar verlegen spielte Marco mit den Fingern ihrer Hand. »Ich kann verstehen, wenn du nicht darüber reden willst, aber ich wüsste gerne … Ich meine, weißt du, was es war?«

Ihre Kehle war so eng, dass sie kaum sprechen konnte. »Ein Mädchen. Es war ein Mädchen.« Ihre Stimme brach.

Marco zog sie in seine Arme. Sehr behutsam, als fürchtete er, sie würde ihn abweisen. »Es tut mir so leid. Hast du sie gesehen?«

Er wusste ja gar nicht, dass Emilia gelebt hatte, als sie zur Welt gekommen war. Leise erzählte sie ihm von ihrer Tochter. Wie es sich angefühlt hatte, sie im Arm zu halten. Wie die Hebamme sie angelegt hatte. Von der Überraschung, als sich der kleine Mund um ihre Brustwarzen geschlossen hatte. Das Prickeln in ihren Brüsten, als die Milch eingeschossen war.

»Sie hatte nur ein paar Stunden.«

Wochenlang hatte sie weder um ihre Tochter weinen noch über sie sprechen können, doch jetzt flossen die Tränen wie Regentropfen über ihr Gesicht und sie konnte nicht aufhören zu reden. »Don Stefano war da und hat sie getauft. Ich habe sie Emilia genannt, wie wir es besprochen haben. Emilia Rossi. Ich wusste nicht, ob ich ihr deinen richtigen Namen geben durfte. Don Stefano hat sie auf dem Friedhof von Castagneto begraben. Ich war zu krank, ich konnte nicht dabei sein.«

Marcos Augen glänzten feucht. »Es tut mir so unendlich leid. Bitte verzeih mir, dass ich dich allein gelassen habe.«

»Es ist nicht deine Schuld. Du musstest Fabrizzio warnen. War es denn wirklich eine Falle?«

»Es war eine, doch sie galt nicht ihm, sondern mir. Salviati hat Fabrizzio gesagt, er solle mich fragen, wenn er Zweifel an seiner Aufrichtigkeit habe. Er wusste genau, dass ich versuchen würde, ein Treffen zu verhindern.«

Er stand auf und ging zum Tisch, wobei er das rechte Bein deutlich nachzog, und schenkte zwei Gläser Wein ein. Eines reichte er ihr.

»Ich habe kaum etwas gegessen. Ich werde betrunken sein«, wandte sie ein.

Er lächelte, doch es wirkte gezwungen. »Dann betrinken wir uns gemeinsam.«

Besorgt blickte sie ihn an. Er wirkte erschöpft, aber es umgab ihn noch etwas anderes: Eine Mischung aus Zorn und Trauer, wie damals, als er erfahren hatte, dass außer ihm nur fünf weitere Rebellen aus dem Torre Grimaldina entkommen waren.

Er schnitt ein paar Scheiben von dem Brot ab, das auf einem Brett lag, beträufelte es mit Olivenöl und bestreute es mit grobem Salz. Dann griff er nach dem Teller, legte die Brotscheiben darauf und setzte sich zu ihr aufs Bett. Auf dem Teller lagen hauchdünne Scheiben Schinken und Salami und Stücke von Käse. Marco aß den Schinken mit den Fingern und biss anschließend in das Brot. »So schmeckt es am besten.« Er hielt ihr den Teller hin. Eigentlich war sie nicht hungrig, doch sie wollte ihn nicht alleine essen lassen, also nahm auch sie sich Brot und Schinken. Zu ihrer Überraschung schmeckte es wirklich. Der Schinken war so zart, dass er in ihrem Mund zu schmelzen schien. Sie nahm sich eine zweite Scheibe. Marco lächelte und reichte ihr das Weinglas. Na gut, dann würde sie eben betrunken sein. Sie nahm das Glas und stieß mit ihm an. Als er aufstand, um die Gläser wieder zu füllen, fiel ihr abermals auf, dass er ein Bein nachzog.

»Was ist passiert? Warum hinkst du?«

Er leerte sein Glas mit einem Zug. »Salviati hat auf mich geschossen.«

»Was?«

»Er wollte mich nicht töten, er wollte mich nur an der Flucht hindern.«

»Aber es ist ihm nicht gelungen.«

»Nein.«

»Hast du ihn umgebracht?«

Er schüttelte den Kopf. »Er selbst sagte, dass ich es tun

soll, weil er mich bis an sein Lebensende jagen würde, aber ich konnte es nicht.

Sie dachte daran, wie Marco diesen Mann beschrieben hatte. Damals hatte sie gespürt, wie sehr er Salviati mochte und bewunderte. Kein Wunder, nahm er lieber in Kauf, dass Salviati in verfolgte, statt ihn zu töten.

Ein heftiges Klopfen an der Tür unterbrach ihre Gedanken. Enrico stürmte in den Raum.

»Michele!« Es war kein Willkommensgruß. Enricos Stimme klang ungewohnt scharf, eine steile Falte stand zwischen seinen Augenbrauen.

Marco stellte sein Glas ab und hob die Hände. »Bruder! Es tut mir leid, dass ich hier so reingeplatzt bin. Ich weiß, du bekommst Ärger mit Vater, weil ich hier bin. Ich werde mir eine Unterkunft in Montescudaio suchen, und sobald Antonella reisefähig ist, gehen wir.«

»Als ob es darum ginge. Ihr könnt bleiben, solange ihr möchtet. Dieser Flügel ist mein Eigentum, ich entscheide, welche Gäste ich beherberge.«

Ratlos sah Marco ihn an. »Warum bist du dann so verärgert?«

Enrico verbeugte sich in Antonellas Richtung. »Ich muss kurz mit Michele allein reden.«

Sie nickte und beide Männer verließen den Raum.

Im Grunde hätten sie sich das sparen können, denn kaum hatte sich die Tür hinter ihnen geschlossen, wurde Enrico laut. »Was hast du dir dabei gedacht, deine Frau in diesem Zustand wochenlang allein zu lassen? Was hast du getrieben? Etwa an diesem gescheiterten Aufstand teilgenommen?«

Marcos Antwort war zu leise, um sie zu verstehen, Enrico dagegen schien sich in Rage zu reden. »Glaubst du, ich frage eine schwer kranke Frau, warum ihrem Mann etwas anderes wichtiger ist, als ihr beizustehen?«, drang seine Stimme durch die Tür.

Auch Marco hob die Stimme. Sie verstand die Worte Fabrizzio und Armando Salviati.

»Wenn das wahr ist, warum kommst du erst jetzt?«

»Weil ich verletzt war«, brauste Marco auf. »Ich hatte eine Kugel im Bein!«

Antonella erhob sich und öffnete die Tür. Marco und Enrico standen voreinander wie zwei Widder, die jeden Augenblick aufeinander losgehen würden.

»Ihr seid so laut, dass man euch im ganzen Haus hören kann. Kommt rein.«

Sichtlich betreten folgten ihr die beiden Männer zurück ins Zimmer.

Enrico verschränkte die Arme und musterte Marco. »Man hat auf dich geschossen?«

»Salviati hat mir ins Bein geschossen, um mich an der Flucht zu hindern. Die Wunde hat sich entzündet, ich hatte Fieber. Glaubst du wirklich, ich wäre sonst so lange fortgeblieben?«

Enricos Blick wanderte von Marco zu Antonella. »Ich … Nein, eigentlich nicht …«

Verblüfft bemerkte Antonella, dass er errötete.

Marco hob die Brauen. »Aber …?«

Hastig winkte Enrico ab. »Nichts aber. Ich war nur wütend, weil es ihr so schlecht ging und ich dachte, du wärst in Genua.« Er neigte den Kopf in ihre Richtung. »Verzeih mir, dass ich euch gestört habe.« Dann wandte er sich an Marco. »Ich lasse Doktor Bianchi holen, er soll nach deiner Wunde sehen.«

»Nicht nötig, sie heilt jetzt gut«, erwiderte Marco. »Was

hast du eben gesagt? Der Aufstand sei gescheitert? Was ist passiert?«

Enrico deutete mit dem Kinn auf die Tür. »Vielleicht sollten wir draußen …« Antonella unterbrach ihn. »Nein, ich will es auch hören.«

Die Brüder wechselten einen Blick, dann setzte Marco sich an den kleinen Tisch und bedeutete Enrico sich zu ihm zu setzen. Er füllte die Gläser voll, reichte seines Enrico, das andere bot er ihr an, doch sie lehnte ab. Ihr schwirrte bereits der Kopf. Sie hockte sich auf das Bett und wartete.

»Viel weiß ich nicht«, begann Enrico, »nur dass Mazzini geplant hat, mit Freiwilligen aus Polen und Deutschland die Grenze zum Königreich Sardinien zu überschreiten. Doch das Militär wusste von den Plänen, ihre Agenten haben Giovine Italia unterwandert. Von 1200 Männern desertierten 600. Die Polen wurden von der Schweizer Polizei gefasst und entwaffnet. Die Deutschen erreichten Piemont nicht. Mazzini hat den Feldzug begleitet und war gezwungen, umzukehren. Der in Genua geplante Aufstand brach zusammen, bevor er überhaupt begonnen hat. Angeblich sollte Garibaldi sich mit den Matrosen der Marine dem Aufstand anschließen, doch außer drei oder vier Leuten, folgte ihm niemand.«

Nachdenklich sah Enrico seinen Bruder an. »Hast du wirklich nichts davon mitbekommen?«

Marco schüttelte den Kopf. »Ich wusste, was sie planten, aber ich hatte nicht vor, an dem Aufstand teilzunehmen. Und dann lag ich drei Wochen in einem Dorf in den Bergen. Was ist mit Garibaldi, haben sie ihn verhaftet?«

»Nein, er konnte fliehen. Doch sie haben ihn und Mazzini zum Tode verurteilt. Mazzini ist in Genf. Wo Garibaldi sich aufhält, weiß niemand.«

»Damit ist Giovine Italia gescheitert«, sagte Marco leise.

»Das glaube ich auch. Von diesem Schlag erholen sie sich nicht so schnell.« Enrico stand auf. »Ich lasse euch allein. Mach dir keine Sorgen wegen Vater, Michele. Er wird dich nicht anzeigen.«

»Was ist los mit ihm, wird er am Ende altersmilde?«, spottete Marco.

»Vielleicht. Er wird sicherlich bald mit dir reden wollen.«

Antonella bemerkte den verstohlenen Blick, den Enrico ihr zuwarf. Hatte Don Piero auch mit ihm über seine Pläne, Marco mit Donata zu verheiraten, gesprochen? Zweifelte er am Ende auch an Marcos Gefühlen für sie? Vielleicht war das die Erklärung für seinen Zorn und seine Verlegenheit.

Marco wartete, bis er das Zimmer verlassen hatte, dann setzte er sich zu Antonella. »Sobald der Arzt sagt, dass du reisefähig bist, kehren wir nach Castagneto zurück. Wir werden sparen, und wenn wir das Geld für die Passage haben, gehen wir nach Amerika.«

Antonella senkte den Kopf. Nach Amerika. In ein neues Leben. Vielleicht würde sie dort auch über den Verlust ihres Kindes hinwegkommen. Doch es gab noch eine Sache, die sie ihm sagen musste.

»Was hast du denn, mein Kastanienmädchen?«

»Doktor Bianchi hat gesagt, ich kann vielleicht keine Kinder mehr bekommen«, sagte sie leise. In ihrer Trauer um Emilia war ihr das gleichgültig gewesen, doch für Marco bedeutete es, dass er vielleicht niemals Vater werden würde.

Sanft zog er sie in seine Arme. »Vielleicht. Vielleicht bricht morgen der Vesuv aus. Vielleicht müssen wir fliehen, weil Salviati mir seine Leute auf den Hals hetzt. Vielleicht finde ich beim Pflügen einen Schatz. Vielleicht ist es am besten so, meine Mutter war viel zu oft schwanger. So viele

Vielleichts. Ich bin Marco Rossi, ich brauche keinen Erben, aber ich brauche dich.«

»Aber du liebst Kinder. Jedes Mal, wenn ich dich mit Tizianas Jungs gesehen habe, habe ich gedacht, was du für ein wunderbarer Vater sein würdest.«

»Um Kinder zu lieben, muss ich keine eigenen haben. Wer weiß, ob ich wirklich ein guter Vater wäre, sollten meine Kinder meine Erwartungen nicht erfüllen. Und ›vielleicht‹ ist nur eine Möglichkeit. Es kann genauso gut sein, dass du öfter schwanger wirst, als dir lieb ist.«

Er ließ sie los und stand auf. »Meinst du, du bist kräftig genug, um mit mir ein paar Minuten hinauszugehen?«, fragte Marco. »Nur zur Terrasse und vielleicht ein paar Schritte in den Garten. Ich war so lange nicht mehr hier.«

Er legte ihr seine Jacke um die Schultern. »Du hast keine Schuhe.«

Antonella blickte auf ihre nackten Füße. »Ich bin das Barfußlaufen gewohnt.«

»Aber nicht im Winter«, widersprach Marco. »Der Boden ist kalt.« Er öffnete die Schranktür, bückte sich und reichte ihr lächelnd ein Paar Filzpantoffeln. »Dachte ich es mir doch. Silvana denkt an alles.«

Sie verließen das Zimmer, doch nach ein paar Schritten wurde ihr schwindlig und sie musste sich an die Wand lehnen.

Marco griff nach ihrem Arm und fasste sie um die Taille. An ihn gelehnt ging sie durch den Flur, der in eine große Halle mündete. Dort wandte sich Marco nach rechts und öffnete eine Tür nach draußen. Sie führte zu einer großen Terrasse, die von einer steinernen Balustrade umgeben war, auf der Windlichter standen. Es war überraschend mild. Ein leichter Wind wehte und brachte einen betörend süßen Duft mit sich. Verwundert blickte sie sich um. Für Blumen war es selbst hier zu früh. Woher kam dieser Duft? Tief atmete sie ein. »Das riecht wunderbar. Was ist das?«

»Die Mimosen blühen. Dort drüben.« Marco deutete auf zwei große Bäume, die rechts und links der Terrasse wuchsen. Sie waren über und über mit gelben Blütenbällchen bedeckt.

»Sie blühen im Februar, genauso wie die Mandelbäume weiter hinten im Garten.«

Sie blickte in die Richtung, in die er zeigte, und entdeckte Bäume, die aussahen, als wären sie in rosa Wolken gehüllt. Neben sich hörte sie ihn tief einatmen. »Sind sie nicht wunderschön? Oft wird es im Februar noch mal kalt, aber wenn die Mimosen und die Mandelbäume blühen, ist es nicht mehr lang bis zum Frühling.«

»Im Februar ist bei uns noch tiefster Winter. Der Schnee liegt meterhoch und die Bäche haben eine dicke Eisschicht.«

Er lächelte. »Hier ist am 21. Februar schon Frühlingsanfang. Natürlich nicht wirklich, nur in dieser Gegend. Wir nennen es Primavera del Mare, Meeresfühling.«

»Wie lange warst du nicht mehr hier?«

Trauer legte sich über sein Lächeln. »Eigentlich war ich die letzten sechs Jahre hier nur noch Gast. Solange ich in Pisa studiert habe, kam ich in den Semesterferien nach Hause, doch als ich in Venaria Reale war, hatte ich nur ein Mal im Jahr Urlaub. In diesen zwei Jahren war ich nur zweimal hier. Einmal an Enricos Hochzeit und einmal an Weihnachten darauf. Na ja, und als ich desertiert bin und nach Parma gehen sollte, habe ich einen Umweg gemacht, um mit Vater zu sprechen. Es endete damit, dass er mich rauswarf, aber das weißt du ja.«

Er hatte es ihr erzählt, als er ihr in San Martino einen

Heiratsantrag gemacht hatte. Stumm schmiegte sie sich an ihn.

Zurück im Zimmer spürte sie, wie sehr sie dieser kurze Ausflug angestrengt hatte. Ihre Beine zitterten und sie war froh, sich ins Bett legen zu können. Marco ließ sich auf den Stuhl sinken und streckte die Beine aus. Dabei verzog er das Gesicht.

»Du hast Schmerzen«, stellte Antonella fest. »Vielleicht solltest du doch Doktor Bianchi nach deinem Bein schauen lassen.«

»Nein, eine Schussverletzung müsste er melden und ich müsste ihm erklären, woher ich sie habe. Das wird schon.«

Wirklich überzeugt klang er allerdings nicht.

»Wann hat dieser Salviati dich angeschossen und wer hat die Wunde versorgt?«

»Das muss vor drei Wochen gewesen sein. Fabrizzio hat mich zu einem guten Vetter nach Lumarzo gebracht. Seine Frau ist Hebamme, sie hat die Wunde versorgt.«

Seine Stimme klang plötzlich sehr müde. Er schloss die Augen und schlief auf dem Stuhl ein.

Antonella betrachtete ihn. Selbst im Schlaf wirkte er müde und abgehetzt. Er war erst heute bei Alessandro angekommen, erinnerte sie sich, und dann sofort hierhergeritten. Wahrscheinlich war er vorher schon stundenlang unterwegs gewesen.

Er erwachte, als Silvana einige Zeit später klopfte.

»Wahrscheinlich wollt ihr zusammen zu Abend essen«, sagte sie. »Ich lasse euch etwas bringen. Du kannst in Enricos Arbeitszimmer übernachten«, wandte sie sich an Marco.

»Ich schlafe hier bei Antonella.«

Silvanas Wangen nahmen die Farbe von rosanen Oleanderblüten an. »Entschuldige, aber der Arzt hat gesagt …« Sie schluckte verkrampft.

»Ich weiß, was der Arzt gesagt hat«, erwiderte Marco und grinste. »Aber ich werde bei Antonella schlafen. Du musst dir keine Sorgen machen. Ich habe fast drei Wochen jede Nacht mit ihr im selben Bett verbracht, ohne sie zu berühren. Es war nicht leicht, aber ich kann das.«

Bei dem Gedanken an ihre erste Nacht, die sie gemeinsam in einem Bett verbracht hatten, spürte Antonella ein Lächeln an ihren Mundwinkeln ziehen. Es fühlte sich ungewohnt an.

Silvana erwiderte ihr Lächeln und wünschte ihnen eine gute Nacht.

Nach dem Essen zog Marco sich aus. Antonella lag bereits im Bett. Wie immer legte er seine Sachen sorgfältig zusammen.

»Wie kommt es, dass du so ordentlich bist? Es passt eigentlich gar nicht zu dir.«

Er drehte sich um »Das bläuen sie dir beim Militär ein. Irgendwann machst du es, ohne darüber nachzudenken.«

Nackt kam er zum Bett. An seinem rechten Oberschenkel sah sie die frische Narbe. Plötzlich wurde ihr klar, wie nahe sie dran gewesen war, auch ihn zu verlieren. Sie schluckte heftig.

Er deutete ihre Reaktion falsch. »Stört es dich, wenn ich nackt schlafe? Ich kann etwas anziehen oder im Arbeitszimmer schlafen, wie Silvana gesagt hat.«

»Nein«, sagte sie schnell. »Es stört mich überhaupt nicht. Komm her.« Sie hob die Bettdecke an. Er löschte das Licht, schlüpfte unter die Decke und nahm sie in die Arme. Im Dunkeln erzählte er ihr leise von Salviatis Falle und schilderte, wie Fabrizzio und er entkommen waren.

»Wird er hierherkommen, um dich zu suchen?«

»Ich weiß es nicht. Möglich wäre es. Ich hätte nicht gedacht, dass er mich so sehr hasst.«

Der Schmerz in seiner Stimme ließ ihr Herz schwer werden.

»Vielleicht glaubt er nur, dich zu hassen, weil er dich vorher geliebt hat. Vielleicht ist er wütend auf sich selbst, weil er dich nicht verstehen kann und weil er glaubt, versagt zu haben.«

Marco zog sie enger an sich. »Ich wünschte, du hättest recht. Ich habe ihn immer bewundert. Ich kann ihn nicht hassen, noch nicht einmal jetzt.«

Als sie am nächsten Morgen erwachte, war es bereits hell. Marco lag neben ihr, eine Hand war unter die Wange geschoben, und schlief. Leise stand sie auf, schlüpfte in ihre Pantoffeln und ging in das Badezimmer, das sich direkt neben dem Gästezimmer befand. Es war ein kleiner Raum mit einem Waschtisch, einem Toilettenstuhl und sogar einer Sitzbadewanne. Das Wasser im Krug war warm. Neben der Schüssel lagen weiche Baumwolltücher. Antonella zog sich aus und wusch sich von Kopf bis Fuß. Vielleicht konnte sie Silvana bitten, ihr beim Haarewaschen behilflich zu sein.

Sie streifte das Nachthemd wieder über und ging zurück ins Zimmer. Marco stand vor dem offenen Kleiderschrank und blickte hinein. »Silvana hat dir ein paar von ihren Kleidern gebracht, die dir passen könnten«, sagte er. »Wenn du willst, kann Rosa dir nachher beim Aussuchen und Anprobieren helfen.«

»Rosa?«

»Unser Dienstmädchen. Die gestern das Essen gebracht hat. Aber ich habe nichts zum Anziehen hier. Ich gehe rüber in mein altes Zimmer, hole meine Sachen und sage auch gleich Rosa Bescheid, dass sie uns das Frühstück bringt.«

Während Antonella auf ihn wartete, blickte sie aus dem Fenster. Es versprach ein freundlicher Tag zu werden, die Sonne schien und am Himmel standen nur ein paar weiße Wölkchen.

»Guten Morgen, Signora!« Das Mädchen Rosa brachte ein Tablett und stellte es auf den Tisch. »Don Michele hat mir gesagt, dass ich Ihnen nachher beim Ankleiden behilflich sein soll. Läuten Sie einfach, wenn es so weit ist.« Sie deutete auf eine Schnur an der Wand über dem Tisch, knickste und verließ das Zimmer, ohne die Tür ins Schloss zu ziehen.

Offensichtlich kam Marco gerade zurück, Antonella hörte Schritte und dann seine Stimme. »Danke, Rosa.«

»Warte einen Augenblick, Michele«, sagte jemand.

Antonella richtete sich auf. Das war Don Pieros Stimme.

»Vater?«

»Du hast wirklich Mut, dich hierherzuwagen. Aber es ist gut, dass du da bist. Ich muss mit dir sprechen.«

»Hier?« Marco sprach respektvoll, aber nicht unterwürfig.

»Ja,« erwiderte Don Piero. »Da du dich weigerst, diesen Teil des Hauses zu verlassen, muss ich wohl zu dir kommen, um mit dir zu reden.«

»Nun gut. Über was möchtest du mit mir reden?«

Don Piero räusperte sich. »Zunächst wollte ich dir sagen, dass ich sehr froh bin, dich in Sicherheit zu wissen. Dank Großherzog Leopold ist die Toskana ein Land, in dem Menschen mit anderen politischen Ansichten nicht verfolgt werden, sondern Zuflucht finden.«

»Ah ja. Menschen mit anderen politischen Ansichten. Als

ich das letzte Mal hier war, nanntest du Giovine Italia ›gottloses Gesindel‹ und hast mir angedroht, mich an die Carabinieri auszuliefern, wenn ich jemals wieder hierherkomme.« Jetzt klang Marcos Stimme deutlich kühler.

Don Piero räusperte sich. »Das tut mir leid. Ich war wütend. Wenn du nicht gleich gegangen wärst, hätten wir sicher noch mal darüber geredet. Wie auch immer, du hast sicher gehört, dass Lorenzo, Silvio Frattinis Sohn, tödlich verunglückt ist.«

»Nein, das habe ich nicht. Das tut mir sehr leid für Emilia. Ich nehme an, sie hat sich über diese Verlobung gefreut?« In Marcos Stimme schwang eine Mischung aus Verwunderung und Ungeduld.

»Für Emilia finden wir schon einen Bräutigam. Was viel wichtiger ist: Donata Frattini ist jetzt die einzige Nachkommin der Frattinis und damit die Erbin der Tenuta Bandello. Das heißt, der Mann, den sie heiraten wird, bekommt das Gut.«

Unwillkürlich hielt Antonella den Atem an. Also darauf wollte Don Piero hinaus. Er verschwendete wahrhaftig keine Zeit.

»Das ist sehr schön für denjenigen«, antwortete Marco. »Aber warum erzählst du mir das?«

»Verstehst du nicht, Michele? Du könntest die Tenuta haben, wenn du Donata heiratest. Sie hat dich nie vergessen, das weiß ich.«

Marco stieß einen leisen Pfiff aus. »Ach, so ist das. Nur hast du bei deiner Planung eines vergessen: Ich bin bereits verheiratet.«

»Das muss nicht so bleiben. Du weißt genauso gut wie ich, dass es ein Leichtes ist, diese Ehe für ungültig erklären zu lassen. Sie wurde mit einer Minderjährigen ohne Einwilligung der Eltern geschlossen und dann auch noch unter einem falschen Namen. Das Mädel nennt sich Antonella Rossi. Ich werde eine Dispens beantragen und ein Gnadengesuch für dich bei Großherzog Leopold einreichen. Mit einer entsprechenden Spende sollte das kein Problem sein.«

Antonella setzte sich auf und ballte die Hände. Wie würde Marco reagieren?

»Du wirst nichts dergleichen tun!« Der Zorn in Marcos Stimme war nicht zu überhören. »Ich werde Antonella nicht verlassen.«

»Du brauchst dir keine Gedanken um ihre Zukunft zu machen, ich zahle ihr eine Abfindung.«

»Merda!« Es klang, als knirschte Marco mit den Zähnen. »Muss ich es wirklich erklären? Ich liebe diese Frau und ich habe die Absicht, den Rest meines Lebens mit ihr zu verbringen. Donata kann einen anderen Mann zum glücklichen Erben der Tenuta machen.«

Jetzt sprach auch Don Piero lauter. »Sei um Himmels willen einmal in deinem Leben vernünftig! Das Mädchen ist eine Bäuerin, die wahrscheinlich noch nicht einmal lesen und schreiben kann. Das ist doch keine Frau für dich. Sie hat das eingesehen. Sie würde dich gehen lassen.«

»Du hast mit Antonella darüber gesprochen?« Die Wut in Marcos Stimme wich Fassungslosigkeit.

»Du vergisst dich. Ich bin immer noch dein Vater, ich will nur dein Bestes.«

»Und deshalb hast du mich im Gefängnis schmoren lassen und nichts unternommen, als sie mich zum Tode verurteilt haben? Weil du mein Bestes wolltest?« Marco lachte spöttisch. »Du willst die Tenuta Bandello. Die wolltest du schon immer. Und da Emilia sie dir nun nicht mehr verschaffen kann, soll ich herhalten. Nun, vielleicht kannst du

Donata mit ein paar neuen Kleidern bestechen, dir das Land zu verkaufen. Sie möchte doch ohnehin lieber in der Stadt wohnen. Antonella hat mehr Herz und ist wesentlich klüger als die meisten Frauen, die ich bisher getroffen habe. Und zu deiner Information, auf unserem Trauschein steht mein richtiger Name: Marco Michele di Raimandi.«

Schweigen, dann Schritte. Marco betrat das Zimmer. Er schloss die Tür hinter sich, lehnte sich mit dem Rücken dagegen und blickte sie an. »So, du würdest mich also gehen lassen.« In seinen Augen funkelte etwas, das sie nicht einordnen konnte.

Sie wusste nicht, warum sie so antwortete, wie sie es tat. Vielleicht um diese Sache für alle Zeiten abzuschließen. Vielleicht weil sie hören wollte, dass er sie mehr als alles andere liebte. »Du könntest das haben, was du immer wolltest. Ein eigenes Weingut.«

Sein Gesicht verdunkelte sich, wie jedes Mal, wenn er in Wut geriet. »Wie viel hat er dir geboten, damit du einwilligst?«

»Was? Nein, er hat mir gar nichts angeboten.«

Heilige Mutter Gottes, was dachte er von ihr? Dass sie käuflich war? Sie biss sich auf die Unterlippe. Was sollte er denn sonst denken, so wie sein Vater sich ausgedrückt hatte? Dieser Mann vergiftete jeden, der in seine Nähe kam, er säte Zweifel, die sich wie ein unterirdisches Pilzgeflecht in den Köpfen der Menschen ausbreiteten und Früchte trugen, wenn die Zeit reif war.

»Marco, hör mir zu. Er kam hierher und versuchte mir klarzumachen, dass ich nicht gut genug für dich bin. Dass du mich nur aus Dankbarkeit und Pflichtgefühl geheiratet hast und es bereits bereust.«

Marco presste die Lippen zusammen. »Und weiter?«

»Er bat mich, dir dein Leben zurückzugeben.«

»Das hast du bereits getan. In Genua und in San Martino.«

»Ich habe ihm gesagt, solltest *du* mich jemals darum bitten, werde ich dich gehen lassen. Ich will nicht, dass du nur aus Dankbarkeit und Pflichtgefühl bei mir bleibst.«

Mit ein paar raschen Schritten kam er auf sie zu und setzte sich auf die Bettkante. Seine Augen funkelten immer noch, als er sie an den Schultern nahm. »Küss mich.«

Einen Moment starrte sie ihn verwirrt an, dann beugte sie sich vor, bis ihre Lippen sich berührten. Er küsste sie mit einer derartigen Leidenschaft, dass ihr Herz so heftig schlug, dass sie ihr Blut bis in die Fingerspitzen pulsieren spürte.

Eine Ewigkeit schien zu vergehen, bis er schließlich den Kopf hob. »Und?«, fragte er herausfordernd. »Fühlt sich das nach Dankbarkeit und Pflichtgefühl an?«

Zum ersten Mal seit Paolos Überfall hatte sie das Bedürfnis zu lachen. »Nein. Ganz und gar nicht.«

»Damit das klar ist: Ich liebe dich und ich habe nicht die Absicht, unsere Ehe für nichtig zu erklären und dich zu verlassen. Mein Vater schiebt Menschen herum wie Schachfiguren auf einem Spielbrett. Gut, dass du ihm die Stirn geboten hast.«

20. KAPITEL

Meinst du, wir können in ein paar Tagen zurück nach Castagneto?«, fragt Marco am nächsten Morgen. »Ich möchte nicht länger hierbleiben als nötig.«

Sie lagen noch im Bett, Antonella lag mit dem Rücken zu ihm, sein Arm lag über ihrer Mitte. Unwillkürlich atmete sie auf. Nach dem Gespräch, das er gestern mit Don Piero geführt hatte, hatte sie insgeheim befürchtet, er wollte hierbleiben. Nicht, um Donata zu heiraten, sondern weil er dieses Gut so sehr liebte.

Sie drehte sich zu ihm um. »Ich würde sehr gerne nach Castagneto, aber ich weiß nicht, ob ich schon so lange reiten kann.«

»Ich könnte Enrico bitten, uns seine Kutsche zu leihen, aber ich fürchte, es ist zu auffällig, wenn wir in einer Kutsche mit dem Wappen der Raimandis dort vorfahren.« Er kratzte sich am Kopf.

»Gibt es hier keine einfachen Wagen, mit denen ihr Material und Trauben transportiert?«

»Aber natürlich!« Er richtete sich auf. »Wir fahren mit dem Wagen nach Castagneto, ich bringe ihn nach Hause und reite auf Rinaldo zurück. Das sollte in zwei Tagen zu schaffen sein.«

Nachdenklich blickte Antonella ihn an. Er sprach von Castagneto und nannte Alberi d'Argento sein Zuhause. Wollte er wirklich zurück oder sagte er das nur ihr zuliebe? Andererseits, wie sollte er hier leben unter der Aufsicht und ständigen Missbilligung seines Vaters? Vielleicht machte sie sich einfach zu viele Gedanken.

Sie stand auf, schlüpfte in die Filzpantoffeln und ging rüber ins Bad. Während sie sich wusch, fiel ihr Blick auf die Badewanne. Ob sie wohl ein Bad nehmen könnte, bevor sie abreisten? Wenn Doktor Bianchi heute kam, würde sie ihn fragen. Ihr Wochenfluss war so gut wie versiegt und in Castagneto würde sie so schnell keine Gelegenheit mehr zum Baden haben.

Sie kehrte zurück ins Zimmer. Marco hatte inzwischen nach Rosa geläutet, damit sie ihr beim Anziehen helfen konnte, und zog sich seinerseits ins Bad zurück. Antonella streifte das Seidenhemd über, anschließend das Mieder. Rosa zog die Schnüre zu und half ihr in ein Kleid aus grünem Stoff mit bernsteinfarbenen Streifen. Es stammte aus Silvanas Beständen. »Ich habe es gerne getragen, als ich noch schlank war«, hatte Silvana gesagt. »Aber ich glaube nicht, dass es mir je wieder passt.«

Antonella passte es gut und Marco fand, die Streifen hätten die Farbe ihrer Augen. Doch so gerne sie es trug, so lästig fand sie es, sich nicht alleine ankleiden zu können.

Lächelnd wies Rosa auf den Stuhl, der vor einem Frisiertisch stand. Bis Marco zurückkehrte, hatte sie Antonellas Haar zu einem Knoten an ihrem Hinterkopf zusammengebunden. *Chignon* nannte sie es. Sie knickste vor Marco. »Ich bringe das Frühstück.«

Obwohl Enrico gemeint hatte, Don Piero hätte nichts dagegen, wenn Antonella und Marco die Mahlzeiten mit der Familie zusammen einnehmen würden, weigerte sich Marco.

»Sag ihm, solange er meine Frau nicht anerkennt, gibt es keine gemeinsamen Mahlzeiten«, war seine Antwort gewesen.

Nach dem Frühstück verabschiedete sich Marco. Um diese Jahreszeit wurden die Reben beschnitten, damit sie gut austrieben, und Enrico hatte ihn gebeten, die Arbeiten am Westhang, wo der empfindliche Sangiovese wuchs, zu beaufsichtigen. Aus dem Fenster beobachtete Antonella, wie der Stallknecht zwei gesattelte Pferde vorführte. Enrico und Marco traten aus der Tür, stiegen auf und ritten davon.

Nachdenklich wandte Antonella sich ab. Was taten die Frauen hier, während ihre Männer arbeiteten? Sicher nicht spinnen, stricken oder weben wie die Frauen im Winter in Cerreto. Kochen ebenfalls nicht, es gab hier eine Köchin und ein Küchenmädchen. Und wenn auf dem Gut Hühner, Ziegen oder Schafe gehalten wurden, so gab es sicherlich auch Bedienstete, die sich darum kümmerten. Leise öffnete sie die Tür. Durch irgendeine Tür hörte sie Klavierklänge, dann die Stimme einer Frau, die ein Lied über die Grausamkeit der Liebe sang. Die Melodie hatte keinerlei Ähnlichkeit mit den Liedern, die in ihrer Heimat gesungen wurden, oder mit denen in den Osterien und Tavernen. Die Stimme der Sängerin war lieblich und klar und schwang sich in schier unmögliche Höhen. Die Melodie klang so traurig, dass Antonella die Tränen in die Augen traten. Unwillkürlich hielt sie den Atem an, während sie lauschte. Als das Lied zu Ende war, merkte sie, das Silvana neben ihr stand.

»Das ist Emilia. Ihr Gesangslehrer ist gerade da. Hat sie nicht eine wundervolle Stimme?«

Antonella nickte. Jetzt erinnerte sie sich, dass Marco während ihrer Reise einmal davon gesprochen hatte. Seine Schwester hätte die Stimme eines Engels, hatte er gesagt.

»Brauchst du etwas?«, fragte Silvana.

»Nein. Marco ist mit Enrico in die Weingärten geritten und ich dachte, ich könnte ein bisschen durch den Garten gehen.«

Silvana lächelte. »Aber nicht in diesen Schuhen. Ich glaube, du hast in etwa die gleiche Fußgröße wie Emilia. Komm mit, wir schauen mal, ob du welche von ihr tragen kannst.«

Sie ging voraus und die Treppe hinunter und öffnete die Tür eines Schranks im Vestibül. Hier standen Schuhe in verschiedenen Größen, alle recht robust und für draußen geeignet. Zielsicher griff sie nach einem Paar halbhoher Stiefel. »Die sollten dir passen.«

Sie passten tatsächlich. Antonella dankte ihr.

»Ich bin froh, dass es dir besser geht«, sagte Silvana. »Wenn du irgendetwas brauchst, wende dich an Rosa oder an mich.«

»Könnte ich vielleicht etwas zum Lesen bekommen und Papier, Tinte und eine Feder?« Schon lange hatte sie sich nicht mehr im Lesen und Schreiben geübt. Jetzt war die Gelegenheit dazu.

»Aber gerne. Gibt es ein bestimmtes Buch, das du lesen möchtest?«

Antonella zuckte mit den Schultern. Was Silvana wohl sagen würde, wenn sie wüsste, dass sie noch nie ein Buch gelesen hatte?

»Ich lasse dir etwas bringen.« Silvana nickte ihr zu und stieg die Treppe hinauf. Im Obergeschoss stimmte Emilia das nächste Lied an. Sie sang vom Frühling, von der Sonne und der Rückkehr der Schwalben. Dieses Mal war die Melodie voller Frohsinn und Lebensfreude. Antonella glaubte die Wärme der Sonne zu spüren und das Gezwitscher der Schwalben zu hören. Emilia konnte mit ihrer Stimme zaubern, anders war die Wirkung ihrer Lieder auf ihre Stimmung kaum zu erklären.

Als Antonella nach einem Spaziergang durch den Garten in ihr Zimmer zurückkam, lagen auf dem Tisch Papier, Tinte und Feder. Daneben lagen ein Buch und eine Art Zeitung. »Modemagazin für Frauen«, entzifferte sie.

Überrascht stellte sie fest, dass sie das Lesen nicht verlernt hatte. Es fiel ihr leichter als erwartet. Und so fand Marco sie mit dem Buch in der Hand vor, als er hereinkam.

»Was liest du denn da?«

»Francesca da Rimini.«

»Etwa die Tragödie von Pellico?«

Antonella blätterte zum Anfang. Dort stand als Autor Silvio Pellico. Sie nickte.

»Tatsächlich?« Marco lächelte spöttisch. »Ich hätte nicht gedacht, dass es in diesem Haus solch subversive Lektüre gibt.«

»Was ist subversiv?«

»Umstürzlerisch. Pellico war Carbonaro. Er war mit anderen Carbonari maßgeblich für die politische Zeitschrift *Il Conciliatore* tätig. Auch nachdem sie verboten wurde. 1821 haben sie ihn verhaftet und zu fünfzehn Jahren schwerer Kerkerhaft verurteilt. Sechs Jahre davon hat er in der Festung Spielberg verbracht.«

Jetzt wusste sie, warum der Name ihr bekannt vorgekommen war. Marco hatte ihn erwähnt, als er in San Martino mit Fabrizzio über die Häftlinge gesprochen hatte, die nicht aus dem Torre Grimaldina entkommen waren.

»Stört es dich, wenn ich heute Mittag noch mal mit Enrico in die Weingärten gehe? Wir wollten ...«

Von draußen drangen Rufe und Schritte herein.

Die Tür schwang auf. »Michele!« Enrico stand mit kalkweißem Gesicht im Türrahmen. »Etwas stimmt mit Vater nicht. Bastiano hat ihn eben zum Mittagessen holen wollen und ihn neben seinem Schreibtisch gefunden. Er lebt, aber er ist nicht bei Bewusstsein.«

»Jemand muss den Arzt holen!«, hallte eine Frauenstimme durch den Flur.

»Kümmere du dich um Vater«, sagte Marco. »Ich reite und hole den Arzt.«

Nur wenige Augenblicke später hörte Antonella das Klappern von Pferdehufen.

Zögernd verließ sie ihr Zimmer und stieg die Treppe nach unten. Don Pieros Büro befände sich im Erdgeschoss, hatte Marco gesagt. Vielleicht könnte sie helfen. Zumindest könnte sie sich um Alessia kümmern.

Sie musste nicht nach dem Büro suchen, vor einer der Türen standen Pater Perelli, ein Mann in Livree, den sie noch nie gesehen hatte, Silvana, Emilia und Rosa. Pater Perelli ließ einen Rosenkranz durch die Finger gleiten und murmelte Gebete. Als Emilia sie erblickte, lief sie zu ihr.

»Sie lassen mich nicht rein«, sagte sie weinend.

»Marco holt den Arzt. Er wird sicher schnell hier sein.«

Die Tür öffnete sich und Alessia kam heraus. Ihr Gesicht war noch blasser als gewöhnlich, ihre Lippen waren zusammengepresst, doch sie weinte nicht.

»Mama, ist er tot?«

»Nein.« Alessia schüttelte den Kopf. »Liebes, geh doch bitte mit Antonella in den Salon. Es wird noch dauern, bis der Arzt kommt, ihr müsst nicht hier im Flur warten.« Über Emilias Kopf hinweg warf sie Antonella einen bittenden Blick zu. Antonella verstand. Anscheinend stand es nicht gut um Don Piero und Alessia wollte ihre Tochter nicht dabeihaben. Sie nickte. Alessia wandte sich an Rosa. »Bring bitte Signora di Raimandi und meine Tochter in den Salon.«

»Jawohl, Marchesa.«

»Ich komme mit,« sagte Silvana. »Ich kann hier auch nicht helfen.«

Rosa führte sie die Treppe nach oben und dort in den Flur, der von Enricos Flügel wegführte. Der ›Salon‹ war ein mittelgroßes Zimmer. An der einen Wand befand sich ein Bücherregal, an der anderen ein Kamin, in dem ein Feuer brannte. Emilia zog Antonella zu einem Sofa und setzte sich neben sie. Währenddessen holte Rosa eine Karaffe und drei kleine Gläser aus einer Vitrine, schenkte ein und stellte die Gläser auf den kleinen runden Tisch vor dem Sofa. Dann knickste sie und zog sich zurück.

Antonella griff nach einem Glas. Die Flüssigkeit darin schimmerte wie alter Bernstein und roch fruchtig.

»Das ist Sherry«, erklärte Emilia. »So etwas bekomme ich nur ganz selten.« Sie sah sehr unglücklich aus.

Nebeneinander saßen sie auf dem Sofa, nippten an ihren Gläsern und lauschten. Doch das einzige Geräusch war das Knistern des Feuers im Kamin.

Antonella starrte in die Flammen. Als Don Piero mit ihr gesprochen hatte, hatte er ziemlich gesund gewirkt. Und auch bei dem Gespräch mit Marco gestern hatte er sich nicht angehört wie ein kranker Mann. Der Diener hatte ihn ohnmächtig neben seinem Schreibtisch gefunden. Vielleicht war er nur beim Aufstehen gestolpert oder mit dem Fuß umgeknickt und hatte sich beim Fallen den Kopf angeschlagen. Sie verwarf den Gedanken wieder. Dann hätte der sonst so besonnene Enrico nicht so heftig reagiert. War es irgendeine Krankheit, von der nur Alessia und Enrico wussten? Vielleicht war Don Piero an Wechselfieber erkrankt und hatte einen neuen Schub. Marco hatte ihr erzählt, dass sein ältester Bruder an Wechselfieber gestorben war. Die Krankheit grassierte in der Maremma. Sie wandte sich an Emilia. »War dein Vater denn oft krank?«

»Nein, Papa war noch nie krank. Nur als er sich den Arm gebrochen hat.« Emilia tupfte sich die Tränen aus den Augenwinkeln. »Aber gestern hat er mir verboten zu singen, weil er Kopfschmerzen hatte.«

Das passte nicht zu Wechselfieber. Das trat in Schüben auf. Es war immer wieder vorgekommen, dass Schäfer die Krankheit aus den Sümpfen der Maremma mitgebracht hatten. Sie war nicht ansteckend, aber auch nicht heilbar. Chinarinde konnte helfen. Manche lebten gut damit, andere starben sehr schnell und niemand wusste, warum.

Das Schlagen der Haustür holte sie aus ihren Gedanken. Marcos Stimme ertönte, dann die des Arztes. Sie verklangen, als die Männer den Flur entlang zu Don Pieros Büro gingen.

Die Zeit kroch wie eine Schnecke dahin. Emilia knetete ihr Taschentuch zwischen den Fingern, Silvana stand am Fenster und sah hinaus, Antonella blickte ins Feuer.

Endlich hörten sie Schritte und dann betrat Marco den Salon. Emilia starrte ihn mit aufgerissenen Augen an. »Was sagt der Arzt?«

»Er weiß es noch nicht sicher. Er vermutet, es könnte ein Schlaganfall sein.«

»Und was bedeutet das?«, fragte Silvana. »Wird er wieder gesund?«

Marco hob die Schultern. »Ich weiß es nicht. Ich kenne diese Krankheit nur vom Hörensagen.«

Die Tür öffnete sich erneut und Enrico trat ein. »Wir haben ihn jetzt in sein Zimmer gebracht. Doktor Bianchi untersucht ihn noch und will dann mit Mama reden.«

Etwa eine Stunde später klopfte der Diener an die Tür und verkündete, dass die Marchesa gleich kommen würde, um mit der Familie zu reden. Antonella war sich nicht sicher, ob damit auch sie gemeint war. Fragend blickte sie Marco an. Er setzte sich neben sie und griff nach ihrer Hand, während sie warteten.

Schließlich betrat Alessia den Raum. Sie war nicht allein, Doktor Bianchi begleitete sie. Ihr Gesicht wirkte schmaler und blasser als gewöhnlich, ihre Augen waren gerötet. Der Arzt wartete, bis der Diener die Tür geschlossen hatte, dann räusperte er sich. »Don Piero hatte einen Apoplex, besser bekannt als Anschlag. Er ist bei Bewusstsein, doch es ist nicht sicher, ob er überleben wird.«

Emilia schien in ihrem Sessel zu schrumpfen, Tränen rannen ihr über die Wangen.

»Wenn er überlebt«, fuhr der Doktor fort, »wird er nicht mehr der Gleiche sein. Im Moment ist er gelähmt. Das kann sich ändern, manche Patienten erholen sich einigermaßen. Allerdings scheint sein Hinschlag sehr heftig gewesen zu sein. Seine rechte Seite ist taub, er kann sie nicht kontrollieren. Auch das kann sich bessern, aber er wird Pflege brauchen und jemanden, der mit ihm Übungen macht. In einem Sanatorium ...«

»Nein!«, unterbrach Alessia ihn scharf. »Er bleibt zu Hause.«

»Dann müssen Sie jemanden einstellen, der ihn pflegt. Verstehen Sie, Marchesa?« Er blickte Alessia eindringlich an. »Im Moment kann er nichts. Nicht laufen, sich nicht bewegen, nicht sprechen, nicht selbst essen. Er ist bei allem auf Hilfe angewiesen. Und es kann sehr lange dauern, bis sich sein Zustand bessert. Wenn er sich bessert.«

Antonella schluckte. Silvana griff nach Enricos Hand. Marco und Enrico waren blass, ihre Mienen wie versteinert. Emilia schluchzte leise vor sich hin.

Alessia wirkte gefasst und entschlossen. »Ich werde ihn nicht in ein Sanatorium stecken. Wir stellen eine Pflegerin ein, die sich hier um ihn kümmert.« Sie sah zu ihren Söhnen.

Enrico und Marco tauschten einen langen Blick aus. Dann nickte Marco kaum merklich. Enrico schob seinen Stuhl zurück und stand auf. »Ich gebe der Marchesa recht. Wenn er überhaupt wieder gesund wird, dann hier. Können Sie uns eine Pflegerin empfehlen, Doktor?«

Der Arzt nickte. »Ich frage im Hospital in Pisa nach.«

»Dürfen wir zu ihm?«, fragte Emilia.

»Tut mir leid, Signorina, aber heute noch nicht. Er braucht jetzt Ruhe. Aber morgen können Sie ihn besuchen.«

Er verneigte sich und wandte sich an Antonella. »Wenn ich schon mal hier bin, kann ich auch gleich noch nach Ihnen schauen, sofern es recht ist, Signora.«

Sie nickte und er begleitete sie ins Gästezimmer.

Nachdem Doktor Bianchi sich verabschiedet hatte, standen Marco und Antonella am Fenster und blickten hinaus auf den Hof.

Der Arzt hatte ihr gesagt, dass sie seiner Meinung nach durchaus reisefähig wäre. Innerlich schien alles gut verheilt zu sein, ihr Wochenfluss war so gut wie versiegt. Allerdings hatte er Marco darauf hingewiesen, dass sie noch der Schonung bedürfte und er noch für einige Zeit auf seine ehelichen Rechte verzichten sollte.

Marco hatte auf seine typische Weise gelächelt und genickt.

»Ich weiß, ich habe gesagt, ich möchte so schnell wie möglich zurück nach Castagneto«, sagte er nun. »Aber jetzt würde ich gerne bleiben, bis wir wissen …«, er schluckte, »bis wir wissen, was mit Vater wird.«

Antonella lehnte sich an ihn. »Aber natürlich.«

21. KAPITEL

Kurz vor dem Abendessen klopfte Enrico an ihre Tür. »Ich habe eine Bitte an euch beide«, begann er. »Michele hat mir gesagt, dass ihr noch bleibt, bis wir wissen, wie es mit Vater weitergeht.« Er lächelte, doch es wirkte gezwungen. »Ich möchte euch bitten, euch nicht mehr hier abzusondern.« Er sagte zwar euch, doch er blickte nur Marco an. »Ihr gehört zur Familie. Ich würde mir wünschen, dass ihr an den Mahlzeiten teilnehmt und dass ihr in Micheles ehemalige Räume im Westflügel umzieht. Es wäre nicht nur für mich. Du würdest Mutter damit sehr helfen, Michele. Sie leidet sehr darunter, dass du dich von der Familie fernhältst.«

Marco nickte langsam. »Wenn Antonella einverstanden ist …«

Sie versuchte zu lächeln, doch es fühlte sich nicht echt an. Die Vorstellung, mit den di Raimandis am Esstisch zu sitzen, verunsicherte sie. Einmal hatte sie einen Blick auf die festlich geschmückte Tafel im Palazzo Barrati erhascht. Neben jedem Teller hatten mehrere Essbestecke gelegen und auch mehrere Gläser gestanden. Sicher würde sie sich bei den vornehmen Leuten blamieren.

Enrico trat auf sie zu und griff nach ihren Händen.

»Liebste Antonella, du weißt, wie sehr ich dich mag. Ich bin der Meinung, dass du das Beste bist, was meinen hitzköpfigen Bruder passieren konnte. Bitte sag ja.«

Unwillkürlich nickte sie. Es war unmöglich, Enricos offener Art und seinem gewinnenden Wesen zu widerstehen.

»Danke. Ich sage Rosa, sie soll eure Zimmer vorbereiten. Dann könnt ihr heute Nacht schon dort schlafen. Dort habt ihr auch mehr Platz als hier.«

Mehr Platz? Sie sah sich in dem Zimmer, in dem sie die letzten Wochen verbracht hatte, um. Ihr Schlafraum in Alessandros Haus war kleiner als dieser hier. Ihr Blick begegnete Marcos. Er schien den gleichen Gedanken zu haben; ein ironisches Lächeln zuckte um seine Lippen.

Eine Stunde später führte Marco sie durch den Flur zum Esszimmer. Es war kein Zimmer, es war ein Saal. Der Boden bestand wie überall im Haus aus roten Terrakottafliesen, die man geölt und poliert hatte, bis sie den typschen warmen Schimmer hatten. Gegenüber der Tür befanden sich drei Fenster, die schweren dunkelgrün und golden gestreiften Vorhänge waren zugezogen. In einem Kamin an der Wand zum nächsten Zimmer brannte ein Feuer. Über dem Kaminsims entdeckte Antonella ein Wappen. Es zeigte ein zweigeteiltes Schild, die obere Hälfte war rot und zeigte zwei Adler, die untere Hälfte war goldfarben. Darunter standen Worte, die sie nicht verstand. Sicher Latein. Sie erinnerte sich, das gleiche Wappen im Vestibül der Villa gesehen zu haben. Also war es wohl das Wappen der Raimandi-Familie. Vor dem Kamin standen drei Sessel und ein niedriger Tisch. Über dem riesigen Esstisch hing ein Kronleuchter mit so vielen Kerzen, dass sie sich fragte, wie lange es wohl dauerte, sie alle anzuzünden. Am Tisch standen Alessia, Emilia, Silvana, Enrico, Pater Perelli und eine Frau, die Antonella nicht kannte.

Alessia trat vor. »Ich freue mich, dass ihr euch entschlossen habt, hierzubleiben. Liebe Antonella, unseren Pfarrer, Pater Perelli, hast du schon kennengelernt. Dies ist Mademoiselle Duvenant, Emilias Gouvernante. Mademoiselle, Don Micheles Frau: Signora di Raimandi.«

»Guten Abend«, sagte die Mademoiselle, wobei sich ihre Lippen kaum bewegten. Sie sah aus, als hätte sie an einer

Zitrone gesaugt. Antonella fühlte ihren Blick über ihre schlichte Frisur und ihr Kleid hinunter zu ihren Füßen wandern und ihr wurde bewusst, dass sie Pantoffeln trug. Wusste die Gouvernante, dass sie ein einfaches Bauernmädchen war?

»Guten Abend«, ertönte eine Männerstimme von der Tür. Doktor Bianchi gesellte sich zu ihnen.

»Wie geht es Vater?«, fragte Emilia.

»Er verliert immer wieder das Bewusstsein. Aber er hat ein starkes Herz.« Er schenkte Emilia ein aufmunterndes Lächeln.

»Doktor Bianchi hat sich bereit erklärt, heute Nacht bei Don Piero zu bleiben«, sagte Alessia. »Bitte, nehmt Platz.«

Marco schob Antonella einen Stuhl zurecht und setzte sich dann auf den Platz neben ihr. Er trug immer noch seine Arbeitskleidung, ebenso wie Enrico. Keiner der beiden Männer hatte daran gedacht, sich umzuziehen.

Verstohlen musterte Antonella das Geschirr. Vor ihr standen zwei Teller, ein tiefer und darunter ein flacher. Rechts davon lagen zwei Messer und ein Löffel, links zwei Gabeln und hinter den Tellern ein Löffel.

Don Perelli räusperte sich und faltete die Hände. Alle am Tischen taten es ihm nach.

»Vater im Himmel, dein Sohn Jesus Christus ist in die Welt gekommen, um den Menschen zu helfen und sie zu heilen. Durch ihn wissen wir, dass du uns deine Gaben nicht versagst, wenn wir darum bitten. Sieh die Gefahren und Nöte, die uns bedrängen, und höre unser Gebet: Wir bitten für Don Piero, den ein hartes Schicksal getroffen hat. Gib seinem Herzen Frieden, gib ihm die Bereitschaft, anzunehmen, was du schickst, sei es Leben, sei es Sterben. Gott, unser großer Heiler, dir vertrauen, dienen und danken wir durch deinen Sohn Jesus Christus. Amen.«

Antonella warf einen schnellen Blick auf Marco, während der Pfarrer das Gebet sprach. Auch Marco hatte die Hände gefaltet und den Kopf gesenkt. Sein Gesicht wirkte ernst und konzentriert, er schien wirklich zu beten.

Nach dem Gebet brachte Rosa eine große Terrine, die sie auf den Tisch stellte. Anschließend knickste sie und zog sich zurück.

»Wo ist denn Bastiano?«, fragte Emilia.

»Er kümmert sich um deinen Vater, solange Doktor Bianchi mit uns isst«, erklärte Alessia und nickte anschließend Enrico zu. Er erwiderte einen Moment lang sichtlich verwirrt ihren Blick, dann stand er auf, griff nach der Schöpfkelle und hob den Deckel von der Terrine.

Alessia reichte ihm ihren Teller und er füllte ihn mit einer klaren Brühe, in der kleine Fleischklößchen schwammen.

»Sonst macht Vater das«, raunte Marco Antonella zu, während Enrico einen Teller nach dem anderen füllte.

»Und was ist das?«, fragte sie.

»Fasanenconsommé«

Antonella hob die Augenbrauen. »Es sieht aus wie Brühe.«

»Ist es auch. Fasanenbrühe. Aber Consommé klingt besser.«

Diese Leute machten aus Fasanen Brühe, anstatt sie in Speck, Kräutern und Gewürzen einzuwickeln und sie langsam zu braten, wie sie es im *Il Postiglione* getan hatte. Als ob man für eine Brühe nicht einfach Hühner nehmen könnte.

Sichtlich befremdet blickte Alessia sich um. »Rosa hat vergessen, den Wein einzuschenken.«

»Das mache ich.« Marco erhob sich, griff nach der Flasche und füllte die Gläser.

Nach dem Abendessen zogen sich Enrico und Marco in Don Pieros Arbeitszimmer zurück, um zu besprechen, wie es weitergehen sollte. Alessia begleitete den Arzt zu Don Pieros Schlafzimmer und die Gouvernante forderte Emilia auf, sich in ihr Zimmer zu begeben und sich für die Nacht fertig zu machen, und verabschiedete sich ebenfalls. Silvana entschuldigte sich, sie wollte nach ihrem Sohn sehen.

Schließlich saß Antonella alleine an dem großen Tisch. Ohne weiter nachzudenken, stand sie auf, stellte die Teller zusammen und legte das Besteck darauf. Suchend sah sie sich um, sicher gab es irgendwo ein Tablett.

»Signora di Raimandi?« Der Diener, es musste der sein, den sie Bastiano nannten, stand in der Tür und blickte sie sichtlich verwundert an. »Benötigen Sie noch etwas?«

Verlegen schüttelte Antonella den Kopf. Was mochte er jetzt von ihr denken?

»Ich warte auf meinen Mann und wollte irgendetwas tun«, versuchte sie sich zu erklären.

Der Diener lächelte. »Verstehe. Das Warten erträgt sich leichter, wenn man sich beschäftigt. Wir machen uns ja alle große Sorgen um Don Piero. Möchten Sie am Kamin auf Don Michele warten?« Er wies auf die sehr bequem aussehenden Sessel, die vor dem Kamin standen. »Es wird abends doch noch sehr kalt.«

Kalt? Verglichen mit den Wintern in den Bergen war es hier beinahe frühlingshaft warm, fand sie, doch sie nickte nur und ließ sich in die Polster sinken. Bastiano ging zu einem Tisch, auf dem mehrere Kristallkaraffen standen, kehrte mit einem gefüllten Glas zu ihr zurück und stellte es mit einer Verbeugung vor ihr auf den Tisch. »Ich werde Don Michele wissen lassen, dass Sie hier auf ihn warten.«

Anscheinend war es üblich, dass die Frauen sich nach dem Essen in ihre Gemächer zurückzogen, anders konnte sie sich seine Verwunderung nicht erklären. Dabei prasselte hier noch das Feuer im Kamin; was für eine Verschwendung von Holz. Sie griff nach dem Glas und nippte daran. Es war Vin Santo, allerdings schmeckte er viel cremiger und gehaltvoller als der, in den sie bei Tiziana die Cantucccinis getaucht hatten. Sie kuschelte sich tiefer in die Polster und blickte in die Flammen. Nun würden sie also erst einmal hierbleiben. Hoffentlich nicht allzu lange. Auch wenn wirklich alle nett zu ihr waren, fühlte sie sich hier fremd. Vor allem Alessia flößte ihr Unbehagen ein. Sie wusste nicht, warum. Vielleicht war es die Tatsache, dass Marco der Lieblingssohn der Marchesa war. Bestimmt hatte seine Mutter gehofft, dass er eine Frau von vornehmer Herkunft nehmen würde, die ihm an Stand und Bildung glich, und keine, wie hatte sein Vater gesagt, »Mesalliance mit einer Bäuerin«.

22. KAPITEL

Marco begleitete seinen Bruder in Don Pieros Arbeitszimmer. In der Luft hing noch der Geruch von Zigarillos, die sein Vater rauchte. So oft hatte er hier vor dem großen Schreibtisch aus Kastanienholz gestanden und sich die Gardinenpredigten des Dons angehört. Als Kind bang vor Angst, später, als junger Bursche mit Trotz und Zorn im Herzen. Kaum vorstellbar, dass der Mann, den er gefürchtet und um dessen Anerkennung er in seiner Jugend vergeblich gerungen hatte, nun ein Invalide sein sollte.

Er drehte sich zu Enrico um. »Was glaubst du, wird er wieder gesund?«

»Wenn ich das, was der Arzt uns vorhin gesagt hat, richtig deute, wohl nicht. Er wird immer Pflege brauchen. Vielleicht kann er irgendwann wieder sprechen. Vielleicht kann er dann auch das Gut wieder leiten.« Enricos Blick glitt über den Schreibtisch. »Ich werde mir morgen die Bücher ansehen. Wir müssen die Leute bezahlen, die die Stöcke zurückgeschnitten haben. Wir müssen Guano und Knochenmehl kaufen, und Schwefel gegen Mehltau. Bisher hat Vater sich allein um das Finanzielle gekümmert.« Er lächelte traurig. »Ich bin sehr froh, dass ihr euch entschlossen habt, erst einmal zu bleiben. Du warst schon immer Mutters Liebling. Dass du hier bist, macht alles leichter für sie.«

»Sie wirkte sehr gefasst«, sagte Marco nachdenklich.

»Du weißt so gut wie ich, dass diese Ehe von ihren Familien ausgehandelt wurde. Es war keine Liebesheirat, doch sie haben sich im Laufe der Jahre arrangiert.«

»*Sie* hat sich arrangiert«, verbesserte Marco. »Er betrügt sie schon seit Jahren und seit ihrer letzten Fehlgeburt, versucht er noch nicht einmal, es vor ihr zu verbergen.«

»Ach, Michele, ich weiß nicht, was ich tun würde, wenn ich nicht das unglaubliche Glück gehabt hätte, eine Frau zu bekommen, die ich von ganzem Herzen liebe. Stell dir vor, man hätte dich gezwungen, Donata zu heiraten. Wärst du ihr treu?«

Marco dachte nach. Eine Ehe mit Donata, die zwar bestechend schön war, die er aber langweilig fand, und mit der er keinerlei Interessen teilte?

»Ich war keiner Frau treu, bis ich Antonella gefunden habe. Frauen waren nicht wichtig für mich. Vielleicht bin ich Vater ähnlicher, als ich dachte.« Der Gedanke war erschreckend. Dass sein hitziges Temperament dem seines Vaters glich, hatte man ihm schon öfter gesagt. Hatte er noch andere Charakterzüge geerbt?

»Keine Sorge, kleiner Bruder, du bist vielleicht ein Hitzkopf, aber dabei nicht nachtragend und nicht berechnend. Für dich sind Menschen nicht nur einfach Figuren, die du nach Belieben benutzt.«

»Kannst du meine Gedanken lesen?«

Enrico lächelte. »Ich kann in deinem Gesicht lesen.«

Es klopfte an der Tür und Bastiano betrat den Raum. »Doktor Bianchi lässt ausrichten, der Marchese ist bei Bewusstsein, Sie können jetzt zu ihm.«

»Danke, Bastiano«, sagte Enrico. »Wir kommen.«

Der Diener verbeugte sich und verließ sie.

»Wir?«, fragte Marco. »Ich denke nicht, dass er Wert auf meine Gegenwart legt.«

Enrico schüttelte den Kopf. »Sei nicht albern. Er hatte einen Schlag, er weiß nicht, wie lange er noch lebt, und wir wissen es auch nicht. Natürlich kommst du mit.«

Marco schluckte. Auf den Gedanken, sein Vater könnte in dieser Nacht noch sterben, war er nicht gekommen. Stumm erhob er sich und folgte Enrico über die Treppe nach oben in das Schlafzimmer seines Vaters.

Seine Mutter saß am Bett ihres Mannes und hielt seine Hand. Hinter ihr stand Emilia, ihr Gesicht war sehr blass, in ihren Augen glänzten Tränen. Am Fenster entdeckte Marco

Pater Perelli. Er ließ einen Rosenkranz durch die Finger gleiten und bewegte die Lippen.

Doktor Bianchi nickte ihnen zu und winkte sie herein. Zögernd trat Marco an das Lager seines Vaters. Als er ihn anblickte, krampfte sich sein Magen zusammen. Don Piero lag halb aufgerichtet an dicke Kissen gelehnt. Seine rechte Gesichtshälfte war schlaff, das Auge halb geschlossen, aus dem nach unten gezogenen Mundwinkel lief ein Speichelfaden.

Er reagierte nicht auf den Anblick seiner Söhne. Hilflos blickte Marco zu Doktor Bianchi. Konnte sein Vater ihn wirklich sehen oder hören?

Der Arzt schien seine Gedanken zu erraten. »Er kann Sie sehen und hören, aber nicht antworten«, erklärte er.

Enrico trat ans Bett, Marco blieb, wo er war. Don Pieros linker Augapfel drehte sich zu Enrico, als er sich auf die Bettkante setzte. Er ächzte leise, als er versuchte, auch den Kopf zu drehen. Es gelang ihm nicht. Er richtete sein Auge wieder auf Marco und verzog den Mund zum Sprechen, doch er brachte nur ein Lallen heraus.

Marco versuchte irgendein Gefühl in seinem Blick oder seinem Gesicht zu erkennen. War sein Vater zornig, dass er hier war? Er könnte hören, hatte der Arzt gesagt. Marco trat näher ans Bett und neigte den Kopf. Der Blick seines Vaters blieb auf ihn gerichtet.

»Ich hoffe, ich störe nicht, Padrone.« Mit Bedacht wählte er die respektvolle Anrede. »Ich würde gerne auf Alberi d'Argento bleiben, bis es ihm wieder besser geht. Doch wenn du möchtest, dass ich gehe, schließe kurz die Augen.«

Don Pieros Gesicht blieb unbewegt, sein Auge geöffnet.

Alessia atmete so laut auf, dass es einem Seufzen glich.

»Das ist eine sehr gute Idee«, sagte der Arzt. »Sie werden

sicher wieder sprechen lernen, aber bis dahin zwinkern Sie einmal für Ja und zweimal für Nein.«

Don Piero schloss kurz die Augen. Dann versuchte er noch einmal den Kopf zu drehen, um Enrico anzusehen.

»Möchtest du mir etwas sagen, Vater?«

Ein Zwinkern.

»Geht es um das Gut?«

Wieder ein Zwinkern.

»Der Rebschnitt ist noch nicht beendet. Ich werde am Montag noch einmal Tagelöhner anheuern.«

Es schien das zu sein, was Don Piero sagen wollte, denn er zwinkerte einmal.

»Gibt es sonst noch etwas?«, fragte Enrico weiter.

Wieder unternahm Don Piero einen Versuch zu sprechen und verzog schließlich wütend die gesunde Hälfte seines Gesichts, als es ihm nicht gelang. Er zwinkerte zweimal, doch Marco hatte das Gefühl, dass er durchaus noch etwas sagen wollte.

»Wir dürfen ihn nicht überanstrengen und er sollte sich nicht aufregen«, griff Doktor Bianchi ein. »Bastiano soll ihm ein bisschen Brühe und etwas zu trinken bringen und morgen sehen wir weiter.«

Alle außer dem Arzt und dem Pfarrer verließen den Raum.

»Kann er denn essen?«, fragte Emilia vor der Tür.

»Er kann schlucken, aber er muss gefüttert werden«, antwortete Alessia.

Ein Schauder lief über Marcos Rücken. Sein Vater, der immer so stolz und unbeugsam gewesen war, war jetzt so hilflos wie ein Kleinkind.

Im Flur wartete Bastiano auf ihn. »Die Signora erwartet Sie im Esszimmer.«

Marco nickte wortlos. Die Tür zum Esszimmer war nur angelehnt. Leise betrat er es. Die Kerzen des Kronleuchters waren gelöscht, aber im Kamin glomm noch ein Feuer. Antonella hatte sich in einem der Sessel zusammengekuschelt und schlief. Sie sah berührend jung aus und sehr traurig. Ihr Anblick machte ihm klar, dass sie immer noch nicht ganz gesund war. Vielleicht war es für sie wirklich besser, wenn sie noch hierblieben. Doktor Bianchi würde in den nächsten Tagen oft hier sein und konnte nach ihr sehen.

Er beugte sich über sie, um sie zu wecken. Als er sie an der Schulter berührte, fuhr sie hoch und starrte ihn entsetzt an. Ihr Mund öffnete sich wie zu einem Schrei, doch ihr entfuhr nur ein Wimmern. In ihren Augen stand Angst, ihr ganzer Körper spannte sich an, als wollte sie weglaufen.

Dann klärte sich ihr Blick. »Marco …« Sichtlich verwirrt blickte sie sich um. »Wo bin ich?«

»Es tut mir leid. Ich wollte dich nicht erschrecken. Du bist eingeschlafen.«

»Ich … ich habe geträumt.« Sie schien immer noch beunruhigt.

»Es muss ein Albtraum gewesen sein.«

»Wahrscheinlich«, sagte sie, ohne ihn anzusehen. »Wie geht es deinem Vater?«

Er berichtete, was er mit Enrico besprochen hatte, und von der Zusammenkunft im Zimmer seines Vaters. Antonella hörte zu und doch hatte er den Eindruck, sie wäre mit ihren Gedanken woanders. War es der Albtraum, der sie noch gefangen hielt? Das kannte er nur zu gut. Manchmal half es, darüber zu reden.

»Willst du mir erzählen, was du geträumt hast?«

»Ich weiß es gar nicht. Es war nur ein Traum. Lass uns zu Bett gehen.«

Er nahm ihre Hand, als sie durch den Flur zu seinen Räumen schritten. Es war ein seltsames Gefühl, sein altes Zimmer zu betreten. Die Möbel waren noch die gleichen und als er den Kleiderschrank öffnete, entdeckte er seine Uniform und seine Anzüge darin. Eigenartig, dass sein Vater seine Sachen nicht weggeworfen hatte, als er ihn des Hauses verwiesen hatte. Der Duft nach frischer Wäsche erfüllte den Raum. Rosa hatte das Bett bezogen. Und auch das Nachtgewand, das Silvana Antonella gegeben hatte, lag schon bereit. Jetzt, da sie länger bleiben würden, sollte sie eigene Kleider bekommen. Sie war seine Frau, sie sollte nicht Silvanas Kleider tragen. Er drehte sich zu ihr um. Wie müde sie aussah. Sie stand vor dem Spiegel, versuchte an die Haken an der Rückseite ihres Kleids zu kommen und warf ihm schließlich einen hilfesuchenden Blick zu.

»Wie komme ich jetzt ohne Hilfe aus diesem Kleid? Ich kann doch nicht immer Rosa holen.«

»Ich helfe dir.« Er trat an sie heran und öffnete die Haken. Dann half er ihr, das Kleid über den Kopf zu ziehen. Darunter trug sie ein Korsett, dessen Verschnürungen er löste. Unter dem Korsett trug sie noch ein Unterhemd und eine seidene Unterhose. Er hatte ganz vergessen, wie viele Lagen Kleidung die wohlhabenden Frauen trugen.

Unterhemd und Hose zog sie selbst aus, dann hüllte sie sich in den Hausmantel, den Silvana ihr überlassen hatte, und ging ins Badezimmer. Während sie sich wusch, zog er seine Sachen aus und holte nach kurzem Überlegen eines seiner Nachthemden aus dem Schrank. Eigentlich wäre er lieber nackt zu Bett gegangen und hätte sie ebenso gern nackt in seinen Armen gehalten, aber da sie noch nicht miteinander schlafen sollten, war es vielleicht besser, ein wenig mehr Stoff zwischen ihr und sich zu haben. Als sie zurückkam, huschte er nackt über den Gang und wusch sich ebenfalls, dann zog er das Nachthemd an. Er stieg zu Antonella ins Bett und vergrub das Gesicht in ihrem Haar. Sie schmiegte sich in seine Arme und schlief beinahe sofort wieder ein.

Er lag lange wach und dachte nach. Über seinen Vater und über das, was seine Krankheit für die Familie bedeutete, und für ihn. Statt nach Castagneto zurückzukehren, würde er erst einmal hierbleiben. Zum Glück war Antonella an seiner Seite. Warum hatte sie sich derart erschreckt, als er sie geweckt hatte? Wovon hatte sie geträumt?

23. KAPITEL

Am nächsten Morgen klopfte jemand an die Tür. Etwas verwirrt blickte Antonella sich um. Fahles Licht fiel durch die Vorhänge ins Zimmer, es musste noch früh sein. Neben ihr richtete sich Marco auf. »Ja, bitte?«

Die Tür wurde einen Spalt geöffnet und Rosa trat ein, in der Hand hielt sie ein Tablett, auf dem ein Kännchen und zwei Tassen standen. Sie stellte sie auf den kleinen Tisch neben dem Bett. »Guten Morgen, Don Michele, guten Morgen, Signora. Ich bringe Ihnen den Kaffee. Die Familie trifft sich in einer Stunde im Frühstückszimmer. Wenn Finola bei der gnädigen Frau fertig ist, kommt sie zu Ihnen, um Ihnen beim Ankleiden zu helfen, Signora.« Sie knickste und verließ den Raum.

Marco stand auf und schenkte zwei Tassen Kaffee ein. »Willst du Zucker?«

Antonella nickte. »Es gibt ein Frühstückszimmer?«

Lächelnd reichte Marco ihr die Tasse. »Dieses Haus ist riesig. Das Frühstückszimmer ist kleiner als das Esszimmer und liegt nach Osten, sodass die Morgensonne hineinscheint. Wenn du willst, machen wir nachher einen Rundgang und ich zeige dir alles.«

Nachdenklich betrachtete sie ihn. Nachdem er sich dazu entschlossen hatte, am Familienleben teilzunehmen, hatte er nicht nur seine Zurückgezogenheit aufgegeben, sondern auch seine Zurückhaltung allen Dingen gegenüber, die das Gut betrafen. Jetzt wirkte er nicht mehr wie ein Wilder aus den Bergen, sondern wie der Sohn des Großgrundbesitzers, der er war.

»Ich würde sehr gerne alles sehen«, sagte sie. »Wer ist Finola?«

»Mutters Zofe.«

Antonella nippte an ihrem Kaffee. Eine Zofe, die ihr, Antonella, beim Anziehen helfen sollte.

»Wie viele Bedienstete gehören eigentlich zu eurem Haushalt?«

»Ich weiß es gar nicht genau«, antwortete Marco. »Es dürften zwölf bis fünfzehn Leute sein. Rosa und Bastiano kennst du schon, Mademoiselle Duvenant auch. Dann gibt es Finola, die Zofe, Carla, unsere Köchin, die zwei Küchenmädchen und ein Kindermädchen. Sie leben hier im Haus. In dem Gebäude neben den Ställen wohnen Antonio, der Kutscher, und unser Stallmeister Vittorio Falcone mit seiner Frau und seinen Kindern. Keine Ahnung, wie viele es inzwischen sind. Über den Ställen teilen sich drei Knechte eine Stube. Und unser Cantiniere Mario lebt mit seiner Familie in dem Haus neben dem Gebäude, in dem der Wein gemacht wird. Du wirst sie nach dem Gottesdienst kennenlernen.«

»Nach dem Gottesdienst? Gehen wir denn heute in die Kirche?«

»Heute ist Sonntag. Und wir haben unsere eigene kleine Kapelle, wo wir die Gottesdienste abhalten.«

Antonella schluckte. Dass er aus einer wohlhabenden Familie stammte, hatte sie gewusst, aber sie hatte nicht geahnt, in welchem unvorstellbaren Luxus er lebte. Unbehagen kroch in ihren Magen, als ihr klar wurde, dass sie dann heute wohl offiziell als Marcos Gemahlin vorgestellt würde. Dabei war sie doch bloß ein Küchenmädchen und später eine Köchin gewesen. In ihrem alten Leben würde sie jetzt in der Küche des Gutshauses stehen und für die Herrschaften die Tabletts mit dem Frühstück vorbereiten. Unwillkürlich seufzte sie.

»Dann sollte ich mir heute wohl wirklich von dieser Zofe beim Anziehen helfen lassen.«

Eine halbe Stunde später betrat eine Frau im mittleren Alter das Zimmer. Über dem Arm trug sie ein Kleid aus grünblau changierender Seide, wohl ebenfalls aus Silvanas Beständen, und ein Bündel aus verschiedenen Stoffen. Sie stellte sich als Finola vor und bat Marco, der bereits angezogen war, das Zimmer zu verlassen. Er zwinkerte Antonella zu, bevor er ging.

Dann begann die Prozedur des Ankleidens. Antonella durfte nichts selbst machen, sie fühlte sich wie eine Puppe. Finola half ihr aus dem Nachtgewand und streifte ihr ein kurzärmliges Hemd aus feinem, weißem Baumwollstoff über. Anschließend bat sie Antonella, sich zu setzen. Wie bei einem Kleinkind streifte sie Strümpfe über ihre Füße und rollte sie nach oben bis über die Knie. Als Nächstes hielt sie ihr eine spitzenbesetzte Unterhose hin. Antonella stieg hinein und Finola zog sie bis zur Taille, wo sie unter dem

Hemd zugebunden wurde. Es folgte das Mieder aus einem dunklen, sehr festen Stoff. Finola zog die Verschnürung auf dem Rücken so fest zu, dass Antonella nach Luft schnappte. Über die Unterhose kam ein Rock aus ebenfalls versteiftem Stoff, der in der Taille eng saß und dann weit um ihre Beine abstand. Über diesen Rock wurde ein zweiter aus einem leichten, fließenden Stoff gezogen. Dann erst half die Zofe ihr, das Kleid anzuziehen. Es entsprach der Mode mit schmaler Taille, weitem Rock und den Keulenärmeln, die Antonella bei den feinen Damen in Genua so oft gesehen hatte. Endlich schloss Finola die Haken auf der Rückseite des Kleides und zupfte die Ärmel und den Rock zurecht.

Antonella fühlte sich eingeengt und ihre Arme fühlten sich an, als wären sie so muskulös wie die des »stärksten Mannes der Welt«, den sie einmal bei einer Gauklertruppe gesehen hatte.

»Das steht Ihnen ausgezeichnet«, erklärte Finola und deutete auf den Stuhl. »Bitte setzen Sie sich doch noch einmal.«

Antonella gehorchte und Finola löste ihren Zopf und steckte ihr das Haar oben auf dem Kopf zu einen Dutt zusammen.

»Leider bleibt keine Zeit, ein paar Locken zu machen«, sagte sie bedauernd, bevor sie sich bückte und Antonella Schuhe aus feinem, blaugefärbtem Leder anzog. »Zum Glück haben Sie die gleiche Schuhgröße wie die junge Signorina.«

Sie knickste, verließ den Raum und Marco trat ein. Bei ihrem Anblick nickte er anerkennend. Antonella raffte den Rock und deutete einen Knicks an.

»Muss ich so etwas jetzt jeden Tag tragen?«, fragte sie.

»Nicht, wenn du nicht willst. Obwohl es dir sehr gut steht. Du hast die richtige Figur für solche Kleider.«

Sie drehte sich einmal um sich selbst, sodass der weite Rock um ihre Beine schwang. »Ich fühle mich fremd. Und ich kann mich nicht richtig bewegen. Ich konnte mir noch nicht einmal selbst die Schuhe anziehen.«

»Schau mich an. Komm ich dir nicht auch fremd vor?«

Doch, das tat er. Vor ihr stand nicht Marco, der junge Wilde aus den Bergen, sondern Michele di Raimandi, Spross eines alten Adelsgeschlechts. Seine Hose und Weste waren silbergrau, dazu trug er eine graublau gemusterte Halsbinde und einen dunkelblauen Gehrock. Im Gegensatz zu Fabrizzios eher geckenhafter Kleidung, war seine von schlichter Vornehmheit und er trug sie mit der gleichen lässigen Eleganz, die ihr schon auf ihrer Reise bei ihm aufgefallen war.

Er verbeugte sich und reichte ihr den Arm.

Auch die anderen Damen hatten sich ausstaffiert, stellte Antonella fest, als sie das Frühstückszimmer betraten. Alle trugen vornehme Kleidung, allerdings hatte Silvana wegen ihrer Schwangerschaft auf ein Korsett verzichtet.

Bastiano servierte Kaffee, warme weiche Brötchen und Cornetti, Hörnchen. Viel gesprochen wurde nicht, alle schienen ihren Gedanken nachzuhängen.

Nach dem Frühstück verabschiedete sich Doktor Bianchi und versprach baldmöglichst mit einer Pflegerin zurückzukommen.

Die Familie machte sich auf den Weg zum Gottesdienst. Antonella fühlte sich wie bei einer Prozession. Alessia ging mit Emilia vorneweg, ihr folgten Enrico mit Silvana und dann kamen Marco und sie selbst. Hinter ihnen gingen Mademoiselle Duvenant und das Kindermädchen mit Enricos Sohn auf dem Arm. Während sie den Weg entlanggingen, schlossen sich noch mehr Leute an.

Die Kapelle stand nicht weit vom Haupthaus entfernt zwischen Olivenbäumen. Sie war wirklich klein. Pater Perelli stand bereits vor dem Altar, als sie eintraten. Marco führte Antonella ganz nach vorne und sie spürte die Blicke der Menschen, die ihnen folgten. Bisher hatte außer der Familie niemand gewusst, dass Marco zurück war. Sicher fragten sich alle, wer die Frau an seiner Seite war.

In der ersten Reihe trennten sie sich. Alessia, Silvana, Emilia und sie setzten sich auf die Bank links vom Gang, Marco und Enrico nahmen auf der rechten Seite Platz.

Kleider raschelten, Stimmen raunten und Füße scharrten auf dem Boden, als die Menschen auf den Bänken hinter ihnen Platz nahmen.

Geduldig wartete Pater Perelli, bis alle sich gesetzt hatten, dann hob er die Hände und sprach den Segen. Anschließend wandte er sich an die Gemeinde. »Meine lieben Brüder und Schwestern, ihr werdet bemerkt haben, dass unser geliebter Marchese di Raimandi heute nicht bei uns ist. Er ist gestern leider sehr plötzlich erkrankt. Wir werden für seine baldige Genesung beten.«

Zustimmendes Gemurmel erfüllte die Kapelle.

Don Perelli hob erneut die Hände. »Eine erfreuliche Nachricht ist, dass Don Michele und seine Gattin Antonella heute hier zu Gast sind.«

Wieder ging ein Raunen durch die Reihen.

Don Perelli räusperte sich, wartete, bis alle verstummt waren, und begann mit der Predigt.

»Ist es nicht gefährlich, dass Don Perelli dich vor allen Leuten begrüßt hat?«, fragte Antonella, als sie die Kirche verließen. »Jetzt weiß jeder, dass du hier bist. Was ist, wenn es jemand den Carabinieri meldet?«

»In die Kapelle kommen nur unsere Bediensteten und ihre Angehörigen. Enrico hat mir erzählt, dass keiner hier weiß, dass Vater mich verstoßen und enterbt hat, weil er niemals darüber geredet hat. Also denkt sich auch niemand etwas dabei, dass ich hier bin. Auffälliger wäre es, wenn ich mich hier aufhalten, aber verstecken würde. Dann würden die Leute sich fragen, warum.«

Damit hatte er sicher recht. Trotzdem … »Und wenn dieser Hauptmann hierherkommt?«

»Ich glaube nicht, dass er mich hier sucht. *Er* weiß, dass ich mich mit Vater zerstritten habe. Aber es gibt Möglichkeiten, ungesehen von hier zu verschwinden.«

»Tatsächlich? Und wie?«

»Über einen Geheimgang, der von unserem Weinkeller zu einer kleinen Gedenkkapelle in der Nähe führt. Ich zeige ihn dir irgendwann einmal.«

Marco führte sie an der Reihe der Dienstboten und Angestellten vorbei und steuerte auf einen kleinen, drahtigen Mann mittleren Alters zu, der am Ende der Reihe stand und über das ganze Gesicht strahlte. »Michele! Was für eine Freude, dich zu sehen!«

Die Frau, die neben ihm stand, stieß ihn mit dem Ellbogen in die Seite. »Mario«, zischte sie.

Der Mann räusperte sich und verbeugte sich vor Marco. »Verzeihung. Don Michele, ich bin sehr erfreut, dass Sie wieder hier sind.«

Lächelnd schüttelte Marco den Kopf. »Spar dir den Don, in den Kellern nennst du mich auch nur Michele.« Dann wandte er sich an die Frau und deutete eine Verbeugung an. »Liebe Stella, schön, dich wiederzusehen.« Danach umarmte er den Mann und klopfte ihm auf die Schulter. »Mario!«

In den Augen des Mannes glitzerten Tränen, als er Marcos Umarmung erwiderte.

Das also war Mario, der Cantiniere, der Mann, von dem Marco gesagt hatte, dass er ihm alles über das Weinmachen beigebracht hatte.

Auch Marcos Augen glänzten feucht, als er sich zu Antonella wandte und ihre Hand ergriff. »Ich möchte euch meine Frau Antonella vorstellen. Antonella, das sind Mario Peruzzi und seine Frau Stella.«

Unwillkürlich knickste Antonella, dann biss sie sich auf die Unterlippe. Soeben hatte sie deutlich gezeigt, dass sie keine Adlige oder Bürgerin war. Doch die Frau lächelte Antonella an. Sie war größer als ihr Mann und besaß üppige Rundungen.

»Wie schön, dass Don Michele eine Frau gefunden hat«, sagte sie und schien es ehrlich zu meinen.

Marios Blick wanderte zwischen ihr und Marco hin und her, dann verneigte er sich vor ihr. »Es ist mir ein besonderes Vergnügen, die Frau kennenzulernen, die Micheles Herz gewonnen hat. Der Junge war wie ein Sohn für mich.«

»Ich freue mich auch. Marco hat mir viel von Ihnen erzählt.«

Alessia trat zu ihnen. »Guten Tag, Signor Peruzzi, guten Tag, Signora«, grüßte sie. »Sie haben gehört, dass mein Mann schwer erkrankt ist. Deshalb wird Don Enrico sich die nächsten Tage um die Geschäfte kümmern und Don Michele wird die Arbeiten in den Weingärten beaufsichtigen.«

Mario verneigte sich kurz, sein Gesicht war sehr besorgt. »Ist es schlimm?«

Alessia hob die Hände. »Wir wissen noch nicht viel. Alles, was wir tun können, ist beten.«

»Das tut mir sehr leid, Marchesa«, sagte Stella. »Wir werden Don Piero in unsere Gebete einschließen.«

»Ich danke Ihnen.« Alessia wandte sich ab und ging.

»Wir sehen uns morgen bei der Arbeit«, sagte Marco, bevor er und Antonella seiner Mutter folgten.

Zurück im Gutshaus ging Alessia sofort nach oben, um nach ihrem Mann zu sehen.

Marco und Antonella kehrten zu ihren Räumen zurück.

»Fühlst du dich gut genug für einen Rundgang?«, fragte Marco, während er die seidene Halsbinde abnahm und sich den Hals rieb.

Antonella lächelte über diese Geste des Unbehagens.

»Ich würde gerne, aber nicht in diesem Kleid.«

Unter den Kleidern, die Silvana ihr überlassen hatte, befand sich ein einfach geschnittenes Kleid aus schlichtem, beigefarbenem, Stoff, der mit kleinen dunkelgrünen und roten Blümchen verziert war. Der Rock war recht schmal und auch die Ärmel waren nicht so sehr gebauscht, wie es jetzt Mode war. Sie holte es heraus.

»Kannst du mir aus diesem Ungetüm helfen?«, fragte sie und drehte Marco den Rücken zu. Geschickt öffnete er die Haken des Kleids und half ihr, es über den Kopf zu ziehen.

»Das Korsett auch?«

Sie nickte. Warm strich sein Atem über ihren Nacken, als er die Verschnürung löste. Sie zog das Korsett aus, ebenso den steifen Unterrock. Nur noch mit dem Hemd bekleidet, drehte sie sich um. Seine Augen schienen ein wenig dunkler als sonst. Er zog sie an sich. Sie hob den Kopf und ihre Lippen trafen sich. Er küsste sie zärtlich, nicht drängend, sondern lockend. Zu ihrer Überraschung spürte sie nicht nur das Kribbeln auf ihrer Haut, das seine Küsse immer bei ihr auslösten, sondern auch diese eigenartige Schwere in ihrem Schoß, von der sie schon gar nicht mehr gewusst hatte, wie sie sich anfühlte. Seine Hände glitten von ihren Schultern und er umfasste zart ihre Brüste und streichelte sie. Dann seufzte er leise und ließ sie los. »Wir müssen noch etwas warten.«

Fast bedauerte sie, dass er sich an die Anweisung des Arztes hielt. Sie streifte das Kleid über. Das Oberteil war vorn geknöpft, so brauchte sie keine Hilfe.

Als sie fertig war, bot Marco ihr seinen Arm an. »Nimm deinen Umhang mit, wir gehen auch raus.«

Doch zunächst führte er sie durchs Haus. Sie hatte es bisher nur ein Mal bewusst von außen gesehen und nicht geahnt, wie groß es tatsächlich war. Neben den beiden Zimmern, die Marco und sie benutzten, gab es zwölf weitere Zimmer. Manche waren klein, wie der Salon, der zu Marcos Raum gehörte, andere riesig wie der Speisesaal, in dem sie gestern zu Abend gegessen hatten. Auf dem Weg nach draußen begegnete ihnen Alessia.

»Kommst du von Vater?«, fragte Marco. »Wie geht es ihm?«

In Alessias Augen standen Tränen, sie presste die Lippen zusammen und schüttelte den Kopf.

»Nicht besser?«

»Ach, Marco, Doktor Bianchi ist bei ihm und er hat wenig Hoffnung, dass er wieder gesund wird. Er sagt, er wird vielleicht lernen, wieder zu sprechen und vielleicht auch selbst zu essen, aber wenn nicht ein Wunder geschieht, wird er nie mehr gehen können und er wird für den Rest seines Lebens auf Pflege angewiesen sein.« Bei den letzten Worten verlor sie die Fassung. Sie schluchzte, Tränen rannen über ihr Gesicht.

Marco trat auf sie zu und umarmte sie. »Ich weiß nicht, was ich sagen soll, Mama. Es tut mir so leid.«

Für einige Augenblicke lehnte Alessia sich an ihn. Dann straffte sie die Schultern und richtete sich auf. Jetzt wo sie nebeneinander standen, bemerkte Antonella, wie ähnlich sie sich sahen. Alessia war nur wenig kleiner als Marco, sie war ebenso schlank wie er, allerdings fehlte ihr Marcos sehnige Kraft; sie wirkte zart. Ihre Augen leuchteten blau und ihre Lippen hatten den gleichen Schwung wie seine. Selbst die Geste, mit der sie einige schwarze Locken aus der Stirn strich, die sich aus ihrer Frisur gelöst hatten, erinnerte an Marco.

»Doktor Bianchi sagte, dass morgen eine Pflegerin kommt«, sagte Alessia, nun wieder gefasst. »Und er erzählte etwas von einem Stuhl auf Rädern, mit dem man Piero herumfahren kann, wenn er nicht mehr gehen kann.«

»Kann ich etwas tun, um zu helfen?«

Alessia sah ihm in die Augen. »Ja. Bleib. Hilf Enrico mit dem Gut, er wird dich brauchen.«

Ein Kribbeln lief über Antonellas Kopfhaut, kroch ihren Rücken hinunter. Sie erinnerte sich an Marcos Worte, als er ihr von seiner Jugend hier auf dem Gut erzählt hatte: »Alles was ich wollte, war, auf Alberi d'Argento zu bleiben und Wein zu machen. Ich habe immer geglaubt, Enrico und ich würden das Gut gemeinsam bewirtschaften. Wir hatten Pläne, wir wollten neue Anbaumethoden und andere Rebsorten ausprobieren.«

Und nun eröffnete sich ihm genau diese Möglichkeit.

Er schluckte, sein Blick wanderte von seiner Mutter zu ihr. »Wir … wir haben ein kleines Stück Land, das wir bewirtschaften und …«

»Du musst dich nicht gleich entscheiden. Versprich mir nur, dass du darüber nachdenkst. Ich weiß, dass ihr auf

Alessandro Menardis Pachtland untergekommen seid. Wenn er Hilfe braucht, kann ich dafür sorgen, dass er jemanden bekommt.«

Sie nickte ihnen zu, wandte sich um und ging den Flur entlang. Marco blickte ihr nach, doch Antonella hatte das Gefühl, dass er nicht wirklich etwas sah. Schließlich griff er nach ihrer Hand. »Lass uns hinausgehen. Ich wollte dir doch Alberi d'Argento zeigen.«

Stumm gingen sie zum Ausgang, wo Marco einen Umhang von einem Haken nahm und ihn ihr umlegte. Er war aus Stoff, nicht aus gefilzter Wolle wie ihr eigener. Er selbst griff nach einem langen, schmal geschnittenen Mantel.

Gemeinsam verließen sie das Haus. Der Hof vor dem Eingang war gepflastert und umrahmt von hohen Bäumen, die auch jetzt im Winter kleine, ledrig wirkende Blätter trugen.

»Steineichen«, erklärte Marco. »Niccoló di Raimandi hat sie vor zweihundert Jahren gepflanzt. Genauso wie die Zypressen.« Er deutete auf die Allee, die vom Gutshaus zur Straße nach Cecina führte.

Sie ging an seiner Seite und hörte ihm zu. Er schien jeden Baum, jeden Strauch, jeden Stein mit Namen zu kennen.

Links und rechts der Zypressenallee erstreckten sich Olivenhaine. »Unsere Oliven sind zum Teil noch älter als die Zypressen. Als Kind glaubte ich, dass in den ganz alten Bäumen Dryaden leben. Meine Mutter hat mir Märchen darüber erzählt.« Sein Lächeln war wehmütig. Er bog nach rechts ab zu einem der Nebengebäude. »Hier sind die Ställe«, sagte er. »Ich weiß gar nicht, wie viele Pferde wir zur Zeit besitzen. Rinaldo steht darin, und El Cid.«

»El Cid?«

»Der Hengst, den ich bei der Kavallerie geritten habe. Ein Spanier.« Seine Stimme klang belegt. »Mein Vater hat ihn mir geschenkt, um mir Venaria Reale schmackhaft zu machen.« Er räusperte sich. »Die Ställe zeige ich dir ein anderes Mal.«

Er führte sie um die Ställe herum zu einem anderen großen Gebäude. »Hier machen wir unseren Wein. Das ist das Kelterhaus, dahinter und im Keller darunter lagern die Fässer.«

Das große Tor knarrte, als er den Riegel zurückzog und einen Flügel öffnete. Antonella blickte auf eine große hölzerne Konstruktion. Auf einem Podest stand etwas, das wie ein riesiger hölzerner Eimer aussah, allerdings war er nicht dicht, es befanden sich Lücken zwischen den Dauben. Über dem Eimer befand sich ein Gestell, durch das ein gewaltiger Balken verlief.

»Das ist ein Baumkelter«, erklärte Marco. »In das Trottbrett«, er deutete auf den Eimer, »kommen die Trauben, und der Torkelbaum, das ist dieser lange Stamm, drückt ein Gewicht auf die Trauben und presst den Saft raus.«

Er führte sie wieder nach draußen. »Und dort hinten liegen unsere Weingärten.« Er zeigte auf das Land, das sich hinter dem Garten erstreckte.

Unsere Weingärten, unsere Oliven, unser Wein.

Antonella blieb stehen und blickte über die sanft ansteigenden Hügel, die mit Wein bepflanzt waren, dann sah sie ihn an. Auch er betrachtete die Hügel und in seinem Gesicht und seinen Augen lag ein Ausdruck, den sie sehr gut kannte. Er betrachtete die Weingärten mit demselben Blick, den er ihr schenkte, wenn er sie Kastanienmädchen nannte.

»Du möchtest bleiben«, stellte sie fest.

Überrascht wandte er den Kopf. »Will ich das? Ich weiß

nicht. Ich … Wir wollten doch nach Amerika gehen und dort gemeinsam neu anfangen.«

»Aber das war, bevor dein Vater krank wurde und bevor deine Mutter dich bat zu bleiben.«

Er griff nach ihren Händen und hielt sie zwischen seinen. »Es ist das, was ich immer wollte. Aber was willst du? Kannst du dir vorstellen, hier zu leben? Platz genug für zwei Familien haben wir.«

Sie dachte nach. Könnte sie hier leben? Welche Wahl hatte sie? Zurückkehren nach Castagneto und wieder bei Tiziana arbeiten? Wenn sie ihn darum bat, würde Marco mit ihr zurückgehen, doch sie war sich sicher, dass er es irgendwann bereuen würde. Außerdem hatte Enrico ihn um Hilfe gebeten. Er konnte seinen Bruder nicht im Stich lassen. Sie selbst wäre enttäuscht, wenn er es täte.

Sie drückte seine Hände. »Ich habe gesagt: Wo du hingehst, da will auch ich hingehen. Jetzt sage ich: Wo du bleibst, da bleibe auch ich.«

»Ich wäre mit dir gegangen, mein Kastanienmädchen, denn ich habe das auch geschworen. Aber ich bin froh, dass wir bleiben. Gehen können wir immer noch.«

Das Leuchten in seinen Augen machte sie froh.

Sie kehrten zum Haus zurück. Antonellas Blick fiel auf das Wappen der Familie über der Eingangstür und den Wahlspruch, der darunter stand: *Alta alatis patent.* Was das wohl bedeutete?

Marco schien ihre Gedanken zu erraten. »Sinngemäß bedeutet er: Wer Flügel hat, dem steht der Himmel offen. Ich mag diesen Spruch sehr.«

Leise wiederholte Antonella ihn. Sie mochte ihn auch.

»Wir sollten Mutters Angebot annehmen, jemanden zu schicken, der Alessandro helfen kann. Außerdem sollte er erfahren, dass es dir besser geht«, sagte Marco, als sie das Haus betraten.

»Tiziana auch. Ich hätte ihr schon längst schreiben sollen.« Dass sie nicht an ihre Freundin gedacht hatte, beschämte sie sehr.

»Wir schreiben ihr heute Abend und geben den Brief an die Post. Aber Alessandro kann nicht lesen.«

»Tiziana kann ihm Bescheid sagen. Auch, dass neue Mitpächter kommen, wenn er das möchte. Aber ... ich möchte mich gerne selbst von beiden verabschieden.«

Marco nickte. »Ich auch. In den nächsten zwei Wochen werden noch Reben geschnitten. Danach können wir für ein paar Tage hinfahren. Wir könnten bei Tiziana übernachten, was hältst du davon?«

Stürmisch umarmte sie ihn. »Das ist eine wunderbare Idee.«

Als sie an Don Pieros Arbeitszimmer vorbeikamen, öffnete Enrico die Tür. »Michele, ich habe gehört, dass ihr wiederkommt. Kann ich dich sprechen?« Seine Stimme klang seltsam, beinahe tonlos. Sein Gesicht war so weiß wie die Kahlwände im Untergeschoss des Hauses.

»Ist etwas mit Vater?«

Enrico schüttelte den Kopf. »Nein, ihm geht es unverändert. Es ist – etwas anderes. Würdest du uns bitte entschuldigen, Antonella? Es ist sehr dringlich.«

Sie nickte. »Ich finde alleine zu deinen Räumen.«

24. KAPITEL

Enrico bedeutete Marco voranzugehen, schloss die Tür und verriegelte sie. Das Gefühl von Beklommenheit in Marcos Magen verstärkte sich. Selten hatte er seinen Bruder derartig ernst gesehen. Was war der Grund? War er vielleicht nicht damit einverstanden, dass Mutter ihn und Antonella zum Bleiben aufgefordert hatte? Immerhin hatte ihr Vater ihn zum alleinigen Erben bestimmt.

»Enrico«, begann er. »Ich habe Mutter nur gesagt, dass ich darüber nachdenke. Ich wollte selbstverständlich erst mit dir sprechen, bevor ich eine Entscheidung treffe.«

Es schmerzte, das zu sagen, denn im Grunde hatte er sich schon entschieden. Und er war überhaupt nicht auf die Idee gekommen, dass ausgerechnet Enrico nicht damit einverstanden sein könnte.

Sichtlich verwirrt erwiderte Enrico seinen Blick. »Mutter? Ich habe sie seit der Kirche nicht mehr gesehen.« Er deutete auf den Schreibtisch. Dort lagen mehrere Stapel Papiere, daneben das ledergebundene Hauptbuch des Guts und mehrere Kladden. »Es gibt Probleme.«

Marco ging zum Schreibtisch und nahm ein Blatt von einem der Stapel. Es war eine Mahnung von Signor Oliveri, ihrem Düngerlieferanten. Darunter lag die Rechnung für einen Pflug, den Don Piero anscheinend letzten Sommer gekauft hatte. Fragend blickte er Enrico an.

»Sie sind nicht bezahlt.« Er schlug mit der flachen Hand auf einen der Stapel. »Geschäftliche Rechnungen, alle Anschaffungen für das Gut; private Rechnungen, Kleider für Emilia und Mama, ein neuer Sattel für Vater und Ausgaben, die er auf seinen Reisen hatte. Drei Ellen rote Seide, fünf

Ellen Spitze, Champagner ... und das«, er zeigte auf den nächsten Stapel und sprach, als müsste er an den Worten ersticken, »sind Mahnungen von der Bank.«

Banca Monte dei Paschi di Siena. Marco erkannte den Schriftzug auf den Papieren.

»Das heißt ...?«

»Das heißt, Vater hat seit Monaten keine Rechnungen mehr bezahlt.«

»Aber alle Weingüter sind mehr oder weniger verschuldet«, wandte Marco ein. Es war so üblich, dass die Rechnungen dann beglichen wurden, wenn der neue Wein an die Zwischenhändler verkauft war.

Enrico schüttelte den Kopf. »Soweit ich das jetzt überblicken kann, hat Vater seit Jahren Darlehen auf den Wein aufgenommen und diese niemals völlig getilgt. Stattdessen hat er das Land Stück für Stück an die Bank verpfändet.«

Erschüttert starrte Marco auf die Papiere. Dass sein Vater mit Geld um sich warf, hatte er immer gewusst. Doch er hatte angenommen, das Gut würde genug einbringen. Aber offensichtlich hatte Don Piero weit über seine Verhältnisse gelebt. »Wir sind pleite?«

»Noch nicht«, antwortete Enrico. »Der Wein vom letzten Jahr ist vielversprechend und sollte einen guten Preis einbringen. Damit können wir zunächst die Zinsen zahlen und vielleicht sogar einen Teil der Hypothek. Aber wenn die Bank auf die Idee kommen sollte, die sofortige Rückzahlung der Kredite zu fordern, dann sind wir am Ende.«

»Aber warum sollte sie das tun?«

»Vielleicht weil sie die Krankheit von Vater dazu nutzen, ihre Kreditvergabe zu überprüfen. Eine Bank ist kein wohltätiges Unternehmen, noch nicht mal die Monte dei Paschi.«

Sichtlich erschöpft strich sich Enrico über die Stirn. Er wirkte um Jahre älter. »Dir ist klar, dass niemand außerhalb der Familie davon erfahren darf. Unsere Zwischenhändler würden sofort versuchen, den Preis für unsere Weine zu drücken.«

Marco ballte die Hände. Sein Vater, Piero Marchese di Raimandi hatte ihm vorgeworfen, in Pisa Schulden zu machen, hatte ihn wie einen Tagelöhner schuften lassen, während er das Gut an den Rand des Ruins getrieben hatte.

»Wir müssen so schnell wie möglich die Rechnungen bezahlen, damit keine Gerüchte aufkommen«, sagte er. »Das heißt, wir müssen jeden Quattrino sparen. Was haben wir an Bargeld?«

»Gerade genug, um die Tagelöhner für den Rebschnitt zu bezahlen und die Gehälter unserer Bediensteten für diesen Monat. Ich habe noch nicht alle Bücher durchgesehen. Ich musste erst einmal mit dir reden. Bitte erzähl Mutter und Emilia noch nichts davon, Mutter hat genug Sorgen. Verdammt!« Er schlug mit der Faust gegen die Wand. »Wir haben vielleicht nicht einmal genug Geld, um Doktor Bianchi zu bezahlen.«

Marco hörte gar nicht richtig zu. Deshalb also hatte sein Vater darauf gedrängt, dass er seine Ehe mit Antonella annullieren ließ, um Donata zu heiraten. Die Tenuta Bandello war mit Sicherheit nicht verschuldet und als Donatas Mann hätte er Zugriff auf ihr Vermögen oder er könnte eine Hypothek auf die Tenuta aufnehmen.

»Michele?«

Er sah auf. »Entschuldige, ich war in Gedanken. Hast du etwas gesagt?«

»Ja, ich fragte, was du mir vorhin sagen wolltest. Irgendwas mit Mutter?«

»Mutter hat mir gesagt, dass Doktor Bianchi glaubt, Vater würde nicht wieder gesund. Sie … sie bat mich zu bleiben und dir bei der Verwaltung des Guts zu helfen. Ich dachte, sie hätte mit dir darüber geredet.« Während er sprach, versuchte er im Gesicht seines Bruders zu lesen. Doch dessen Miene blieb ausdruckslos. »Sie hat nicht mit dir geredet?«, fragte er schließlich.

»Nein. Das hielt sie wohl nicht für nötig.«

Er spürte die Kränkung hinter Enricos Worten und er verstand sie.

»Enrico …«, begann er, doch der hob die Hand und unterbrach ihn.

»Natürlich möchte sie, dass du bleibst, und ehrlich, ich möchte es auch. Nicht nur wegen dieser Misere hier.« Er deutete mit dem Kinn auf den Schreibtisch. »Hast du wirklich geglaubt, ich sei deswegen böse auf dich, kleiner Bruder?«

»Ich weiß nicht. Vater hat dich als Erben bestimmt und mich verbannt. Und nun kommt Mutter und bittet mich zu bleiben.«

»Warst du je böse auf mich, wenn Vater mich bevorzugt hat? Mir zugehört hat und nicht dir?«

»Vielleicht, als wir Kinder waren. Ich wollte immer, dass er mich genauso liebt wie dich und konnte nicht begreifen, warum er es nicht tat. Später wusste ich, dass es nicht deine Schuld war.«

Ein kleines Lächeln zeigte sich auf Enricos Gesicht. »So ging es mir mit Mutter. Sie hat dich immer vorgezogen, vielleicht um Vaters Ungerechtigkeit auszugleichen, vielleicht weil sie dich wirklich mehr liebt.«

Beschämt senkte Marco den Blick. Die Liebe seiner Mutter war für ihn immer etwas gewesen, das er als selbstverständlich angenommen hatte. Nie war es ihm in den Sinn gekommen, dass Enrico ähnlich um ihre Anerkennung rang, wie er um die seines Vaters.

»Ich glaube, dass wir Opfer der Fehde waren, die unsere Eltern ausgefochten haben«, sagte Enrico. »Nach Lorenzos Tod hat jeder sein Lieblingskind in den Kampf geworfen.«

Lorenzo, Don Pieros ältester Sohn, war mit zwölf Jahren an Malaria gestorben. Marco erinnerte sich an die tiefe Trauer, in die seine Mutter nach Lorenzos Tod gesunken war. Sein Vater dagegen hatte sich in diverse Affären gestürzt. Erst jetzt kam ihm der Gedanke, dass es vielleicht seine Art gewesen war, über den Verlust seines Kindes hinwegzukommen.

»Wann willst du Mutter von unseren Problemen erzählen?«, fragte Marco.

»Wenn ich alle Papiere durchgesehen habe. Das kann noch bis morgen dauern. Ich mache eine Liste von unseren Außenständen und den zu erwartenden Einnahmen. Und dann müssen wir schauen, wo wir sparen können.« Er rieb sich über die Stirn.

»Ich helfe dir«, sagte Marco. Er stand auf und zog an der Glockenschnur. »Bastiano soll uns Kaffee und etwas zu essen bringen und uns bei den Damen entschuldigen.«

Einige Stunden später hatten sie alle Rechnungen durchgesehen und nach Dringlichkeit sortiert. Enrico schlug das Hauptbuch auf, während Marco noch einmal alle Schubladen in Don Pieros Schreibtisch öffnete, um sicherzugehen, dass nicht irgendwo noch Papiere lagen. In der untersten entdeckte er einen versiegelten Umschlag und holte ihn heraus.

»Das ist Vaters Testament«, sagte Enrico. »Er hat nach dem Tod von Lorenzo Frattini ein neues verfasst.«

Marco hörte nur halb hin. Unter dem Umschlag lag ein Dokument mit der Handschrift seines Vaters, auf dem sein Name stand: Marco Michele di Raimandi. Er hob es auf und begann zu lesen. Anfangs ungläubig, dann mit wachsendem Zorn. Es war ein Brief an Leopold II. den Großherzog der Toskana, und sein Vater bat darin um Gnade für seinen Sohn, der aufgrund seiner Jugend missgeleitet und von einer Frau zur Teilnahme an dem schmählichen Aufstand von 1833 angestachelt worden war. Inzwischen würde Michele di Raimandi seine unüberlegten Missetaten bereuen und sich nichts mehr wünschen, als sich aus der Politik zurückzuziehen und mit der treuen Untergebenen des Großherzogs, Signorina Donata Frattini, eine Familie zu gründen. Es folgten ein Appell an die Großherzigkeit Leopolds und die Bitte, sich bei seinem ›Verwandten‹ Carlo Alberto, dem Herrscher des Königreiches Sardinien-Piemont, für den heimgekehrten Sohn zu verwenden. Das Datum hatte er offengelassen.

»Dieser verdammte Bastard!«

Enrico zuckte zusammen. »Was ist denn?«

Wortlos hielt Marco ihm das Gnadengesuch hin. »Wusstest du davon?«

Offensichtlich, denn Enrico warf nur einen flüchtigen Blick auf das Dokument und sah dann Marco an. »Ja, ich wusste davon. Nach Lorenzo Frattinis Tod begann Vater sich bei mir über dich zu erkundigen. Ob ich wisse, wo du bist. Ich habe ihm gesagt, dass du verheiratet bist und dich versteckt hältst. Nur Mutter wusste, wo ihr untergekommen seid. Vater war zunächst entsetzt über deine Hochzeit, äußerte später jedoch, dass Treue noch nie deine Stärke gewesen und vielleicht noch nicht alles verloren sei.« Enrico trat zu ihm und blickte über seine Schulter auf den Brief. »Als ich Antonella hierherbrachte, war er sicher, dass du ihrer überdrüssig bist. Weshalb sonst lässt man seine schwangere Frau allein?«

Jetzt verstand Marco, warum Enrico bei ihrem ersten Treffen hier so zornig gewesen war. »Du hast das auch geglaubt?«

Enricos Gesicht färbte sich rot, doch er wandte den Blick nicht ab. »Um ehrlich zu sein, ich war mir nicht sicher. Vater war wie besessen davon, dass du sie nur aus Dankbarkeit geheiratet hast, aber dich inzwischen langweilst und anderswo Abwechslung suchst. Du weißt, wie er ist, wenn er jemanden überzeugen will. Seine Worte sind wie Gift.«

Marco nickte, er wusste es nur zu gut. Kurz entschlossen packte er den Brief und wollte ihn zerreißen, doch Enrico hielt ihn auf. »Nein, warte.«

Ihm blieb die Luft weg. »Was?«, schrie er seinen Bruder an. »Findest du auch, ich soll Antonella nach Hause oder ins Kloster schicken, damit ich Donata heiraten kann? Es wäre die Lösung all unserer Probleme, nicht wahr? Keine Geldsorgen mehr.« Er ballte die Hände.

Beschwichtigend hob Enrico die Hände. »Natürlich will ich das nicht. Aber ich halte es für eine gute Idee, dieses Gnadengesuch abzuschicken. Anstelle von Donatas Namen schreiben wir Antonellas rein.«

Immer noch wütend starrte Marco ihn an. »Und verraten damit den Habsburgern, wo sie mich finden.«

Enrico seufzte. »Vielleicht hast du recht. Warten wir einfach ab, wie sich die Lage entwickelt.«

»Carlo Alberto und die Habsburger verfolgen unsere Leute und verurteilen sie zum Tode, wenn sie sie fangen. Das ist die Lage. Es gibt jede Menge politische Flüchtlinge, die sich verstecken und auf eine Gelegenheit zur Emigration warten.«

Enrico blickte ihn erstaunt an. »Bist du immer noch politisch aktiv?«

»Ich habe mich nicht an dieser fehlgeschlagenen Invasion beteiligt und ich halte mich von Aufständen fern, wenn du das meinst. Aber natürlich interessiere ich mich für die Politik dieses Landes, ebenso wie du.«

Ein feines Lächeln umspielte Enricos Lippen, er nickte und schwieg.

25. KAPITEL

Silvana holte Antonella zum Mittagessen ab. »Dein Mann und Enrico lassen sich entschuldigen, sie sind noch dabei, die Bücher durchzusehen«, sagte sie und hakte sich bei Antonella unter. »Deshalb essen wir im Frühstückszimmer. Es gibt auch nur eine Suppe.«

Am Tisch saßen bereits Alessia, Emilia und ihre Gouvernante. Pater Perelli kam dazu, als Silvana und Antonella sich setzten. Er senkte den Kopf und faltete die Hände und alle taten es ihm gleich. Nachdem er das Tischgebet gesprochen hatte, brachte Rosa eine große Terrine herein. »Bastiano ist bei Don Piero und kümmert sich um ihn«, erklärte sie ihre Anwesenheit.

Das heißt, er füttert den Marchese, dachte Antonella.

Ein bisschen leid tat es ihr schon um diesen stolzen Mann. Auch wenn er ein Despot war, der allen Menschen seinen Willen aufzwingen wollte, hatte er doch so ein Schicksal nicht verdient.

Nach dem Essen wandte sich Mademoiselle Duvenant

an Emilia. »Zeit für Ihren Französischunterricht, Signorina.«

Widerwillig erhob sich Marcos Schwester. »Heute? Obwohl Papa krank ist?« Ihr Protest ließ die Gouvernante die Stirn runzeln. Alessia schaltete sich ein.

»Du kannst ihm nicht helfen, liebe Emilia, und so kommst du wenigstens auf andere Gedanken. Aber wenn du fertig bist, wäre es mir lieb, wenn du deinem Vater ein wenig vorsingen könntest. Du weißt, er liebt deinen Gesang.«

Emilia schob die Unterlippe vor, doch sie folgte der Gouvernante widerspruchslos aus dem Raum. Alessia stand auf und läutete nach dem Küchenmädchen, damit es den Tisch abräumte. Danach nickte sie Antonella und Silvana zu. »Ich sehe nach meinem Mann.«

Silvana lächelte Antonella an. »Ich setze mich in den Salon und stricke. Kommst du mit?«

Eigentlich hatte sie keine große Lust, doch was sollte sie sonst tun?

Im Salon war es gemütlich warm, im Kamin brannte ein Feuer. Auf einer Decke saß das Kindermädchen und half Silvanas Sohn, einen Turm aus Holzklötzchen zu bauen. Es war das erste Mal, das Antonella den kleinen Lorenzo in Ruhe betrachten konnte. Er musste inzwischen etwas über ein Jahr alt sein. Ein hübsches Kind. Braune Löckchen bedeckten seinen Kopf, seine Augen waren dunkel wie Silvanas. Als er seine Mutter erblickte, streckte er beide Hände nach ihr aus und lachte.

Silvana eilte auf ihn zu, nahm ihn in die Arme und küsste ihn.

Die dumpfe Trauer in Antonellas Innerem wurde zu einem schneidenden Schmerz, der ihr den Atem nahm. Wie hätte wohl Emilia in diesem Alter ausgesehen? Hätte sie

Marcos Lächeln und seine Augen geerbt oder wäre sie ihr, Antonella, ähnlich gewesen? Sie sah, wie Silvana ihren Sohn herzte, und ihre Augen brannten. Da war Emilia, ihr Kind, ihre Tochter, die ihr niemals freudestrahlend die Arme entgegenstrecken würde. Sie schluckte, um die aufsteigenden Tränen zurückzudrängen, doch sie konnte ein Schluchzen nicht unterdrücken.

Silvana drehte sich um. »Was …? Ach, Antonella, Liebes.« Schnell setzte sie Lorenzo auf den Boden und eilte zu ihr. »Es tut mir leid, ich habe nicht bedacht, wie weh es dir tun muss, uns zu sehen.«

Das Mitleid in ihrer Stimme ließ Antonellas Augen laufen. Silvana reichte ihr ein Taschentuch. »Möchtest du lieber gehen?«

Schniefend wischte Antonella sich die Tränen aus dem Gesicht. »Nein. Ich kann doch nicht jedes Mal fortlaufen, wenn ich einen Säugling oder ein kleines Kind sehe. Marcos Mutter sagte, man lernt damit zu leben.«

»Wenn es jemand weiß, dann sie«, sagte Silvana. »Ich weiß, das sagt sich leicht für mich, aber du bist jung und gesund, ihr werdet noch mehr Kinder bekommen, Michele und du.«

Vielleicht, vielleicht auch nicht. Doch selbst wenn sie noch Kinder bekommen würde, so konnten sie doch Emilia nicht ersetzen. Silvana hatte leicht reden, ihr Sohn spielte fröhlich mit seinen Klötzchen und sie trug bereits ihr zweites Kind unter dem Herzen. Doch sie hatte es nur freundlich gemeint, deshalb nickte Antonella und versuchte zu lächeln.

Silvana strickte an einem Jäckchen für Lorenzo, Antonella hatte sich das Buch von Pellico geholt und starrte auf die Seiten, ohne etwas zu sehen. In Gedanken war sie in Castagneto. Sie hatte ebenfalls Sachen für ihr Baby genäht und gestrickt. Vielleicht sollte sie sie mitnehmen, wenn sie Tiziana besuchten.

Es dämmerte bereits, als Enrico und Marco den Salon betraten. Beide sahen gleichermaßen müde wie besorgt aus.

»Giulia, bring Lorenzo bitte in sein Zimmer«, wandte sich Enrico an das Kindermädchen. Er wartete, bis Giulia die Klötzchen eingesammelt und mit dem Kind den Raum verlassen hatte, bevor er weitersprach. »Gut, dass wir euch beide hier treffen. Das, was wir euch zu sagen haben, sollte zunächst unter uns bleiben.«

»Gibt es Neuigkeiten von Don Piero?«, fragte Silvana.

»Nein.« Enrico ging rüber zur Anrichte. »Willst du auch einen Grappa, Michele?«

»Ja, danke, ich kann einen gebrauchen.«

Verwundert blickte Antonella ihn an. Was war vorgefallen, dass beide so besorgt wirkten?

»Für euch einen Sherry?«, fragte Enrico, während er zwei langstielige Gläser mit bernsteinfarbener Flüssigkeit füllte.

Silvana schüttelte den Kopf. »Für mich nicht.«

»Für mich auch nicht«, schloss Antonella sich an.

Enrico reichte Marco ein Glas und setzte sich auf den Sessel, Marco blieb am Kamin stehen. »Salute«, sagte er und es klang sarkastisch. In einem Zug leerte er das Glas, dann ging er zum Sofa und setzte sich neben Antonella.

Enrico nippte nur an seinem Grappa. Dann sah er auf. »Ich wollte heute Morgen die Löhne für unsere Rebschneider fertig machen, dabei stieß ich auf jede Menge unbezahlte Rechnungen. Michele und ich haben daraufhin alle Unterlagen durchgesehen und alle Bücher geprüft.« Er machte eine Pause und nippte erneut an seinem Grappa.

»Tatsache ist«, schaltete Marco sich ein, »unser werter Vater hat seit Jahren Schulden gemacht, Darlehen aufgenommen und das Gut an den Rand des Ruins geführt.«

Ungläubig hörte Antonella ihm zu. Piero Marchese di Raimandi, der Mann, der sich aufgeführt hatte wie die Rechtschaffenheit in Person, hatte Schulden gemacht?

»Aber wofür hat er denn so viel Geld ausgegeben?«, fragte Silvana.

Marcos Stimme verriet deutlich seinen schwelenden Zorn. »Für Reisen nach Pisa, Florenz und Genua. Für die nobelsten Unterkünfte, für französischen Champagner. Für ein Haus in Pisa, in das er seine Gespielinnen untergebracht hat. Ich habe Rechnungen für zehn Ellen rote Seide gefunden, für Brüsseler Spitzen. Ich kann mich nicht erinnern, dass Mutter so etwas je getragen hat. Natürlich hat er auch Geld für neue Weinstöcke, Dünger, Schwefel und den Lohn für unsere Arbeiter ausgegeben.«

»Das geht schon seit Jahren so«, ergänzte Enrico. »Er hat einfach Darlehen auf die zu erwartenden Weinverkäufe aufgenommen und damit die nötigsten Rechnungen bezahlt. Wir haben Schulden bei der Bank und so, wie es aussieht, können wir dieses Jahr allerhöchstens die Zinsen tilgen.«

»Aber warum hat die Bank ihm denn immer wieder Geld geliehen?«, fragte Antonella.

Enrico breitete die Arme aus. »Sie haben das Gut als Sicherheit.«

Entsetzt starrte Silvana ihren Mann an. »Sie könnten uns Alberi d'Argento wegnehmen? Aber was tun wir denn jetzt?«

»Zunächst einmal ist es wichtig, dass niemand, wirklich niemand außerhalb der Familie erfährt, wie ernst Vaters Zustand ist. Wir werden allen sagen, dass er wieder gesund wird. Dann müssen wir schauen, wo wir sparen können. Eigentlich sollte Emilia dieses Frühjahr nach Florenz auf die höhere Töchterschule, aber ich fürchte, das werden wir uns nicht leisten können.«

Marco zuckte mit den Schultern. »Lernen kann sie auch hier, und wenn ich bedenke, was dieses Internat aus Donata Frattini gemacht hat, ist es vielleicht sogar besser so.«

»Das ist schade«, sagte Silvana. »Emilia hat sich auf Florenz gefreut.«

»Wahrscheinlich hat sie sich eher darauf gefreut, Mademoiselle Duvenant zu entkommen«, antwortete Marco trocken. »Wenigstens wird es nicht auffallen, wenn wir dieses Jahr keine Feiern ausrichten, wir können unsere Zurückhaltung auf Vaters Erkrankung schieben.«

Antonellas Gedanken waren woanders. »Warum ist es wichtig, dass niemand weiß, wie krank Don Piero wirklich ist?«

»Aus zwei Gründen«, sagte Marco. »Zum einen kann es passieren, dass die Bank die Darlehen kündigt, wenn sie merken, wir sind in Schwierigkeiten, zum anderen wird unser Zwischenhändler versuchen, unsere Zwangslage auszunutzen und den Preis für den Wein drücken.«

Antonella nickte. Es gab da einiges, was sie nicht verstand, doch sie beschloss, Marco später danach zu fragen.

26. KAPITEL

Das Abendessen bestand aus fünf Gängen. Als Antipasti gab es zwei Sorten Crostini mit Leber und Mozzarella. Als zweiter Gang folgte Fasanenconsommé, anschließend wurden frische Forellen vom Gardasee serviert, danach gebratene Täubchen und zum Nachtisch gab es kandierte Früchte.

Innerlich schüttelte Antonella den Kopf und dachte, dass sich schon hier sehr viele Möglichkeiten zum Sparen auftaten. Warum kochte man Fasane aus, statt das köstliche Fleisch zu essen? Was kostete es wohl, Forellen auf Eis vom Gardasee bis nach Montescudaio bringen zu lassen? Dabei gab es hier billigen Seefisch. Die Tauben wurden sicher auch gekauft und nicht hier gezüchtet wie etwa Hühner. Dazu kam, dass von jedem Gang bestimmt ein Drittel der Speisen zurück in die Küche getragen wurde. Das war im Palazzo Barrati nicht anders gewesen. Die Reste waren nach den Mahlzeiten unter den Bediensteten verteilt worden. Sie vermutete, dass es hier ebenso gemacht wurde. Trotzdem konnte man sparen, wenn man weniger üppig kochte und einfachere Speisen servierte. Warum nicht Torta Della Nonna oder ihre Cioccolatina zum Nachtisch, statt der teuren zuckrigen Früchte?

Im Geiste legte sie eine Liste der Dinge an, an denen man sparen konnte.

Alessia und Emilia hatten sich fürs Dinner umgezogen. Ihre Kleider waren aus raschelnder Seide und hatten bestimmt sehr viel gekostet. Alessia trug eine Kette aus Gold und blauen Steinen, die zu ihren Augen passte und mit Sicherheit ein Vermögen wert war.

Verstohlen ließ Antonella ihren Blick durch den Raum schweifen. Kristallgläser in einer Vitrine, kostbare Porzellanvasen auf einer Anrichte, Gemälde an den Wänden. Alles hier sprach von Reichtum.

Nach dem Essen begleitete sie Marco auf die Terrasse hinter dem Haus. Es war schon dunkel, auf der Balustrade brannten Windlichter.

Hand in Hand standen sie dort und sahen in die Nacht.

»Seit 400 Jahren ist dieses Gut im Besitz der Familie«, sagte Marco. »Cosimo der Ältere hat Giovanni di Piero Raimandi das Land als Belohnung für seine Verdienste im Kampf gegen die Albizzi gegeben.« Sie spürte sein Kopfschütteln eher, als dass sie es sah. »Es darf nicht sein, dass wir es verlieren.«

»Ihr werdet es nicht verlieren. Ihr werdet es schaffen. Denk an euren Leitspruch. Wer Flügel hat, dem steht der Himmel offen. Du und Enrico, ihr habt Flügel.«

Er drehte sich zu ihr und legte die Hände an ihre Wangen. »Wir, nicht »ihr«. Du gehörst dazu. Und auch du hast Flügel.«

Auch wenn sie sich nicht wirklich dazugehörig fühlte, liebte sie ihn für seine Worte.

»Enrico und ich müssen die nächsten Tage schauen, wo wir sparen können, damit wir die Zinsen für die Darlehen zahlen können. Und dann müssen wir mit Mutter und Emilia sprechen.«

»Es gibt einiges hier, woran man sparen könnte. Ihr führt einen sehr aufwendigen Lebensstil. Alleine schon das, was hier jeden Abend aufgetafelt wird, könnte fünf Familien ernähren.«

»Das tut es auch, die Reste sind für unseren Bediensteten.«

»Ich dachte es mir. Trotzdem könnte man einfacher kochen, und etwas weniger. Ich könnte mit der Köchin sprechen.«

»Viel würde das allerdings nicht sparen.«

»Unterschätze das nicht. Ich weiß noch von den Barratis, wie teuer diese erlesenen Speisen sind. Und wenn man überall ein wenig spart, kommt auch etwas zusammen. Wie sieht es mit den Arbeitern aus, brauchen wir weniger, wenn du selbst auch die Stöcke beschneidest? Ich kann helfen, ich weiß, wie man das macht.«

Im Kerzenschein sah sie, wie Marco die Stirn runzelte. »Wir haben zwölf Rebschneider eingestellt. Ich kann nicht einfach hingehen und zwei wieder nach Hause schicken. Diese Männer haben Familien zu ernähren.«

Das war allerdings wahr. Und doch ... »Ich denke, wir arbeiten trotzdem mit. Dann sind wir vielleicht ein oder zwei Tage früher fertig. So etwas kommt vor. Alle haben dann etwas weniger Geld, aber du hast niemanden benachteiligt.«

Ein Lächeln vertrieb das Stirnrunzeln auf Marcos Stirn. »Das ist eine gute Idee. Aber nicht du, jedenfalls jetzt noch nicht. Enrico kann auch helfen. Wir nehmen uns den Westhang vor und begründen es damit, dass die Stöcke dort einen besonderen Schnitt brauchen.«

Natürlich, es würde für Verwunderung sorgen, wenn die Frau von Don Michele wie eine Tagelöhnerin in den Weinbergen arbeitete.

»Warum vertreibt ihr euren Wein über einen Zwischenhändler und nicht direkt?«, kam sie zu ihrer nächsten Frage. »Ihr würdet doch beim Direktverkauf mehr Geld bekommen, oder?«

Die Tür hinter ihnen schwang auf. »Ah, hier seid ihr.«

Enrico trat zu ihnen. Der Duft nach Pfeifentabak wehte durch die Nacht.

»Wir sprechen gerade darüber, wie und wo wir sparen können«, sagte Marco. »Antonella hat einige gute Ideen.« Dann wandte er sich wieder ihr zu. »Wir würden zwar mehr Geld für unseren Wein bekommen, doch wir müssten ihn auch zu unseren Kunden transportieren. Das ist sehr aufwendig, wir verkaufen in ganz Norditalien. Du erinnerst dich, Elisa hatte ihn sogar in ihrer Residenza in Berceto. Wir bräuchten zusätzliche Arbeiter und Fuhrwerke. Deshalb ist es besser, wenn unser Zwischenhändler das übernimmt.«

»Aber die Osterien hier in der Umgebung könntet ihr doch direkt beliefern«, wandte sie ein.

»Der Wein von Alberi d'Argento ist zu teuer für die meisten Osterien. Deren Kundschaft gehört nicht zu unserem Klientel«, mischte sich Enrico ein.

Marco verengte die Augen. »Die hochwertigen Weine sind tatsächlich nichts für Osterien, aber unsere einfachen Tafelweine könnten wir wirklich direkt verkaufen.«

»Wir haben keine Kontakte, die müssten wir erst knüpfen.«

»Wir haben Kontakte«, widersprach Antonella. »Tiziana kauft sicher lieber bei uns als bei Moretti, der versucht hat, sie übers Ohr zu hauen.«

»Tiziana?«

»Die Besitzerin einer Osteria an der Via Aurelia«, erklärte Marco. »Antonella hat dort in der Küche gearbeitet.«

Enrico blieb stumm, doch sein Blick sprach Bände.

Marco lachte. »Guck nicht so schockiert. Wir mussten unseren Lebensunterhalt verdienen. Sie hat gekocht und ich habe Bäume geschnitten, Oliven geerntet und Tiziana geholfen, ihr Land zu bestellen.«

»Warum eigentlich nicht«, murmelte Enrico. »Die Osterien hier in der Nähe können wir selbst beliefern. Das dürfte unseren Makler nicht stören, denn der größte Teil des Weines geht doch in die Städte.«

Am nächsten Morgen stand Marco früh auf, um in die Weingärten zu gehen. Enrico hätte noch etwas zu erledigen und würde nachkommen, sagte er.

Nach dem Frühstück kam Doktor Bianchi. Dieses Mal nicht zu Pferd, sondern in einem Zweispänner, und er brachte die Pflegerin mit. Signora Lucia Bertini war eine Frau Ende vierzig, ihr Mann war vor zehn Jahren gestorben und weitere Verwandte hatte sie nicht. Ursprünglich war sie Hebamme in einem kleinen Dorf gewesen, erzählte Doktor Bianchi, doch nachdem die junge Frau des Bürgermeisters bei der Geburt gestorben war, hatte man ihr die Schuld gegeben und sie fortgejagt. Seitdem verdiente sie ihren Lebensunterhalt als Pflegerin.

Nachdem Alessia und der Doktor die Signora erst der Familie und dann Don Piero vorgestellt hatten, bat Enrico seine Mutter und seine Schwester in den Salon. Antonella vermutete, dass er sie über die finanzielle Situation der Familie aufklären wollte.

Unschlüssig schlenderte sie zurück zu ihren Räumen.

Marco wollte nicht, dass sie in den Weingärten half, doch was sollte sie sonst tun? Körperlich ging es ihr inzwischen wieder gut, auch ihr Appetit war zurückgekehrt. Sie beschloss, einen Brief an Tiziana zu schreiben. Angesichts der Situation würde Marco wohl nicht mehr daran denken, nach Castagneto zu fahren.

Von dem Fenster des kleinen Salons neben ihrem Schlafzimmer aus konnte sie die Zypressenallee sehen, die zur Straße nach Cecina führte. Sie öffnete den Sekretär, nahm einen Bogen Papier, Tinte und Feder heraus, setzte sich und begann zu schreiben.

Sie schilderte, wie es ihr bisher hier ergangen war und warum sie zunächst nicht zurückkehren würde.

Am nächsten Sonntag, die Familie saß nach dem Mittagessen noch zusammen, meldete Bastiano Signor Frattini und seine Tochter.

Alessia bat ihn, sie hereinzubringen. Gespannt blickte Antonella zur Tür. Jetzt würde sie also Donata kennenlernen. Die Frau, die nach dem Willen des Marchese Marcos Ehefrau hätte werden sollen.

Bastiano öffnete die Tür. »Bitte sehr.«

Signor Frattini trat ein, gefolgt von einer jungen Frau. Beide trugen schwarz. Donatas Kleid war aus schwarzem Taft, hochgeschlossen und mit schmaler Taille, doch ohne die modische weite Krinoline. Der Rock war eher schmal. In der Hand trug sie einen Zylinder, der mit einem schwarzen Schleier verziert war. Ihr Blick glitt über die Versammelten und blieb an Marco hängen. Sie war außergewöhnlich hübsch. Ihre Haut hatte die Farbe von Sahne, die Augen waren groß und dunkel und als sie jetzt Marco anlächelte, zeigten sich Grübchen in ihren Wangen.

Signor Frattini verbeugte sich galant. »Ich hoffe, wir kommen nicht ungelegen. Wir haben vorgestern von dem Unglück erfahren, das unseren lieben Freund Don Piero getroffen hat. Wie geht es ihm?«

»Zu liebenswürdig«, antwortete Alessia und deutete mit einer graziösen Handbewegung auf die Sitzgruppe vor dem Kamin. »Bitte setzen Sie sich doch. Emilia, läutest du bitte nach Rosa? Sie soll uns Kaffee bringen und ein paar Honigplätzchen.«

Donata lächelte wohlwollend, raffte ihren Rock und ging so dicht an Marco vorbei, dass der Saum ihres Kleids sein Bein streifte. Antonella biss die Zähne zusammen.

»Es geht ihm den Umständen entsprechend gut«, beantwortete Alessia Signor Frattinis Frage. »Der Arzt glaubt, dass er sich in absehbarer Zeit erholen wird.«

»Ich freue mich sehr, das zu hören«, erwiderte Signor Frattini. »Immerhin wären wir Verwandte geworden, hätte uns der Herrgott nicht unseren Lorenzo genommen. Wir sind hierhergekommen, um zu fragen, ob wir irgendwie behilflich sein können.«

»Das ist sehr freundlich von Ihnen«, erwiderte Alessia. »Aber da Michele inzwischen wieder zu Hause ist und auch hier bleiben wird, um Enrico zu unterstützen, denke ich, wir kommen zurecht.«

Signor Frattini neigte den Kopf. »Sie haben wirklich Glück, zwei wohlgeratene Söhne zu haben, die das Erbe ihres Vaters weiterführen können.«

Antonella bemerkte das Zucken um Marcos Mundwinkel, doch Signor Frattini schien seine Bemerkung ernst gemeint zu haben. Anscheinend wusste die Familie di Raimandi ihre Geheimnisse zu wahren.

»Unsere Hoffnungen ruhen nun auf unserer Donata und ihrem zukünftigen Ehemann«, fuhr Signor Frattini fort und warf einen bedeutungsvollen Blick zu Marco.

Der erwiderte den Blick mit einem unverbindlichen Lächeln. »Sicher stehen die jungen Herren Schlange, die um die Hand Ihrer wunderschönen Tochter anhalten.«

Donata kicherte, Signor Frattini runzelte die Stirn. Doch bevor er etwas sagen konnte, trat Marco zu Antonella und reichte ihr die Hand. »Darf ich Ihnen bei dieser Gelegenheit meine Frau vorstellen? Antonella, Signora di Raimandi.«

Ein Schauder lief über ihren Rücken. Es war das erste Mal, dass sie mit diesem Namen vorgestellt wurde. Bisher hatten sie unter Marcos Decknamen gelebt und sie war »Signora Rossi« gewesen.

Marco drückte ihre Hand. »Antonella, dies sind Signor Giacomo Frattini und seine Tochter Signorina Donata Frattini. Ihnen gehört die Tenuta Bandello, die ganz hervorragende Weine hervorbringt.«

Er verbeugte sich in Richtung der Frattinis. Antonella unterdrückte den Impuls zu knicksen, und neigte gemessen den Kopf, wie sie es bei Alessia beobachtet hatte. Marco lächelte ihr kurz zu, anscheinend war würdiges Kopfneigen eine angemessenere Reaktion als das Knicksen.

Signor Frattinis Miene hellte sich sichtlich auf. »Sie gewähren uns zu viel der Ehre, Don Michele. Unsere Weine können sich mit den Ihren nicht messen.«

Donata schienen die Höflichkeiten der beiden Männer nicht zu hören, stattdessen warf sie böse Blicke wie Dolche zu Antonella. Ihre Stimme verriet jedoch nichts davon, sie klang süß wie die Honigplätzchen, die Rosa servierte. »Ich habe davon gehört, dass Don Michele als Ehemann zurückgekommen ist, doch ich konnte es kaum glauben. Eine heimliche Hochzeit in der Fremde ohne Familie …?«

Sie musterte Antonella von oben bis unten, wobei ihr Blick länger auf ihrer Mitte verweilte. Also war auch Donata der Meinung, dass Marco sie nur geheiratet hatte, weil sie ›in Nöten‹ gewesen war. Antonella straffte die Schultern. Sollte sie doch nach den Anzeichen einer Schwangerschaft schauen. Sie würde nichts finden.

»Ach, so heimlich war diese Hochzeit gar nicht«, sagte Enrico lächelnd. »Michele und Antonella haben in Genua geheiratet. Fabrizzio Barrati und ich waren Trauzeugen. Eigentlich war geplant, hier auch noch eine Feier auszurichten, doch in Anbetracht der Umstände …« Er hob die Hände. »Sie verstehen, dass uns zur Zeit nicht zum Feiern zumute ist.«

»Aber selbstverständlich, Don Enrico«, erwiderte Donata und bohrte ihren Blick weiterhin in Antonellas Mitte. »Sind Sie eine Verwandte der Barratis, Signora?«

»Eine Cousine«, antwortete Antonella und lächelte. Das war noch nicht einmal gelogen, auch wenn sie nur durch ihre Mitgliedschaft bei den Carbonari Fabrizzios ›Cousine‹ war.

Neben ihr räusperte sich Marco, seine Mundwinkel zuckten.

Donatas Lächeln war ebenso falsch wie Antonellas. »Anscheinend haben Sie die militärische Laufbahn an den Nagel gehängt, Don Michele«, sagte sie. »Werden Sie mit Ihrer Frau auf Alberi d'Argento bleiben?«

»Zunächst, ja. Enrico hat mich gebeten, ihn bei den jetzt anstehenden Arbeiten zu unterstützen.«

»Apropos, ich kam auch hierher, weil ich Don Enricos oder Ihren Rat brauche«, meldete sich Signor Frattini zu Wort. »Ich habe vor zwei Jahren Cabernet Sauvignon gepflanzt, jetzt ist der Erziehungsschnitt fällig. Da Sie beide bereits Erfahrung mit dieser Resorte haben, dachte ich, ich frage Sie, welches Erziehungssystem Sie für geeignet halten.«

Marco warf einen Blick zu Enrico. Der nickte. »Wenn es nicht allzu sehr eilt, ich muss mich um die Dinge kümmern, die Vater sonst erledigt hat, und Michele beaufsichtigt die Arbeiten in den Weingärten. Aber nächste Woche könnte jemand vorbeikommen, wenn es passt.«

»Ich schicke einen Boten«, sagte Signor Frattini.

Nach dem Austausch weiterer Höflichkeiten verabschiedeten sich die Frattinis.

27. KAPITEL

Am nächsten Tag stand Marco sehr früh auf und kleidete sich an. Eine grünlich-braune Hose, ein hellbeiges Hemd aus grobem Baumwollstoff und eine hellbraune Weste. Um den Hals band er keine Seidenbinde, sondern ein schlichtes Tuch. Es war die Kleidung eines Arbeiters. Nach dem Frühstück wollten er und Enrico durch die Weingärten reiten, die Fortschritte der Arbeit überwachen und besprechen, was als Nächstes zu tun war, erklärte er. Antonella bat darum, sie begleiten zu dürfen, und er schien sich ehrlich darüber zu freuen.

Rasch schlüpfte sie in ihre alten Kleider, holte ihren eigenen Umhang aus dem Schrank und begleitete Marco ins Frühstückszimmer. Enrico saß bereits am Tisch, er war ähnlich schlicht gekleidet wie Marco. Der Rest der Familie schlief wohl noch. Bastiano servierte heißen, schwarzen Kaffee, mit Marmelade gefüllte Hörnchen und luftiges Weißbrot.

Anschließend gingen sie zum Stall. Marco und Enrico hatten sich noch Reitmäntel angezogen, Antonella trug einen Umhang.

»Wir brauchen heute drei Pferde, Vittorio«, sagte Marco. »Signora di Raimandi wird uns begleiten.«

Der Stallmeister musterte Antonella sichtlich irritiert. »Welches Pferd soll ich für die Signora satteln lassen?«

»Ich denke, Rinaldo. Sie hat ihn schon geritten. Ich nehme El Cid, er braucht ein bisschen Bewegung, und Enrico reitet seine Grazia.«

»Aber«, der Stallmeister räusperte sich, »welchen Sattel soll ich für die Signora nehmen? Den der Signorina? Ich weiß nicht, ob der Rinaldo passt.«

»Rinaldo hat doch einen eigenen Sattel«, wandte Antonella ein. Warum sollte sie einen anderen nehmen?

»Aber das ist doch ein Herrensattel«, sagte Vittorio und sah sie entgeistert an.

Ratlos blickte Antonella zu Marco. Was sollte das nun bedeuten? Der schien eben erst wahrzunehmen, dass sie ihre bäuerlichen Kleider trug. »Ach ja. Du bist noch nie auf einem Damensattel geritten.«

»Es gibt besondere Sättel für Frauen?«

»Komm in den Stall, ich zeige es dir.«

Er ging voraus. Im Stall war es warm, es duftete nach Heu und nach Pferden. Zwölf Pferde standen hier in ihren Boxen. Manche schnaubten leise, als sie vorbeigingen. Von draußen hörte sie Vittorio nach den Stallburschen rufen.

»Das ist Cid«, sagte Marco und deutete auf ein großes graues Pferd mit langer seidiger Mähne.

Die Sattelkammer befand sich am Ende des Stalls. Marco zeigte auf drei Sättel, die völlig anders aussahen als derjenige, auf dem sie bisher geritten war.

»Wie soll man darauf sitzen?«

»Man sitzt seitlich, beide Beine sind auf der linken Seite.«

»Aber warum, um Himmels willen?«

»Weil es schicklicher ist, als rittlings auf dem Pferd zu sitzen, und außerdem gibt es keine Probleme mit den Röcken.«

Antonella schüttelte den Kopf. »Ich glaube nicht, dass ich auf so einem Ding reiten kann. Ich bin froh, dass ich mich überhaupt auf Rinaldo halten kann. Und in den Dörfern habe ich niemals eine Frau so reiten sehen. Bist du wirklich der Meinung, ich soll so reiten lernen?«

Marcos Blick wanderte von ihr zu dem Damensattel. »Nein, mein Kastanienmädchen. Bin ich nicht.« Er drehte sich zu einem der Stallburschen um. »Du bist Luigi, nicht wahr?«

»Jawohl, Don Michele.«

»Sattle Rinaldo für meine Frau, aber mit seinem Sattel.«

»Die Signora reitet im Herrensitz?«

»Das tut sie.«

Grundgütiger, womit beschäftigten sich die Leute den ganzen Tag, wenn allein die Tatsache, dass sie normal reiten wollte, zu derartiger Verwunderung und solchen Rückfragen führte? Als ob es nichts Wichtigeres gäbe.

Schließlich standen alle drei Pferde gesattelt vor dem Stall.

Einer der Stallburschen verneigte sich vor Antonella, dann bildete er mit den Händen einen Steigbügel, um ihr beim Aufsteigen zu helfen. Während Antonella ihren Rock zurechtzog, wandte er verlegen den Kopf ab. Verwundert beobachtete sie, dass auch Enrico und Marco mithilfe von Stallburschen ihre Pferde bestiegen. Enrico ritt vorneweg, Marco lenkte seinen Grauen neben sie.

Zum ersten Mal bekam sie eine Vorstellung davon, wie groß das Gut war. Sie ritten bestimmt über eine Stunde durch Weingärten, die sich auf sanften Hügeln erstreckten, und hatte doch noch nicht alle besichtigt.

Marco blieb am Westhang, um sich an der Arbeit zu beteiligen, Antonella und Enrico kehrten zum Stall zurück. Luigi und ein weiterer Bursche nahmen ihnen die Pferde ab.

Enrico bot Antonella galant seinen Arm an und geleitete sie zum Haus.

In ihrem Zimmer schlüpfte sie aus ihren alten Kleidern und zog ein frisches Hemd an. Einen Augenblick stand sie unschlüssig vor dem Schrank, dann fasste sie sich ein Herz und läutete. Kurze Zeit später klopfte es an der Tür und Rosa trat ein.

»Soll ich Ihnen beim Ankleiden behilflich sein?«, fragte sie nach einem kurzen Blick auf Antonella.

»Wäre es möglich, dass ich zuvor ein Bad nehme?« Wegen Don Pieros Erkrankung hatte sie ganz vergessen, dass sie inzwischen wieder baden durfte.

»Aber natürlich, Signora. Ich lasse alles vorbereiten und hole Sie dann.«

Eine Stunde später lag Antonella in der Badewanne und genoss das heiße Wasser. Sie blieb darin, bis das Wasser abkühlte und Finola klopfte, um zu fragen, ob sie Hilfe benötigte. Sie half ihr beim Haarewaschen und hüllte sie anschließend in ein großes, weiches Tuch. Es waren nur ein paar Schritte von diesem Badezimmer zu Marcos Räumen. Finola begleitete sie dorthin und half ihr beim Anziehen. Dann war es auch schon Zeit für die Mittagsmahlzeit. Überrascht stellte sie fest, dass sie wirklich hungrig war. Ihr Magen knurrte, als sie das Esszimmer betrat. Sie versuchte sich zu erinnern, wann sie das letzte Mal Hunger gehabt und mit Appetit gegessen hatte. Es musste vor Paolos Überfall gewesen sein.

Weder Marco noch Enrico nahmen an der Mahlzeit teil. Enrico wäre wieder hinausgeritten in die Weingärten, erklärte Silvana, und Michele wäre gar nicht nach Hause gekommen.

Er kam erst am Abend. Am Nachmittag hatte es angefangen zu regnen, die Tropfen prasselten gegen das Fenster. Ein einschläferndes Geräusch. Antonella saß am Tisch und versuchte einen Brief an ihre Familie zu schreiben, als er das Zimmer betrat.

Matsch klebte an seiner Hose, die Stiefel hatte er wohl schon an der Haustür ausgezogen. Er war durchnässt und wirkte müde, doch es lag ein Ausdruck von Zufriedenheit auf seinem Gesicht.

»Mmh, du riechst gut«, sagte er, als er sich über sie beugte und ihr einen Kuss aufs Haar drückte.

»Ich habe ein Bad genommen.«

»Ein Bad. Das wäre eine gute Idee. Bei diesem Regen ist die Arbeit kein Spaß. Ich bin völlig durchgefroren.«

»Soll ich läuten? Du hättest noch Zeit.«

Doch er schüttelte den Kopf. »Nein, heute nicht. Enrico und ich wollen uns nach dem Essen noch mal die Buchhaltung vornehmen.«

Nach dem Essen zogen Marco und Enrico sich in Don Pieros Arbeitszimmer zurück.

Da es zum Schlafen noch zu früh war und sie keine Lust hatte, die Zeit alleine in ihrem Zimmer zu verbringen, setzte sich Antonella zu den Frauen in den Salon. Silvana strickte, Alessia hatte eine Decke vor sich liegen, die sie mit Stickereien verzierte, und Emilia saß am Tisch und blätterte lustlos in einem Buch.

»Woher bekommt ihr eigentlich die Wolle?«, fragte Antonella und deutete auf den Korb neben Silvanas Füßen.

»Diese habe ich mir schicken lassen, sie ist besonders weich.«

Und sicher war sie auch sehr teuer.

»Spinnt ihr nicht selbst?«

»Ich habe es versucht. Das Spinnrad steht noch in meinem Zimmer, aber ich bin zu ungeschickt dafür. Kannst du spinnen?«

»Ich bin die Tochter eines Schäfers«, gab Antonella lächelnd als Antwort. »Ich bin mit dem Spinnrad groß geworden. Könnte ich deines leihen?«

Dass sie sich eines Tages freiwillig ans Spinnrad setzten würde, hätte sie nie gedacht. Aber sie hatte das Gefühl, etwas tun zu müssen, wenn sie schon Marco nicht helfen konnte.

»Aber natürlich. Warte, ich lasse es gleich holen. Wir haben auch noch Rohwolle.«

Eine halbe Stunde später saß Antonella am Rad und drehte die Wolle zwischen ihren Fingern zu einem Faden. Wie nicht anders zu erwarten, war es Rohwolle von allerfeinster Qualität. Emilia hatte ihr Buch weggelegt und sah wie gebannt zu.

So fanden Marco und Enrico sie vor, als sie zwei Stunden später in den Salon kamen. Marco lächelte sie an. »Ich gehe zu Bett, morgen geht es wieder früh raus in die Weingärten. Kommst du mit?«

Antonella stoppte das Rad und nickte.

Am nächsten Morgen brachte Rosa ein dunkelblaues Gewand aus festem Stoff und breitete es auf dem Bett aus. »Das ist das Reitkleid von Signora Silvana. Es ist vielleicht ein bisschen zu weit, aber das können wir ändern. Falls Sie wieder planen, mit den Herren auszureiten.«

In Schnitt und Ausführung glich es dem schwarzen Kleid, dass Donata bei ihrem Besuch getragen hatte.

Antonella wartete, bis Rosa den Raum verlassen hatte, dann wandte sie sich an Marco. »Steckst *du* dahinter?«

Er schüttelte den Kopf. »Ich vermute, meine Mutter. Sicher hat es sich gestern herumgesprochen, dass du unschicklich gekleidet warst und im Herrensitz geritten bist.«

Natürlich, das war bei den Barratis nicht anders gewesen. Die Dienstboten bekamen alles mit, und irgendwann fand der Tratsch auch den Weg zur Herrschaft. Sie betrachtete das Kleid genauer.

Das Oberteil wurde vorne zugeknöpft und war schmal geschnitten, aber sie würde es wohl ohne Korsett tragen können, da Silvana auch schon vor ihrer Schwangerschaft rundlicher gewesen war als sie. Die Ärmel waren nicht ganz so bauschig und der Rock war um ein gutes Stück länger als bei normalen Kleidern, sodass er auch über die Knöchel fallen würde, wenn sie auf dem Pferd saß. Zum Kleid gehörte eine schmal geschnittene Hose aus dem gleichen dunkelblauen Stoff. Das wiederum war sehr praktisch. Außerdem hatte Rosa Handschuhe aus weichem, schwarzem Leder bereitgelegt.

»Na gut«, sagte sie. »Ich kleide mich angemessen, bevor die Leute sich noch mehr das Maul über das unschickliche Benehmen der Frau von Don Michele zerreißen. Aber ich reite nicht im Damensitz.«

Marco küsste sie auf die Wange. »Das musst du auch nicht. Mir ist es lieber, du fühlst dich sicher.«

Er schlüpfte in die Kleider vom Vortag. »Heute komme ich etwas früher, und dann möchte ich gern baden.«

Antonella gewöhnte sich rasch an den neuen Rhythmus in ihrem Leben. Morgens früh aufzustehen und mit Enrico und Marco durch die Weingärten zu reiten, machte ihr Freude. Sie lauschte dem, was die Brüder besprachen, saugte die Informationen über Rebschnitt und Reberziehung auf.

Manchmal begleitete Mario sie. Noch nie hatte sie jemanden getroffen, der so viel über Wein wusste wie er.

Vittorio Falcone hatte einen stabilen Stuhl umgebaut und mit Rädern versehen, sodass Don Piero bei den Mahlzeiten mit am Tisch sitzen konnte. Sein Zustand hatte sich ein wenig gebessert. Er schaffte es, mit der linken Hand zu essen, doch seine rechte Körperhälfte war weiterhin gelähmt und er konnte immer noch nicht verständlich sprechen. Nach den Mahlzeiten schob Alessia ihn in den Salon, wo er seine Zeit damit zubrachte, aus dem Fenster zu starren. Antonella glaubte, deutliche Missbilligung in seinen Augen zu sehen, wenn sein Blick auf sie fiel, aber vielleicht bildete sie sich das nur ein. Im Grunde tat er ihr leid. Er war so ein herrschaftlicher, stolzer Mann gewesen. Es musste furchtbar für ihn sein, nun bei allem und von jedem Hilfe zu brauchen.

Seit Marco auf dem Gut arbeitete, schlief er tiefer und ruhiger. In Castagneto war sie noch regelmäßig von seinem Stöhnen und Herumwerfen geweckt worden, wenn er mal wieder davon träumte, wie die Folterknechte Carlo Albertos ihn aus seiner Kerkerzelle zerrten, um ihn zu verhören. Doch nun fiel er abends ins Bett und schlief durch bis zum Morgen. Und das lag nicht nur an der körperlichen Arbeit. Als sie sich in San Martino versteckt hatten, hatte er geholfen, die Straße nach Süden nach einem Erdrutsch freizuräumen. Damals hatte er vielleicht noch härter gearbeitet und trotzdem war er jede Nacht schweißgebadet aufgewacht. Alberi d'Argento hatte auf ihn eine ähnliche Wirkung wie das Land auf den Riesen in dem Märchen, das ihre Mutter ihr erzählt hatte. Es heilte ihn.

Abgesehen von dem gemeinsamen Ritt am Morgen, sah sie in diesen Tagen nicht viel von ihm. Enrico und er verbrachten den ganzen Tag in den Weingärten, wo sie die

Stöcke schnitten. Selbst zum Mittagessen kamen sie nicht ins Haus, sondern aßen mit den Tagelöhnern. Abends kam er todmüde nach Hause, zog seine verschmutzte Arbeitskleidung aus, wusch sich und verwandelte sich für die Abendmahlzeit mittels Hose aus feinem Stoff, Seidenhemd, Weste und Halsbinde vom Landarbeiter in den Sohn des Marchese di Raimandi. Beim Essen war er meist schweigsam und überließ Enrico das Reden. Anschließend zogen sich die Brüder ins Arbeitszimmer zurück und kümmerten sich um die Buchhaltung.

Wenn er dann spät in seine Räume kam, fiel er regelrecht ins Bett und schlief sofort ein.

Nach dem morgendlichen Ausritt verbrachte Antonella den Rest des Tages mit Spinnen oder sie strickte Socken, wie man es in den Bergen tat. Socke und Sohle getrennt, sodass man nur die Sohlen austauschen musste, wenn sie durchgelaufen waren. Jetzt erst wurde ihr klar, wie ungewöhnlich ihr Leben mit Marco bisher gewesen war. Bei ihrer Wanderung durch die Berge und auch in San Martino waren sie im Grunde Tag und Nacht zusammen gewesen. Auch in Castagneto hatten sie viel mehr Zeit miteinander verbracht als hier. Oft hatten sie gemeinsam gearbeitet, ob auf Alessandros Land oder bei Tiziana.

Sie hatte nicht bedacht, dass der Alltag in den meisten Familien ganz anders aussah. Die Männer kümmerten sich um das Land, Vieh oder die Geschäfte, die Frauen um das Haus und die Kinder. Das hatte noch nicht einmal etwas mit dem Gut und dem Reichtum der Familie di Raimandi zu tun, denn auch in Cerreto war es nicht anders. Auch dort waren die Männer von früh bis spät unterwegs, während die Frauen sich um Haushalt und Kinder kümmerten. Natürlich ging es den Frauen der di Raminadi sehr viel besser als den Frauen in Cerreto, denn sie mussten lange nicht so hart arbeiten.

Im Grunde mussten sie gar nicht arbeiten, und auch das war etwas, das ihr Unbehagen bereitete. Sie war es nicht gewohnt, nichts zu tun. Ihr fehlte eine echte Arbeit, ihr fehlte die Bewegung. Stricken und Spinnen mochten für zwei, drei Stunden gehen, doch es waren eintönige Tätigkeiten, die sie nicht ausfüllten. Die Nachmittage verbrachte sie oft alleine im Frühstückszimmer oder in dem kleinen Salon, der zu ihren Räumen gehörte, denn dann saß Don Piero im Salon und sie fühlte sich in seiner Gegenwart so befangen, dass sie ihm aus dem Weg ging. Die Arbeit in ihrer Heimat oder auch in der Küche der Barratis war ungleich schwerer gewesen, doch sie hatte immer Gesellschaft gehabt. In Cerreto ihre Schwestern, ihre Mutter und Francesca. In Genua war Farina ihre Freundin gewesen und in Castagneto dann Tiziana. Doch hier hatte sie niemanden, mit dem sie lachen und plaudern konnte. Marcos Mutter war von ernstem Gemüt, sie hatte wohl auch selten Grund zum Lachen. Antonella begegnete ihr im Grunde nur bei den Mahlzeiten.

Emilia war unter normalen Umständen wohl ein fröhliches Mädchen, doch nun war auch sie bedrückt und außerdem hatte sie durch ihren Unterricht wenig Zeit.

Antonella spielte mit dem Gedanken, zu fragen, ob sie nicht an Emilias Unterricht teilnehmen könnte. Lesen und Schreiben zu lernen, hatte ihr Spaß gemacht, und auch die anderen Dialekte, die Marco sie gelehrt hatte. Doch Mademoiselle Duvenants herablassende Art schreckte sie ab.

Silvana war reizend, ausgeglichen, fröhlich. In ihrer Gegenwart hatte Antonella niemals das Gefühl, nur ein mehr oder weniger gern gesehener Gast im Hause der Raimandis zu sein, aber es war trotzdem nicht das Gleiche wie mit

Francesca oder Tiziana. Außerdem verbrachte Silvana viel Zeit mit ihrem Sohn und der Anblick des Kindes schmerzte immer noch. Vielleicht würde sie sich weniger einsam und verloren fühlen, wenn sie wieder schwanger würde. Vielleicht würde es ihr sogar helfen, den Verlust von Emilia zu verschmerzen. Aber es war ja nicht mal sicher, ob sie überhaupt noch Kinder bekommen konnte.

Sie schrieb an ihre Familie, doch sie erwähnte weder Paolos Überfall noch schrieb sie, wo Marco und sie lebten. Zu groß war ihre Angst, dass Paolo nach seiner Rückkehr davon hören und Marco an die Carabinieri verraten könnte.

28. KAPITEL

An einem Nachmittag Anfang März saß Antonella in ihrem Zimmer und las, als sie Hufschläge im Hof hörte. Enrico und Marco waren heute schon früh von den Weingärten zurückgekehrt. Der Rebschnitt war beendet und sie wollten durchrechnen, wie viel Geld nach der Bezahlung der Tagelöhner noch übrig war. Also musste es ein Besucher sein. Neugierig stand sie auf und trat ans Fenster.

Im Hof stand ein wunderschönes, dunkelbraunes Pferd, auf dem eine Frau saß. Sie trug ein schwarzes Kleid und einen kleinen schwarzen Zylinder mit einem Schleier, der ihre Augen beschattete.

Vittorio Falcone kam von den Stallungen gelaufen, verbeugte sich und griff nach den Zügeln des Pferdes. Die Frau blickte nach oben und Antonella erkannte Donata Frattini.

Graziös hob Donata ihr rechtes Bein über das Horn des Damensattels. Vittorio reichte ihr die Hand und sie glitt elegant vom Pferd. Sie sagte etwas zu Vittorio, dann raffte sie ihren Rock und schritt zum Eingang.

Was wollte sie hier? Antonella konnte sich nicht erinnern, dass Besuch angekündigt war, also war sie wohl einfach so vorbeigekommen. Warum auch nicht? Die Familien waren seit Jahren befreundet und Emilia war mit Donatas Bruder verlobt gewesen. Vielleicht waren die beiden jungen Frauen trotz des Altersunterschieds von drei Jahren Freundinnen. Doch zu ihrer Verwunderung brachte Vittorio das Pferd nicht in den Stall, sondern wartete im Hof. Also würde Donata wohl nicht lange bleiben. Vielleicht gab sie nur etwas ab?

Antonella wandte sich wieder ihrem Buch zu, aber Donatas Erscheinen hatte sie zu sehr abgelenkt. Wieder blickte sie aus dem Fenster, gerade rechtzeitig, um zu sehen, wie Marco aus der Tür trat, gefolgt von Donata. Er sprach mit Vittorio, der die Zügel von Donatas Pferd an ihn übergab und zum Stall ging.

Die Zügel locker über den Arm gelegt, beugte Marco die Knie und verschränkte die Finger. Höflich lächelnd stellte Donata ihren linken Fuß auf seine Hände, legte eine Hand auf seine Schulter, die andere auf die Sattelfläche. Marco richtete sich auf und hob sie in den Sattel. Donata zupfte sorgfältig die Falten ihres Rocks zurecht und schob ihren Fuß in den Steigbügel, den Marco für sie bereithielt. Beide bewegten sich mit jener Selbstsicherheit und Eleganz, die Antonella schon bei ihrer ersten Begegnung an Marco aufgefallen war.

Sie biss die Zähne zusammen. Wie unbeholfen musste sie dagegen wirken, wenn sie auf Rinaldo kletterte?

Marco reichte Donata die Zügel. Sie beugte sich vor, klopfte ihm mit dem Griff ihrer Reitgerte auf die Schulter und sagte etwas, das er mit einem lauten Lachen beantwortete.

Das Atmen fiel ihr schwer. Wann hatte sie ihn Mal so unbekümmert lachen sehen? Es musste Wochen her sein.

Donata lachte ebenfalls und fasste die Zügel kürzer. Doch sie ritt nicht los, und kurze Zeit später wusste Antonella auch, wieso. Vittorio führte El Cid aus dem Stall, er war gesattelt und gezäumt. Noch bevor Marco aufsaß, rief Donata ihm etwas zu, wendete ihr Pferd und preschte im Galopp die Zypressenallee entlang. Eine Staubwolke folgte ihr. Marco sprang aus dem Stand in den Sattel, beugte sich vor und El Cid galoppierte an. Er steigerte sein Tempo rasch, Antonella konnte noch sehen, wie er Donatas Pferd einholte.

Vittorio blickte ihnen nach und schüttelte den Kopf.

Antonella wandte sich vom Fenster ab und atmete tief durch. Was hatte das zu bedeuten? Warum, verdammt noch mal, ritt ihr Ehemann einfach so mit einer alleinstehenden Frau aus? Kurz überlegte sie, Silvana oder Alessia zu fragen, ob sie etwas wussten, doch dann schüttelte sie den Kopf. Diese Blöße würde sie sich nicht geben. Sie hatte vor ihrer Hochzeit mit Marco über Donata gesprochen und er hatte deutlich gesagt, dass sie ihm niemals etwas bedeutet hatte.

Trotzdem gingen ihr die Bilder nicht aus dem Kopf. Wie elegant sie im Damensattel ausgesehen hatte. Marco, der die Knie beugte, um ihr beim Aufsteigen zu helfen. Sein Lachen. Was hatte sie wohl Witziges zu ihm gesagt? Schließlich rief sie sich selbst zur Ordnung. Wahrscheinlich gab es eine ganz einfache Erklärung. Wenn er heimkam, würde Marco ihr sicher von seinem Ausflug erzählen.

Später ging sie doch noch in den Salon und setzte sich ans Spinnrad. In der Ecke des Zimmers spielte Silvana mit Lorenzo. Alessia und Emilia waren nicht da.

Zwei Stunden später war Marco immer noch nicht zurück.

Er kam erst, als die Familie sich bereits zum Abendessen versammelte. Enrico warf ihm einen schnellen Blick zu, den Marco mit einem Nicken beantwortete. Anscheinend wusste Enrico, wo Marco gewesen war. Beim Essen drehte sich die Unterhaltung jedoch nur um Alltägliches.

»Bevor ich es vergesse«, sagte Alessia, als die Mahlzeit beendet war. »Der Postbote war heute Nachmittag da und hat Briefe gebracht. Ich habe sie auf das Büffet gelegt, weil ich euch nicht bei der Arbeit stören wollte.«

»Ah, danke.« Enrico holte die Briefe und sah sie kurz durch. »Einer von Tante Milena aus Mailand, einer von der Accademia dei Georgofili und dieser …« Er runzelte die Stirn, dann griff er zum Brieföffner, schlitzte das Kuvert auf und zog ein Blatt heraus. Seine Hände begannen zu zittern, er ließ sich auf seinen Stuhl sinken, den Blick weiterhin auf den Brief geheftet. Alle Farbe wich aus seinem Gesicht.

»Was ist los?«, fragte Marco.

Enrico ließ das Blatt sinken und starrte seinen Vater an, der in seinem Rollstuhl am Tisch saß. »Die Bank kündigt unsere Hypotheken. Sie schreiben, durch die bedauerliche Erkrankung des Marchese di Raimandi sei leider nicht mehr gewährleistet, dass das Gut eine Sicherheit ist. Sie geben uns eine Frist bis September, um die Hypotheken zu bezahlen.« Seine Stimme war kaum hörbar.

»Was?« Marco sprang auf und riss seinem Bruder den Brief aus der Hand. Antonella sah, wie seine Augen sich von links nach rechts bewegten. Seine Lippen formten tonlos die Worte, als lese er wie ein Kind.

»Was bedeutet das?«, fragte Emilia.

Langsam hob Marco den Kopf. Seine Augen funkelten. »Sie nehmen uns Alberi d'Argento, das bedeutet es.« Er sprach kaum hörbar durch seine zusammengebissenen Zähne, seine Kiefermuskeln traten deutlich hervor.

Emilia schrie spitz auf, Alessia und Silvana erstarrten. Marco ließ den Brief fallen und umrundete den Tisch, bis er vor dem Rollstuhl seines Vaters stand. Antonella starrte ihn an. Noch niemals hatte sie eine derartig unbändige Wut in seinem Gesicht gesehen.

»Du!«, stieß er hervor. »Du hast uns so weit gebracht. Du hast Alberi d'Argento zugrunde gerichtet.« Er packte seinen Vater an der Weste und schüttelte ihn. »Mir hast du vorgeworfen, ich sei leichtsinnig und verantwortungslos und deshalb nicht wert, das Gut zusammen mit Enrico zu bewirtschaften, dabei würde ich alles für Alberi d'Argento tun!« Am Anfang hatte er leise gesprochen, doch jetzt brüllte er.

Don Pieros Kopf schlug vor und zurück, während Marco ihn schüttelte.

»Michele!«, schrie Alessia, doch Marco beachtete sie nicht.

Enrico sprang auf, packte ihn an den Schultern und zerrte ihn von Don Piero fort. »Hör auf!«

Marco wehrte sich nicht. Er ließ die Hände sinken, doch sein Blick war weiterhin auf Don Piero gerichtet, sein Gesicht blieb wutverzerrt. »Mögest du dafür in der Hölle schmoren.«

Er schüttelte Enricos Hände ab und stürmte aus dem Raum.

»Don Piero, geht es Ihnen gut?« Die Pflegerin eilte zu ihm und half ihm, sich wieder gerade hinzusetzen. Unwillig schüttelte Don Piero den Kopf. Sein Mund öffnete sich, doch er brachte nur ein unverständliches Lallen heraus.

Alessia füllte ein Glas mit Wasser und hielt es ihrem Mann an die Lippen. Seine Augen funkelten zornig, doch er trank.

Antonella stand auf. »Entschuldigt mich.«

Ohne auf eine Antwort zu warten, verließ sie das Esszimmer und hastete den Flur entlang zu ihren Räumen. War er hier oder war er nach draußen gelaufen? Sachte drückte sie die Türklinke herunter und trat ein. Er war hier.

Er stand mit dem Rücken zu ihr, den rechten Arm an die Wand gelehnt und die Stirn dagegengedrückt. Seine Weste lag auf dem Boden, ebenso die Halsbinde.

»Marco«, sagte sie leise.

Er schüttelte den Kopf, ohne sich von der Wand zu lösen. Seine linke Hand war zur Faust geballt. »Bitte lass mich allein. Ich bin keine gute Gesellschaft.«

»Ich bin nicht hier, weil ich nach guter Gesellschaft suche, sondern weil du mich brauchst.«

Sie schloss die Tür, trat hinter ihn und legte ihm ihre Hände auf die Schultern. Er zitterte am ganzen Leib.

»Marco, Liebster.«

»Ich ertrage es nicht«, stieß er hervor. »Damals, als Vater Enrico zu seinem Erben ernannt hat, da war es schwer, doch ich konnte es aushalten, weil ich wusste, Alberi d'Argento ist in guten Händen. Auch als er mich verstieß und ich nach Modena ging, wusste ich, Enrico liebt dieses Land ebenso wie ich. Doch nun …« Er drehte sich um, nahm sie an den Schultern und blickte sie an. In seinem Gesicht stand die schiere Verzweiflung. »Nun werden sie es uns wegnehmen und an irgendjemanden verkaufen. Vielleicht teilen sie das

Land sogar auf und verkaufen es Stück für Stück an irgendwelche reichen Städter, die sich ein Landhaus bauen wollen.«

Sie schlang ihre Arme um ihn, spürte, wie es ihn schüttelte.

»Ich halte das nicht aus. Zu sehen, wie es in fremde Hände kommt.«

Er drückte sich an sie, fuhr mit zittrigen Händen durch ihr Haar und vergrub sein Gesicht darin. »Antonella, hilf mir. Tu etwas, damit ich nicht zu ihm gehe. Ich könnte ihn umbringen für das, was er getan hat.«

Seine Verzweiflung erinnerte sie an den Tag in San Martino, an dem Tommaso sie zufällig gefunden hatte. Damals hatte er versucht sich umzubringen, um der Gefangennahme zu entgehen. Anschließend war sie regelrecht über ihn hergefallen, um ihn ins Leben zurückzuholen. Sie trat einen Schritt zurück und öffnete die Verschnürung ihres Mieders. Dann zog sie sich aus, bis sie nackt vor ihm stand. Langsam streifte sie das Hemd von seinen Schultern und öffnete seine Hose. »Liebe mich.«

Seine Augen weiteten sich. Er hob die Hand, legte sie beinahe zaghaft auf ihre Brust. Dann beugte er sich vor und küsste sie, während er ihre Brüste streichelte. Seine Küsse waren gierig und schmeckten nach Salz. Er stöhnte, flüsterte ihren Namen. Schließlich ließ er sie los, zerrte seine Hose über die Hüften und zog sie aus. Dann fasste er Antonella an den Schultern und schob sie zum Bett. Er war mehr als bereit, als er sie in die Kissen drückte. Und sie war bereit für *ihn*. Während er sie küsste, spreizte sie die Beine, hob ihre Hüften. Kleine Schweißperlen standen auf seiner Stirn, er hatte die Augen geschlossen, zwischen seinen Brauen stand eine Falte. Stumm ließ er sich auf sie sinken, drang in sie ein. Sie hatte erwartet, dass er stürmisch sein würde in seiner Wut, vielleicht sogar grob. Doch er war behutsam, bewegte sich mit einer beinahe quälenden Langsamkeit, bis sie es schließlich war, die sich ihm entgegenwarf. Dann erst ließ er sich fallen, dann verschwand die steile Falte zwischen seinen Augenbrauen.

Später rollte er sich mit ihr auf die Seite, hielt sie mit seinen Armen und Beinen umschlungen. »Verzeih mir«, sagte er leise.

»Was soll ich dir verzeihen?«

Er hob den Kopf. Seine Augen waren wieder klar, die unbändige Wut war aus ihnen verschwunden. »Ich stellte mir unser erstes Mal nach …« Er stockte kurz. »Ich stellte es mir anders vor. Ich wollte dich verwöhnen, nicht benutzen.«

Sie streichelte sein Haar, staunte zum wiederholten Male, wie weich seine Locken waren. »Es gibt nichts zu verzeihen.«

»Ich kann nicht bei dir bleiben, ich muss zu Enrico. Wir müssen besprechen, was wir tun können, ob wir etwas tun können.« Er schluckte.

»Möglicherweise ist noch nicht alles verloren«, sagte sie. »Vielleicht könnt ihr die Bank überzeugen, euch einen Aufschub zu gewähren.«

»Ja, vielleicht«, sagte er und lachte bitter. »Sie haben uns eine Frist bis September gesetzt. Mit dem 1833er Wein können wir die Zinsen zahlen, doch den Wein, den wir jetzt anbauen, können wir erst nächstes Jahr verkaufen, und das ist zu spät.«

»Dann brauchen wir etwas, das wir früher verkaufen können. Dann könnt ihr der Bank anbieten, im September zumindest einen Teil der Hypothek zu bezahlen. Vielleicht …« Sie brach ab. So viele »vielleicht« hatte Marco gesagt, als sie ihm erzählt hatte, dass es nicht sicher sei, ob sie noch mal ein Kind bekommen konnte. »Gibt es irgendetwas, dass ihr zu Geld machen könnt?«

Mit einem Seufzer löste er sich von ihr und stand auf. »Komm mit zu Enrico. Ich möchte dich dabeihaben.«

Er sammelte sein Hemd und seine Hose vom Boden auf, zog sich an und half danach ihr beim Ankleiden.

»Soll ich nach Finola läuten, damit sie dir die Haare macht? Ich habe deine Frisur verwüstet.«

Sie schüttelte den Kopf und griff nach ihrem Kamm. Nachdem sie ihr Haar entwirrt hatte, flocht sie einen Zopf.

Im Esszimmer fanden sie nur Rosa vor, die den Tisch abräumte. Die Signora wäre bei Don Piero in seinem Zimmer und Don Enrico hätte sich zurückgezogen, teilte sie ihnen mit.

Sie fanden ihn und Silvana in Don Pieros Arbeitszimmer. Silvanas Augen waren gerötet, Enrico war ähnlich aufgelöst wie Marco vorher. Weste und Halsbinde hingen über einem Stuhl, sein Hemd war halb aufgeknöpft, sein Haar stand wirr vom Kopf ab.

»Mein Benehmen von vorhin tut mir leid«, sagte Marco, als sie ins Zimmer traten. »Ich habe die Beherrschung verloren.«

Enrico seufzte. »In diesem Fall kann ich dich voll und ganz verstehen. Nur hilft es nichts, zu toben. Setzt euch. Ich hole Mutter.«

Er verließ den Raum und kehrte kurze Zeit später mit Alessia zurück. Offensichtlich hatte sie nicht geweint. Sie war sehr blass, wirkte aber gefasst.

Enrico rückte ihr einen Stuhl zurecht und setzte sich an den Schreibtisch. Sachlich listete er auf, wie viel Gewinn er vom Wein des letzten Jahres erwartete. »Wir können sparen, wenn wir keinen Dünger und keinen Schwefel kaufen. Eigentlich wollte ich zwei neue Pflüge anschaffen, das geht natürlich nicht. Aber wir brauchen Arbeiter, die die Ranken aufbinden. Selbst wenn Michele, Mario und ich mitarbeiten, zu dritt schaffen wir es nicht.«

»Warum sollten wir überhaupt noch einen Fiorino in das Gut stecken, wenn sie es uns ohnehin wegnehmen?«, warf Alessia ein. »Sollen sich die, die es kaufen, um den Wein kümmern. Das Geld für die Arbeiter sollten wir besser behalten und in unsere Zukunft investieren. Wir brauchen ein Haus.«

Sie ist anders als ihre Söhne, dachte Antonella.

Das Gut war ihr nicht wichtig, sie konnte ebenso gut woanders leben.

Über den Schreibtisch hinweg wechselten Enrico und Marco einen Blick.

»So schnell gebe ich Alberi d'Argento nicht auf«, sagte Enrico. »Ich fahre übermorgen nach Siena und rede mit den Bankiers. Ich muss sie überzeugen, dass wir in den nächsten zwei Jahren die Schulden zurückzahlen können.«

»Aber wie?«, fragte Alessia.

Marco nickte seinem Bruder zu. »Ich sehe es wie Enrico. Wir müssen irgendwie einen Teil der Schuld diesen Herbst tilgen. Das heißt, wir müssen an allem sparen. Keine neuen Kleider, leider auch kein Internat für Emilia.«

Alessia fuhr auf. »Das geht nicht. Alle jungen Mädchen aus guten Familien gehen nach Florenz, um ihrer Erziehung den letzten Schliff zu geben.«

Bedauernd schüttelte Marco den Kopf. »Emilia ist ein wunderbares Mädchen. Sie wird auch so einen Mann finden, falls es das ist, was dir Sorgen macht. Lass uns lieber überlegen, wo wir noch sparen und womit wir Geld verdienen können.«

»Wir brauchen irgendetwas, was schnell wächst«, schaltete Antonella sich ein. »Habt ihr Brachland, auf dem man Getreide anbauen könnte?«

»Unsere Pächter bauen Getreide an. Die Hälfte der Ernte bekommen wir, die andere Hälfte behalten sie«, antwortete Enrico. »Mit Getreide lässt sich hier kein Geld verdienen. Viele Ländereien haben Maulbeerbäume für die Seidenraupenzucht, aber das wollte Vater nie.«

»Etwas, das schnell wächst …«, murmelte Marco und trommelte mit den Fingern auf der Stuhllehne. »Ich hab's: Sonnenblumen. Man sät sie im März aus und erntet im September. In Castagneto habe ich viele Sonnenblumenfelder gesehen. Das Öl ist gut und die Ernte einfach. Wir können sie nach der Ernte des Winterweizens aussähen. Und nach den Sonnenblumen können wir Hartweizen sähen. Dann haben wir zwei Ernten im Jahr. Wie viel Land hätten wir dafür?«

»Wir haben drei große Felder mit Winterweizen, der Ende März erntereif ist. Normalerweise liegen sie im Sommer brach.« Enrico beugte sich vor, seine Augen funkelten. »Ich habe auch schon gehört, dass vermehrt Sonnenblumen zur Ölgewinnung angebaut werden. Wir sollten es versuchen.«

»Außerdem brauchen wir ein Konzept, wie wir die Erträge des Guts insgesamt steigern können.« In Marcos Augen stand das gleiche Leuchten wie in Enricos. »Mario sagt, es gibt inzwischen neue Methoden bei der Reberziehung, die einen höheren Ertrag einbringen sollen. Vater hat sich immer geweigert, sie auszuprobieren. Wir könnten sie bei der Neupflanzung am nördlichen Weingarten testen. Irgendwie müssen wir die Bank überzeugen, dass sie mehr damit gewinnen, uns Alberi d'Argento zu lassen, als es zu verkaufen. Und wenn wir dafür die Pinienzapfen aus unserem Wald sammeln und die Kerne verkaufen müssen.«

»Ihr habt einen Wald?«, unterbrach Antonella sie.

Beide Männer wandten sich ihr zu.

»Einen kleinen«, sagte Enrico.

Antonella unterdrückte ein Lächeln. Klein war ein dehnbarer Begriff und Enrico verstand mit Sicherheit etwas anderes darunter als sie.

In der nächsten Stunde entwickelten die Brüder Ideen, die Enrico den Bankiers vorstellen sollte. Irgendwann verabschiedete sich Alessia. Sie küsste ihre beiden Söhne auf die Stirn. »Ihr schafft das. Ich bin sehr stolz auf euch.«

Es war fast Mitternacht, als Antonella und Marco schließlich zu Bett gingen. Marcos Verzweiflung war gewichen und hatte einer wilden Entschlossenheit Platz gemacht. Er würde um das Gut kämpfen.

»Ich habe nicht gewagt, es in der Gegenwart deiner Mutter und deines Bruders vorzuschlagen«, sagte Antonella. Sie lag im Bett, ihr Kopf auf Marcos Arm. »Aber es gibt viele Reichtümer in diesem Haus. Kostbare Vasen, Möbel, Schmuck. Das ist alles bestimmt viel wert.«

»Hm.« Er drehte sich zu ihr und blickte sie an. »Ich glaube nicht, dass jemand alte Möbel und Vasen und so ein Zeug kaufen würde. Die Reichen haben selbst genug davon und die Armen geben kein Geld für so etwas aus. Die Juwelen dagegen … Vielleicht kann man sie verpfänden. Ich rede mit Enrico. Und noch etwas: Vater hat eine Vorliebe für Cognac und Champagner. Im Keller lagern zig Flaschen alter Cognac, echte Kostbarkeiten, ebenso Champagner. Wenn ich mit Enrico nach Siena fahre, nehme ich sie mit. In Siena gibt es eine Enoteca, die so etwas verkauft.«

Erst kurz vor dem Einschlafen erinnerte sich Antonella an seinen Ausritt mit Donata. Er hatte nichts dazu gesagt, doch das war angesichts der Katastrophe, die heute über sie hereingebrochen war, nicht weiter verwunderlich. Sicher würde er ihr irgendwann davon erzählen.

29. KAPITEL

Zwei Tage später bestiegen Marco und Enrico die Kutsche mit dem Familienwappen. Enrico hatte eigentlich alleine reisen wollen. Marco könnte ihn ohnehin nicht zur Bank begleiten, hatte er gesagt, denn die Bankiers wussten mit Sicherheit von seiner Verurteilung und anschließenden Flucht. Doch Marco ließ sich nicht davon abbringen. Er würde nicht mit zur Bank gehen, aber er konnte mit Enrico das Ergebnis der Unterredung besprechen und vielleicht Strategien entwickeln, wie man die Bankiers überzeugen konnte, sollten sie keine Fristverlängerung gewähren.

Die Kutsche war voll beladen. Fünf Kisten mit altem Cognac, zwanzig Kisten mit bestem Champagner und die kostbaren alten Weine aus den Kellern des Guts hatten die Brüder eingepackt.

Die Reise nach Siena dauerte zwei Tage. Am Ende des ersten Tages erreichten sie Volterra. Die Straße zur Stadt führte über Serpentinen steil bergauf und die Pferde waren erschöpft, als sie schließlich in der Stadt ankamen.

Sie teilten sich zu dritt ein Zimmer mit dem Kutscher und brachen am nächsten Morgen sehr früh auf.

Es war spät am Abend, als Antonio die Kutsche durch eines der Stadttore von Siena lenkte. Die Wache verlangte die Pässe. Enrico zeigte ihnen seinen Pass und Marcos gefälschten. Sie konnten ungehindert passieren. In Siena suchten sie sich eine angemessene Unterkunft, schließlich wollte Enrico die Bank davon überzeugen, dass sie nicht unter Geldknappheit litten, sondern sein Vater schlicht mit einigen Zahlungen nachlässig gewesen war. Sie mieteten ein Zimmer in einem Hotel, das mit der Tür einer Dienstbotenkammer verbunden war, in der Antonio schlief.

Am nächsten Morgen machte sich Enrico zunächst auf den Weg zur Enoteca, um die Weine, den Cognac und den Champagner zu verkaufen. Anschließend wollte er die Bank aufsuchen.

Marco blieb im Hotel, aber nur so lange, bis Enrico aufgebrochen war. Dass er seinen Bruder unterstützen wollte, war nicht der einzige Grund für seine Anwesenheit hier. In Siena gab es eine Vendita, eine Loge der Carboneria. Marco gedachte den Großmeister aufzusuchen. Er musste unbedingt mehr über den gescheiterten Aufstand erfahren. Vielleicht wusste man dort, was aus Garibaldi und den anderen Rebellen geworden war.

Der Treffpunkt der Loge war die Villa Chigi in der Via Salicotto, nicht weit vom Hotel. Gekleidet in eine hellgraue Hose, einem weißen Hemd, blauer Weste und dunkelblauem Frack machte Marco sich auf den Weg. In dieser Kleidung unterschied er sich nicht von den reicheren Bürgern auf den Straßen. Nach einer Viertelstunde bog er in die Via Salicotto ein. Doch als er sich der Villa Chigi näherte, sah er aus dem Augenwinkel das Blitzen eines Sonnenstrahls auf Metall. Ein Mann in Uniform stand im Schatten eines Torbogens auf der anderen Straßenseite. Die Sonne hatte ihn verraten, als einer ihrer Strahlen das Heft seines Säbels getroffen hatte. Einen Augenblick zögerte Marco, sein Herz schlug so heftig, dass er glaubte, man könnte es noch drei

Häuser weiter hören. Was sollte er tun? Umkehren? Aber nein, dazu war es zu spät, das würde die Aufmerksamkeit des Mannes auf ihn ziehen. Er fixierte einen Punkt am Ende der Straße und schritt zielstrebig darauf zu, als hätte er nie ein anderes Ziel gehabt. Er zwang sich dazu, geradeaus zu blicken, als er die Haustür und den Mann, der gegenüber im Schatten verborgen stand, passierte. Zwischen seinen Schulterblättern rann Schweiß über seinen Rücken. Endlich erreichte er die nächste Seitenstraße und bog ab. Geschafft.

»Nicht so eilig.« Jemand packte ihn an der Schulter. Es war kein Carabinieri, sondern ein gut gekleideter, älterer Mann, der einen Mantel über dem rechten Arm trug. Er ließ ihn sofort wieder los und hob den Mantel mit der linken Hand kurz an, sodass Marco die Pistole darunter sehen konnte.

»Sie ist geladen«, sagte der Fremde.

Marco blickte sich um. Außer ihnen war niemand in dieser Straße. »Was wollen Sie von mir? Ich bin ein harmloser Bürger …«

»Klappe halten«, fiel er ihm ins Wort. »Mitkommen.«

Er führte ihn tiefer in die Stadt, durch Gassen und Gässchen, in ein Viertel, in dem die Häuser dicht an dicht standen. Vor einem verwahrlost wirkenden Gebäude blieb er stehen und klopfte an die Tür. Eine Klappe wurde geöffnet, dahinter erschienen die zusammengekniffenen Augen eines Mannes. »Was gibt's?«, fragte er barsch.

»Farnkraut und Nessel«, sagte der Fremde.

Marco fiel die Kinnlade runter. Fassungslos starrte er den Mann, der ihn hierhergebracht hatte, an.

»Warum glotzt du so?«, fragte der.

»Glaube, Hoffnung, Liebe«, antwortete Marco. »Ich gehöre zu euch.«

Die Tür wurde geöffnet und der Fremde stieß Marco in

den Hausflur. Er wartete, bis der Mann hinter der Tür sie wieder geschlossen hatte, dann senkte er die Pistole. »Du bist ein buon Cugino, ein guter Vetter?«

Marco nickte. »Ich gehöre zur Vendita Speranza in Genua.«

»Deshalb wolltest du zur Villa Chigi?«

»Ist das ein Verhör? Was ist los? Warum entführt ihr Leute, die einfach nur daran vorbeigehen?«

Der Mann grinste. »Du bist nicht nur einfach daran vorbeigegangen. Ich habe dich beobachtet.«

»Ihr überwacht die Villa?«

Statt einer Antwort winkte ihm der Mann und ging voraus. Über ausgetretene Steinstufen ging es hinauf in den ersten Stock. Dort öffnete er eine Tür und ließ Marco eintreten. In einem großen Raum saßen fünf Leute um einen Tisch und blickten sie an.

»Der hier hat sich vor der Villa Chigi rumgetrieben«, verkündete der Mann, der ihn hergebracht hatte. »Angeblich ist er ein guter Vetter. Wie heißt du überhaupt?«

»Meine Name ist Marco Rossi.«

»Michele!«

Verblüfft sah Marco in die Richtung, aus der der Ruf gekommen war. »Andrea?«

Tatsächlich, am Tisch saß sein ehemaliger Vorgesetzter aus Venaria Reale, Andrea Mantelli. Der Mann, der ihn in die Carboneria eingeführt hatte. Er war kaum wiederzuerkennen. Ein Bart bedeckte sein deutlich abgemagertes Gesicht, seine Augen hatten einen gehetzten Ausdruck. Auch die Gesichter der Männer neben ihm wirkten verhärmt und angestrengt.

»Er ist wirklich einer von uns«, sagte Andrea. »Ich habe ihm den Eid abgenommen.«

»Na dann«, sagte ein anderer. »Sei uns willkommen. Setz dich.«

Jemand schob ihm einen Becher Wasser hin. »Du wolltest zu Stefano Conti?«

Marco nickte. »Wenn das der Großmeister der Vendita von Siena ist, ja.«

»Da kommst du zu spät. Er ist verraten und verhaftet worden. Wir glauben, von einem aus unseren Reihen.«

Wiederum nickte Marco. Es wäre nicht das erste Mal. Mazzini war 1831 von einem Mann verraten worden, den er selbst in die Carboneria eingeführt hatte, und auch Silvio Pellico und Maroncelli waren 1820 von einem Eingeweihten verraten worden.

»Er hatte uns Unterschlupf angeboten«, erklärte Andrea nun. »Wir sind aus Piemont geflohen, sind wochenlang durch die Berge geirrt, bevor wir hierhergekommen sind.«

»Ihr wart an dem Aufstand im Februar beteiligt?«

»Ja. Wir wollten uns hier verstecken, bis wir eine Möglichkeit finden, das Land zu verlassen. Als die Carabinieri Contis Haus stürmten, konnten wir über den Hintereingang entkommen. Doch jetzt sitzen wir hier fest.«

»Wir überwachen die Villa, weil wir denken, dass der Verräter zurückkommt«, ergänzte der Mann, der ihn entführt hatte, und musterte ihn misstrauisch. »Die Heiden wussten, dass wir uns dort verstecken.«

»Diesem Mann könnt ihr trauen. Ich kenne ihn«, sagte Andrea. »Er war an dem Aufstand 1833 beteiligt und wurde dafür zum Tode verurteilt. Sein richtiger Name ist Michele di Raimandi.«

»Du gehörst zu denen, die aus dem Torre Grimaldina entkommen sind?«

»Ja.«

Sein ›Entführer‹ klopfte ihm auf die Schulter. »Entschuldige. Mein Name ist Luigi Davoli. Ich konnte letztes Jahr aus Parma fliehen. Aber was wolltest du hier?«

»Ich habe gehofft, etwas darüber zu erfahren, was in Piemont passiert ist. Was ist mit Garibaldi? Weiß jemand, wo er steckt?«

»Er ist nach Frankreich geflohen. Doch wo er jetzt ist, weiß niemand.«

Sichtbar resigniert erzählte Andrea vom kläglichen Scheitern des Aufstandes. »Ich konnte aus Venaria Reale fliehen, bevor man mich verhaftete. Sie verfolgten mich, doch in den Bergen konnte ich sie abschütteln und mich bis hierher durchschlagen.«

»Und was hast du jetzt vor?«, fragte Marco. »Glaubst du, sie sind dir noch auf den Fersen?«

»Bestimmt. Ich habe mich nicht nur Giovine Italia angeschlossen, ich habe auch andere, wie dich, dazu verführt. Ich muss Italien verlassen. Ich weiß nur noch nicht, wie. Ich kann weder nach Genua noch nach Venedig gehen.«

»Du könntest es über Livorno versuchen. Von dort aus fahren Schiffe nach Spanien.«

»Das ist eine Möglichkeit«, schaltete sich ein anderer Mann ein, der sich als Enzo vorstellte. »Doch wir bräuchten einen sicheren Ort in der Nähe und jemanden, der für uns die Passage bucht.«

Marco dachte nach. Einen sicheren Ort in der Nähe von Livorno. Ob Enrico sich darauf einlassen würde? Vielleicht konnte er ihn überzeugen. Zum ersten Mal seit Langem wich das Gefühl der Ohnmacht, das ihn befallen hatte, als er vom Scheitern des Aufstandes gehört hatte. Endlich hatte er wieder das Gefühl, etwas tun zu können, nicht in der Politik, das war im Moment, zumindest für ihn, unmöglich, doch er konnte Leben retten.

»Ich kann nichts versprechen«, sagte er. »Aber vielleicht habe ich die Möglichkeit, euch zu helfen. Ich muss mit meinem Bruder reden.«

»Du willst, was?« Ungläubig riss Enrico die Augen auf.

Sie saßen in ihrem Hotelzimmer. Vor einer Stunde war Enrico von seiner Unterredung mit den Bankiers zurückgekehrt. Sie hatten einer Stundung der Hypotheken zugestimmt unter der Voraussetzung, dass bis Herbst alle bisher aufgelaufenen Zinsen bezahlt wurden. Überzeugt hatten sie letztendlich Enricos Wissen über Weinan- und ausbau, seine Pläne zur Vergrößerung des Ertrags sowie der Vorschlag, einen Teil des Landes für Winterweizen und Sonnenblumenanbau zu nutzen.

»Ich weiß nicht, wie wir es schaffen sollen, bis Herbst genug Geld für die Zinsrückzahlung zu bekommen, aber das habe ich ihnen natürlich nicht gesagt. Stattdessen habe ich ihnen den Kopf mit neuartigen Rebschnitten vernebelt, die mehr Ertrag bringen.«

»Wie viel müssen wir denn bis Herbst zurückzahlen?«

Enrico zog einen Zettel aus seiner Hosentasche. »50.000 Lire. Unsere Gesamtschulden belaufen sich auf um die 500.000 Lire. Vater hat wohl blind alles unterschrieben, ohne auf die Höhe der Zinsen zu achten.«

Marco schnappte nach Luft. »500.000? Das sind drei Jahreseinkommen. Ob wir das mit ein bisschen Sonnenblumenöl zusammenbekommen? Was ist mit den laufenden Ausgaben? Die Arbeiter?«

»Die können wir mit dem Geld, das ich in der Enoteca bekommen habe, bezahlen. Allerdings bleibt nichts für

Dünger, Schwefel oder gar neue Arbeitsgeräte übrig. Und wir können keine Arbeiter zum Rankenhochbinden bezahlen.«

»Das machen wir selbst. Und jeder, der auf dem Gut in Lohn und Brot ist, wird dabei helfen. Wir schaffen das!« Er sprach mit mehr Zuversicht, als er empfand. In ihm schwelte schon wieder der Zorn auf Don Piero, der mit seiner Maßlosigkeit die Existenz des Guts aufs Spiel gesetzt hatte.

Enrico nickte, doch er wirkte mutlos. Fast bereute Marco, dass er ihm noch mehr Sorgen aufladen würde, doch er hatte versprochen, es zu versuchen. Und so erzählte er ihm von dem Zusammentreffen mit den flüchtigen Rebellen.

»Du willst also die Leute bei uns verstecken, bis sie in Livorno ein Schiff nehmen können?« Immer noch schüttelte Enrico den Kopf. »Haben wir nicht genug Sorgen?«

»Sie werden verfolgt und irgendwann wird man sie finden und hinrichten. Sie müssen das Land verlassen. Und wir können helfen. Ich weiß, dass du kein Feind von Giovine Italia bist.«

Zweifelnd wiegte Enrico den Kopf. »Wie stellst du dir das vor, ohne dass die Dienerschaft etwas davon mitbekommt?«

Marco atmete auf. Wenn sein Bruder so fragte, hatte er den schwierigsten Teil geschafft. »Gibt es noch Napoleons Fass in unserem Keller?«

Ein Funke glomm in Enricos Augen auf. »Das gibt es noch.« Vincenzo, Pieros Vater, hatte ein altes Fass, das schon länger nicht benutzt wurde, präpariert. Von außen sah es aus wie ein normales großes Weinfass, doch in den Boden hatte er eine Luke geschnitten, durch die ein erwachsener Mann in das Fass kriechen konnte, und im Fass selbst befand sich rechts und links je eine schmale Pritsche. Man konnte leicht ein paar Tage darin verbringen. Auf diese Weise hatte Vincenzo di Raimandi so manchen jungen Burschen vor der Zwangsrekrutierung durch Napoleons Schergen gerettet. Die Bezeichnung »Napoleons Fass« stammte aus dieser Zeit. Uneingeweihte glaubten, es lagerte ein besonderer Wein für die Franzosen darin.

Marco erzählte von Andrea Mantelli und schließlich stimmte Enrico zu, ihn mit nach Alberi d'Argento zu nehmen.

»Können wir Antonio vertrauen?«, fragte Marco.

»Antonio war zur Zeit des Russlandfeldzugs sechszehn oder siebzehn Jahre alt, sein Vater stand in Großvaters Diensten. Wahrscheinlich hat er sich auch in Napoleons Fass versteckt. Ich denke, wir können ihm vertrauen, ebenso wie jedem anderen auf dem Gut. Trotzdem sollten möglichst wenige davon wissen. Mario muss natürlich eingeweiht werden, aber ich finde, Antonio und Mario sollten die Einzigen sein. Je mehr davon wissen, desto größer ist die Gefahr, dass sich jemand verplappert.«

Stumm nickte Marco. Das hieß, er durfte auch Antonella nichts erzählen. Auch zu ihrer eigenen Sicherheit.

Am nächsten Morgen beobachtete Marco, wie einer der vielen Bettler der Stadt Antonio beim Einladen des Gepäcks half. Antonio drückte ihm eine Münze in die Hand und der Bettler bedankte sich überschwänglich. Doch als der Kutscher der Raimandis zu den Pferden ging, um das Zaumzeug zu richten, öffnete der Mann hastig die Tür der Kutsche und verbarg sich im Inneren. Marco lächelte. Gestern Abend war er zu dem Haus, in dem die Männer sich versteckten, zurückgekehrt und hatte ihnen gesagt, dass er denen, die das Land verlassen wollten oder mussten, helfen würde. Andrea war der Einzige, der sein Angebot angenommen hatte, denn er hatte keine Familie. Marco hatte ihm gesagt, wann sie abreisen würden, und zusammen hatten sie einen Plan entwickelt, wie Andrea unbemerkt in die Kutsche kommen konnte. Antonio war natürlich eingeweiht.

Nachdem sie die Stadtmauern von Siena hinter sich gelassen hatten, kroch Andrea unter der Bank, wo er sich versteckt hatte, hervor und setzte sich. Er streckte die Beine und ließ die Schultern kreisen. Dann neigte er den Kopf vor Enrico. »Signore, mein Name ist Andrea Mantelli, ich war Offizier in Venaria Reale.«

Enrico erwiderte die Verneigung. »Enrico di Raimandi.«

»Michele hat mir viel von Ihnen erzählt«, sagte Andrea lächelnd. »Er hatte schreckliches Heimweh am Anfang und sprach ständig von Alberi d'Argento und von seinem Bruder.«

Marco spürte seine Wangen heiß werden. Andrea und Armando. Die zwei Männer, die ihm in der Kavallerieschule zur Seite gestanden hatten. Den einen hatte er enttäuscht. Aber dem anderen konnte er vielleicht das Leben retten.

Anscheinend spürte Andrea seine Verlegenheit, denn er lächelte ihn an. »Du warst nicht der Einzige. Ich habe so manchen Burschen am Anfang in die Kissen schluchzen hören. Doch jetzt erzähl, was ist passiert, nachdem du gegangen bist?«

Sie hatten viel Zeit und so erzählte Marco. Von seinem heimlichen Abstecher nach Hause und wie sein Vater ihn verstoßen hatte. Von der Reise durch die Berge nach Modena im September vor anderthalb Jahren. Von dem Verrat in Modena, als zwei der vier jungen Männer, die den Aufstand von Giovine Italia in Modena koordinieren sollten, verhaftet wurden, und nur er und Carlo entkommen waren. Die wilde Flucht zurück in die Berge. Ihre Verfolger hatten auf sie geschossen. Ihn hatten sie nur an der Schulter erwischt, doch Carlo war in die Lunge getroffen worden und in seinen Armen gestorben. Er schilderte, wie er sich tagelang in Schäferhütten versteckt hatte und schließlich Antonella begegnet war. Er beschrieb die Reise durch die Berge und wie er Mazzini in Marseille aufgesucht hatte. Auch von seiner Verhaftung und der Folter im Torre Grimaldina sprach er. Und schließlich erzählte er von Armandos Falle.

»Er hat deinen Abschiedsbrief eine Woche lang geheim gehalten vor zwei Jahren«, sagte Andrea.

»Er hat es nicht gemeldet?«

Andrea schüttelte den Kopf. »Er behauptete, du hättest um Sonderurlaub gebeten. Dann hat er sich beurlauben lassen, sein Pferd gesattelt und war mehrere Tage fort. Erst als er wiederkam, hat er es gemeldet. Er sagte, er hätte den Brief erst bei seiner Rückkehr gefunden.«

»Aber warum?«, wollte Enrico wissen.

»Er hat versucht, mir den Rückweg offenzuhalten«, sagte Marco sehr leise. »Wahrscheinlich dachte er, ich hätte unüberlegt gehandelt, und hoffte, mich zu finden und zur Rückkehr bewegen zu können.«

Andrea nickte. »Wenn es ihm gelungen wäre, hätte er den Brief wahrscheinlich verbrannt. Nach seiner Rückkehr war er allerdings derjenige, der darauf gedrängt hat, dich zu verfolgen und vor Gericht zu stellen.«

»Ich weiß. Ich bin ihm in den Bergen nur knapp entkommen und er war derjenige, der in Genua versucht hat, mich zu verhaften.«

»Ich erinnere mich an ihn«, sagte Enrico. »Er machte einen sehr entschlossenen Eindruck.« Besorgt blickte er

Marco an. »Nach allem, was du erzählt hast, wird er nicht aufgeben, sondern weiterhin versuchen dich zu finden.«

»Dazu hat er erst einmal keine Zeit«, widersprach Andrea. »Carlo Alberto will Piemont sichern und hat alle an die nördlichen Grenzen beordert. Und außerdem muss er erklären, wie er seine Uniform und sein Pferd verlieren konnte. So schnell wird er keine Alleingänge mehr unternehmen.«

Marco presste die Lippen zusammen. Er hatte seinen ehemaligen Mentor in ziemliche Schwierigkeiten gebracht. Doch die Alternative wäre gewesen, ihn zu töten.

»Trotzdem musst du auf der Hut sein«, sprach Andrea weiter. »Er fühlt sich persönlich von dir verraten und, ja, er wird nicht aufgeben.«

»Sollte er jemals auf das Gut kommen, verkrieche ich mich in Napoleons Fass«, scherzte Marco, auch wenn ihm im Grunde nicht nach Scherzen zumute war. Enrico und er hatten auch ohne Besuch vom Militär genug um die Ohren.

30. KAPITEL

Antonella schlenderte durch den Garten, als sie das Rattern der Kutsche auf dem Pflaster hörte. Schnell lief sie durch das Haus zum Vordereingang. Auch die anderen Frauen hatten es wohl gehört. Bevor Antonio vom Kutschbock stieg und die Wagentür öffnete, standen auch Alessia und Silvana im Hof. Enrico stieg als Erster aus. Er lächelte sie an und nickte, anscheinend waren die Verhandlungen gut verlaufen. Marco folgte ihm. Er sagte etwas zu Antonio, dann kam er zu ihr und umarmte sie flüchtig. »Wir haben den Aufschub. Aber es wird schwer. Ich helfe Antonio noch schnell mit den Pferden. Enrico kann euch alles erzählen.«

Überrascht blickte sie ihm nach, als er zurücklief. Dass er El Cid und Rinaldo nach Ausritten selbst versorgte, war sie gewohnt, doch warum wollte er Antonio mit den Kutschpferden helfen, wo doch Vittorio und drei Stallburschen sonst diese Aufgabe übernahmen?

Enrico küsste Silvana auf die Wange und bot ihr seinen Arm an. »Lasst uns hineingehen.«

Bevor sie das Haus betrat, drehte sich Antonella noch einmal um, doch Marco war schon verschwunden.

»Michele, Enrico! Ihr seid zurück!« Emilia kam ihnen entgegengerannt, gefolgt von ihrer sichtlich empörten Gouvernante.

»Signorina! Ihr Unterricht ist noch nicht beendet! Und ich habe Ihnen schon sehr oft gesagt, es ziemt sich nicht für eine junge Dame, zu rennen wie eine Bauerngöre. Sie vergessen Ihre Manieren.«

Emilia achtete nicht auf sie, sondern lief weiter. Erst als sie ihre Mutter entdeckte, hielt sie inne und knickste hastig.

»Geh bitte wieder zurück zu deinem Unterricht«, sagte Alessia ruhig. »Ich lasse uns Kaffee im Salon servieren, dann kann uns Enrico berichten. Sagen wir, in einer halben Stunde? Du und Michele möchtet euch vorher bestimmt ein wenig frisch machen.«

Wie gelassen sie ist, dachte Antonella und sah ihr nach, als sie den Flur entlangschritt. Sie selbst hätte es keine halbe Stunde ausgehalten, nicht zu wissen, was die Bankiers gesagt hatten. Emilia ging es ganz offensichtlich ähnlich, sie folgte ihrer Mutter nicht, sondern zupfte an Enricos Ärmel. »Wie war es in Siena? Was sagen die Leute von der Bank? Müssen wir hier fort? Wo ist Michele?«

Lächelnd blickte Enrico sie an. »In Siena war es sehr schön, die Leute von der Bank lassen uns ein wenig mehr Zeit mit dem Bezahlen, deshalb müssen wir wohl nicht fort, und Michele hilft Antonio mit den Pferden.«

»Signorina Emilia.« Inzwischen hatte auch Mademoiselle Duvenant die Gruppe erreicht. Sie atmete schwer, wahrscheinlich war sie wieder viel zu eng geschnürt. »Sie haben gehört, was Ihre Mutter gesagt hat.«

Emilia zog eine Grimasse. »Wenn wir sparen müssen, warum entlassen wir nicht die zuerst?«, raunte sie Enrico zu, bevor sie ein sittsames Lächeln aufsetzte und sich umdrehte. »Ich komme schon, Mademoiselle.«

Emilia folgte ihrer Gouvernante, Alessia war im Salon und Enrico entschuldigte sich und ging mit Silvana zu ihren Räumen, um sich umzuziehen. Ratlos blieb Antonella allein auf dem Flur zurück. Sollte sie hier auf Marco warten oder schon mal in den Salon gehen? In Alessias Gegenwart fühlte sie sich immer ein wenig unbehaglich, obwohl Marcos Mutter immer freundlich zu ihr war. Aber es war eine merkwürdig unpersönliche Freundlichkeit, die sich sehr von Enricos herzlicher Art oder auch Emilias fröhlicher Aufgeschlossenheit unterschied. Alessia behandelte sie wie einen Gast, der bald wieder abreisen würde.

Sie beschloss, zu den Ställen zu gehen und dort auf Marco zu warten. Wahrscheinlich war das sehr unüblich, aber dort würde sie sich nicht so fehl am Platz fühlen wie im Salon.

Es dämmerte, als sie vor die Haustür trat. Einer der Stallburschen zündete gerade die Laternen an, die den Weg säumten. In der Luft lag eine erste Andeutung von Frühling. In einer der Steineichen sang eine Amsel.

Im Stall war einer der Burschen damit beschäftigt, Heu

in die Raufen der Pferde zu verteilen, der andere schleppte Wassereimer. Marco war nicht zu sehen.

Antonio kam aus der Sattelkammer und hielt abrupt inne, als er sie sah. »Signora di Raimandi?«

»Ich suche meinen Mann.«

Antonio kratze sich hinter dem Ohr. »Er ist nicht mehr hier. Vielleicht haben Sie ihn verpasst?«

Etwas verlegen bedankte Antonella sich und verließ den Stall. Eigentlich hätte sie Marco begegnen müssen, wenn er schon zum Haus gegangen wäre.

»Antonella!«

Der Ruf kam aus Richtung des Kelterhauses. Im Laufschritt kam Marco ihr hinterhergelaufen. »Hast du mich gesucht?«

»Ja.«

Er lächelte. »Ich bin nur kurz den Weg dort hochgelaufen.« Er deutete in Richtung der Weingärten. »Nach sieben Stunden in der Kutsche wollte ich nicht gleich wieder sitzen. Hat Enrico schon erzählt, wie es war?«

»Noch nicht. Wir treffen uns im Salon.« War die halbe Stunde schon um? »Deine Mutter meinte, ihr möchtet euch vorher noch frisch machen.«

»Die höfliche Umschreibung von ›ihr riecht nicht gut‹. Dann mache ich das noch schnell.«

Auf dem Weg zum Salon trafen sie Enrico und Silvana.

»Alles in Ordnung?«, fragte Enrico und Marco nickte.

»Dann wollen wir mal.« Enrico öffnete die Tür zum Salon und ließ Silvana und Antonella vorausgehen.

Um den niedrigen Tisch saßen bereits Alessia und Emilia, Don Pieros Stuhl stand vor dem Kamin. Marco führte Antonella zum Sofa und setzte sich dort neben sie.

»Signora Bertini«, wandte sich Alessia an Don Pieros Pflegerin, die neben seinem Stuhl stand. »Würden Sie uns bitte allein lassen? Ich werde Sie rufen, wenn wir Sie brauchen.«

Signora Bertini neigte den Kopf und verließ den Raum.

Enrico räusperte sich. »Ich habe die Bankiers überzeugen können, unsere Hypotheken nicht gleich zurückzufordern. Wir haben einen Zahlungsaufschub bis nächstes Jahr, wenn der neue Wein fertig ist.«

Ein Seufzen der Erleichterung zog sich durch den Salon. Enrico hob die Hände. »Freut euch nicht zu früh, wir sind noch lange nicht gerettet. Wir haben zwar den Aufschub, müssen aber bis zum September alle angefallenen Zinsen bezahlen. Wir hatten eine gute Ernte letztes Jahr und guten Wein zu verkaufen, aber wir brauchen jede Lira, die wir damit einnehmen. Wir müssen unsere Ausgaben drastisch reduzieren.« Er nickte Marco zu und setzte sich neben Silvana.

Marco stand auf. »Wir haben uns überlegt, wo wir sparen können. Wir werden für das Aufbinden der Ranken und alle weiteren Arbeiten bis zur Weinlese so wenig Tagelöhner wie möglich beschäftigen, sondern Enrico, ich und alle auf dem Gut beschäftigten Männer werden das übernehmen. Antonella hat vorgeschlagen, einen Teil unseres Weins nicht mehr an den Großhändler zu geben, sondern in der Umgebung direkt zu vertreiben. Außerdem lässt sich auch an unserem Lebensstil einiges sparen. Die Damen müssen sich erst mal mit ihren vorhandenen Kleidern begnügen, unsere Speisen können auch etwas einfacher ausfallen. Antonella hat sich bereit erklärt, die Köchin zu beraten.«

Don Piero schlug mit der linken Hand auf die Lehne seines Stuhls und gab ein Geräusch von sich, das dem Schnauben eines wütenden Bullen glich.

In Marcos Augen funkelte es, als er seinen Vater anblickte. Er öffnete den Mund, doch Alessia kam ihm zuvor.

»Dein Sohn hat recht, Piero. Wenn wir das Gut behalten wollen, müssen wir sparen. Oder wir verkaufen das Gut und ziehen in ein kleineres Haus.«

»Niemals!«, kam es von Marco und Enrico gleichzeitig.

Don Piero hob den Kopf und richtete den Blick auf Marco. Dann nickte er langsam. Antonella glaubte, Anerkennung in seinen verzerrten Zügen zu lesen, doch vielleicht täuschte sie sich auch.

»Wie war eure Reise?«, fragte Antonella. Sie saß bereits im Bett, Marco kam eben aus dem Badezimmer, mit nacktem Oberkörper und nur mit seiner Hose bekleidet.

»Anstrengend.« Er strich sich die Haare aus der Stirn. »Können wir heute Abend bitte nicht mehr über Geld, Hypotheken und Land reden? Ich denke seit Tagen an nichts anderes.«

»Dann erzähl mir von Siena. Warst du schon mal dort?«

»Nein, es war das erste Mal. Ich hätte gerne mehr Zeit gehabt, es ist sehr schön.« Während er sprach, zog er die Hose aus und hängte sie in den Schrank. Er war immer noch recht dünn, doch die Muskeln und Sehnen zeichneten sich deutlich unter der Haut ab. Plötzlich hatte sie das Bedürfnis, ihre Hände auf seinen Rücken zu legen, das Spiel der Muskeln unter ihren Fingern zu spüren, die Wärme seiner Haut. Ihr Blick glitt hinunter zu seinen langen Beinen. Früher hatte sie oft gedacht, dass er den schönsten Körper hatte, den sie sich bei einem Mann vorstellen konnte, und gerade stellte sie fest, dass sie immer noch so empfand.

Mit dem Nachthemd in der Hand drehte er sich um und ertappte sie dabei, wie sie ihn anstarrte. Hitze stieg von ihrer

Mitte über ihren Hals in den Kopf, ihre Ohren schienen zu glühen. Errötete sie tatsächlich wie eine Jungfrau vor dem Mann, mit dem sie seit einem Jahr das Bett teilte?

Er ließ das Nachthemd sinken und trat auf sie zu. »Ich finde es so albern, dieses Ding anzuziehen«, sagte er leise.

»Dann mach es nicht.«

Er ließ es einfach zu Boden fallen, löschte die Lampe und legte sich neben sie. In der Dunkelheit tat sie das, woran sie vorhin gedacht hatte: Sie legte ihre Hand auf seine Brust, fühlte seine Wärme. Ein leichtes Zittern durchfuhr ihn. Wie von selbst glitt ihre Hand tiefer, lag auf seinem Bauch. Wortlos drehte er sich zu ihr. Seine Fingerspitzen ertasteten ihr Gesicht, strichen über ihre Lippen, ihre Schläfen, gruben sich in ihr Haar. Seine Locken kitzelten sie, als er sich über sie beugte und sie küsste. Er streichelte ihre Brüste, erst durch den dünnen Stoff ihres Nachthemds, dann schob er es nach oben und zog es ihr über den Kopf. Seine Hände folgten den Konturen ihres Körper nach unten, ihrer Taille, dem Schwung ihrer Hüften. Sie hinterließen kribbelnde Spuren auf ihrer Haut. Er streichelte, rieb, dann folgte er mit dem Mund den Wegen, die zuvor seine Finger erkundet hatten, küsste ihre Brüste, ihren Bauch, küsste sie überall, bis sie das Gefühl hatte, das Zimmer, das Bett, alles um sie herum löste sich auf. Nur er und sie waren noch da. Es wie ein Fall aus großer Höhe. Sie fiel und er fing sie auf. Als sie die Augen öffnete, fand sie ihn unter sich liegend.

»Du bestimmst«, flüsterte er, und so richtete sie sich auf und übernahm die Führung.

Später lagen sie eng aneinandergeschmiegt. Marco wickelte sich Strähnen ihres Haars um die Finger.

»In den letzten Tagen habe ich mir manchmal gewünscht, wir wären in Amerika. Dann hätte ich von dieser Katastrophe erst viel später erfahren. Oder vielleicht auch gar nicht.«

Sie richtete sich auf. »Ach, Marco, und dann? Wäre es dir egal gewesen? Niemals. Du hättest dir den Kopf zerbrochen, weil du nicht hier wärst, um Enrico beizustehen.«

31. KAPITEL

Am nächsten Tag ging sie zum ersten Mal in die Küche des Guts. Ein wenig mulmig war ihr schon zumute. Wie würde die Köchin Carla auf ihre Einmischung reagieren? Als sie an der Küchentür stand, fühlte sie sich nach Palazzo Barrati zurückversetzt. Diese Küche hier war ebenso groß. Eines der Küchenmädchen stand am Herd und rührte in einem Topf, ein anderes hackte Zwiebeln auf einem Holzbrett. Eine ältere Frau knetete einen Klumpen Teig. Es roch nach Kräutern, Knoblauch und frischem Kaffee.

Sie trat ein. »Guten Morgen!«

Alle drei Frauen fuhren herum und starrten sie an. Die Köchin fasste sich als Erste. »Guten Morgen, Signora.« Sie knickste und bedeutete gleichzeitig mit eine Handbewegung den Küchenmädchen es ihr gleichzutun.

Beide versanken in einen tiefen Knicks. »Guten Morgen, Signora.« Dabei starrten sie sie mit unverhohlener Neugier an.

Zumindest kannte man sie auch in der Küche, obwohl sie bisher weder der Köchin noch den beiden Mädchen begegnet, war.

»Die Marchesa ist zur Zeit zu beschäftigt und hat deshalb mich gebeten, mich um die Speisepläne zu kümmern.«

Das war die Begründung, die Marco vorgeschlagen hatte. So konnten alle Beteiligten das Gesicht wahren.

Mit der Köchin ging sie den Speiseplan für die nächste Woche durch. Statt Pasteten würde es Crostini und Suppen geben. Keine Kapaune, Täubchen oder gar Forellen aus dem Gardasee. Stattdessen Rindfleisch und Seefisch, der in Montescudaio auf dem Markt verkauft wurde. Sie setzte Brasato Al Manzo, lange geschmorte Rinderschulter, Gulasch und Cacciucco, die livornesische Fischsuppe, auf den Speiseplan. Bald würden die ersten Lämmer geboren werden, dann konnte man Lammbraten machen. Vielleicht konnten die Männer auf die Jagd gehen. Die Wälder um das Gut wurden von Wildschweinen bevölkert und in den Weingärten hatte sie schon oft Fasane schreien hören. Getreide und Gemüse würden sie von ihren Pächtern bekommen, hatte Marco ihr erzählt. In der Toskana gab es noch das System der Mezzadria, der Halbpacht. Die Bauern lebten auf dem Land der di Raimandis, bestellten es und zahlten dafür mit der Hälfte ihrer Ernte.

»Sie kennen sich aus, Signora«, stellte die Köchin anerkennend fest, als sie mit dem Speiseplan fertig waren.

Antonella lächelte. »Ich war selbst einmal Köchin.«

Carla war nicht überrascht. Also hatte es sich auch unter dem Gesinde herumgesprochen, dass Don Micheles Frau von einfacher Herkunft war.

»Am Freitag fahre ich nach Livorno« verkündete Marco beim Abendessen. Enrico war der Einzige am Tisch, der nicht überrascht schien. Er wechselte einen schnellen Blick mit Marco und nickte kaum merklich.

»Was willst du denn in Livorno?«, fragte Alessia.

»Ich nehme ein paar Flaschen von unserem Wein mit. In Livorno gibt es viele Tavernen. Wenn wir die direkt beliefern können, verdienen wir mehr.«

»Ah ja«, sagte Silvana. »Das war Antonellas Idee, nicht wahr?«

Don Piero kniff sein Auge zusammen und starrte sie an. Obwohl es schwer war, in seinem halb gelähmten Gesicht zu lesen, erkannte Antonella den Unmut darin.

»Außerdem will ich versuchen, dort Geld zu leihen.«

Don Piero schnaubte und Alessia fuhr auf. »Bei den Juden? Aber Michele …«

»Das sind wahrscheinlich die Einzigen, die uns etwas leihen werden.«

»Zu Wucherzinsen.« Alessias Stimme bebte vor Empörung. »Jeder weiß, dass die Juden Wucherer sind.«

»Jeder glaubt zu wissen, dass sie Wucherzinsen nehmen«, gab Marco kühl zurück. »Ich kenne niemanden, der sich schon mal von ihnen Geld geliehen hat. Also werde ich es versuchen. Wir haben es nötig.«

»Aber wir verzichten doch schon auf so viel«, wandte Alessia ein.

»Trotzdem reicht es nicht.«

Silvana hob den Kopf. »Ohne Sicherheit werden dir auch die Juden nichts leihen.«

»Ich weiß.« Marco heftete den Blick auf seine Mutter und sprach weiter. »Ich werde den Familienschmuck mitnehmen. Er lässt sich am leichtesten transportieren.«

Alessia erbleichte. »Der Schmuck ist seit Jahrhunderten im Familienbesitz und du willst ihn verpfänden?«

»Das Gut ist seit vierhundert Jahren im Familienbesitz und Vater hat es auch verpfändet«, sagte Marco kalt.

Hilfesuchend wandte sich Alessia an Enrico. »Was sagst du dazu?«

»Ich halte es für eine sehr gute Idee.« Er nickte Marco zu. »Wir besprechen die Details nach dem Essen.«

Alessia öffnete den Mund und schloss ihn wieder. Schweigend setzten sie die Mahlzeit fort. Selbst Silvana schien nicht zu wissen, was sie sagen sollte.

Antonella hing ihren Gedanken nach. Marco war schweigsam geworden, doch dass er noch nicht einmal ihr erzählt hatte, dass er nach Livorno fahren wollte, war ungewöhnlich. Er musste es schon länger geplant haben, denn Enrico war offensichtlich nicht überrascht gewesen. Seit wann besprach er seine Pläne nicht mehr mit ihr? Sie wusste nicht einmal, wie lange er fortbleiben würde. Nachdenklich blickte sie ihn an. Wie fremd er ihr vorkam. Er aß schnell und schien kaum darauf zu achten, was er aß. Sein Gesicht wirkte angespannt und müde zugleich. Unter seinen Augen lagen tiefe Schatten. Als er ihren Blick bemerkte, glättete sich die Sorgenfalte, die inzwischen beinahe ständig zwischen seinen Augenbrauen stand und er lächelte sie an. Sie erwiderte das Lächeln nicht. Sein Gesichtsausdruck wechselte, nun blickte er sie prüfend an. Nach dem Essen bot er ihr den Arm an. »Was hast du denn?«, fragte er leise.

»Hast du einen Moment Zeit, bevor du mit Enrico sprichst?«

»Aber natürlich. Komm, lass uns auf die Terrasse gehen.«

Es war schon dunkel, nur im Westen zeigte der Himmel noch einen Abglanz des Sonnenuntergangs. Vor dem dunkelblauen Himmel leuchteten die Wolken in Orange und Violett. Der Wind wehte vom Meer her. Antonella fröstelte.

Marco legte den Arm um ihre Schultern und zog sie an sich. »Was hast du auf dem Herzen?«

Jetzt, wo sie alleine waren, wich das Gefühl der Fremdheit, das sie beim Essen beschlichen hatte. Hier war er der Marco, den sie von früher kannte.

»Du hast mir nichts von deiner Reise nach Livorno erzählt …«

»Enrico und ich haben das erst vor zwei Tagen auf der Rückreise von Siena besprochen und erst gestern entschieden, dass wir den Schmuck verpfänden. Ich wollte Diskussionen mit Mutter vermeiden.«

»Ich bin deine Frau, nicht deine Mutter«, sagte sie scharf. »Mir hättest du es sagen können.« Sie schluckte. »Früher hast du mit mir über deine Pläne gesprochen.« Sie hatte ihm keine Vorwürfe machen wollen, es war ihr einfach so herausgerutscht.

Schuldbewusst sah er sie an. »Du hast recht. Es ist nur … Ich weiß bald nicht mehr, wo mir der Kopf steht, ich habe wirklich nicht mehr daran gedacht, dass wir gar nicht darüber geredet haben. Ich bin auch nur einen Tag fort.«

»Nur einen Tag? Ich dachte gerade, dass ich gerne mitkommen würde. Wir haben so wenig Zeit füreinander. Es wäre schön, mal wieder mit dir unterwegs zu sein, so wie früher.«

Die Idee war ihr tatsächlich eben erst gekommen. Mit ihm woanders sein, sich Livorno zeigen lassen, in einer Osteria übernachten, in einer Taverne am Hafen Fisch essen.

»Ach, Antonella. Es tut mir wirklich leid. Ich kann nicht länger als einen Tag vom Gut weg. Enrico erstickt genauso in Arbeit wie ich.« Er strich ihr über die Wange. »Im Mai wird es besser. Dann sind wir mit den schwersten Arbeiten fertig. Dann fahren wir nach Livorno oder wir besuchen Tiziana in Donoratico und bleiben ein paar Tag dort. Was meinst du?«

»Ich würde sehr gerne Tiziana besuchen.«

»Dann machen wird das.«

32. KAPITEL

Später behauptete Marco, noch mal mit Enrico über seine Reise nach Livorno reden zu müssen. Doch statt in Don Pieros Büro, schlich er verstohlen über den Hof zum Kelterhaus und den Weinkellern. Er hatte kein gutes Gefühl dabei, seine Frau zu belügen, hatte er ihr doch versprochen, dass es keine Geheimnisse mehr zwischen ihnen gäbe. Doch es handelte sich hier um Andrea Mantellis Geheimnis, und außerdem fühlte er sich verpflichtet, Enricos Wunsch, dass niemand von Mantellis Anwesenheit auf dem Gut erfahren sollte, zu respektieren.

Andrea saß auf einer Bank neben einem echten Fass. Er hatte eine Decke um sich geschlungen und eine Schale mit Suppe auf dem Schoß. Auf dem Boden standen ein Krug und ein Becher. Mario versorgte ihn mit Essen und Trinken, denn bei ihm fiel es am wenigsten auf, wenn er zu ungewöhnlichen Zeiten in den Keller ging.

Marco hockte sich zu ihm. »Wie geht es dir?«

»Abgesehen davon, dass es verdammt kalt hier unten ist, sehr gut.« Er hob seinen Becher. »Zum Glück versorgt mich euer Mario mit reichlich Wein, und der ist wirklich gut. Salute.«

Marco holte sich einen Becher aus dem Regal, das am Eingang zum Keller stand, und zapfte Wein aus einem Fass mit Sangiovese von 1831. »Salute.« Er prostete Andrea zu. »Auf deinen Weg in die Freiheit. Morgen werde ich noch vor Sonnenaufgang nach Livorno fahren, um zu sehen, ob wir die Gasthäuser und Tavernen vielleicht direkt beliefern können. Und um dich auf ein Schiff nach Spanien zu bringen. Einige von uns haben diesen Weg genommen.

Von Spanien aus fahren regelmäßig Schiffe nach Südamerika.«

»Ich danke dir. Dir und deinem Bruder.«

»Es sind genug von uns gestorben. Ich bin froh, wenn ich etwas tun kann. Wie bist du überhaupt aufgeflogen?«

Andrea nahm einen Schluck aus seinem Becher. »Armando«, sagte er. »Nachdem du desertiert bist, hat er sich in seinen Hass gegen Giovine Italia gesteigert und nachgeforscht, mit wem du deine freie Zeit verbracht hast. Wie er es genau herausgefunden hat, weiß ich nicht. Ich bekam eine anonyme Warnung, dass ich wegen Freimaurerei verhaftet werden solle, und bin geflohen.«

»Vielleicht war es nur eine Finte und die Nachricht kam von ihm selbst. Es würde zu ihm passen und dazu, wie er Fabrizzio geködert hat.«

»Mag sein, doch ich wollte es nicht darauf ankommen lassen. Es gab überall Verhaftungswellen, gefolgt von Todesurteilen.«

»Hier in der Toskana könntest du untertauchen. Leopold II. liefert nicht aus.«

Andrea schüttelte den Kopf. »Ich bin Soldat. Ich kann kämpfen, sonst nichts. Ich werde nach Südamerika gehen. Nach Brasilien, dort sind viele von uns gestrandet.«

»Wir fahren morgen sehr früh los. Wir nehmen einen unserer Wagen, die Kutsche mit dem Familienwappen ist zu auffällig. Du versteckst dich im Wagen unter einer Decke, bevor er angespannt wird. Ich selbst reise unter falschem Namen, als Beauftragter des Marchese di Raimandi. Enrico fälscht Vaters Unterschrift.«

»Raffiniert«, konstatierte Andrea. »Man könnte das ausbauen.«

Ja, könnte man, fand Marco. Und er musste zugeben, dass

der Gedanke ihm gefiel, Fluchthelfer für politisch Verfolgte zu sein, wenn er schon sonst nichts mehr für sein Land und Giovine Italia tun konnte.

Noch vor Sonnenaufgang stand Marco auf und zog sich an.

Zu Antonellas Überraschung wählte er sehr einfache Kleidung, wie sie ein Arbeiter am Sonntag tragen würde.

»Es ist keine offizielle Reise«, erklärte er auf ihre Frage hin. »Im Gegenteil. Es sollte besser nicht bekannt werden, dass die Marchesi di Raimandi ihren Familienschmuck verpfänden. Deshalb nehme ich auch nicht die Kutsche.«

»Fährst du alleine?«, fragte sie besorgt. Auch einfache Reisende wurden durchaus überfallen.

Marco schüttelte den Kopf. »Antonio begleitet mich. Er ist verschwiegen.«

»Passt gut auf euch auf.«

Er kam zum Bett und küsste sie. »Mach dir keine Sorgen. Heute Abend bin ich zurück. Es kann allerdings spät werden.«

Widererwartend schlief sie noch einmal ein und erwachte erst, als Rosa ihr den Kaffee ans Bett brachte.

»Wie spät ist es denn?«, fragt sie Rosa.

»Gleich Zeit für das Frühstück. Don Michele hat gesagt, ich soll Sie schlafen lassen.«

Dann war Enrico sicher schon alleine in die Weingärten geritten.

Sie trank ihren Kaffee und ließ sich von Rosa beim Anziehen helfen.

Nach dem Frühstück beschloss Antonella, in den Salon zu gehen und zu spinnen. Vielleicht war Silvana da und sie konnten plaudern. Die Tür zum Salon stand offen.

Antonella wollte eben eintreten, doch dann blieb sie jäh stehen. Am Fenster stand Don Pieros Stuhl so, dass er in den Garten schauen konnte. Doch bei ihm war nicht, wie erwartet, seine Pflegerin, sondern Alessia. Sie saß an seiner rechten Seite und hielt seine gelähmte Hand in der ihren.

»Eben habe ich etwas gespürt«, hörte Antonella sie sagen. »Versuch es noch einmal. Drück meine Hand.«

Sie konnte Don Pieros Gesicht nicht sehen, doch sein heftiges Atmen verriet seine Anstrengung.

»Ja, so ist es gut. Du schaffst das.« Alessias Stimme klang weich, beinahe singend. »Spürst du das?« Mit dem Zeigefinger fuhr sie langsam von seiner Schläfe über seine Wangenknochen bis zu seinem Kinn.

Don Piero bewegte den Kopf kurz nach links.

»Nein? Dann probiere ich es fester.« Sie wiederholte die Geste, diesmal benutzte sie ihren Fingernagel.

Don Piero nickte und gab ein summendes Geräusch von sich.

Regungslos verharrte Antonella in der Tür. Sie konnte ihren Blick nicht von dem Paar abwenden. Alessias Stimme war sanft, ihre Gesten waren beinahe zärtlich.

»Versuch noch mal, den Kopf zu drehen. Sieh mich an, Piero.«

Er ächzte leise, doch er wandte tatsächlich den Kopf. Nur ein winziges Stück, die Bewegung war kaum wahrnehmbar.

Alessia lächelte. »So, und jetzt noch die Sprechübungen, danach lasse ich dich in Ruhe. Möchtest du vorher etwas trinken?«

Auf sein Nicken hin stand sie auf.

Hastig wich Antonella zurück in den Flur. Auf keinen Fall sollte Alessia bemerken, dass sie Zeugin dieser intimen

Szene geworden war. Doch sie ging nicht in ihr Zimmer zurück, sie war zu aufgewühlt. Sie lief ins Vestibül, holte ihren Umhang aus dem Wandschrank, schlüpfte in die Stiefel und verließ das Haus. Draußen ging sie um das Haus herum und an den Stallungen vorbei zu den Weingärten. Sie ging rasch, doch sie nahm ihre Umgebung kaum wahr. Vor ihrem inneren Auge sah sie Alessia, die ihrem Mann sanft über das Gesicht strich, seine Hand drückte, ihm Mut machte.

Sie hatte immer gedacht, Alessia liebte ihren Mann nicht. Doch aus jeder ihrer Gesten hatte Fürsorglichkeit und Liebe gesprochen. Statt es der Pflegerin zu überlassen, mit dem Kranken Übungen zu machen, tat sie es selbst. Warum, wenn sie ihn nicht liebte? Sie dachte an den Abend, an dem Doktor Bianchi vorgeschlagen hatte, Don Piero in ein Sanatorium bringen zu lassen, an Alessias entschlossenen Widerspruch. Sie würde ihren Mann nicht in ein Sanatorium geben. Damals hatte sie geglaubt, Alessia täte das aus Pflichtgefühl und um den Schein zu wahren, doch jetzt ergab sich ein ganz anderes Bild.

Alles, was Marco ihr über die Ehe seiner Eltern erzählt hatte, war, dass sein Vater seiner Frau nicht treu gewesen war und er sich nach der Geburt des letzten Kindes auch keine Mühe mehr gegeben hatte, das vor ihr zu verbergen. Sie wusste nichts darüber, wie die beiden als junges Paar gewesen waren. Ihre Ehe war mit Sicherheit von ihren Eltern arrangiert worden, doch vielleicht hatten sie sich geliebt und Alessia liebte ihren Mann immer noch. Den Beweis hatte sie eben deutlich vor sich gesehen.

Sie hatte angenommen, dass Alessia nichts für ihn empfand, weil sie nicht tobte und schimpfte, wie die Frauen in den Dörfern es taten, wenn ihre Männer fremdgingen. Nicht dass es etwas nützte oder irgendeine Frau ihren Mann deswegen verließ, doch sie ließen ihrer Wut freien Lauf.

Und Don Piero? Was empfand er für seine Frau? Er hatte nicht widerwillig gebrummt, wie er es tat, wenn seine Pflegerin ihn mit ihrer barschen Art versorgte, sondern sich Mühe gegeben. Und seine wortlose Antwort war ein Summen gewesen, kein unwilliges Grunzen.

Wenn sie sich geliebt hatten und sich vielleicht sogar noch liebten, was hatte sie in den langen Jahren ihrer Ehe auseinandergebracht? Oder war es gar normal, dass man sich nach zwanzig oder dreißig Jahren nur noch mit Gleichgültigkeit begegnete? Sie dachte an ihre Eltern, die sie nie als Liebespaar wahrgenommen hatte, und an Nunzio und Valeria, das Paar, in deren ärmlicher Hütte sie auf dem Weg durch die Berge eine Woche zu Gast gewesen waren, weil Schneefälle sie am Weiterreisen gehindert hatten. Die beiden waren seit über zwanzig Jahren verheiratet und ihre Liebe war offenkundig und hörbar gewesen. Doch die meisten älteren Ehepaare, die sie kannte, waren einander gleichgültig geworden oder zerstritten.

Warum? Was passiert mit uns, wenn wir älter werden und uns aneinander gewöhnen?, dachte sie. Warum ist irgendwann alles andere wichtiger, als dass man sich liebt?

Und wie würden Marco und sie als altes Ehepaar sein? Sie dachte an die Nacht, als er aus Siena zurückgekommen war, und alleine die Erinnerung daran ließ ihr Herz schneller schlagen. Sie konnte sich nicht vorstellen, dass sie ihrer ›ehelichen Pflichten‹ jemals überdrüssig werden würde.

Der Gedanke führte sie zurück zu Alessia und Don Piero. Sicher hatte Alessia darunter gelitten, dass ihr Ehemann seine Vergnügungen außerhalb des Ehebetts gesucht hatte. Doch offensichtlich hatte sie ihm verziehen.

Marco arbeitete härter denn je. Morgens ritt er nicht mehr über das Land, sondern ging direkt an die Arbeit. Der Rebschnitt war beendet, das Rebholz aus den Weingärten gesammelt, nun musste der Boden gelockert werden. In den Weingärten spannten Marco und Enrico jeweils eines der Arbeitspferde vor kleine Pflüge und pflügten zwischen den Reihen, an den steileren Hängen hackten Tagelöhner und Pächter von Hand zwischen den Weinstöcken und beseitigten das Unkraut.

Wenn er nach Hause kam, war er so müde, dass ihm manchmal schon bei der Abendmahlzeit die Augen zufielen. Er sprach nicht viel in diesen Wochen und wenn, dann saß er am Abend mit Enrico im Salon und sie redeten über das Gut. Sollten sie teuren Guano und Knochenmehl als Dünger kaufen oder reichten für dieses Jahr Exkremente und Gülle? Wie ging es den Reben, trieben sie gut aus? Wo waren die ersten Gescheine, die Traubenblüten, zu sehen? Seine Gedanken schienen ausschließlich um Alberi d'Argento zu kreisen.

Er fragte nicht mehr danach, wie sie ihre Tage verbrachte, wie er es früher getan hatte. Ebenso wenig erzählte er von seiner Arbeit und was ihn beschäftigte. Auch über seine Reise nach Livorno hatte er so gut wie nicht gesprochen. Er hatte einen Pfandleiher gefunden, der den Familienschmuck zu guten Konditionen beliehen und ihm versichert hatte, dass er ihn mindestens ein Jahr verwahren würde. Einige Besitzer von Hafentavernen waren an einem einfachen Tafelwein sehr interessiert. Das war's. Kein Wort über die Stadt, die Menschen dort. Wie anders war er auf ihrer Reise nach Genua gewesen? Seine Beobachtungsgabe, die Fähigkeit, überall das Schöne zu sehen, selbst in den Wolken über den Bergen, hatte ihr damals eine andere, neue Sichtweise auf die Natur, Städte und die Menschen eröffnet. Doch nun?

Manchmal hatte sie das Gefühl, mit einem Fremden verheiratet zu sein. Er teilte sein Leben nicht mehr mit ihr, sondern mit dem Gut. War es das, was mit seinen Eltern passiert war? Waren sie sich auf diese Weise fremd geworden?

Vielleicht hatte sein Vater recht gehabt und sie war wirklich nicht die richtige Frau für ihn. Enrico arbeitete ebenso hart, doch Silvana schien sich nicht daran zu stören. Sie hatte ihr Kind, freute sich auf ihr nächstes und war zufrieden. Alessia kümmerte sich um ihren Mann und Emilia lernte.

Es war Anfang April, eigentlich begann jetzt die Zeit, in der die Gutsbesitzer nicht mehr so viel zu tun hatten. Die Arbeiten, die Enrico und Marco verrichteten, erledigten normalerweise Arbeiter. Da Ostern und damit die Fastenzeit vorbei war, traf man sich mit Freunden zum Feiern und zum Essen. Auch die Familie Raimandi erhielt Einladungen zum Abendessen oder geselligen Beisammensein. Alessia redete ihren Söhnen gut zu, zumindest einige Einladungen anzunehmen, um nicht völlig vom gesellschaftlichen Leben ausgeschlossen zu sein. Besonders wegen Emilia. Wie sollte sie einen Ehemann finden, wenn sie nicht aus dem Haus ging? Dass auf Alberi d'Argento wegen Don Pieros Krankheit nicht gefeiert wurde, stieß bei den Gutsbesitzern der Umgebung auf Verständnis.

Es gelang Alessia tatsächlich, ihre Söhne zu überzeugen, zumindest die Einladung des Conte Giribaldi anzunehmen.

33. KAPITEL

So stieg Antonella am späten Nachmittag des folgenden Sonntags in die Kutsche der Raimandis und raffte die Falten ihres weiten Rocks zusammen so gut es ging, um Platz für Emilia zu machen, die sich neben sie setzte. Ihre Röcke bauschten sich auf, sie drückte sie mit den Händen runter. Danach stieg Silvana ein. Wolken aus Seide füllten die Kutsche, die Krinolinen hoben sich bis fast zu den Gesichtern der Frauen. Aus Silvanas weinrotem Kleid strömte zarter Veilchenduft, Emilias malvenfarbene Spitzen dufteten nach Rosen. Antonella trug ein blau-grün changierendes Seidenkleid, das Silvana ihr gegeben hatte, dazu blaue Seidenschuhe und blaue Handschuhe, die ihr bis zum Ellbogen reichten. Ihr Haar war locker hochgesteckt, einzelne zu Locken gebrannte Strähnen umrahmten ihr Gesicht. Für den Dutt mitten auf dem Kopf, der jetzt in Mode war, wäre ihr Haar leider zu lang und zu schwer, hatte Finola mit Bedauern erklärt und vorgeschlagen, es um die Hälfte zu kürzen. Marco hatte sofort energisch protestiert und auch Antonella war nicht bereit gewesen, sich von ihrem hüftlangen Haar zu trennen.

Als Nächstes kletterte Enrico in die Kutsche und quetschte sich neben Silvana. In Anbetracht der Krinolinen, der Seidenwolken und der Enge in der Kutsche, zog Marco es vor zu reiten. Er saß auf El Cid und machte in eng anliegender, cremefarbener Hose, halbhohen Stiefeln und nachtblauem Frack eine blendende Figur.

Die Fahrt zu den Giribaldis dauerte über eine Stunde und nach kurzer Zeit beneidete Antonella Marco und wünschte, sie hätte auch reiten können. Die Wege waren schmal, kurvig und voller Schlaglöcher. Sie wurden alle tüchtig durchgeschüttelt. Zu reiten hätte sie vielleicht auch von ihrer schrecklichen Nervosität abgelenkt. So saß sie eingekeilt zwischen Emilia und der Wand und knetete den Stoff ihres Kleids zwischen den Händen. Silvana bemerkte es und lächelte sie an. »Keine Angst, die Giribaldis sind gar nicht so schlimm. Wenn du unsicher bist, dann lächle freundlich und sage nichts. Halte dich an Michele. Man wird dich dann für schüchtern halten und das ganz reizend finden.«

Es war sicher nur nett gemeint, aber im Grunde hieß das: Rede so wenig wie möglich, dann machst du auch nichts falsch. Trotzdem würde sie Silvanas Rat befolgen.

Endlich bog die Kutsche wieder in eine richtige Straße ein und kurze Zeit später rollte sie durch eine Zypressenallee.

»Wir sind da«, sagte Enrico.

Die Kutsche hielt und ein Mann in Livree öffnete die Tür. Er half zuerst den Damen raus, anschließend Enrico.

Staunend blickte Antonella sich um. Das Haus der di Raimandis war ein Gutshaus. Groß, luxuriös, aber mit schlichten Steinmauern. Dieses hier war ein kleines Schloss. Drei Stockwerke hoch, mit einer Unzahl an Fenstern. Zum Eingang führte eine breite Treppe mit sechs Stufen, im ersten Stock darüber befand sich eine Terrasse, die über zwei Treppen, eine von rechts, eine von links, zu erreichen war. Die mittleren drei Fenster im zweiten Stock hatten winzige Balkone, die von schmiedeeisernen, verschnörkelten Geländern begrenzt wurden. Auf dem Dach darüber war eine Art Vorbau, eine geschwungene Fassade mit Figuren auf kleinen Türmen und einer Balustrade aus Stein. In dem Bogen, der den Vorbau abschloss, entdeckte Antonella eine Uhr. Der Hof, auf dem sie stand, war riesig. Die Giribaldis mussten unvorstellbar reich sein.

Marco stieg vom Pferd, das umgehend von einem diensteifrigen Stallburschen in Empfang genommen wurde. Antonella legte ihre Hand auf seinen dargebotenen Arm und atmete tief auf.

»Keine Angst. Sie sind zwar reich und adlig, aber ihre Haufen riechen trotzdem nicht nach Lavendel.«

Ein Lachen stieg in ihr auf wie Blasen in dem Champagner, den sie am Ostersonntag getrunken hatte. Trotzdem war ihr bang, als sie an Marcos Seite die steinerne Treppe emporstieg. Vor ihnen ging Enrico, Silvana zu seiner rechten und Emilia zur linken Seite. Marco und Antonella folgten ihnen in die Halle. Der Boden war aus Terrakottafliesen, wie auf Alberi d'Argento, doch die Decke war aus golden schimmernden Holzkassetten, jede einzelne war aufwendig mit Schnitzereien verziert.

»Meine Lieben! Herzlich willkommen!« Ein Mann von gewaltigen Ausmaßen, sowohl in der Höhe als auch in der Breite, kam ihnen mit ausgestreckten Armen entgegen.

»Das ist Orazio Giribaldi, Conte di Monteguidi«, flüsterte Marco.

Enrico verneigte sich, Silvana und Emilia knicksten.

»Meine Mutter bittet Sie, sie zu entschuldigen. Sie wollte bei Don Piero bleiben«, sagte Enrico.

»Ich habe von dem Unglück, das Ihren Vater getroffen hat, gehört«, antwortete der große Graf und drückte Enrico die Hände. »Richten Sie der Marchesa meine innigsten Grüße aus, ich werde für die Genesung meines Freundes beten.« Er wandte sich an Silvana und küsste ihr galant die Hand. »Sie sehen bezaubernd aus, meine Liebe.« Anschließend begrüßte er Emilia und küsste ihre Hand.

Hinter ihm betrat eine Frau die Halle. »Ah, unsere Freunde von Alberi d'Argento. Wie schön.«

Der Graf wandte den Kopf. »Da bist du ja, Camilla.«

Dann war das wohl seine Frau. Im Gegensatz zu ihm war sie keine beeindruckende Erscheinung. Dünn und nicht besonders hübsch und das Kleid aus goldfarbener Seide ließ sie blass erscheinen.

Während die Gräfin Enrico, Silvana und Emilia begrüßte, traten Antonella und Marco vor den Grafen.

Wie zuvor Enrico, neigte Marco den Kopf. »Eure Exzellenz, ich möchte Ihnen meine Frau vorstellen, Antonella di Raimandi.«

Der Graf betrachtete sie mit dem gleichen Ausdruck, mit dem er wohl ein besonders köstliches Stück Torte ansehen würde, das er nicht essen durfte. Wohlgefällig und mit einer Spur Bedauern im Blick.

Antonella ahmte Silvanas Knicks nach.

»Welch Anmut, welch Schönheit.« Er griff nach ihrer Hand und hauchte einen Kuss auf ihr Handgelenk. »Und was für eine schöne Überraschung, dass Sie zurück sind, Don Michele. Man sagt, Sie werden auf Alberi d'Argento bleiben?«

»Ja, mein Bruder bat mich um Unterstützung.«

Nach ein paar weiteren Höflichkeiten führte Marco sie vor die Gräfin. Auch hier wurden Nettigkeiten ausgetauscht, anschließend wies die Gräfin auf den bogenförmigen Durchgang zu einem weiteren Raum. »Trinken Sie doch schon mal ein Glas Champagner.«

Dort bedeckten kostbare Teppiche die schlichten Terrakottafliesen, an einer Wand standen offene Schränke, weiß getüncht und mit goldenen Einlegearbeiten verziert. Auf der gegenüberliegenden Seite führte eine Treppe aus weißem Marmor nach oben. Stimmengewirr empfing sie. Grüppchen von Leuten verteilten sich im Raum, fröhlich plaudernd, mit Champagnergläsern in den Händen. Ein Diener in Livree präsentierte ein Tablett mit gefüllten Gläsern. »Bitte sehr, die Herrschaften.«

Marco reichte eines Antonella und nahm sich auch eins. »Salute.« Er stieß mit ihr an.

Ihr Eintreten erregte Aufsehen. Innerhalb kurzer Zeit waren sie von Menschen umringt, die sie begrüßten, sich nach dem Befinden von Don Piero erkundigten, angenehm überrascht waren, dass Don Michele wieder zu Hause weilte, und äußerst interessiert seine Frau musterten. Antonella fühlte sich wie der Tanzbär, den sie einmal auf einem Jahrmarkt in Castelnovo gesehen hatte. Das Tier hatte in einem Käfig gelegen, belagert von Neugierigen, die es angafften. Sie lächelte und nickte und nickte und lächelte. Ihre Hand lag immer noch auf Marcos Arm, er hatte seine darübergelegt und das gab ihr Sicherheit.

Neben dem Fenster entdeckte sie Signor Frattini, Donata und eine Frau, die sie bisher nicht gesehen hatte. Ihr schwarzes Haar war mit grauen Strähnen durchzogen, ihre Züge hatten Ähnlichkeit mit Donatas. Die gleichen großen, dunklen Augen, die sinnlich aufgeworfenen Lippen. Alle drei waren schwarz gekleidet. Sie waren noch in Trauer, erinnerte sich Antonella. Allerdings sah Donatas Kleid nicht wirklich wie ein Trauerkleid aus. Das Oberteil war vorteilhaft gerafft, ließ die Schultern frei und betonte ihre helle Haut. Schwarze Spitze zierte den Ausschnitt, der Rock war mit winzigen schwarzen Perlen bestickt und ihre Taille war so eng geschnürt, dass Antonella schon vom Hinsehen Atemnot bekam.

Donata bemerkte ihren Blick und kam zu ihnen, gefolgt von ihren Eltern. »Wie schön, Sie alle hier zu treffen.« Es folgte der übliche Austausch von Höflichkeiten. Signor

Frattini stellte Antonella seiner Frau vor, die sie höflich, aber gleichgültig begrüßte.

»Ein reizendes Kleid tragen Sie«, sagte Donata zu Antonella und ließ ihren Blick kritisch über ihre Figur wandern. Suchte sie etwa nach Anzeichen einer Schwangerschaft? »Wunderbar, diese changierende Seide. Irgendwie kommt es mir bekannt vor.« Sie tippte mit dem Zeigefinger an ihre Lippen wie jemand, der scharf nachdachte. »Hat nicht Don Enricos Gemahlin vor zwei Jahren ein ganz ähnliches Kleid getragen?«

»Aber nein.« Silvana wandte sich zu Donata um. »Meines sah ganz anders aus, und außerdem ist Antonella viel schlanker als ich. Meine Kleider sind ihr zu groß.«

Da hatte sie recht. Eine Schneiderin hatte vor diesem Besuch das Kleid geändert, sodass es Antonella nun wirklich gut passte.

Donata schwieg und das Gespräch in der Gruppe drehte sich nun darum, wie lange man sich nicht gesehen hatte, was in der Zwischenzeit passiert war, wer wen geheiratet hatte und wer in welchen Skandal verwickelt war. Im Grunde war es nicht anders als am Lavatoio in Cerreto, nur dass Antonella keinen der Namen kannte, die genannt wurden. Marco antwortete vage und unverbindlich auf Fragen, wie er die letzten drei Jahre verbracht hatte, warum er nun doch nicht die militärische Laufbahn einschlug und wo er Antonella kennengelernt hatte.

Eine ältere Frau trat zu der Gruppe und klopfte Marco mit ihrem Fächer auf den Arm. »Michele, ich habe gehofft, dich hier zu treffen.« Ohne auf Antwort zu warten, wandte sie sich an Antonella. »Das ist also die Frau, über die hier seit Wochen gerätselt wird. Sie haben einige Mädchen hier sehr unglücklich gemacht, junge Dame. Auch wenn Enrico der Erbe von Alberi d'Argento ist, so war Michele doch einer der begehrtesten Junggesellen in der Provinz, und nicht wenige haben gehofft, sein wankelmütiges Herz zu erobern.« In ihren Augen und ihrer Stimme lag Spott, doch Antonella spürte, er galt nicht ihr. Die Frau ließ ihren Blick anzüglich über einige der anwesenden jüngeren Frauen gleiten. »Ihnen ist es gelungen«, sagte sie dann.

Marco lachte leise. »Du übertreibst, liebe Tante. Antonella, darf ich vorstellen: Das ist meine Tante, Emilia de Rinuccio.«

»Sehr erfreut, Sie kennenzulernen, Signora de Rinuccio.«

»Ah, bah«, sagte Marcos Tante. »Wir sind verwandt, also nenn mich Emilia.« Sie wandte sich wieder an Marco. »Wie kommt es, dass mein störrischer Bruder dir erlaubt hat, Venaria Reale zu verlassen?«

»Ich habe ihn nicht um Erlaubnis gefragt«, gab Marco unverblümt zurück.

Sie lachte und tätschelte ihm den Arm. »Recht so. Du musst deinen Weg gehen, nicht seinen. Es tut mir sehr leid, dass er krank ist. Ich würde ihn besuchen, aber ich bin nicht sicher, ob ich willkommen bin.« Sie beugte sich vor und senkte die Stimme. »Wie schlimm ist es wirklich?«

»Sehr schlimm«, antworte Marco leise. »Der Arzt glaubt nicht, dass er sich noch mal erholt. Aber …« Er legte kurz den Zeigefinger an die Lippen.

Emilia nickte. »Verstehe. Dann komme ich ihn doch besuchen. Jetzt begrüße ich erst mal mein Patenkind.« Sie nickte und ging weiter.

»Die Schwester deines Vaters?«, fragte Antonella.

»Ja, sie ist drei Jahre jünger als er. Nach dem Tod ihres ersten Mannes hat sie wieder geheiratet, ohne Don Pieros Erlaubnis einzuholen. Sie dachte wohl, mit vierzig Jahren könne sie so etwas selbst entscheiden. Seitdem sind sie zerstritten. Mein Vater findet ihren zweiten Mann nicht standesgemäß.«

Auch ohne diese Information hatte Antonella Marcos Tante nett gefunden, doch jetzt war sie ihr noch sympathischer. Sie sah ihr nach, wie sie zu Emilia trat, die mit einem geckenhaft gekleideten jungen Mann plauderte, der sie unverhohlen anhimmelte.

»Das ist der Sohn von Cesare Pellegrini, einem Großgrundbesitzer aus der Nähe von Florenz«, erklärte Marco. »Er wäre eine gute Partie.«

Erstaunt blickte sie ihn an. »Seit wann legst du Wert auf eine gute Partie?«

Er zuckte mit den Schultern. »Ich habe das ohnehin nicht zu entscheiden, aber es wäre schon besser, wenn sie jemanden wählt, der vermögend ist und ihr ein Auskommen sichert. Wer weiß, ob wir es nächstes Jahr noch können?«

Sie sah ihm ins Gesicht. Wahrscheinlich bemerkte niemand außer ihr die Erschöpfung, die er hinter einem gleichmütigen Ausdruck verbarg, und die steile Falte zwischen seinen Augenbrauen, die seine ständige Sorge verriet.

»Es ist sehr wichtig, dass sie einen vermögenden Mann heiratet, nicht wahr? Mehr als eine Mesalliance könnt ihr euch nicht leisten.«

»Ach, Antonella«, sagte er nur.

Das verdammte Korsett schien noch enger zu werden, oder warum schnürte es ihr plötzlich die Luft ab? Sie wollte sich diese Fragen nicht stellen, doch der Gedanke drängte sich hinterrücks in ihren Kopf mit einer boshaft flüsternden Stimme: *Wenn er jetzt vor der Wahl stünde, würde er sich wirklich für dich entscheiden? Für ein Bauernmädchen, ungebildet, ohne Vermögen? Oder würde er Donata wählen, die seinesgleichen war, dazu schön und reich genug, um den drohenden Ruin abzuwenden?*

Er steht aber nicht vor dieser Wahl, wies sie die Stimme zurecht. Er ist mein Mann.

Das muss nicht so bleiben, antwortete die Stimme. *Du weißt genauso gut wie ich, dass es ein Leichtes ist, diese Ehe für ungültig erklären zu lassen.* Don Pieros Worte.

Sie erinnerte sich an den Tag, als der Brief von der Bank gekommen war. Marco, wie er seinen Vater schüttelte und anschrie: »Ich würde alles für Alberi d'Argento tun!«

Wie weit würde er gehen, um das Gut zu retten?

Die Stimme des Hausherrn, der die Gäste in den Salon zum Dinner bat, unterbrach ihre Gedanken. Marco lächelte sie an und ihre Zweifel lösten sich auf wie Nebel in der Sonne. Er führte sie zu ihrem Platz. Viele Blicke folgten ihnen und nicht alle waren freundlich.

Es mussten an die dreißig Leute sein, die an der Tafel Platz nahmen.

Marco saß rechts von Antonella, links neben ihr rückte Emilia ihren Stuhl zurecht. Enrico saß zwischen Emilia und Silvana.

Fünf Diener trugen den ersten Gang auf: eine cremige Suppe von zartgrüner Farbe.

»Ah«, sagte eine dicke Frau, die Antonella gegenübersaß. »Potage de légumes. Deliziös.«

Als jeder einen Teller vor sich stehen hatte, begann der Hausherr zu essen und alle folgten seinem Beispiel.

Neugierig probierte Antonella und musste ein Lachen unterdrücken. Hinter der hochgestochenen Bezeichnung verbarg sich eine ganz normale Gemüsesuppe, allerdings lange gekocht und das Gemüse war passiert. Marco zwinkerte ihr zu.

Ein Gang nach dem anderen folgte. Crostini mit Leber, Eierkuchen mit Kräutern, dann gefüllte, mit Speck umwickelte Wachteln, Risotto mit Trüffeln, Mangold mit Pinienkernen.

Vom Nachtisch, Profiteroles, mit Sahne gefüllte Windbeutel, die mit Schokoladensoße übergossen waren, aß Antonella nur zwei Löffel. Die Verschnürung ihres Korsetts würde reißen, wenn sie nur noch einen Bissen mehr in sich hineinstopfte.

Es folgten Kaffee, Grappa und Cognac.

Nach der Mahlzeit zogen sich die Herren in den Rauchersalon zurück, die Damen wurden in den gelben Salon geführt, der die Ausmaße eines kleinen Saals hatte. Diener servierten Kaffee, Amaretto und Sherry.

Zum Glück blieben Enrico und Marco nicht lange, sondern schützten den langen Heimweg vor, um früh aufzubrechen. Weder Silvana noch Emilia schienen darüber besonders traurig zu sein. Antonella war einfach nur froh, dass der Abend vorbei war.

Auf der Rückfahrt hing sie ihren Gedanken nach. Nie zuvor war ihr so klar geworden, dass sie nicht einfach einen Wilden aus den Bergen geheiratet hatte, sondern den Spross eines jahrhundertealten Adelsgeschlechts. Sie erinnerte sich an die lässige Eleganz und die Leichtigkeit, mit der er sich heute in der feinen Gesellschaft bewegt hatte, und fragte sich, wie sie jemals hatte glauben können, Marco wäre der Sohn eines Landarbeiters.

Don Michele, dachte sie. Nicht Marco.

Er war ihr fremd, dieser junge Gutsbesitzer. Sie selbst war sich fremd. Die Frau im eleganten Seidenkleid, mit dem kunstvoll aufgesteckten Haar, das war nicht sie. Es war selbstsüchtig, doch sie wünschte sich Marco, den Wilden zurück. Noch einmal mit ihm durch die Berge wandern, in Osterien übernachten, oder eng aneinandergeschmiegt in einer Schäferhütte. Selbst Marco, der Rebell, war ihr niemals so fremd gewesen wie jetzt Don Michele. Noch einmal die warmen Tage in San Martino erleben nach seiner Befreiung aus dem Torre Grimaldina, als es nur ihn und sie gegeben hatte.

Sie *war* selbstsüchtig! Damals hatten sie sich verstecken müssen und Marco hatte unter den Folgen der Gefangenschaft gelitten. Jetzt konnte er seiner Berufung nachgehen, Winzer sein. Und sie sollte ihn dabei unterstützen, statt der Vergangenheit nachzutrauern.

34. KAPITEL

Als sie am nächsten Morgen erwachte, war Marco bereits für die Arbeit angezogen und auf dem Weg nach draußen. An der Tür wandte er sich um. »Schlaf weiter«, sagte er. »Es regnet schon die halbe Nacht.«

»Musst du denn raus?«

Sie waren sehr spät nach Hause gekommen und Marco war sofort eingeschlafen, während sie noch grübelnd wach gelegen hatte.

Er nickte. »Heute pflügen wir die südlichen Gärten. Bis später.«

Tatsächlich schlief sie noch einmal ein und wachte erst auf, als Rosa klopfte und ihr Kaffee ans Bett brachte.

Am gleichen Abend erklärte Marco, dass Enrico und er sich doch entschlossen hatten, Geld in Guano und Knochenmehl für die erste Düngung zu investieren. »Wir müssen einfach eine gute Ernte erzielen. Am Dünger zu sparen, wäre verkehrt.«

»Haben wir denn Geld, um das zu bezahlen?«, fragte Alessia.

»Nicht genug, aber wir haben zusätzlich zu unseren Arbeitspferden sechs Vollblutpferde im Stall stehen, die keiner reitet. Ich werde sie verkaufen.«

Ruckartig hob Don Piero den Kopf und stieß ein unwilliges Schnauben aus.

»Es tut mit leid, Vater«, sagte Marco und sein Bedauern schien ehrlich. »Ich mache das nicht gerne, doch bis auf Enricos Fabio und meinen El Cid stehen die Pferde nur herum, fressen und müssen von den Stallburschen bewegt werden. Wir brauchen Arbeitspferde, keine Vollblüter.«

»Dann verkaufe sie«, sagte Alessia.

In den nächsten zwei Wochen sah Antonella von Marco noch weniger als zuvor. Er stand vor Sonnenaufgang auf und traf sich mit Enrico im Frühstückszimmer, wo sie Kaffee tranken und hastig aßen, bevor sie sich auf den Weg in die Weingärten machten, um den Dünger auszubringen.

Abends kam er kurz vor dem Dinner nach Hause, umhüllt von dem strengen Geruch nach Guano und Gülle. Obwohl beide Männer sich wuschen und umzogen, haftete der Geruch noch den ganzen Abend an ihnen. Daraufhin veranlassten Antonella und Silvana, dass heißes Wasser zum Baden bereitstand, wenn die Männer heimkamen.

Antonella setzte sich zu Marco, wenn er sich mit einem wohligen Seufzer in das warme Wasser gleiten ließ, wusch ihm den Rücken und die Haare. Es waren die einzigen Momente in diesen Tagen, in denen sie ein wenig Zeit füreinander hatten. Und auch wenn er nicht viel sprach, spürte sie, dass er ihre Fürsorge und die Ruhe, die ihm das Bad verschaffte, genoss.

Während der Mahlzeiten drehte sich das Gespräch fast ausschließlich um den Wein. Die Pflanzen waren gesund und trieben kräftig aus. Als Nächstes würde man die überzähligen Triebe entfernen und die anderen anbinden. Die schwerste Arbeit, das Jäten, Pflügen und Einarbeiten des Düngers, wäre bald vorbei.

Antonella dachte daran, dass er gesagt hatte, er würde mit ihr im Mai für ein paar Tage nach Livorno oder Donoratico fahren, doch noch war nicht Mai und Marco schien sich auch nicht an sein Versprechen zu erinnern. Stattdessen erzählte er ihr, dass er noch mal für einen Tag nach Livorno fahren würde, um die Tavernen, mit denen er bei seinem ersten Besuch verhandelt hatte, mit Wein zu beliefern. Seine Ankündigung versetzte ihr einen Stich. Doch sie hatte einmal gefragt, ob er sie mitnehmen würde, und sie würde ihn kein zweites Mal fragen.

In den Tagen vor seiner Abreise kam er trotz seiner offensichtlichen Müdigkeit erst sehr spät ins Bett. Er ginge mit Enrico noch mal die Zahlen durch, die Rechnungen für den Dünger wären Anfang Mai fällig, erklärte er. Doch sie hatte das Gefühl, dass dies nicht der einzige Grund war, weshalb er so spät kam. Irgendetwas beschäftigte ihn, er wirkte oft abwesend, schien nicht wirklich zuzuhören, wenn sie mit ihm sprach. Nur wenn sie sich liebten, was nicht oft vorkam, weil er meistens sofort einschlief, hatte sie das Gefühl, er wäre ganz bei ihr.

Auch am Abend vor seinem Aufbruch entschuldigte er sich, er müsste noch die Bücher durchgehen.

Inzwischen musste Alberi d'Argento das Gut mit den

am besten geführten Büchern in ganz Italien sein, dachte sie.

Nach dem Essen ging sie auf die Terrasse. Es war ein klarer Frühlingstag gewesen, sie wollte noch ein wenig für sich sein.

Als sie die Terrasse betrat, wehte ihr der Duft von Pfeifentabak entgegen. Enrico war gerade im Begriff zu gehen. Er wünschte ihr eine gute Nacht. Sie blieb noch ein paar Minuten und bewunderte den klaren Himmel. Die Sterne leuchteten wie Juwelen auf schwarzem Samt. Dann ging sie zu ihren Räumen, doch Marco war nicht dort und er kam erst viel später. Er gab keine Erklärung ab, sondern sagte nur, er wäre müde und müsste am nächsten Tag früh aufbrechen. Antonella rang mit sich, aber ihr Stolz verbot es ihr, ihn zu fragen, wo er gewesen war.

Als er aus Livorno zurückkehrte, war er sichtlich erleichtert und deutlich redseliger. Mit vier Tavernen hatte er einen Liefervertrag abgeschlossen, und zwar zu einem guten Preis, berichtete er.

Am folgenden Montag saßen Antonella und Silvana strickend im Salon, als der sonst so distinguierte Bastiano regelrecht hereingerannt kam.

»Soeben fährt der Landauer der Gebrüder Innocenti vor«, sprudelte es aus ihm heraus.

Silvana ließ ihr Strickzeug sinken. »Lauf in den Stall und sage Vittorio, er soll sofort meinem Mann und Don Michele Bescheid geben und dann informiere Signor Peruzzi, dass die Signores Innocenti eingetroffen sind. Er soll sie schon mal begrüßen.«

Bastiano nickte nur und verließ im Laufschritt den Salon.

Es dauerte einen Moment, bis Antonella einfiel, dass Signor Peruzzi der Cantiniere des Guts war. Marco nannte ihn immer nur Mario.

Silvana stand auf und strich sich die Röcke glatt. »Ich hole Alessia. Sie soll die Herren begrüßen, bis Enrico und Michele hier sind.«

Verwundert sah Antonella sie an. Sie wirkte ungewohnt nervös.

»Wer ist denn das? Sind die wichtig?«

»Signor Innocenti und sein Bruder sind die Zwischenhändler, die unseren Wein kaufen und vertreiben. Sie kommen, um den neuen Wein zu probieren und den Preis festzusetzen.«

»Unangemeldet?«

»Nun ja, normalerweise ist ja immer jemand hier. Aber inzwischen haben sie sicher auch von Don Pieros Erkrankung gehört.«

Sie drückte den Rücken durch, holte tief Luft und ging hinaus.

Antonella ging in ihre Räume, von denen aus man in den Hof sehen konnte. Dort stand eine mittelgroße Kutsche ohne Verdeck, vor die zwei Schimmel gespannt waren. Einer der Pferdeknechte des Guts half einem älteren Mann heraus, ein jüngerer stand bereits im Hof und blickte sich um. Beide trugen dunkle Reiseumhänge und Zylinder. Alessia trat auf den Hof und begrüßte sie. Beide Herren küssten ihr höflich die Hand und folgten ihr dann ins Haus.

Ein paar Minuten später kamen Marco, Enrico und Vittorio angaloppiert. Die Brüder sprangen von ihren Pferden, die Vittorio wegführte, und eilten ins Haus.

Zu ihrer Überraschung kam Marco zu ihr nach oben und stellte sich zu ihr ans Fenster.

»Gehst du nicht mit?«

»Nein. Enrico und Mario können das gut allein. Und auch, wenn es sich in der Gegend herumgesprochen hat, dass ich wieder da bin, müssen wir es nicht jedem, der hier vorbeikommt, zeigen.«

Es dauerte nicht lange, da trat Enrico in der Begleitung der beiden Männer aus dem Haus. Mario erwartete sie im Hof und gemeinsam gingen sie zu dem Nebengebäude, in dessen Keller der Wein lagerte.

Marco blickte ihnen nach, bis sie hinter der Ecke verschwunden waren. Dann strich er sich die Locken aus der Stirn. »Das kann dauern. Ich gehe mich waschen und umziehen, heute werden wir sicher nicht mehr draußen arbeiten.«

Antonella läutete nach Rosa und bat sie, Kaffee und Wasser zu bringen.

Es dauerte zwei Stunden, dann rollte die Kutsche der Gebrüder Innocentia vom Hof. Marco stürmte aus dem Zimmer und den Flur entlang zur Treppe. »Komm am besten gleich in den Salon«, rief er Enrico zu. »Wir wollen alle wissen, wie es gelaufen ist.«

Tatsächlich warteten im Salon schon Alessia und Silvana, und auch Don Piero, der in seinem Rollstuhl am Fenster saß, hob den Kopf und blickte Enrico an.

Dessen Miene war ausgesprochen grimmig. Er wandte sich zuerst an Don Piero. »Ich soll dich herzlichst von den Signores Innocentia grüßen. Sie haben von deinem Unglück erfahren«, sein Gesichtsausdruck wurde noch grimmiger, »und bedauern es sehr. Und natürlich«, jetzt sprach er alle an, »haben sie versucht, den Preis zu drücken. Der Sangiovese mäuselt angeblich, der Cabernet Sauvignon sei zu herb, das mögen die Leute nicht. Einzig der Syrah findet ihre Gnade.«

»Mäuseln? Was ist das?«, fragte Antonella.

»Ein Fehler, der manchmal in sehr heißen Jahren auftritt«, erklärte Marco. »Dann hat der Most nicht genug Säure und der junge Wein riecht nach Mäuseurin.«

Don Piero stieß einen Laut aus, der sich sehr wie das Wort »Betrüger« anhörte.

»Unser Sangiovese mäuselt nicht«, sagte Marco. »Sie wollen nur den Preis drücken. Vom Syrah haben wir am wenigsten, den können sie leicht loben und einen höheren Preis bezahlen, wenn sie die anderen Weine herunterhandeln und billig bekommen.«

Don Piero richtete seinen Blick auf Marco und nickte.

»Sie meinten, wir sollten mehr Syrah anbauen«, sagte Enrico.

»Nein, sollten wir nicht«, erwiderte Marco. »Syrah ist die schwierigste Sorte überhaupt. Die Rebe hat empfindliche Wurzeln, sie braucht lockeren, durchlässigen Boden, den wir nur in den nördlichen Weingärten haben. Aber dort gibt es nicht genug Sonne. Auf den anderen Böden verkümmern die Stöcke.«

Antonella beobachtete Don Piero. Täuschte sie sich oder lag in dem Blick, mit dem er Marco musterte, deutliche Anerkennung?

»Wie viel bieten sie für den Sangiovese?«, fragte Marco.

Enrico nannte eine Zahl, die Antonella nichts sagte, aber sowohl Don Piero als auch Marco ein empörtes Schnauben entlockte.

»Das ist lächerlich«, stellte Marco fest.

»Der Meinung bin ich auch«, sagte Enrico. »Aber du weißt ja, wie es ist, unser Verhandlungsspielraum ist eng.

Deshalb habe ich unseren Ertrag an Sangiovese um ein Viertel niedriger angegeben, als er ist. Das andere Viertel werden wir direkt vertreiben. Nach Livorno und in die Osterien und Trattorien hier in der Nähe.«

Lächelnd nickte Marco seinen Bruder an. »Gute Idee.«

Don Piero sah von Enrico zu Marco und Antonella war sich sicher, ein Lächeln in seinen verzerrten Zügen zu erkennen.

35. KAPITEL

Jeden Tag gewann die Sonne mehr an Kraft. In Cerreto waren um diese Jahreszeit die Vorbereitungen für die Rückkehr der Schäfer in vollem Gange; alle Arbeiten wurden, wenn möglich, draußen erledigt. Nach den langen, kalten Wintern sehnte sich jeder nach Sonne und Wärme. Auch Antonella zog es nach draußen. Ein wenig fühlte sie sich wie ein Zugvogel von einer unbestimmten Sehnsucht getrieben.

Sie verbrachte viel Zeit in den Gemüsegärten des Guts. Natürlich kümmerte sich ein Gärtner um das Gemüse und auch um die Blumen im Ziergarten. Doch sie genoss es, im Freien zu sein. An diesem Tag war es besonders schön und so beschloss sie, die Zypressenallee entlangzugehen und sich das Sonnenblumenfeld anzuschauen, das auf einem der Felder in der Nähe angelegt war. Marco hatte ihr erzählt, dass die Blumen schon einige Hand hoch standen.

Hufschläge weckten sie aus ihren Gedanken. Zwei Reiter kamen die Allee entlanggaloppiert. Antonella wich zur Seite aus. Als die beiden näher kamen, erkannte sie Signor Frattini und seine Tochter. Donata saß mit unnachahmlicher Eleganz im Damensattel und auch ihr Vater machte zu Pferd eine gute Figur. Was wollten die beiden hier? Ein Höflichkeitsbesuch war es wohl nicht, dann wären sie sicher mit der Kutsche gekommen und in Begleitung von Donatas Mutter.

Marco und Enrico waren beide in den Weingärten, oder etwa nicht? Plötzlich fiel ihr Donatas Besuch Anfang März wieder ein. So viel war seitdem geschehen, dass sie ganz vergessen hatte, Marco danach zu fragen. Nun, dieses Mal würde sie herausbekommen, warum sie herkam. Entschlossen wandte sie sich um und ging zügig den Weg zurück.

Als sie den Hof betrat, waren weder die Pferde noch die Frattinis zu sehen, doch vom Stall her hörte sie Stimmen. Rasch umrundete sie das Haus. Die Pferde der Frattinis waren vor dem Stall angebunden. Donata und ihr Vater standen im Hof und sprachen mit Marco.

Ruckartig blieb sie stehen. Dass er hier war, bedeutete, er hatte von dem Besuch der Frattinis gewusst und sie erwartet.

Er schien direkt aus den Weingärten gekommen zu sein, denn er trug seine Arbeitskleidung, eine hellbraune Hose aus festem Stoff, ein beiges Hemd und eine dunkelgrüne Weste. Den Hut hielt er in der Hand. Er schien irgendetwas zu erklären, denn er gestikulierte. Signor Frattini nickte und warf ab und zu etwas ein. Und Donata? Sie hatte den Kopf schräg gelegt, ein Lächeln auf den Lippen und ließ Marco nicht aus den Augen.

Antonella glaubte, ihr Blut würde kochen, so zornig wurde sie. Nicht nur, dass Marco es offenbar nicht für nötig gehalten hatte, sie über diesen Besuch zu informieren, dieses Dirne schämte sich auch nicht, hierherzukommen und ihrem Ehemann schöne Augen zu machen. Sie straffte die Schultern, hob das Kinn und ging zu ihnen.

»Guten Tag, Signorina, Signore.«

Giacomo Frattini neigte höflich den Kopf. »Guten Tag. Schön, Sie zu sehen, Signora.«

»Ah, Antonella«, begrüßte Marco sie und lächelte sie unbefangen an. »Warst du im Garten?«

»Ich habe einen kurzen Spaziergang gemacht.« Sie wies in Richtung der Zypressenallee.

»Oh, dann waren Sie das, die uns entgegenkam«, sagte Donata. »Ich habe Sie nicht erkannt.«

Demonstrativ musterte sie Antonellas einfaches Kleid aus dunkelgrüner Baumwolle und blickte ihr dann ins Gesicht. »Kein Wunder, Sie sehen so gesund aus, wenn Sie so lange Spaziergänge machen.«

Gesund? Wie eine Bäuerin meinte sie wohl. Im Gegensatz zu Donatas zarter, weißer Haut, war ihr Gesicht von der Frühjahrssonne gebräunt, und gerade leuchteten ihre Wangen sicher wie Klatschmohn.

Das Klappern von Pferdehufen ersparte ihr die Antwort. Vittorio führte eine zierliche hellbraune Stute heraus.

»Das ist Baronessa«, erklärte Marco. »Mein Vater hat sie vor zwei Jahren gekauft. Sie ist das ideale Reitpferd für eine Frau, doch meine Mutter reitet so gut wie gar nicht mehr.«

Er nahm Vittorio die Leine aus der Hand und führte das Pferd einmal um den Hof.

»Sie ist ganz hübsch«, sagte Donata. »Aber meine Mutter reitet auch nicht, und ich hätte gerne ein lebhafteres Pferd.«

Also darum ging es, die beiden waren hier, um sich die Pferde anzusehen, die Marco verkaufen wollte.

Während Vittorio die Stute in den Stall zurückführte, beschrieb Marco das nächste Pferd. »El Fuego, ein Spanier. Der Name passt, er hat Feuer.«

»Ein Hengst?«, fragte Signor Frattini.

»Nein, ein Wallach.«

»Gut, ich habe bereits einen Hengst, einen zweiten kann ich nicht gebrauchen.«

Schmollend schob Donata die Unterlippe vor. »Wie schade. Wenn ich ehrlich bin, hatte ich gehofft, Don Michele zu überreden, mir El Cid zu verkaufen.« Mit einem koketten Augenaufschlag sah sie Marco an.

Antonella hielt die Luft an. Würde Marco auch sein Pferd verkaufen? Aber Signor Frattini hatte ja bereits gesagt, dass ein Hengst nicht infrage kam.

»Sehen Sie sich ihn erst einmal an«, sagte Marco und deutete auf den Stall, aus dessen Eingang Vittorio einen Falben mit dichter dunkler Mähne und Schweif führte.

»Oh!«, äußerte Donata. »Was für ein wunderschönes Tier.« Ihre Begeisterung schien echt zu sein.

»Ja, er ist ein wunderbares Pferd. Er war Vaters Reitpferd. Doch wie es aussieht …« Marco beendete den Satz nicht.

Während Donata zu Vittorio ging, um sich den Falben näher anzusehen, trat Antonella zu Marco. »Rinaldo verkaufst du aber nicht, oder?«

»Nein, und auch El Cid nicht«, gab Marco leise zurück. »Sie hält sich für eine begnadete Reiterin, aber sieh dir mal das Maul ihres Pferdes an. Sie hat eine harte Hand.«

Obwohl die Besichtigung der Pferde sich hinzog und Antonella sich langweilte, blieb sie die ganze Zeit dabei. Sie würde einen Teufel tun und dieser Dame Gelegenheit geben, mit Marco alleine zu sein.

Schließlich verabschiedeten sich Signor Frattini und seine Tochter. Drei Pferde hatten sie gekauft, unter anderem El Fuego.

Donata ging zu ihrem Pferd und band es los, danach blickte sie sich erwartungsvoll nach Marco um. Erwartete sie etwa seine Hilfe beim Aufsteigen? Wie im März? Antonella ballte die Hände. Sie würde ihm eigenhändig den Hals umdrehen, wenn er jetzt den Galan für dieses Weib mimte.

Höflich trat Marco zu ihr. Donatas Blick huschte zu Antonella, sie hob eine Augenbraue, dann lächelte sie Marco an und raffte ihren Rock.

Marco griff nach dem Zügel ihres Pferdes und winkte Vittorio, der herbeieilte und ihr mit einer Verbeugung die Hände zum Aufsteigen darbot. Das Lächeln fiel aus Donatas Gesicht, ihre weißen Wangen röteten sich ein wenig. Sie ließ sich beim Aufsteigen helfen und richtete mit einer heftigen Bewegung ihren Rock, viel schneller, als sie es damals bei Marco getan hatte. Dann riss sie die Zügel an sich.

Antonella hob das Kinn. »Auf Wiedersehen, Signorina Frattini«, sagte sie laut. Dabei betonte sie das Wort Signorina.

Donatas Augen verengten sich, sie sprach, als würde sie an ihren Worten ersticken. »Auf Wiedersehen, Signora di Raimandi.«

Signor Frattini nickte Marco zu. »In zwei Tagen schicke ich jemanden, der die Pferde holt.« Dann senkte er die Stimme. »Und was diese andere Sache angeht, über die wir gesprochen haben, setzen wir uns am besten nächste Woche bei uns zusammen. Ich werde meinen Advokaten informieren. Auf Wiedersehen.«

Er verneigte sich vor Antonella und ging zu seinem Pferd.

Donata wartete nicht, bis ihr Vater im Sattel saß, sondern gab ihrem Pferd die Sporen und preschte die Zypressenallee entlang.

»Gut«, sagte Marco. »Drei Pferde sind schon mal verkauft.«

Er küsste sie auf die Wange. »Ich muss wieder an die Arbeit.«

Bevor sie etwas sagen konnte, bestieg er Rinaldo und ritt davon.

Antonella kehrte ins Haus zurück. Langsam stieg sie die Stufen hinauf in den ersten Stock und ging in den Salon. Er war leer, wahrscheinlich hatte Don Piero sich in seine Räume zurückgezogen. Sie holte das Spinnrad aus seiner Ecke, setzte sich vor den Kamin und spann. Das Surren des Rades und die gleichmäßige Bewegung, mit der sie das Pedal trat, halfen ihr, ihre Gedanken zu sortieren. Und je länger sie darüber nachdachte, was da vor den Ställen passiert war, desto wütender wurde sie. Sie ärgerte sich über die Herablassung, mit der Donata sie behandelte, und beinahe noch mehr über Marco, der das gar nicht zu bemerken schien. Und wann hatten sie überhaupt diese Verabredung für heute getroffen? Besuchte Donata ihn öfter und er verschwieg es? Und was hatte Signor Frattini mit ›dieser anderen Sache‹ gemeint? Was sollte auf der Tenuta Bandello besprochen werden und warum musste ein Advokat dabei anwesend sein?

Schließlich packte sie Spinnrad und Wolle weg und ging zurück zu ihren Räumen. Sie öffnete die Tür des Kleiderschranks und fuhr mit den Fingern über die drei Kleider, die sie von Silvana bekommen hatte. Dann strich sie ihren schlichten Rock glatt. Vielleicht sollte sie sich umziehen, Marco hatte hier ständig schön gekleidete Frauen um sich.

Nein. Sie schüttelte den Kopf. Sie war seine Frau, sie musste sich nicht verkleiden. Er hatte gewusst, wer sie war, als er sie geheiratet hatte.

Aus Dankbarkeit, flüsterte Don Pieros Stimme in ihrem

Kopf. *Er war schon immer impulsiv und hat eine Schwäche für schöne Frauen.*

Donata war schön, daran bestand kein Zweifel. Was, wenn Don Piero recht hatte, wenn er seinen Sohn tatsächlich besser kannte als sie? Hatte sie seinem Vater nicht gesagt, Marco wäre niemals damit zufrieden, in Zukunft nur noch Wein anzubauen und sich nicht mehr um die Politik dieses Landes zu kümmern?

Und doch tat er jetzt genau das.

Und hatte nicht sogar Enrico Zweifel an ihm gehabt?

Vielleicht hatte er eine Affäre mit Donata, die er sicher vor ihr geheimhalten würde. Zweimal war er inzwischen in Livorno gewesen. Ohne sie. Fuhr er wirklich dorthin oder traf er Donata? Und wieder dachte sie an Signor Frattinis Bemerkung. Wozu brauchte man einen Advokaten? Für einen Vertrag. Welche Art Vertrag wollte Marco mit den Frattinis abschließen?

In ihren Schläfen pochte es. Sie drückte die Hände dagegen. Wenn sie weiter hier saß und grübelte, würde sie verrückt werden. Sie musste mit ihm reden, sobald er zurückkam.

Es dämmerte, als sie endlich die Hufschläge im Hof hörte. Sie trat ans Fenster. Sie waren zu dritt, es waren Enrico, Mario und Marco.

Zwei der Burschen liefen ihnen entgegen und übernahmen die Pferde. Mario grüßte und machte sich auf den Weg zum Gutshaus, Enrico und Marco betraten es ebenfalls.

Antonella lief aus dem Zimmer zur Treppe und blickte ihnen entgegen. Sie wollte sofort mit Marco reden, nicht erst nach dem Abendessen. Dann würde er wieder mit Enrico in Don Pieros Büro über den Büchern sitzen. Auch jetzt schlugen die Brüder den Weg zum Büro ein.

Sie rief nach ihm. »Marco, hast du einen Moment Zeit?«

»Hallo, Antonella, wir wollten eben noch kurz …« Er stockte, als er ihr ins Gesicht blickte. »Ist etwas passiert?«

»Geh nur«, sagte Enrico. »Wir setzen uns nach dem Essen zusammen. Ich sehne mich nach einem Bad und einem Glas Wein.«

Langsam kam Marco die Treppe hinauf. Seine Hosenbeine waren bis über die Knie mit Lehm beschmutzt, sein Haar war zerzaust. Er sah sehr müde aus.

Wortlos ging Antonella vor bis zu ihren Räumen. Dort angekommen, schloss sie die Tür und ging zum Fenster, während er sich auf einen der beiden Sessel sinken ließ.

»Ist etwas passiert?«, fragte er noch einmal. »Du wirkst so ernst.«

Ruckartig drehte sie sich zu ihm um. »Du wusstest, dass die Frattinis heute kommen, um die Pferde anzusehen?«

Erstaunt sah er sie an. »Ja, warum?«

»Du hast mir nichts davon erzählt.«

Er zuckte mit den Schultern. »Ich habe es vergessen. Außerdem wusste ich nicht, dass du dich dafür interessierst. Du kennst die Pferde doch gar nicht.«

»Es geht mir nicht um die Pferde, sondern um diese Frau. Sie versucht dich zu umgarnen.«

»Donata?« Er machte eine wegwerfende Handbewegung. »Sie versucht jeden Mann in ihrer Reichweite zu umgarnen, das liegt in ihrer Natur.«

»Du scheinst sie ziemlich gut zu kennen«, stellte sie spitz fest.

Er runzelte die Stirn. »Was willst du damit sagen?«

»Woher wissen die Frattinis überhaupt, dass ihr die Pferde verkaufen wollt?«, entgegnete sie, statt zu antworten.

»Ich bin Donata vor ein paar Tagen in den Weingärten

begegnet. Wir haben uns unterhalten und dabei habe ich es erzählt.«

So war das also. In ihr begann es wieder zu brodeln. Sie hob die Stimme. »So, eine zufällige Begegnung in den Weingärten? Reitet sie öfter hierher, um dich zu sehen?«

»Was soll das?« Er schüttelte den Kopf. »Ja, sie reitet oft aus, und da unsere Länder aneinandergrenzen, treffen wir uns hin und wieder.«

»Hin und wieder? Du triffst dieses Weib und hältst es nicht für nötig, mir das zu sagen?«

»Mein Gott, Antonella. Soll ich dir von jedem einzelnen Gespräch erzählen, das ich mit irgendjemandem führe? Ich begegne auch Marios Frau ab und zu und rede mit ihr.«

»Nur dass Marios Frau eben Marios Frau ist und nicht die Erbin eines Weinguts, die es sich in den Kopf gesetzt hat, dich zu heiraten. Und mit Marios Frau reitest du auch nicht aus.«

»Mit ihr ausreiten? Wovon sprichst du?«

»Halte mich nicht für so dumm«, schrie sie ihn an. »Ich habe euch gesehen. Dich und Donata. Sie hat dich hier abgeholt. War das auch eines der unwichtigen Gespräche, von denen du nichts erzählen musst?«

Verwirrt starrte er sie an. »Wann soll das gewesen sein?«

»Anfang März. Du hast ihr sehr galant in den Sattel geholfen und sie hat dafür gesorgt, dass du ihre hübschen Beine bewundern kannst, bevor sie ihren Rock gerichtet hat. Ihr wart ein sehr schönes Paar, als ihr davongeritten seid. Sie sitzt viel eleganter im Sattel als ich. Reitest du oft mit ihr aus?«

»Ob ich, *was?*« Er blickte sie an, als hätte er sie nie zuvor gesehen. »Antonella, du …«

Sie unterbrach ihn. »Wie oft triffst du dich mit ihr zum Plaudern, zum Ausreiten und was ihr sonst noch tut, während ich glaube, dass du in den Weingärten schuftest?«

Seine Wangen färbten sich dunkler, ein sicheres Zeichen, dass er nun auch in Wut geriet. »Was wir sonst noch tun? Unterstellst du mir, dass ich dich betrüge?« Seine Stimme war gefährlich leise.

Don Pieros vergiftete Worte, ihre Beobachtungen, die Erinnerung daran, wie er Donata in den Sattel geholfen hatte, wie er mit ihr gelacht hatte, die Anspannung und Sorge der letzten Wochen, die Tatsache, dass sie sich hier immer noch wie eine Fremde fühlte, all das kam jetzt zusammen und überrollte sie wie eine Lawine. Sie wollte ihn nicht anschreien, doch es war stärker als sie. Die Worte strömten wie ein Fluss aus ihr heraus, der über die Ufer trat, und nichts konnte sie aufhalten. »Warum sonst erzählst du mir nichts von euren Treffen? Wenn ich heute nicht zufällig den Weg entlanggegangen wäre, hätte ich wahrscheinlich nie von dieser Verabredung heute erfahren.«

Er stand auf. Seine Augen funkelten. »Hör auf, mich anzuschreien. Ich bin nicht schwerhörig. Im März kam sie, weil Enrico angeboten hatte, dass jemand ihre Arbeiter darin einweist, Cabernet zu schneiden. Deshalb bin ich mit ihr zur Tenuta Bandello geritten. Und ich habe dir nichts davon erzählt, weil am selben Abend die Nachricht aus Siena kam, dass die Bank die Hypothek kündigt. Verdammt, ich hatte anderes im Kopf als diese Frau.«

»An diesem Abend vielleicht. Aber du hast mir auch die Tage danach nichts erzählt. Und du hast sie noch öfter getroffen.« Tränen der Wut und der Enttäuschung liefen über ihre Wangen. Sie wischte sie nicht ab.

»Drei Mal, um genau zu sein«, erwiderte er kühl. »Sie war

ausgeritten, und zwar nicht alleine, sondern in Begleitung ihres Pferdeknechts, und vorgestern begleitete ihr Vater sie. Wir haben uns unterhalten und das Gespräch fiel auf unsere Pferde und dass wir sie verkaufen wollen.«

»Und es war nicht nötig, mir davon zu erzählen?«

»Verdammt, ich arbeite zwölf Stunden am Tag. Es gibt Dinge, die ich schlicht vergessen habe.«

»Zum Beispiel, dass du dich mit der Frau triffst, wegen der dein Vater darauf drängt, dass unsere Ehe annulliert wird.«

Seine Lippen wurden schmal, deutlich zeichneten sich die Kiefermuskeln in seinem Gesicht ab. »Ich *treffe* mich nicht mit ihr.«

»Oh, dann gibt es wahrscheinlich einen anderen, viel vornehmeren Ausdruck für das, was ihr tut. Bei uns im Dorf nannte man es allerdings ganz einfach vögeln.«

»Das muss ich mir nicht anhören!« Ruckartig wandte er sich um und verließ das Zimmer. Krachend fiel die Tür ins Schloss, kurz danach donnerte die Haustür.

Antonellas Hände zitterten, wie gelähmt starrte sie auf die Tür. Erst als sie das Klappern von Pferdhufen hörte, stürzte sie zum Fenster. Er hatte Rinaldo gesattelt und ritt nun die Zypressenallee entlang.

Ihre Knie wurden weich, sie wankte zu einem der Sessel und ließ sich hineinfallen. Ihr Kopf schien vollkommen leer. Sie saß und starrte das Bild an der Wand gegenüber an, ohne es wirklich zu sehen. Es war ihr erster Streit seit dem Tag, an dem sie herausgefunden hatte, wer er wirklich war. Das war etwa ein Jahr her, fiel ihr ein. Damals hatte sie ihn zum Teufel geschickt. Würde er das jetzt mit *ihr* tun? Sie hatte sich so sicher gefühlt in dieser Ehe, in seinen Armen, bis sie hierhergekommen waren. Und nun?

Sie wusste nicht, wie lange sie dort gesessen und dieses Bild angestarrt hatte. Irgendwann klopfte Rosa an die Tür und teilte ihr mit, dass das Abendessen fertig wäre und man auf sie wartete. Antonella entschuldigte sich, sie hätte Kopfschmerzen und keinen Appetit. Marco war noch nicht zurückgekehrt und sie fühlte sich nicht in der Lage, der Familie entgegenzutreten. Vielleicht wussten sie alle schon von ihm und Donata.

Später klopfte es wieder an der Tür. Vielleicht Alessia oder Silvana. Sie richtete sich auf und strich sich ein paar Strähnen aus der Stirn. »Ja, bitte?«

Es kam keine Antwort, stattdessen wurde die Tür geöffnet und Enrico schaute um die Ecke. »Ich wollte nachsehen, wie es dir geht. Darf ich reinkommen?«

Müde nickte sie und deutete auf den freien Sessel. »Bitte.«

Er setzte sich. »Ihr habt euch gestritten?«

»Woher weißt du das? Hat man uns gehört?«

Etwas verlegen räusperte er sich. »Na ja, ihr wart nicht gerade leise. Und ich habe gesehen, wie er aus dem Haus gestürmt und davongeritten ist.« Er beugte sich vor. »Euer erster Streit?«

»Der erste, seit wir verheiratet sind.«

Er lächelte. »Mach dir keine Gedanken. Er ist ein Hitzkopf und er rennt weg, wenn er nicht mehr weiß, wohin mit seiner Wut. Wenn er sich beruhigt hat, kommt er wieder. Das hat er früher schon getan, wenn er sich mit Vater gestritten hat.«

Sie konnte nicht verhindern, dass ihr die Tränen in die Augen traten.

»So schlimm?«

Schniefend griff sie nach dem Taschentuch, das neben ihr

auf dem Sessel lag, und dann erzählte sie ihm von dem Streit und ihrer hilflosen Eifersucht.

»Madonna«, sagte Enrico, als sie fertig war. »Da hat unser Vater ja ganze Arbeit geleistet.« Er beugte sich vor und griff nach ihren Händen. »Du hast wirklich keinen Grund, auf Donata eifersüchtig zu sein. Marco kann sie noch nicht mal besonders gut leiden. Natürlich ist er höflich zu ihr. Das muss er auch, denn wir wollen ein Stück Land an die Frattinis verkaufen.«

Sie blinzelte. »Ihr wollt Land verkaufen?«

»Wir müssen, sonst können wir die Zinsen nicht bezahlen. Er hat dir nichts davon erzählt?«

»Nein. Er spricht nur noch wenig mit mir.« Wieder stiegen ihr die Tränen in die Augen.

»Er arbeitet zu viel. Dazu kommt die Sorge um das Gut und die …« Er stockte.

»Die was?«

»Das muss er dir selbst sagen, aber ich kann dir versichern, es hat nichts mit Frauen zu tun. Gar nichts. Er liebt dich.«

Zweifelnd sah sie ihn an. Kannte er seinen Bruder wirklich so gut? Er schien ihre Gedanken zu lesen. »Glaub mir, ich kenne ihn. Ich denke, ich weiß auch, wo er steckt. Pass auf, ich sage Rosa, sie soll dir heißen Wein bringen. Den trinkst du und legst dich schlafen. Ich sorge dafür, dass er nach Hause kommt.«

Er ging und kurze Zeit später brachte Rosa einen Krug mit heißem, gewürztem Wein. Antonella trank. Er tat wirklich gut. Irgendwann schlief sie im Sessel ein und wachte nachts mit völlig verkrampften Gliedern auf. Marco war noch nicht zurück. Sie ging ins Schlafzimmer, ließ sich angekleidet aufs Bett fallen und verbrachte Stunde um Stunde in einem Halbschlaf, gequält von wirren Träumen.

36. KAPITEL

Marcos Zorn hatte ihn zu einer Trattoria in Montescudaio geführt, in der er früher oft mit Luciano gezecht hatte. Hier würde ihn niemand vermuten.

Er band Rinaldo an, trat ein und setzte sich an einen der Tische. Hatte er überhaupt Geld dabei? Er kramte in seiner Jackentasche und fand ein paar Quadrini. Als der Wirt kam, legte er sie auf den Tisch. »Wie viel Wein bekomme ich dafür?«

»Zwei Krüge.«

»Gut, dann bring mir zwei.«

Der Wirt hob die Brauen. »Gleich zwei?«

Ungeduldig zuckte Marco mit den Schultern. Er wollte sich betrinken, und zwar gründlich. »Dann bring erst einen und nachher den zweiten.«

Der Wein war ein einfacher Tafelwein, fast schwarz und herb, nach wilden Beeren schmeckend. Vielleicht sollte er dem Wirt für wohlhabendere Gäste einen von Alberi d'Argentos Weinen anbieten. Aber nicht heute. Er war verwirrt und gleichzeitig unglaublich wütend. Seine Frau warf ihm Dinge vor, die er nicht getan hatte und die er auch niemals zu tun beabsichtigte. Donata war ihm von Herzen gleichgültig. Seit er Antonella kannte, hatte er keine Frau auch nur angesehen. Er liebte sie über alles und doch schien es nicht zu genügen. Mal wieder nicht. Immer und immer wieder war er nicht gut genug für die, die er liebte.

Ja, er hatte sie vernachlässigt. Von Sonnenauf- bis Sonnenuntergang schuftete er in den Weingärten und nach der Abendmahlzeit saß er oft noch mit Enrico über den Büchern, bis ihm der Kopf brummte und die Zahlen vor seinen

Augen verschwammen. Und sie beschuldigte ihn, zu lügen und sich mit Donata zu amüsieren.

Sein Becher war leer, er füllte ihn erneut. Nach dem zweiten Becher Wein fühlte er sich etwas leichter. Da er nichts gegessen hatte, wirkte der Wein rasch. Gut so. Er schenkte sich erneut ein. Wann war er das letzte Mal betrunken gewesen? Das musste in Venaria Reale gewesen sein. Saufgelage mit den Kameraden an den freien Tagen.

Der Wirt kam zum Tisch und stellte ihm wortlos einen Korb mit Brot hin.

»Ich habe kein Geld mehr«, sagte Marco.

»Dafür reichen deine paar Quadrini. Wenn du so weitersäufst, ohne was zu essen, liegst du in einer halben Stunde unterm Tisch.«

»Macht nichts. Das will ich ja.« Er griff nach dem Krug, doch es waren nur noch ein paar Tropfen darin. »Bring den nächsten.«

Seine Gedanken schweiften zurück zu Antonella. Verdammtes Weib. Machte ihm eine Szene, weil er schlicht vergessen hatte, die Begegnungen mit den Frattinis zu erwähnen. Und dann diese Schlange Donata, die ihm ständig schöne Augen machte. Würde sie es auch noch tun, wenn sie wüsste, dass er keineswegs ein reicher Erbe war, sondern das Gut und alles, was sich darauf befand, der Bank gehörte? Nun, das würde sie bald erfahren. Nächste Woche würden Enrico und er sich auf der Tenuta Bandello mit Giacomo Frattini treffen und über den Verkauf des Osthangs verhandeln, der an das Land der Frattinis angrenzte. Eigentlich durften sie kein Land verkaufen, denn es gehörte gar nicht mehr ihnen. Doch Giacomo Frattini glaubte an die Fähigkeiten der Raimandi-Brüder und war überzeugt, dass sie das Gut halten konnten. Außerdem war es das Land, auf dem Enrico und Marco vor sechs Jahren den ersten Cabernet Sauvignon gepflanzt hatten. Bisher war der Ertrag klein, doch der Wein erzielte unter Kennern Spitzenpreise. Ab der nächsten Ernte würde die Tenuta Bandello den Ruhm für den besten Wein in Montescudaio einheimsen.

Sein Becher war schon wieder leer. Irgendwie schien der Tisch schief zu stehen, er verschüttete ein wenig Wein, als er sich nachschenkte.

Jemand setzte sich ihm gegenüber. Marco beachtete ihn nicht, ihm stand nicht der Sinn nach Unterhaltung. Doch als sein Gegenüber nach seinem Krug griff, fuhr er auf. »Eh du, bestell dir deinen eigenen Wein.«

»Du solltest doch wissen, dass man nicht alleine trinkt, kleiner Bruder.« Gelassen schenkte Enrico seinen Becher voll und prostete ihm zu. »Salute.«

»Salute«, antwortete Marco und hob seinen Becher. »Was machst du hier?«

»Ich habe deiner Frau versprochen, dass ich dich sicher nach Hause bringe. Und außerdem war mir auch danach, mal was anderes zu tun, als immer nur über den Büchern zu brüten.« Er winkte dem Wirt. »Hast du auch Suppe?«

»Brotsuppe.«

»Dann bring eine Schale und einen Teller Crostini.«

Der Wirt musterte ihn misstrauisch. »Kannst du bezahlen? Er kann es nicht.«

Enrico zog ein paar Münzen aus seiner Tasche und legte sie auf den Tisch.

Marco beobachtete ihn. »Du hast mit Antonella gesprochen?«

»Ja. Sie ist sehr unglücklich und der festen Überzeugung, dass du eure Ehe annullieren lassen willst, um Donata zu heiraten.«

»Wie zum Teufel kommt sie darauf?«

Der Wirt brachte die Suppe und die Crostini. Enrico schob ihm die Suppenschale hin und nahm sich ein Crostino. »Iss, und hör mir zu.«

Während Marco aß, erzählte ihm Enrico, was Antonella sich aufgrund ihrer Beobachtungen zusammengereimt hatte.

»Sie glaubt, dass ich sie nicht mehr liebe?«

»Das nicht.« Enrico wischte sich die Brotkrümel aus den Mundwinkeln. »Aber sie glaubt, dass du das Gut mehr liebst, und da du es retten könntest, wenn du Donatas Ehemann wärst … Ich habe ihr gesagt, dass es nicht stimmt, doch ich weiß nicht, ob ich sie überzeugen konnte.«

»Ich muss mit ihr reden.« Er machte Anstalten, aufzustehen, doch der Boden war anscheinend auch schief, er konnte kaum das Gleichgewicht halten.

Lachend drückte Enrico ihn zurück auf die Bank. »Du bist viel zu betrunken, um heute Nacht noch mit ihr zu reden. Fürs Erste reicht es, wenn du ihr sagst, dass du sie liebst. Und jetzt lass uns noch etwas trinken. Wir haben schon ewig nicht mehr zusammen gezecht.«

Später taumelten sie aus der Schenke und stützten sich gegenseitig. Irgendwie schafften sie es, ihre Pferde zu besteigen. Die Tiere kannten den Weg zum Stall, also brauchten sie nichts weiter zu tun, als aufzupassen, dass sie nicht herunterfielen. Das Klappern der Hufe und ihre Stimmen weckten Luigi, dem Enrico in weiser Voraussicht den Auftrag gegeben hatte, im Stall zu schlafen, damit er die Pferde versorgen konnte.

Arm in Arm wankten Marco und Enrico zum Eingang. Sie stolperten die Treppe zum ersten Stock hinauf, wo sie sich wortreich voneinander verabschiedeten.

»Ich schlafe im Salon«, nuschelte Enrico. »Ich fürchte, Silvana wird mich nicht willkommen heißen, wenn ich in diesem Zustand zu ihr ins Bett krieche.«

Er ließ Marco los und ging zum Salon, wobei er die gesamte Breite des Flurs brauchte. Marco stützte sich an der Wand ab und tastete sich zu seinen Räumen vor. Vielleicht sollte er auch besser woanders schlafen und Antonella erst morgen, wenn er ausgenüchtert war, unter die Augen treten. Aber er musste ihr doch unbedingt noch etwas sagen.

37. KAPITEL

Krachend schlug die Tür gegen die Wand. Antonella fuhr erschrocken hoch. Jemand kam mit einer Lampe herein. Sie schwankte bedenklich hin und her, dann wurde sie hart auf den Boden gestellt. War das Marco?

»Leise, leise«, hörte sie ihn nuscheln. »Sie schläft schon.«

Was war los mit ihm? Seine Stimme klang verwaschen, als hätte er Probleme, deutlich zu sprechen. Im Licht der Lampe sah sie, wie er die Stiefel auszog, dann das Hemd aus der Hose und über den Kopf zerrte, ohne es aufzuknöpfen.

»Marco?«

Er zuckte zusammen. »Du bist wach?« Er griff nach der Lampe und wankte ins Schlafzimmer.

»Marco? Was ist los?«

»Ich muss dir was sagen.«

Neben dem Bett löschte er die Lampe und stellte sie ab. Das Nächste, was sie hörte, war der Aufprall eines Körpers auf den Boden und dann seine Stimme. »Merda, da war doch eben noch das Bett.«

Seine Hände erschienen an der Bettkante, dann sein Kopf. »Alles ist gut, nichts passiert.« Er zog sich hoch und rollte sich neben sie.

»Du bist betrunken.«

»Nur ein bisschen.«

Er legte einen Arm um sie. Sein Atem roch wie der Schankraum einer Hafenkneipe; er war mehr als nur ein bisschen betrunken.

»Ich wollte eigentlich im Salon schlafen, um dich nicht zu stören. Aber ich musste dir noch sagen, dass ich dich liebe«, nuschelte er, seufzte erleichtert auf und schlief ein.

Antonellas Herz schien plötzlich zu groß für ihre Brust. In Cerreto hatten die Frauen sich oft beklagt, dass ihre Männer streitsüchtig wurden, wenn sie zu viel getrunken hatten. Manche waren dann sogar gewalttätig und schlugen ihre Frauen oder ihre Kinder. Doch Marco machte ihr eine Liebeserklärung.

»Ich liebe dich auch«, flüsterte sie und streichelte sein Haar. Irgendwann wurde ihr sein Arm über ihrer Mitte zu schwer. Vorsichtig schob sie ihn runter und kuschelte sich an seine Brust.

Es war bereits hell, als sie die Augen öffnete. Marco saß neben ihr und betrachtete sie, sein Gesicht zeigte einen sehr reumütigen Ausdruck.

»Es tut mir leid«, sagte er. »Ich war so wütend gestern. Ich bin nach Montescudaio geritten und habe mich ganz schrecklich betrunken.«

»Du warst in Montescudaio?«

Er nickte und zuckte zusammen. »Oh, mein Kopf. Man

sollte sich nicht mit schlechtem Wein besaufen. Ich gehe mich waschen. Und dann brauche ich Kaffee. Viel Kaffee.«

Rosa kam mit dem Kaffee und Hörnchen, während Marco im Badezimmer war. Sie knickste, wünschte einen guten Morgen, umrundete Marcos Stiefel, Hemd und Weste, die er gestern Abend einfach auf den Boden geworfen hatte, und stellte das Tablett auf den Tisch im Salon. Einen kurzen, neugierigen Blick durch die offene Tür zum Schlafzimmer konnte sie sich nicht verkneifen.

»Danke, Rosa«, sagte Antonella. Sie wartete, bis das Mädchen den Raum verlassen hatte, dann stand sie auf und schenkte zwei Tassen Kaffee ein.

Marco kam zurück. Er hatte sich rasiert, sein Haar glänzte nass und er sah schon besser aus als nach dem Aufwachen. Kopfschüttelnd räumte er seine Sachen aus dem Weg, bevor er sich setzte. Die erste Tasse Kaffee trank er schweigend. Dann holte er tief Luft. »So, mein Kastanienmädchen, jetzt erklär mir noch mal in Ruhe, was du mir vorwirfst.«

Kastanienmädchen hatte er sie schon lange nicht mehr genannt. Langsam begann sie zu sprechen, erzählte von der Einsamkeit, die sie trotz der Freundlichkeit, die sie von seiner Familie erfuhr, immer wieder überkam. Sie sprach davon, wie fremd er ihr war, wenn er sich in Michele di Raimandi verwandelte und wie unzulänglich sie sich manchmal fühlte.

»Es war, als lebten wir in getrennten Welten. Du hast all deine Kraft in das Gut gesteckt, wir hatten keine gemeinsame Zeit mehr. Und wenn du dann doch mal frei hattest, warst du unterwegs. Bist nach Livorno gefahren, ohne mich. Du hast mir nicht mehr erzählt, was du tust, was du denkst. Und du hast nicht mehr gefragt, was *ich* tue und denke. Es war so ganz anders als früher. Und dann habe ich gesehen, wie du mit Donata ausgeritten bist. Mit ihr hast du gelacht, und du hast mir nichts davon erzählt. Ich habe gewartet und gewartet, doch du sagtest nichts. Ich musste immer öfter an das denken, was dein Vater gesagt hat. Dass ich dich irgendwann langweilen würde, dass ich nicht standesgemäß sei, sondern nur ein dummes Bauernmädchen. Dann erinnerte ich mich an den Abend, als der Brief von der Bank kam. Du hast deinen Vater angeschrien. Du sagtest, du würdest alles für Alberi d'Argento tun. Und ich dachte, wenn das so ist, dann heiratest du vielleicht auch Donata, um das Gut zu retten. Dann, als ihr Vater die Pferde gekauft hat, hörte ich, wie ihr über ein Treffen auf der Tenuta gesprochen habt und, dass er seinen Advokaten informieren wird. Doch auch davon hast du mir nichts erzählt.«

Solange sie sprach, hatte sie ihn nicht angesehen. Sie fürchtete das Mitleid in seiner Miene, wenn es sich tatsächlich so verhielt, wie sie es geschildert hatte. Jetzt blickte sie auf.

In seinem Gesicht stand Fassungslosigkeit, kein Mitleid.

Leise sprach sie weiter. »Und immer, wenn ich diese Frau sehe, wie sie dir schöne Augen macht und wie selbstsicher sie ist, könnte ich platzen vor Eifersucht.«

Er stellte die Tasse ab, beugte sich vor und griff nach ihren Händen. »Und ich dachte, du beschuldigst mich, dir nicht treu zu sein. Als wäre ich wie mein Vater. Deshalb war ich auch so wütend. Ich habe überhaupt nicht verstanden, was du mir eigentlich vorwirfst. Ich habe nie, niemals daran gedacht, dich wegen Donata zu verlassen. Diese Begegnungen waren wirklich zufällig.«

»Das glaubst du!«, widersprach sie heftig. »Ich bin sicher, sie ist mit voller Absicht dorthingeritten ist, wo sie dich treffen kann.«

»Das mag sein, darüber habe ich mir keine Gedanken gemacht. Ich habe mir überhaupt nie Gedanken über Donata gemacht. Ich hatte wirklich andere Sorgen. Und damit meine ich nicht nur das Gut.«

Fragend blickte sie ihn an.

Er lachte ein wenig verlegen. »Ich fürchtete, du würdest böse mit mir sein, sobald du es erfährst. Aber wenn ich geahnt hätte, was dir im Kopf herumgeht, hätte ich es dir erzählt.«

»Was erzählt?«

»Das Gut ist auch eine Zuflucht für politische Flüchtlinge. Angefangen hat es mit Andrea Mantelli. Das ist der Mann, der mich in die Carboneria eingeführt hat. Ich traf ihn in Siena und er erzählte mir, dass er Italien verlassen müsse, aber nicht wisse, wie er sicher nach Livorno und dort auf ein Schiff kommen könne. Also haben Enrico und ich ihn aus der Stadt geschmuggelt und ihn hier versteckt, bis ich ihn nach Livorno bringen konnte.«

Er machte eine Pause und beobachtete sie. »Du sagst nichts?«

Ihr fehlten die Worte. Allerdings nicht, weil sie wütend war. Sie fragte sich, wann sie angefangen hatte, ihrem Gefühl und ihrem Verstand nicht mehr zu trauen, sondern auf die Einflüsterungen seines Vaters zu hören.

»Weißt du, ich habe deinem Vater gesagt, er würde dich nicht kennen, wenn er glaubt, dass du in Zukunft nur noch Wein anbaust und dich nicht mehr um Politik kümmerst. Doch dann hast du genau das getan, und ich habe mich gefragt, ob er dich doch besser kennt als ich.«

»Es war ein Fehler, dir nichts davon zu erzählen. Verzeih mir. Aber es ging nicht um meine Geheimnisse, sondern um die der Flüchtlinge.«

»Wer denn noch außer Andrea?«

»Vor drei Wochen schrieb Francesco mir, dass Luciano in der Osteria sei und nach einer Möglichkeit suche, von

Livorno aus das Land zu verlassen. Ich schrieb zurück, dass wir hier die Möglichkeit haben, ihn zu verstecken, bis ein Schiff gefunden ist. Na ja, und dann kam noch einer von den Carbonari aus Siena. Luciano habe ich nach Livorno gebracht und Antonio hat den Mann aus Siena kutschiert.«

»Und du versteckst sie hier auf dem Gut? Weiß Enrico davon?«

»Natürlich. Die Idee ist gar nicht so neu. Schon unser Großvater hat hier Menschen versteckt, die verfolgt wurden.«

Staunend hörte Antonella die Geschichte von einem präparierten Fass im Weinkeller.

»Und ich dachte, du triffst dich heimlich mit Donata, wenn du an den Abenden so spät kommst. Kann ich das Fass sehen?«

»Ich zeige es dir nachher«, versprach Marco.

In der folgenden Woche kam Signor Frattini, um das Stück Land zu bezahlen, dass er gekauft hatte. Er kam allein. Seine Tochter hatte Besuch, ein junger Mann aus der Familie Castiglioni machte ihr seit einiger Zeit den Hof, man hoffte auf eine Verlobung, erklärte er.

»Das wäre sehr schön, der junge Mann ist auf dem Weingut der Familie in Montespertoli aufgewachsen und möchte Winzer werden. Dann hätte ich einen Nachfolger.«

Und wie schön das wäre, fand Antonella. Dann würde Donata endlich damit aufhören, Marco nachzustellen.

Beim Abendessen stießen sie auf die Zukunft von Alberi d'Argento an.

»Wie viel habt ihr für das Land bekommen?«, fragte Antonella.

»80.000 Lire«, antwortete Enrico. »Mit diesem Geld, den Einsparungen und dem Gewinn, den wir mit dem 1833er Wein machen, können wir die Zinsen im September bezahlen und haben sogar noch Geld übrig.«

»Das ist auch bitter nötig«, sagte Marco. »Wir brauchen Arbeiter für die Lese, mindestens einen neuen Pflug, Dünger und so weiter. Wir brauchen eine gute Ernte, um ab nächstem Jahr die Hypotheken zurückzuzahlen. Es ist ein erster Schritt.«

38. KAPITEL

In den letzten Apriltagen spannte Marco Rinaldo vor einen der Wagen, mit dem sonst bei der Lese die Körbe mit Trauben transportiert wurden, und belud ihn mit mehreren Flaschen des jungen 1833er Weins.

Antonella packte eine Tasche mit Kleidern zum Wechseln. Aufregung ergriff sie, als sie neben Marco auf den Kutschbock kletterte. Endlich würde sie Tiziana wiedersehen, und auch Ugo und Alessandro. Für Ugo hatte sie eine Stockrose aus dem Garten ausgegraben, die im Sommer schöne weiß-rosane Blüten tragen würde.

Der Frühling zeigte sich von seiner lieblichsten Seite. Die Sonne schien, aber noch lange nicht mit der brennenden Hitze, die im Sommer die Böden austrocknete und das Gras braun dorrte. Die Wiesen unter den Olivenbäumen waren saftig grün und mit bunten Blumen betupft. Ab und zu kamen sie an Weizenfeldern vorbei, in dem Mohnblumen rot leuchteten. Am Straßenrand wuchsen rosafarbene

Wicken und gelbe Margeriten. Am Himmel flogen Schwalben rasante Kurven. Bienenfresser zwitscherten in den Bäumen.

Antonella hob ihr Gesicht dem Himmel entgegen, genoss den schmeichelnd weichen Wind und die Wärme der Sonne auf ihrer Haut. Rinaldo trabte flott voran. Sie blickte Marco an. Er hielt die Zügel locker in der Hand. In seinen Mundwinkeln hatte sich ein kleines Lächeln eingenistet und seine Augen leuchteten mit dem Frühlingshimmel um die Wette. So gelöst und sorglos hatte sie ihn lange nicht mehr gesehen.

Er bemerkte ihren Blick und sein Lächeln wurde zu einem Lachen. Er nahm die Zügel in eine Hand und legte den Arm um ihre Schultern. »Ist der Frühling hier nicht wunderschön? Das war es, was ich dir immer zeigen wollte, mein Kastanienmädchen.«

Sie erreichten die Via Aurelia. Rechts erstreckte sich die typische Sumpflandschaft der Maremma. Am Straßenrand wuchs dicht das Schilf. Dahinter lag das Meer, wusste Antonella, auch wenn es von hier aus nicht zu sehen war. Steineichen säumten die Straße, auf der schon die Römer geritten waren. Sie war schnurgerade, ganz anders als die Wege in den Bergen oder auch die Straßen, auf denen sie bis eben gefahren waren. Antonellas Herz schlug schneller, als sie endlich die Mauern von Castagneto erkennen konnte. Sie liebte den Anblick des Städtchens, das auf einer der ersten Anhöhen thronte.

Schließlich erreichten sie Donoratico und kurz danach zügelte Marco Rinaldo vor dem *Il Postiglione*. Er stieg vom Kutschbock und half gerade Antonella herunter, als Tiziana vor die Tür trat. Wie immer hatte sie das Klappern der Hufe und das Rattern der Räder auf dem Pflaster vor der Osteria gehört und kam, um eventuelle Gäste zu begrüßen.

Dieses Mal blieben ihr allerdings die Grußworte im Halse stecken. Sie stand vor der Tür und starrte Antonella und Marco an, als wären sie Geister.

»Gibt es hier vielleicht etwas zu essen und eine Unterkunft für uns?«, fragte Antonella scherzend.

Tiziana stürmte vorwärts und umarmte sie so stürmisch, dass sie nach Luft schnappte.

»Bei allen Heiligen. Bist du es wirklich? Lass dich anschauen!« Sie packte Antonella an den Schultern und musterte sie von oben bis unten.

»Du bist es. Und du siehst gut aus!« Tränen glitzerten in ihren Augen, sie küsste Antonella auf die Wangen, drückte sie wieder an sich und küsste sie noch mal.

Dann fiel sie Marco um den Hals, der sie lachend umarmte. »Tiziana, es tut so gut, dich zu sehen.«

»Managgio, Marco. Ich habe dich verflucht, weil du nicht hier warst, aber Antonella schrieb, dass du auch in Schwierigkeiten warst. Ist alles gut bei dir?«

»Wir hatten eine harte Zeit, aber inzwischen ist alles gut.«

Während Tiziana Marco abküsste, kam Ugo aus dem Garten.

»Wir haben Gäste?«, begann er und blieb dann stehen, als wäre er gegen eine Wand gelaufen. Sein Mund bewegte sich, doch er brachte keinen Ton heraus.

Antonella lief zu ihm und nahm ihn in die Arme. »Ugo, mein allerbester Freund. Wie schön, dich zu sehen!«

Er windete sich aus ihrer Umarmung und trat einen Schritt zurück. »Du warst lange weg«, sagte er und aus seiner Stimme klang Enttäuschung.

»Ich war sehr krank. Weißt du noch?«

»Du hast geblutet.«

»Und du hast mir geholfen. Wie Freunde das tun.«

Sein Blick war immer noch misstrauisch. »Bin ich noch dein allerbester Freund?«

Antonella holte den Eimer mit der Stockrose und reichte ihn Ugo. »Das bist du. Und ich habe dir auch etwas mitgebracht. Ein Geschenk für einen Freund. Marcos Mutter hat mir gesagt, dass sie eine sehr seltene Blütenfarbe hat.«

Ugos Gesicht färbte sich rot, sein Mund verzog sich zu einem breiten Grinsen. »Ein Geschenk! Ich gehe es gleich einpflanzen.«

Lächelnd blickte Tiziana ihm nach. »Du hast ihn sehr glücklich gemacht.«

»Für dich haben wir auch ein Geschenk«, sagte Marco. »Ein paar Flaschen Cabernet Sauvignon, das ist einer unserer besten Weine dieses Jahr. Und einige Flaschen Sangiovese, das ist eher ein einfacher Wein. Wir dachten, wenn er deinen Gästen schmeckt, könnten wir dich damit beliefern.«

»Bist du unter die Geschäftsleute gegangen, Marcolino?«, fragte sie lachend.

»In erster Linie bin ich Winzer, aber ich möchte auch unseren Wein verkaufen.« Er wurde ernst. »Es gibt viel zu erzählen. Aber vorher möchte ich noch zu Alessandro und mit ihm sprechen.«

»Bring ihn doch her. Dann können wir zusammen essen.«

Marco schirrte Rinaldo ab und brachte ihn in Tizianas Stall, dann machte er sich auf den Weg zu Alessandro.

Unterdessen brachten Antonella und Tiziana das Gepäck nach oben in den ersten Stock. Tiziana drückte Antonellas Arm. »Ist wirklich alles wieder gut?«

Sie nickte. »Ja. Es war eine schwierige Zeit, aber jetzt wird es besser.« Sie blickte ihre Freundin an. »Marco weiß nicht, dass Paolo mich überfallen hat. Ich habe erzählt, dass ich gestürzt bin.«

»Aber warum?«

»Dem Arzt wollte ich es nicht erzählen. Und als Marco dann kam, war er verletzt und hatte ziemliche Strapazen hinter sich. Ich hatte Angst, er reitet sofort hierher, um Paolo zu suchen, und ich wollte nicht, dass er sich in Gefahr begibt und vielleicht verhaftet oder getötet wird. Außerdem konnte ich nicht darüber reden. Ich dachte, ich mache es später. Doch je länger ich wartete, desto schwieriger wurde die Situation.«

Sie erzählte von Donata und ihrer Angst, Marco würde sie verlassen.

»Verstehe«, sagte Tiziana. »Außer Maia und mir weiß ja keiner, was wirklich passiert ist. Vielleicht ist es besser, du lässt die Sache auf sich beruhen.«

In Alessandros Begleitung kehrte Marco zur Osteria zurück.

Tiziana deckte den Tisch neben der Küchentür. Die Mittagszeit war vorbei, der Schankraum der Osteria war leer. Tiziana servierte Bruschetta, Spaghetti mit Pecorino und Cinghiale in Salmi, Wildschwein in Soße.

Antonella und Marco erzählten abwechselnd, was auf Alberi d'Argento vorgefallen war.

Sie redeten lange, besprachen mit Alessandro, ob er Hilfe auf seinem Land bräuchte, doch er winkte ab. »Mein Neffe und seine Frau werden zu mir ziehen.«

Ugo legte Antonella eine weiße Rose neben den Teller und strahlte über das ganze Gesicht. Marco öffnete eine der mitgebrachten Flaschen Cabernet Sauvignon und schenkte ein.

Sie prosteten einander zu. Tiziana und Francesco tauschten einen verliebten Blick aus.

»Wenn ihr Ende Mai Zeit habt«, sagte Tiziana, »würden wir euch gerne zu unserer Hochzeit einladen.«

»Zu eurer Hochzeit?« Marco sah von Tiziana zu Francesco. »Das ist ja großartig! Das heißt, du hast dich entschlossen zu bleiben.«

»Ich hätte niemals gedacht, dass aus mir ein Bauer und Osteriabetreiber wird, aber es macht mir Freude. Mir gefällt dieser Ort und mir gefällt diese Frau.« Francescos Lächeln verriet, dass gefallen eine Untertreibung war. Er schien glühend verliebt in Tiziana.

Marco hob sein Glas. »Das ist großartig. Antonella und ich werden ebenfalls in Italien bleiben. Mein Bruder braucht mich.«

»Ihr bleibt?« Ugos Augen wurden groß. »Bella Antonella bleibt hier?«

»Nicht hier«, antwortete sie. »Aber nicht weit weg. Wir können euch besuchen.«

Enttäuscht sah Ugo sie an. »Aber warum bleibst du nicht hier? Der böse Mann ist weg. Er kann dir nichts mehr tun.«

Antonellas Kopfhaut kribbelte. Der böse Mann.

»Möchtet ihr Nachtisch?«, fragte Tiziana betont fröhlich. »Ugo, sei so lieb und hol die Flasche Vin Santo und die Cantuccini aus der Küche.« Wenn sie gehofft hatte, damit Ugos Bemerkung zu überspielen, so hatte sie sich getäuscht.

»Warte, Ugo!« Marcos Stimme klang scharf. »Welcher böse Mann?«

»Ach, Marco«, sagte Tiziana. »Du kennst ihn doch. Wahrscheinlich jemand, der ihn erschreckt hat.«

Sie nickte in Richtung Küchentür, doch Ugo schob trotzig die Unterlippe vor. »Er *ist* böse. Er hat gemacht, dass Antonella blutet. Er hat mich zu den Bertinis geschickt und gesagt, die bräuchten meine Hilfe mit einem Kälbchen, doch das war gar nicht wahr.«

»Er hat gemacht, dass Antonella blutet?«, wiederholte Marco und sah von Ugo zu ihr. Antonella wich seinem Blick aus. Kälte floss von ihrem Kopf über ihren Rücken und die feinen Haare auf ihren Armen stellten sich auf.

»Ugo reimt sich da irgendetwas zusammen«, versuchte Tiziana noch einmal, dem Thema auszuweichen. »Er hat Antonella nach ihrem Sturz gefunden, aber er weiß nicht, was passiert ist.«

»Ich weiß sehr wohl, was passiert ist. Der böse Mann hat mich weggeschickt, doch die Bertinis brauchten mich gar nicht. Also bin ich zurückgelaufen und habe Antonella gesucht. Es war schon fast dunkel. Da kam er plötzlich den Weg entlanggerannt, als sei der Teufel hinter ihm her. Er hat mich gar nicht gesehen, so eilig hatte er es.«

Ugos Worte ließen die Zeit verschwimmen. Plötzlich schien alles erneut zu passieren. Paolo, der sie in die Hütte stieß. Sein keuchender Atem in ihrem Genick. Sie blinzelte und krallte die Hände in ihren Rock.

»Dann habe ich sie rufen hören. Sie hat nach dir gerufen, Marco.«

Paolos Schläge, der Schmerz in ihrem Unterleib, als sie über den Stuhl stürzte. Sie hörte ein hohes Wimmern, vor ihren Augen wurde alles rot. Krämpfe zogen durch ihren Unterleib. Sie musste fort, den Weg erreichen, bevor sie verblutete. Sie schob ihren Stuhl zurück und stand auf, und dann wurde es schwarz um sie.

»Antonella.« Es war Marcos Stimme, leise, singend. Er hielt sie so fest, dass sie sich nicht rühren konnte. Vorsichtig öffnete sie die Augen. Sie waren in ihrem Zimmer, saßen auf dem Bett. Marco wiegte sie wie ein Kind. »Du bist sicher. Es ist Ende April, wir sind bei Tiziana. Alles ist gut.«

Tief atmete sie ein und hob den Kopf.

Marco lockerte seinen Griff. »Geht es wieder?«

Sie nickte. »Es war … es war wie eine Reise durch die Zeit. Auf einmal war es wieder Winter und dunkel. Es hat sich so echt angefühlt.« Schaudernd hob sie die Schultern.

»Ich weiß, wie es sich anfühlt.«

»Ist es das, was geschieht, wenn du nachts aufwachst und …?«

»Um Gnade winselst?« Er nickte. »Ja. Ich bin dann wieder im Turm. Es sind keine Träume, es ist, als würde alles noch mal passieren.«

»Ich habe so etwas noch nicht erlebt. Manchmal habe ich Albträume, aber das war etwas ganz anderes. Als Ugo davon sprach, wurde es Wirklichkeit.«

Sie verbarg ihr Gesicht an seiner Schulter.

»Antonella?«

»Ja?«

»So etwas hat man nur, wenn einem etwas Furchtbares zugestoßen ist. Was ist an diesem Tag passiert? Du bist nicht einfach so gestürzt, nicht wahr?«

Ein Zittern lief über ihren Rücken. »Nein.«

»Der böse Mann?«, fragte er behutsam.

Tränen traten ihr in die Augen. »Paolo«, flüsterte sie.

Sie spürte, wie sich seine Muskeln anspannten. Er richtete sich auf.

»Paolo? Dein ehemaliger Verlobter?«

Als sie nickte, ließ er sie los, schenkte einen Becher Wein ein und reichte ihn ihr. »Kannst du darüber sprechen?«

Antonella trank einen Schluck. Seine Reaktion überraschte sie. Sie hatte erwartet, dass er enttäuscht oder zornig sein würde, weil sie ihn belogen hatte, doch er wirkte nur äußerst besorgt.

Sie trank den Becher aus, straffte die Schultern und erzählte ihm die ganze Geschichte, angefangen mit jener schicksalhaften Begegnung auf dem Markt vor Weihnachten.

Marco hörte zu, hielt ihre Hände in seinen. Wenn sie zitterten, drückte er sie. Als sie fertig war, fühlte sie sich wie nach einem langen Arbeitstag im Winter in Cerreto, wenn sie mit den anderen Frauen den Schnee auf dem Weg nach Nismozza, weggeschaufelt hatte. Sie war völlig erschöpft.

»Es tut mir leid, dass ich dir das nicht schon früher erzählt habe. Am Anfang konnte ich nicht darüber reden, und dann kam die Krankheit deines Vaters und die Sache mit der Bank und …«

Stumm schüttelte er den Kopf. Die schmalen Augen und die Art, wie seine Kiefermuskeln hervortraten, verrieten seine wachsende Wut.

»Er weiß, wer du wirklich bist«, sagte sie. »Er kann uns verraten. Vielleicht hat er es schon getan. Oder er macht es, wenn er nächstes Jahr wiederkommt.«

Er suchte ihren Blick. »Keine Sorge. Das wird er nicht.«

Kalte Entschlossenheit lag in seinem Gesicht. So hatte sie ihn schon einmal gesehen, als er in Riano den Briganten getötet hatte, der gedroht hatte, ihn zu erschießen und sie mit seinen Kumpanen zu vergewaltigen.

»Marco, was hast du vor?«

Er drückte sie noch einmal fest an sich und stand auf. »Du bleibst hier bei Tiziana. Ich muss noch einmal weg.«

Sie starrte ihn an. Sein Gesicht war nicht mehr dunkel vor Zorn, sondern sehr blass. In seinen Augen brannte blaues Feuer. Er kniete vor ihr nieder. »Es tut mir leid, dass ich nicht hier war, um dich zu schützen. Aber ich schwöre dir, dass du nie wieder Angst vor Paolo haben musst.«

Wie gelähmt sah sie ihm hinterher, als er den Raum verließ.

39. KAPITEL

Er lief die Treppe hinunter und stürmte in die Küche. Tiziana sah auf. »Was zur Hölle …?« Ihre Augen weiteten sich, sie trat einen Schritt zurück. Ihr Blick haftete auf seinen Händen, er hatte sie unwillkürlich zu Fäusten geballt.

»Weißt du, warum Antonella ihr Kind verloren hat?« Das Sprechen fiel ihm schwer, sein Kiefer war so verkrampft, dass er die Zähne kaum auseinanderbekam.

Sie schloss kurz die Augen, dann nickte sie. »Was genau passiert ist, weiß ich nicht. Als du fort warst, erzählte sie mir von ihrem ehemaligen Verlobten und dass er auf dem Markt war, doch sie war sich sicher, dass er sie nicht gesehen hatte.

Als Ugo sie herbrachte, sprach sie von einem Mann, der sie überfallen hat. Doch später wollte sie nicht darüber reden.« Ihre Augen funkelten. »Was ist das für ein Schwein, der versucht eine Schwangere zu schänden? Ich hoffe, er schmort in der Hölle für das, was er ihr angetan hat.«

»Das wird er, dafür sorge ich.«

»Du kennst ihn?«

»Allerdings, und ich weiß auch, wo ich ihn finde. Kümmerst du dich um Antonella, solange ich weg bin? Es geht ihr nicht gut.«

»Aber natürlich. Was hast du vor?«

»Ich fordere ihn zum Duell. Ich habe Antonella versprochen, dass sie nie wieder Angst vor ihm haben muss.«

Sie trat auf ihn zu und küsste ihn auf beide Wangen. »Sei vorsichtig.«

Er wandte sich um und rannte den Weg entlang zu Alessandros Land. Als er im Februar zurückgekommen war, hatte er Ombra dort zurückgelassen und war auf Rinaldo zum Gut geritten, weil Ombra von der langen Reise erschöpft gewesen war. Doch jetzt war er ausgeruht und schneller als Rinaldo, und er brauchte ein schnelles Pferd.

Er erklärte dem verblüfften Alessandro, dass er noch mal zum Gut müsste, und sattelte Ombra. Das Pferd schnaubte unwillig und tänzelte, als er es grob antrieb. Marco atmete durch. Er musste seinen Zorn im Zaum halten, Ombra konnte nichts dafür.

Knapp zwei Stunden später erreichte er Alberi d'Argento. Er führte das Pferd in den Stall und rief nach Vittorio. Der Pferdeknecht kam von draußen.

»Sattle mir El Cid, und dann kümmere dich um Ombra. Ich komme gleich wieder.«

Ohne auf eine Antwort zu warten, lief er ins Haus und die Treppe hinauf in sein Zimmer. Aus dem Schrank nahm er den Säbel, den er in Venaria Reale bekommen hatte. Er hatte ihn nicht mehr getragen, seit er im Herbst 1832 die Kavallerieschule verlassen und sich Giovine Italia angeschlossen hatte. Er schnallte sich den Gürtel um und zog den Säbel. Leicht glitt die Klinge aus der Scheide. Obwohl er ihn seit über zwei Jahren nicht mehr geführt hatte, fühlten sich der Griff und das Gewicht des Säbels vertraut an. Er steckte die Waffe zurück und öffnete eine Schublade. Hier bewahrte er das Duellmesser aus Neapel auf, das Luciano ihm geschenkt hatte, als sie sich bei den Carbonari wieder begegnet waren. Anders als sein Dolch hatte dieses Messer eine lange, schmale Klinge und einen schmalen Griff. Es war eine Waffe, mit der man focht. Anschließend ging er hinunter in die Halle und läutete nach Bastiano.

»Don Michele.« Der Diener starrte ihn überrascht an. »Wir haben Sie nicht erwartet.«

Natürlich nicht. Eigentlich hatte er eine Woche fortbleiben wollen.

»Wo ist Don Enrico?«

»Er wollte heute zum Südhang.«

Marco nickte. »Danke, Bastiano, ich werde ihn finden. Bitte erzähle niemandem, dass ich hier war.«

Seine Mutter und seine Schwester würden zwar verstehen, was er vorhatte, trotzdem würden sie versuchen, ihn davon abzubringen.

Vittorio wartete vor dem Stall, den gesattelten Grauen am Zügel. Sein Blick glitt über Marco und blieb an dem Säbel an seiner Seite hängen. »Viel Glück, junger Herr, was immer Sie vorhaben.«

Dankbar lächelte Marco ihn an. »Danke, Vittorio. Ich werde den Grauen in ein paar Tagen zurückbringen.« Hoffentlich, fügte er in Gedanken hinzu.

Er hatte keinen Zweifel daran, mit diesem armseligen Wicht Paolo fertigzuwerden. Aber er durfte sich nicht von den Carabinieri erwischen lassen.

Er schwang sich in den Sattel und ritt zum Südhang. Dort waren die Arbeiter damit beschäftigt, unter Enricos Anleitung einen Teil der Blütenansätze zu entfernen, damit sich die übrigen zu gesunden Reben entwickeln konnten.

Als Marco den Grauen zügelte, blickte Enrico auf. »Michele, was tust du hier?«

Marco legte den Finger an die Lippen, sprang vom Pferd und winkte Enrico zu sich. So kurz wie möglich berichtete er, was vorgefallen war, und was er vorhatte. Wie erwartet, versuchte sein Bruder nicht, ihn von seinem Plan abzubringen. Stattdessen verengte er die Augen. »Dieser Hurensohn.

Ich begleite dich. Bleib heute Nacht hier und wir reiten morgen zusammen.«

Tiefe Dankbarkeit erfüllte Marco, doch er schüttelte den Kopf. »Ich möchte unsere Familie nicht hineinziehen.«

»Wir stecken doch schon drin. Antonella ist meine Schwägerin und ich habe sie sehr gern. Den Kerl sollte man an seinen Eiern aufhängen! Ich komme mit.«

»Du bleibst hier«, widersprach Marco entschieden. »Deine Frau ist schwanger. Sie braucht dich und das Gut braucht dich auch.«

Enrico warf einen Blick auf den Säbel. »Willst du ihn zum Duell auffordern?«

Marco nickte. »Das habe ich vor. Aber er ist ein einfacher Müller. Es wird wohl eher ein Messerkampf.«

»Pass auf dich auf!«

»Ich werde mit ihm fertig.«

Sie umarmten sich. Dann bestieg Marco den Grauen und trieb ihn zum Galopp. Sein Zorn begleitete ihn wie die Staubwolke, die die Hufe des Hengstes aufwirbelten.

Vier Stunden später erreichte er Collesalveti.

Die Schäfer wären gestern hier durchgezogen, sagte ihm der Besitzer einer Bäckerei am Rande der Stadt. Er schimpfte über den Dreck, den die riesigen Schafherden hinterließen.

Marco dankte dem Mann und ritt weiter. Es dämmerte bereits und er war den ganzen Tag unterwegs gewesen. Er würde sich eine Herberge suchen und erst morgen weiterreiten. Vielleicht könnte er die Schäfer heute schon einholen, doch er wollte ausgeruht sein, wenn er Paolo gegenübertrat. Der Mann mochte ein Feigling sein, aber er war kräftig und wahrscheinlich konnte er mit einem Messer umgehen.

Kurz hinter Collesalveti fand er eine kleine Osteria. Er aß von der Suppe, die ihm die Wirtin vorsetzte, ohne etwas zu schmecken. Ein Zimmer mietete er nicht, stattdessen schlief er im Stall bei seinem Grauen. Die Nacht war kühl, doch sein Hass auf Paolo wärmte ihn mehr, als jede Decke es vermocht hätte. Am nächsten Morgen brach er sehr früh auf und erreichte nach einer knappen Stunde Pisa.

Erinnerungen an die Zeit, als er hier studiert hatte, huschten durch sein Gedächtnis, als er den Arno überquerte.

Ob seine Zech- und Spielkumpanen von damals ihr Studium beendet hatten? Und wie erging es wohl Angelica, der Frau, die damals seine Geliebte gewesen war? So viel war geschehen in den vier Jahren, seit sein Vater ihn aus Pisa geholt hatte. Als er die Entscheidung getroffen hatte, sich der Carboneria und später Mazzinis Giovine Italia anzuschließen, hatte er zum ersten Mal sein Leben selbst in die Hand genommen. Und ohne Antonellas Mut und Entschlossenheit hätte er es ein Jahr später verloren. Er würde dafür sorgen, dass dieser Kerl ihr nichts mehr antun konnte, und wenn es das Letzte war, was er tat.

Zwei Stunden später entdeckte er in der Ferne eine Staubwolke und kurze Zeit später hörte er Schafe blöken, das Bimmeln der Glocken, immer wieder kurzes Hundegebell und Rufe. Die typischen Geräusche, die eine wandernde Schafherde begleiteten.

Als er die Herde erreichte, zügelte er den Grauen und fragte einen der Schäfer nach den Männern aus Cerreto.

»Weiter vorne, sie gehören zu den Ersten im Zug«, sagte der Mann. Marco dankte ihm und trieb den Grauen im Trab am Rand der Herde vorbei.

Unfassbar viele Schafe wanderten gemächlich die Straße entlang, er konnte den Anfang des Zugs nicht ausmachen. Es mussten Tausende sein. Zwischen ihnen liefen große weiße Hunde, die sich kaum von den Schafen unterschieden. Das waren wohl die Hütehunde, die die Herden vor Wölfen und wilden Hunden verteidigten. Antonellas Vater besaß so einen, hatte sie ihm erzählt. Rechts und links der Herden wuselten kleinere, wolfähnliche Hunde. Sie holten Ausreißer zurück und trieben grasende Schafe zur Eile.

Erneut wandte sich Marco an einen der Schäfer. »Ich suche die Leute aus Cerreto.«

Er deutete auf einen großen Karren, der von einem Ochsen gezogen wurde. »Da vorne vor unserem Karren findest du sie.«

»Danke.«

Marco atmete durch. Er hatte ihn gefunden. Jetzt must er warten, bis die Schäfer Rast machten. Er wollte Paolo vor seinen Leuten zur Rede stellen. Jeder sollte wissen, warum er den Müllersohn zum Duell herausforderte.

Er lenkte den Grauen zur Seite und ließ sich ein wenig zurückfallen. Lange musste er nicht warten. Eine halbe Stunde später wurden die Schafe von der Straße auf eine Ebene getrieben. Marco überholte den Ochsenkarren und schloss zu der Gruppe von Männern auf, die sich davor sammelte. Einer von ihnen führte ein Maultier am Zügel. Paolo.

»Vincenzo, komm her und halte mein Maultier«, wies er einen der jüngeren Burschen an. »Ich muss pissen.«

Seine lässige Art Befehle zu geben, brachte Marcos Blut zum Kochen. Er trieb den Grauen an und preschte vor. Staub wirbelte auf, als er das Pferd kurz vor Paolo zügelte. Überrascht und verständnislos starrte Paolo ihn an, dann weiteten sich seine Augen.

»Ich sehe, du erkennst mich, Paolo Monari«, sagte Marco. »Dann kannst du dir sicher auch denken, warum ich hier bin.«

Mehrere Männer legten ihre Bündel ab und kamen näher. Marco spürte die Feindseligkeit in ihren Blicken. Paolo war einer von ihnen. Er war der Fremde hier.

Paolo zuckte mit den Schultern. »Ich habe keine Ahnung, warum du hier bist.«

Marco musterte ihn. Er war längst nicht so gelassen, wie er tat. Seine Stimme klang gedrückt, sein Blick huschte unruhig zwischen Marco und den Schäfern hin und her. Inzwischen hatten sich fast alle Männer der Gruppe um sie versammelt.

Marco hob die Stimme. »Ich bin hier, um dich zum Duell herauszufordern.«

Ein Raunen ging durch die Gruppe, einige der Männer schüttelten die Köpfe.

»Da hast du wohl diesen Winter die Falsche gevögelt«, sagte einer von ihnen zu Paolo. »Ich habe dich gewarnt, nicht jeder Mann lässt sich ungestraft Hörner aufsetzen.«

Langsam zog sich Paolo zurück, bis er zwischen den andern Schäfern stand. »Was kann ich dafür, wenn die toskanischen Weiber so gerne die Beine breitmachen?«

»Genau, wir Kerle aus den Bergen können es einfach besser«, witzelte der Mann neben ihm und griff sich in den Schritt.

Jeder Muskel in Marcos Körper schien zum Zerreißen angespannt. Seine Hand zuckte zum Säbel. Zwei Hiebe, zwei Köpfe und alles wäre erledigt. Dann würde keiner mehr Witze reißen. Der Graue spürte seinen Zorn, er warf den Kopf zurück und stampfte unruhig. Er atmete tief ein und wählte seine nächsten Worte mit Bedacht. »Ich fordere Vergeltung für den Tod meiner Tochter!«

Die darauffolgende Stille war beinahe schmerzhaft fühlbar. Mehrere der Schäfer warfen Paolo entsetzte Blicke zu. Marco konnte spüren, wie die Stimmung umschlug. Sich mit der Frau eines Toskaners zu vergnügen, war eine Sache, aber der Tod eines Kindes war eine andere.

Paolo wich noch ein Stück zurück. »Was soll das? Ich habe niemanden getötet.«

»Antonella war im siebten Monat schwanger, als du sie überfallen hast. Du …«

»Antonella? Doch nicht meine Antonella?«

Ein Mann drängte sich nach vorne und starrte ihn an. Marco schätzte ihn auf Mitte vierzig. Graue Strähnen durchzogen sein kastanienbraunes Haar, seine Augen schimmerten in einem ungewöhnlichen Honigton. Marco schluckte. Daran, dass Antonellas Vater zu den Schäfern von Cerreto gehörte, hatte er nicht gedacht.

Er stieg vom Pferd und verbeugte sich vor dem Mann.

»Sie sind Roberto Battistoni? Es tut mir sehr leid, Signore, dass wir uns unter diesen Umständen treffen. Ich bin Marco Rossi, Antonella ist meine Frau.« Er zeigte mit dem Finger auf Paolo. »Dieser Mann hat im Januar meine Frau überfallen und versucht sie zu schänden. Sie hat sich gewehrt, er hat sie geschlagen und getreten. Aus diesem Grund kam unsere Tochter zwei Monate zu früh zur Welt. Sie hat nur ein paar Stunden gelebt. Deshalb fordere ich ihn zum Zweikampf. Für die Ehre meiner Frau und für das Leben unserer Tochter.«

Die Schäfer, die bisher in Paolos Nähe gestanden hatten, wichen zurück.

Paolos Gesicht wurde so weiß wie junger Pecorino. »Das ist nicht wahr!«, rief er. »Da kann ja jeder kommen. Warum glaubt ihr einem dahergelaufenen Fremden?«

Roberto Battistoni trat an Marcos Seite. »Unsere Teresa hat uns nach Antonellas Verschwinden eine ganz ähnliche Geschichte erzählt«, sagte er an Paolo gewandt. »Sie sagte, du hättest Antonella im Wald aufgelauert. Uns hast du dann erzählt, sie hätte sich dir freiwillig hingegeben.«

»Das hat sie nicht«, warf Marco ein. »Ich kam dazu, als er versuchte sie zu schänden und habe ihn verjagt.« Er trat einen Schritt auf Paolo zu. »Ich hätte dir damals die Kehle durchschneiden sollen, es hätte Antonella viel Leid erspart. Diesmal kommst du nicht mehr davon.«

»Das ist Mord!«, rief Paolo und deutete auf den Säbel an Marcos Seite. »Ich habe keine Waffe.«

Langsam griff Marco nach dem Säbel und nahm ihn ab. Dann hielt er ihn Antonellas Vater entgegen. »Halten Sie ihn für mich.«

Roberto nickte, sein Gesicht wirkte ausgesprochen grimmig.

Marco drehte sich zu Paolo um. »Mir ist es gleich, ob wir mit Knüppeln, Messern oder mit bloßen Händen kämpfen. Wähle deine Waffe.«

Paolos Augen funkelten. »Ich wähle das Messer.« Blitzschnell griff er nach seinem Gürtel. Im selben Augenblick versetzte Roberto Marco einen Stoß, der ihn zur Seite taumeln ließ. Paolos Messer verfehlte ihn nur knapp und bohrte sich in die Erde.

Marco fluchte lautlos. Sein Hass, seine Wut hatten ihn unaufmerksam werden lassen; seine Verachtung für Paolo hatte ihn unvorsichtig gemacht. Er hatte seinen Gegner unterschätzt. Wenn er überleben wollte, durfte er sich nicht mehr von seinen Gefühlen leiten lassen.

Dankbar nickte er seinem Schwiegervater zu, dann bückte er sich nach Paolos Dolch, hob ihn auf und wog ihn in der Hand. Es war eine Waffe, die man sowohl werfen als auch im Nahkampf verwenden konnte. Und offensichtlich war sein Gegner nicht unerfahren. Er warf das Messer so zurück, dass es vor Paolos Füßen landete. Anschließend zog er sein Messer aus der Scheide an seinem Gürtel. »Also dann. Du willst es so: auf Leben und Tod.«

»Halt!« Ein Mann trat vor und hob die Hände. Er war noch älter als Antonellas Vater. Sein Haar und sein Bart waren weiß, doch er wirkte sehr rüstig. »Es gibt Regeln für ein Duell.«

Auf seinen Wink hin bildeten die Schäfer einen Kreis um Marco und Paolo.

»Ihr bleibt in diesem Kreis, bis der Kampf entschieden ist. Keine Messerwürfe, keine Stiche ins Gesicht, kein Festhalten des Gegners. Zeigt mir eure Messer.«

Hastig hob Paolo das Messer auf und trat vor. Marco stellte sich neben ihn. Der Alte nahm zunächst Marcos Messer, betrachtete es, schwang es aus dem Handgelenk. Offensichtlich wusste er zu kämpfen, so gewandt ging er damit um. Dann betrachtete er Paolos Dolch und schüttelte den Kopf. Aus einer Scheide an seinem Gürtel zog er ein Messer mit langer, schmaler Klinge, ähnlich Marcos Waffe, und reichte es Paolo. »Du kannst damit kämpfen.«

Paolo neigte den Kopf und nahm das Messer. Marco wich zurück und stellte sich so, dass er noch Platz nach hinten zum Ausweichen hatte, aber außerhalb von Paolos Reichweite war. Er richtete sich auf, nahm die Schultern zurück, spannte die Muskeln an.

Ein höhnisches Grinsen zog sich über Paolos Gesicht. »Angst? Woher weißt du denn, dass dein Mädel nicht freiwillig die Beine breitgemacht hat? Du warst doch fort. Eine so schöne Frau sollte man nicht alleine lassen.«

Er wechselte das Messer von der rechten in die linke Hand, sprang einen Schritt vor, zog sich jedoch sofort wieder zurück.

Marco fixierte ihn. Glaubte dieser Idiot wirklich, er würde sich täuschen lassen? Als er das Messer aufgehoben hatte, hatte er die rechte Hand benutzt, und die Scheide hing an seiner rechten Seite.

Er ließ Paolo nicht aus den Augen. In seinem Kopf hörte er Lucianos Stimme: Es gibt nur einen sicheren Weg, einen Messerkampf zu überleben: weglaufen. Wenn du das nicht kannst, dann gilt: Du bestimmst den Verlauf des Kampfes. Lass dich nicht reizen, halte Abstand, bleib in Bewegung, damit dein Feind nicht erkennt, wann du angreifst. Wenn du angreifst, dann entschlossen und schnell.

Luciano war in den Gassen von Neapel aufgewachsen. Sein Vater war ein Carbonaro gewesen und verraten worden. Die Familie flüchtete 1825 in die Toskana und fand eine Anstellung auf Alberi d'Argento. Der Junge aus Neapel war jahrelang Marcos bester Freund gewesen und hatte ihm das Kämpfen mit dem Messer beigebracht.

Mit schnellen, kurzen Schritten, immer auf Abstand bedacht, umkreiste Marco Paolo. Der wechselte sein Messer wieder in die rechte Hand, sprang vor und führte einen Stich auf Marcos Brust aus. Marco wich mit einem Sprung aus und wechselte mit zwei langen Schritten seine Position im Kreis. Sein Messer war, wie er selbst auch, immer in Bewegung. Er zeichnete Kreise, Wellenlinien in die Luft. Die Art Kampf, die Luciano ihn gelehrt hatte, glich dem Fechten.

»Die italienischen Arten des Messerkampfes sind eine alte Tradition«, hatte er erklärt. »Sie erfordern Hingabe, Eleganz und Präzision. Die Schritttechnik ist wichtig, das Gleichgewicht, die Ausgewogenheit.«

»Ich dachte, du willst kämpfen!«, höhnte Paolo. »Stattdessen hüpfst du nur rum und fuchtelst mit deinem Messer.«

Erneut griff Paolo an. Marco riss den rechten Arm hoch

und blockte Paolos Angriff, indem er mit dem Arm gegen sein Handgelenk schlug. Blitzschnell packte er Paolos Handgelenk mit der linken Hand, riss es nach oben, während er sich drehte, sodass er neben Paolo zu stehen kam, und rammte ihm sein Messer in die Brust.

Paolos Augen weiteten sich, das Messer entglitt ihm. Er fasste sich an die Brust und starrte auf das Blut, das sein Hemd durchtränkte. Schließlich sank er zu Boden.

Marco steckte sein Messer weg und trat zurück. Ein Mann in schwarzer Soutane eilte an ihm vorbei und kniete neben Paolo nieder. Aus einer Tasche zog er ein Fläschchen, benetzte seinen Daumen mit der Flüssigkeit und zeichnete Kreuze auf Stirn und Augenlider des Sterbenden.

»Durch diese heilige Salbung helfe dir der Herr in seinem reichen Erbarmen, er stehe dir bei mit der Kraft des Heiligen Geistes: Der Herr, der dich von Sünden befreit, rette dich, in seiner Gnade richte er dich auf.«

Marco bekreuzigte sich. Paolo war nicht der erste Mensch, den er getötet hatte, doch zum ersten Mal hatte er nicht aus Notwehr gehandelt, sondern mit Vorsatz. Das war eine Schuld, mit der er nun leben musste. Er dachte an seine Tochter, die er nie gesehen hatte, an Antonellas Verzweiflung und Trauer, daran, dass sie nur knapp dem Tod entronnen war und dass sie vielleicht nie Kinder haben würden. Nein, er bereute es nicht.

Er wartete, bis der Priester sich erhob, dann trat er zu Roberto Battistoni. »Soll ich Antonella etwas ausrichten?«

»Sag ihr, dass ich nicht gewusst habe, was für ein Mensch Paolo ist. Wenn du ihn nicht getötet hättest, hätte ich es getan. Sag ihr, ihr habt meinen Segen für eure Ehe.«

»Ich danke dir, Schwiegervater.«

Roberto händigte ihm den Gürtel mit seinem Säbel aus. »Wie geht es ihr jetzt?«

»Es ging ihr sehr schlecht, doch inzwischen ist sie wieder gesund. Und es wird ihr noch besser gehen, wenn sie weiß, dass Paolo ihr nichts mehr tun kann.«

Er bestieg El Cid und trieb ihn an. Besser er verschwand von hier, bevor noch einer der Schäfer auf die Idee kam, die Carabinieri zu holen. Er ließ den Hengst galoppieren, bis sie Pisa erreichten. Durch die Stadt ritt er im Schritttempo, um nicht aufzufallen, aber auch, weil sein rechtes Bein heftig schmerzte.

In einem Tag würde er es weder bis Alberi d'Argento noch bis Donoratico schaffen, also suchte er eine Osteria, schlief dort bis zum Morgengrauen und ritt dann zum Gut. Dort tauschte er die Pferde, gab Enrico Bescheid, dass er lebte und unverletzt war, und ritt auf Ombra zum *Il Postiglione*.

Dort würde er sich Antonellas Zorn stellen. Denn er war sich sicher, dass sie wütend sein würde. Er war einfach davongeritten, ohne zu erklären, wohin und warum.

40. KAPITEL

Zwei schlaflose Nächte. Völlig übermüdet und krank vor Sorge saß Antonella bei Tiziana in der Küche und schälte Zwiebeln. Tiziana hatte sich zunächst dagegen ausgesprochen, dass Antonella in der Küche half.

»Das geht doch nicht. Die Signora di Raimandi kann nicht in einer Osteria arbeiten wie eine Küchenmagd.«

»Kann sie wohl«, gab sie trotzig zurück. »Es ist das Einzige, was mich davon abhält, verrückt zu werden. Wie kann er einfach verschwinden? Nein, sag nichts. Ich weiß, dass er hinter Paolo her ist.«

Tiziana hob die Hände. »Ich habe ihn noch nie so gesehen. So außer sich, so voll kaltem Zorn. Niemand hätte ihn aufhalten können. Und ehrlich gesagt, ich verstehe ihn. Wenn jemand einem meiner Jungen etwas antun würde, ich würde ihn mit Freuden umbringen. Paolo hat eure Tochter und beinahe auch dich getötet.«

Im Grunde verstand sie ihn ebenfalls. Sie hatte Paolo mehr als einmal den Tod gewünscht, aber doch nicht um den Preis von Marcos Leben oder Freiheit. Was, wenn er nach diesem Duell festgenommen wurde oder wenn, was sie nicht wirklich glaubte, er bei dem Duell getötet wurde?

So arbeitete sie in der Küche wie früher und betete dabei zur Heiligen Jungfrau, damit sie den Mann, den sie liebte, beschützte. Ein Leben ohne ihn konnte sie sich nicht vorstellen.

Ihre Augen tränten, wahrscheinlich wegen der Zwiebeln. Sie schniefte. Und dann hörte sie die Hufschläge auf dem Pflaster.

Sie ließ Zwiebel und Messer fallen und rannte nach draußen.

Vor der Osteria stand Ombra, Schaum troff aus seinem Maul, sein Fell glänzte vor Schweiß. Marco glitt von seinem Rücken. Seine Kleidung war verstaubt, in seinem Gesicht hatte der Schweiß schmutzige Spuren gezogen.

Sie rannte zu ihm, fiel ihm um den Hals. »Du lebst. Dem Himmel sei Dank, du lebst.« Dann packte sie ihn an den Schultern und schüttelte ihn. »Wie konntest mir das antun?«

Widerstandslos ließ er sich schütteln, bis sie schließlich atemlos aufhörte. Sein Blick suchte ihren, in seinen Augen lag die gleiche Entschlossenheit wie bei seinem Aufbruch vor drei Tagen. Er nahm ihren Zorn hin, aber er bereute nicht, was er getan hatte. Was aber hatte er getan? Obwohl sie die Frage nicht stellte, beantwortete er sie. »Du brauchst keine Angst mehr vor Paolo zu haben, weder deinet- noch meinetwegen.«

»Er ist tot?«

»Ja.«

Es tat ihr nicht leid. Immer noch schmerzten ihre Brüste, wenn sie sich an Emilia erinnerte, daran, wie Maia sie angelegt hatte. In manchen Nächten träumte sie von ihr, von dem Kind, von der jungen Frau, die sie hätte werden können, wäre Paolo nicht gewesen. Nun war er tot und konnte niemandem mehr schaden.

»Wie?«

»Ein Zweikampf. Ich bin den Schäfern nachgeritten und habe ihn zum Duell herausgefordert. Ich verstehe, dass du wütend bist, aber ich konnte mit der Vorstellung, dass dieser Kerl für seine Taten nicht zur Rechenschaft gezogen wird, nicht leben. Ich will, dass du gehen kannst, wohin du willst, ohne Angst, ihm zu begegnen, ohne dir Sorgen machen zu müssen, ob er mich verrät. Er hat unsere Tochter ermordet, er hat den Tod verdient.«

»Das hat er. Aber ich hatte Angst um dich. Er ist hinterhältig.«

»Das war er allerdings. Paolo hat vor dem Beginn des Duells seinen Dolch nach mir geworfen. Ohne deinen Vater wäre ich nicht mehr am Leben, er hat mich aus dem Weg gestoßen.«

»Vater war auch dort?«

Marco nickte und zum ersten Mal streifte ein Lächeln seine Lippen. »Deine Augen haben die gleiche Farbe wie seine. Dunkelgolden wie Kastanienhonig. Er lässt dich grüßen und dir ausrichten, es tue ihm leid, er habe nicht geahnt, wie Paolo wirklich war. Er hat unserer Ehe seinen Segen gegeben.«

Ihre Augen fühlten sich an, als würde sie immer noch Zwiebeln schneiden. Sie blinzelte, doch das Brennen hörte nicht auf.

»Marcolino!« Tiziana kam aus dem Haus gerannt. Sie umarmte Marco so stürmisch, dass er beinahe das Gleichgewicht verlor. Dann tätschelte sie ihm die Wangen, für eine zärtliche Geste allerdings ein wenig zu fest. Antonella hatte das Gefühl, ihre Freundin war sich nicht sicher, ob sie ihn streicheln oder ohrfeigen sollte. Francesco trat durch das Gartentor. »Es reicht, Tiziana. Du verprügelst ihn ja.«

Rot im Gesicht, ließ Tiziana von Marco ab. »Entschuldige, ich war ein wenig heftig.«

Francesco blickte Marco fragend an. Marco erwiderte den Blick und nickte leicht.

»Musst du dich verstecken?«, fragte Francesco.

»Nein. Ich denke, sie werden das nicht zur Anzeige bringen. Dann gäbe es eine Untersuchung, sie würden aufgehalten werden. Da es noch in der Toskana passiert ist, sie aber Untertanen des Herzogs von Modena sind, gäbe es noch mehr Komplikationen. Sie wollen nach Hause. Außerdem weiß keiner, wer ich bin. Und Paolo hatte den Ruf, ein Kerl zu sein, der sich gerne an Frauen anderer Männer heranmachte. Keiner war überrascht, als ich ihn zum Duell aufforderte.«

»Gut. Ich versorge dein Pferd, dann kannst du dir den Staub abwaschen.«

»Ich bringe Wasser auf euer Zimmer«, sagte Tiziana,

doch Marco lehnte ab. »Ich wasche mich draußen am Brunnen.«

Er ging in den Garten, Antonella holte ein Handtuch aus der Küche und folgte ihm. Am Brunnen zog er Weste und Hemd aus und beugte sich unter den Hahn, während sie die Pumpe betätigte. Marco hielt den Kopf in den Wasserstrahl, dann die Arme und den Oberkörper. Als er sich aufrichtete, überzog eine Gänsehaut seine Brust und seine Arme. »Das ist noch sehr kalt.« Er schüttelte sich und trocknete sich ab. Jetzt, wo sie alleine waren, wirkte er nachdenklich und traurig.

»Willst du reden?«, fragte sie.

Sein rechter Mundwinkel hob sich ein klein wenig. »Nein.« Er zögerte kurz, dann sprach er weiter. »Ich möchte mit dir schlafen.«

Weder Tiziana noch Francesco schienen verwundert, dass sie sich in ihr Zimmer zurückzogen und erst Stunden später wieder herauskamen. Antonella spürte ihre Wangen heiß werden, als Tiziana sie mit einem wissenden Lächeln bedachte. »Jetzt habt ihr bestimmt Hunger.«

Am nächsten Morgen sattelte Marco die beiden Pferde und dann ritten sie zum Friedhof. Antonella hatte einen Strauß Blumen gepflückt. Doch zunächst gingen sie in die Kirche. Don Stefano kam ihnen aus der Sakristei entgegen. »Antonella! Wie schön, zu sehen, dass es dir wieder gut geht.«

Die Begrüßung für Marco fiel deutlich kühler aus. Auch der Pater nahm es ihm wohl übel, dass er Antonella alleine gelassen hatte.

Marco trug es mit Fassung. »Wir möchten das Grab unserer Tochter besuchen.«

»Aber ja. Ich zeige es euch.«

Es lag an der hinteren Mauer des Friedhofs. Ein kleines Grab mit einem Grabstein aus weißem Marmor. Eingraviert waren ein Engel, ihr Name und das Datum ihres einzigen Tages auf der Erde:

Emilia Rossi + 11.01.1834

Antonella fiel auf die Knie und legte den Blumenstrauß ab. Tränen liefen ihr über die Wangen, gleichzeitig war sie erfüllt von tiefer Dankbarkeit. Wer auch immer den Grabstein gestiftet hatte, er hatte dafür gesorgt, dass Emilia nicht vergessen sein würde, und sie, Antonella, hatte einen Platz für ihre Trauer.

Neben ihr kniete Marco und strich die Konturen des Engels nach. »Dein Mörder hat seine Strafe bekommen, Stellina, mein Sternchen. Du kannst in Frieden ruhen.«

Tränen tropften auf den Stein, es war das erste Mal, dass Antonella ihn weinen sah.

Don Stefano hatte sich diskret zurückgezogen, er wartete am Hauptweg auf sie. Sein Blick schien Marco zu durchbohren. »Möchtest du beichten, mein Sohn?«

Marco sah ihm gerade in die Augen. »Was nützt mir die Beichte, wenn ich nicht bereue, was ich getan habe, Hochwürden?«

Don Stefano neigte den Kopf. »Wenn das so ist, können dir deine Sünden nicht vergeben werden.«

»Wer hat den Grabstein gestiftet?«, fragte Marco.

»Der Auftrag und die Bezahlung kamen ohne Angabe eines Namens«, antwortete Don Stefano. »Jemand hat einen Umschlag im Pfarrhaus abgegeben.«

Marco nickte stumm.

Schweigend machten sie sich auf den Weg zur Osteria. Antonella hing ihren Gedanken nach. Wer hatte wohl den

Grabstein gestiftet? Bestimmt niemand aus dem Ort. Weißer Marmor, wahrscheinlich aus Carrara. Schließlich fragte sie Marco, ob er eine Vermutung hatte.

»Meine Mutter«, antwortete er sofort. »Dieser Engel ist auch auf den Grabsteinen ihrer Kinder eingraviert.«

Antonella schluckte. Alessia hatte mit ihr über den Verlust ihrer Kinder gesprochen und ihr gesagt, dass man lernte, damit zu leben. Und jetzt hatte sie ihr eine Gedenkstätte für ihre Tochter geschenkt.

41. KAPITEL

Sie blieben noch vier Tage bei Tiziana, dann spannten sie Rinaldo vor den Wagen und banden Ombra hinten an. Sie würden ihn mitnehmen. Alessandro hatte keine Verwendung für ein Pferd und außerdem hatte Tiziana angeboten, ihm ihr Maultier zu leihen, wenn er es brauchte. Es war kein Abschied für lange; spätestens zu Tizianas und Francescos Hochzeit würden sie zurückkommen.

Für die Osteria hatte Tiziana vier Fässer Wein von Alberi d'Argento bestellt und gleich bezahlt. Einer der Pferdeknechte würde sie in der nächsten Woche liefern. Mittlerweile war das *Il Postiglione* wieder eine beliebte Osteria, in der viele Reisende abstiegen. Zwar war auch Francesco am Anfang von den Einheimischen misstrauisch beäugt worden, hatte Tiziana erzählt, doch sein ruhiges, selbstsicheres Auftreten hatte aufkommende Gerüchte im Keim erstickt.

»Er ist Anwalt«, hatte Marco dazu gesagt. »Er weiß, wie man mit den Leuten umgeht.«

Rinaldo trabte flott voran, die Sonne schien, Schwalben flogen pfeilschnell über die Straße, die Blüten des Ginsters leuchteten gelb aus der Macchia am Straßenrand. Der Duft der Zypressen lag in der Luft, als sie die Straße verließen und auf den Weg zum Gut einbogen, und zum ersten Mal, seit sie dort lebte, hatte Antonella das Gefühl, nach Hause zu kommen. Paolo war Vergangenheit, er konnte Marco und ihr nicht mehr schaden. Das Gut war gerettet, dank Marcos und Enricos unermüdlicher Arbeit, und auch sie hatte dazu beigetragen. Darauf war sie stolz. Vielleicht würde auch Don Piero endlich Marcos Leistungen und die Arbeit, die er in das Gut steckte, endlich anerkennen. Wenn nicht, würden sie nach Amerika gehen. In Italien gab es für Marco nur eine Heimat und das war Alberi d'Argento, das wusste sie nun.

Und Marco und sie? Sie hatten gelernt, wie wichtig es war, dem anderen die Freiheit zu geben, zu entscheiden, auch wenn das schmerzhaft sein konnte. Sie hatte ihm die Begegnung mit Paolo auf dem Markt verschwiegen, weil sie geglaubt hatte zu wissen, dass er dann niemals fortgegangen wäre, um Fabrizzio zu treffen. Doch im Grunde hatte sie ihm die Möglichkeit genommen, zu entscheiden, was er tun wollte. Vielleicht hätte er Paolo gesucht und zur Rede gestellt und ihn so eingeschüchtert, dass er es nicht gewagt hätte, sie zu überfallen. Vielleicht wäre er geblieben. Ob Armando Fabrizzio wirklich getötet hätte? So wie ihn Marco beschrieben hatte, eher nicht. Aber Marco hatte gar keine Wahl gehabt. Weil sie ihn hatte schonen wollen.

Und aus dem gleichen Grund hatte sie sich schreckliche Dinge ausgemalt, weil Marco ihr verschwiegen hatte, dass er Flüchtlinge versteckte, damit sie sich keine Sorgen machte. In Zukunft würden sie nicht mehr versuchen, für den anderen zu denken. Keine Geheimnisse mehr, hatten sie einander nach Marcos Befreiung aus dem Torre Grimaldina versprochen. Damals hatte sie die großen Geheimnisse gemeint, doch jetzt wusste sie, dass auch kleine Alltagslügen Folgen haben konnten.

»Woran denkst du?«, fragte Marco.

Sie lehnte sich an ihn und erzählte, was ihr durch den Kopf gegangen war.

Schweigend hörte er ihr zu, dann nickte er. »Du hast recht. Jeder von uns glaubte zu wissen, was der andere denkt. Dabei waren es unsere eigenen Gedanken. Ich dachte, ich müsse dir nicht von meinen Alltagsarbeiten in den Weingärten erzählen, das würde dich nur langweilen. Du hast es nicht gewagt, mir zu sagen, dass du hier unglücklich bist, weil …?«

»Weil ich fürchtete, du hältst mich für undankbar, und weil ich wusste, wie sehr du das Gut liebst.«

»Dich liebe ich mehr.« Er zögerte kurz, bevor er weitersprach. »Ich würde sehr gerne hierbleiben, aber diese Entscheidung liegt nicht bei mir, sondern bei meinem Vater, und bei dir.«

»Bei mir?«

»Wenn du nicht bleiben willst, gehen wir. Aber dann nach Amerika. Du hast es eben selbst gesagt: Für mich gibt es in Italien nur eine Heimat.«

»Und wenn ich auch bleiben möchte?«

»Dann muss ich mit meinem Vater reden. Wir bleiben nur, wenn er dich als meine Frau akzeptiert.«

»Was ist mit der Politik?«

Er atmete tief ein. »Giovine Italia ist bedeutungslos geworden, die Zeit der Aufstände ist vorüber. Mazzini lebt in der Schweiz, wo Garibaldi ist, weiß niemand. Beide sind zum Tode verurteilt. Viele andere sind nach Südamerika gegangen, in Montevideo gibt es eine italienische Kolonie.

Aber wir brauchen hier im Land Menschen, die dafür sorgen, dass ihre Ideen nicht vergessen werden. Ich werde im Untergrund weiter für ein freies Italien kämpfen und ich werde den Menschen, die fliehen müssen, helfen zu entkommen.«

Im Hof zügelte Marco Rinaldo und half ihr vom Wagen. Vittorio kam um die Ecke, gefolgt von einem der Stallburschen. Er verbeugte sich vor Marco und vor ihr. »Schön, dass Sie zurück sind, junger Herr, Signora.«

»Ich habe über den Syrah nachgedacht«, sagte Marco beim Abendessen. »Die Brüder Innocenti haben recht, er ist wirklich ein ausgezeichneter Wein und er ist selten in dieser Gegend. Tizianas Gäste mochten ihn sehr und waren auch bereit, einen guten Preis zu bezahlen.«

»Aber wo sollten wir ihn pflanzen?«, wandte Enrico ein. »Du sagtest selbst, er sei zu empfindlich und habe zu zarte Wurzeln für unseren Boden. Und er brauche mehr Wasser als andere Sorten.«

»Ein Teil der südlichen Weingärten liegt windgeschützt in einer Senke. Dort wächst Sangiovese, aber die Stöcke sind schon sehr alt. Wenn du sie rodest und die Erde sehr tief umpflügst, ist der Boden leicht genug für Syrah. Ich würde ihn dicht pflanzen, damit die Wurzeln in die Tiefe müssen. Bewässere ihn im Sommer, aber sparsam. Es werden vielleicht einige Stöcke eingehen, aber so bekommst du robustere Pflanzen.«

Don Piero stieß ein leises Summen raus und nickte anerkennend.

Enrico verengte die Augen und fixierte Marco, ohne etwas zu sagen.

»Du hältst nichts davon?«, fragte Marco.

»Ich halte sehr viel davon. Aber erklär mir bitte, warum du ständig ›du‹ sagst, und nicht ›wir‹.«

Marco richtete sich auf und blickte seinem Bruder in die Augen. »Es ist doch so: Das Gut ist gerettet. Was noch zu tun ist, schaffst du alleine. Du brauchst mich nicht mehr.«

»Merda! Sei pazzo! Du bist so ein Idiot.« Es folgte eine Reihe saftiger Flüche, die jedem Fischweib im Hafen von Genua Ehre gemacht hätten. Mademoiselle Duvenant erstarrte auf ihrem Stuhl, Pater Perelli bekreuzigte sich und Emilia schlug die Hand vor den Mund, allerdings eher, um ihr Kichern zu unterdrücken. Silvana schüttelte amüsiert den Kopf.

Enrico schien von allem nichts mitzubekommen, er sah Marco an, als wollte er ihn mit seinem Blick festnageln. »Was hast du vor?«

»Das, was ich schon die ganze Zeit machen wollte: Nach Amerika gehen.«

»Aber warum? Jetzt, wo wir es geschafft haben, willst du fort? Ich wollte das Gut gemeinsam mit dir führen. Es ist doch genug Platz für uns alle.«

Hilfesuchend sah er zu Antonella. Sie hob ratlos die Hände. Dass Marco das Thema auf diese Weise zur Sprache brachte, kam auch für sie überraschend.

»Die Entscheidung, ob Antonella und ich weiterhin hier leben, liegt nicht in deinen Händen, Bruder«, sagte Marco. »Ich bin geblieben, weil du und Mutter mich darum gebeten habt. Aber Vater hat mich enterbt und verstoßen, und er ist der Herr über Alberi d'Argento.«

Enrico presste die Lippen zusammen. Schweigen breitete sich aus. Dann richtete Don Piero sich auf, legte seine linke Hand auf Alessias Arm und sagte etwas. Antonella konnte die gedehnten, verwaschenen Silben nicht verstehen, doch

Alessia lächelte und ihre Augen leuchteten blauer als der Frühlingshimmel. »Er möchte, dass du bleibst.«

»Das reicht mir nicht.«

»Aber, Michele …«

»Ich will, dass er Antonella als meine Frau akzeptiert und in unsere Familie aufnimmt.«

Don Piero sah Marco an, dann richtete er seinen Blick auf Antonella. Sie spürte ihr Herz bis in die Fingerspitzen schlagen. Stumm erwiderte sie seinen Blick, bis er seinen abwandte und etwas zu Alessia sagte.

Sie stand auf und schob seinen Stuhl um den Tisch zu Antonellas Platz. So nah konnte sie die Spuren des Verfalls in seinem Gesicht deutlich erkennen. Von dem gut aussehenden, arroganten Mann war nichts geblieben, nur in seinen Augen war sein Stolz noch zu erkennen. Er hob die linke Hand, legte sie auf ihren Scheitel, wie ein Pfarrer es tun würde, und sagte etwas, das wie »meine Tochter« klang. Ungläubig sah sie erst ihn an, dann Marco. Hatte sie das richtig verstanden? Offensichtlich, denn Marcos Augen leuchteten ebenso wie Alessias. Sie griff nach seiner gelähmten rechten Hand und küsste sie. »Padrone.«

»Also bleiben wir hier?« Hand in Hand standen sie auf der Terrasse. Von Norden zog die Nacht über die Hügel herbei, im Westen glühten die Wolken im letzten Licht der Sonne. Antonella deutete auf das Farbenspiel. »So hast du es mir damals beschrieben: ›In meiner Heimat taucht die untergehende Sonne die Ebene in rosafarbenes Licht, während die Hügel schon von der Nacht berührt werden‹.«

»Das weißt du noch?«

»Ich hatte noch niemals jemanden mit so viel Sehnsucht über seine Heimat sprechen hören wie dich.«

»Damals glaubte ich, ich würde niemals mehr zurückkehren.« Er drehte sich zu ihr. »Ich möchte bleiben«, sagte er und eine Melodie klang in seiner Stimme.

»Dann bleiben wir.« Sie strich ihm eine Locke aus der Stirn, verlor sich im Blau seiner Augen und dann in seinem Kuss.

Fünf Jahre später

Antonella stand im Hof des Guts und lauschte. Kinderlachen mischte sich mit dem Zirpen der Zikaden und dem gleichmäßigen Klingen eines Hammers. Der Schmied war da und beschlug die Pferde.

Eine Horde von sechs Kindern stürmte um die Ecke. Vorneweg Silvanas vier Söhne, Lorenzo, Piero und die Zwillinge Giuseppe und Tommaso. Danach kam der zweijährige Enrico.

Er stolperte, weil seine Beinchen ihn nicht so schnell trugen, wie die der größeren Jungs. Ihnen folgte Maurizio, der dreijährige Sohn des Schmieds.

»Tante Antonella, können wir etwas von deiner Choccolatina haben?«, fragte Lorenzo.

Lächelnd nickte sie. »Geh in die Küche und sage Carla, sie soll euch etwas geben.«

Die Jungs rannten los, doch Antonella bremste sie. »Doch nicht alle! Es reicht, wenn Lorenzo geht.«

Sie bückte sich und nahm Enrico auf den Arm. Er hatte Marcos schwarze Locken geerbt und ihre honigfarbenen Augen. Seine Wangen waren rot. Eigentlich hätte er um diese Zeit seinen Mittagsschlaf halten sollen, doch wenn der Schmied kam, war das immer etwas Besonderes für die Raimandi-Jungs.

Antonella drückte ihn an sich und blickte auf die Steineichen, die Nicoló Raimandi vor zweihundert Jahren gepflanzt hatte. Ein tiefer Friede erfüllte sie. In ein paar Tagen begann die Weinlese und es würde eine gute Ernte werden. Die harte Arbeit der letzten Jahre hatte sich ausgezahlt, das Gut war inzwischen schuldenfrei.

Don Piero war im im Sommer 1834 gestorben. An einer Lungenentzündung, hatte der Arzt gesagt, doch sie glaubte, dass er nicht mehr hatte leben wollen. Sie hatte seinen Tod bedauert, doch für ihn war er eine Erlösung. Er hatte seinen Frieden mit Marco gemacht und als eine seiner letzten Handlungen ein Gnadengesuch an Großherzog Leopold unterschrieben, das Marco und Enrico aufgesetzt hatten.

Donata war inzwischen mit dem jungen Sergio Castiglioni verheiratet, sie hatten ebenfalls einen Sohn.

Tiziana und Francesco hatten zwei Töchter bekommen, und das *Il Postiglione* war wieder eine der beliebtesten Osterien an der Via Aurelia.

Marcos Augen leuchteten immer noch wie der Sommerhimmel, und wenn er sie beim Namen nannte, hörte sie Musik in seiner Stimme.

Er träumte nicht mehr von der Haft und auch sie hatte keine Albträume mehr, in denen Paolo sie verfolgte.

Die stürmischen Zeiten waren vorüber.

NACHWORT UND DANKSAGUNG

Dieses Mal weiß ich gar nicht so recht, wo ich anfangen soll. Am besten bei der Entstehungsgeschichte dieses Romans.

Als meine Lektorin das Manuskript von »Die Tochter der Toskana« gelesen hatte, rief sie mich an und sagte, dass sie sich eine Fortsetzung vorstellen könnte, die in Italien spielen solle. Ob ich eine Idee hätte.

Das Problem war: Ich hatte zunächst keine Idee, was da jetzt noch passieren könnte.

Marco und Antonella bleiben in ihrem idyllischen Tal, bauen Wein an und bekommen Kinder? Schön, aber keine Geschichte, die sich zu erzählen lohnt. Außerdem passt so etwas wirklich nicht zu ihm. Er ist Widerstandskämpfer, bereit für seine Ideale zu sterben. Er geht dafür ins Gefängnis. Und nachdem man ihn befreien konnte und seine Kameraden gestorben sind, lässt er sich irgendwo in Italien nieder und baut Wein an? Eher unwahrscheinlich.

Marco beteiligt sich am Aufstand 1834? Das hätte er vielleicht getan, wenn es Antonella nicht gäbe. Inzwischen hat er Verantwortungsbewusstsein entwickelt.

Und jetzt kommen die wunderbaren Kolleginnen von DELIA, der Vereinigung deutschsprachiger Liebesromanautorinnen und –autoren, ins Spiel. Ich habe meine Überlegungen in einer Gruppe dort gepostet und es gab ein ausgesprochen inspirierendes Brainstorming.

Danach war mir klar, es gibt tatsächlich einige Gründe für Marco, zu bleiben:

Verantwortungsgefühl gegenüber Antonella, die aufgrund ihrer Schwangerschaft nicht reisen kann.

Loyalität gegenüber seinen Freunden, die in Not sind und seine Hilfe brauchen. Z. B. Fabrizzio.

Seine Freunde, die verfolgt werden und sich verstecken müssen, auf diesem Weingut.

Ich bedanke mich ganz herzlich bei den Kolleginnen von DELIA, ihr seid so klasse.

Eine möchte ich namentlich erwähnen, nämlich meine liebe Verlagskollegin Micaela Jary (Michelle Marly). Von ihr stammt die Idee, die Flüchtlinge in einem leeren Weinfass zu verstecken. Daraus wurde dann ›Napoleons Fass‹.

Nach dem kläglich gescheiterten Aufstand im Januar 1834 wurde es ruhig in Italien. Die führenden Köpfe von Giovine Italia flüchteten ins Exil und kehrten erst 1848, nachdem der neu gewählte Papst Pius IX. eine Generalamnestie für politische Flüchtlinge erlassen hatte, zurück.

Dank der liberalen Politik von Großherzog Leopold II. wurde die Toskana zum Zufluchtsort politisch Verfolgter. Er sah von Säuberungen, wie sie in anderen Teilen Italiens durchgeführt wurden, ab.

David Gilmour schreibt in seinem (sehr lesenswerten) Buch »Auf der Suche nach Italien«: Die Toskana war ein toleranter und zivilisierter Staat, wo man die Juden den Jesuiten vorzog (Livorno war die einzige Stadt, in der Juden leben konnten, wo sie wollten, es gab kein Ghetto) und Flüchtlinge aus Piemont und anderen Staaten willkommen hieß. Steuern und Abgaben waren niedrig, die Zensur milde und eine Armee brauchte es nicht, weil im Notfall österreichische Truppen herbeigerufen werden konnten.

Ein zeitgenössischer Reisebericht bestätigt das:

»Das schönste, aufgeklärteste, glücklichste Volk Italiens, aus dem die meisten berühmten Männer der Halbinsel hervorgegangen sind. Feine Mundart, die reinste in Italien. Das Land der schönen Künste. Die Regierung weit besser als in den anderen Staaten; der Volksunterricht ist in ziemlich gutem Zustand; wenig Klöster, Bettler und Banditen.«

Inzwischen sind es fast immer dieselben, die die Entstehung meiner Romane begleiten:

Meine liebe Freundin Ute Bareiss, die meine erste Anlaufstelle in der typischen Krise ist, die in der Regel kommt, wenn ca. die Hälfte des Romans geschrieben ist und ich plötzlich alles doof und langweilig finde. Dann schicke ich ihr, was ich bis dahin habe, und sie liest sich geduldig durch mein halbgares Zeug, legt den Zeigefinger auf Stellen, an denen es hakt, kritisiert, lobt, macht Mut, und das inzwischen bei meinem fünften Roman. Liebe Ute, ein dickes Dankeschön für deine unendliche Geduld.

Bei der Gelegenheit muss ich auch meine Agentin Anna Mechler nennen, die jederzeit für ihre Autoren da ist. Danke für Zuspruch, Geduld, ein offenes Ohr und Verständnis.

Meine bewährten Testleser, meine Kolleginnen Ilona Schmidt, Jennifer Bruno, Nicole Botzem und, dieses Mal neu dabei, Nicole Wellemin, und Ulla Leuwer, eine wunderbare Bloggerin, die vor vier Jahren meinen ersten Roman gelesen und rezensiert hat und die ich auf der Buchmesse 2014 kennenlernen durfte. Herzlichen Dank für euren scharfen Blick auf Ungereimtheiten, schleppende Szenen und zu viele Beschreibungen.

Schreiben ist eine Sache, die vor allem meiner Familie viel Geduld abverlangt, wenn ich monatelang Teile des Tages in einer Parallelwelt zubringe, in der ich recherchiere und in die entsprechende Zeit eintauche und in Gedanken mit meinen Protagonisten rede, manchmal nicht nur in Gedanken, worauf mich dann meine Tochter hinweist: »Mama, du machst Geräusche«.

Mein Mann wurde kürzlich gefragt, ob wir denn auch mal wieder Urlaub um des Urlaubs willen machen werden, oder ob jede Reise gleichzeitig eine Rechercheреise sein muss. Zum Glück ist er kein Typ, der sich zwei Wochen an den Strand legt, sondern er kann sich ebenso für Recherche begeistern wie ich. Den Plot für das Gutshaus in der Toskana haben wir in der Toskana auf der Terrasse bei einer (oder waren es zwei?) Flasche Rotwein entwickelt.

Und wenn das Manuskript dann fertig ist, ist es ja noch lange kein Buch. An dieser Stelle bedanke ich mich bei meiner Lektorin Anne Sudmann für ihre Anmerkungen und Ideen, und beim gesamten Team vom Aufbau Verlag.

Und doch, all die Arbeit wäre nutzlos, wenn es euch nicht gäbe, meine lieben Leser. Herzlichen Dank an alle, die Antonella und Marco auf ihrer Reise im ersten Teil begleitet und, mitgefiebert haben. Danke für die vielen wunderbaren Rezensionen und Rückmeldungen. Ich habe mich wirklich über jede einzelne gefreut.

Karin Seemayer
Die Tochter der Toskana
Historischer Roman
432 Seiten. Broschur
ISBN 978-3-7466-3341-1
Auch als E-Book erhältlich

Die Wege der Freiheit

Toskana, 1832: Antonellas Traum ist es, zu kochen und Wein anzubauen, doch sie soll den reichen Sohn des Müllers heiraten. Voller Verzweiflung bricht sie aus der Enge ihres kleinen Dorfes in den Apuanischen Alpen aus und flieht nach Genua. Die Reise ist gefährlich, denn Italien gleicht einem Pulverfass. Überall regt sich erbitterter Widerstand gegen die Herrschaft der Habsburger. Daher ist Antonella froh, als sie Marco trifft, der ihr Geleit anbietet. Was aber verheimlicht er ihr? Und wieso fühlt sie sich trotzdem so zu ihm hingezogen? Als sein Geheimnis offenbart wird, muss sie allen Mut aufbringen, um sein Leben zu retten.

Die Geschichte einer starken Frau zur Zeit der italienischen Freiheitskämpfe.

atb aufbau taschenbuch